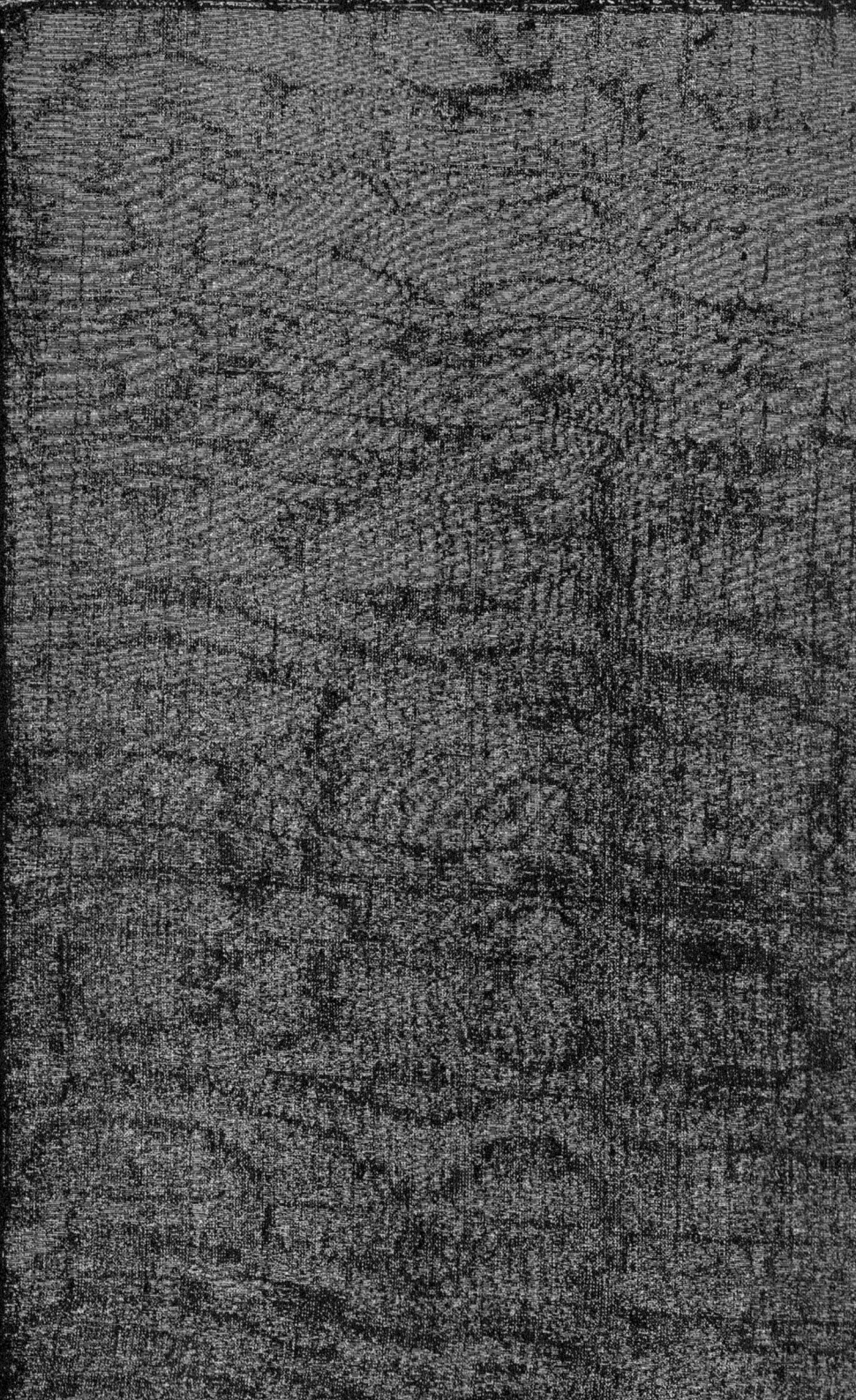

OEUVRES

COMPLETES

DE

VOLTAIRE.

OEUVRES

COMPLETES

DE

VOLTAIRE.

TOME QUARANTE-NEUVIEME.

DE L'IMPRIMERIE DE LA SOCIÉTÉ LITTÉRAIRE-
TYPOGRAPHIQUE.

1 7 8 5.

MELANGES

LITTERAIRES.

S U R

LA CONSIDERATION

QU'ON DOIT AUX GENS DE LETTRES

Fragment d'une lettre.

ON ne trouve ni en Angleterre, ni en aucun pays du monde, des établissemens en faveur des beaux arts comme en France. Il y a presque par-tout des univerfités : mais c'est dans la France feule qu'on trouve ces utiles encouragemens pour l'astronomie, pour toutes les parties des mathématiques, pour celles de la médecine, pour les recherches de l'antiquité, pour la peinture, la sculpture, & l'architecture. *Louis XIV* s'est immortalisé par toutes ces fondations, & cette immortalité ne lui a pas coûté deux cents mille francs par an.

J'avoue que c'est un de mes étonnemens, que le parlement d'Angleterre, qui a promis vingt mille guinées à celui qui ferait la découverte des longitudes, n'ait jamais pensé à imiter *Louis XIV* dans sa magnificence envers les arts.

Le mérite trouve à la vérité en Angleterre d'autres récompenses plus honorables pour la nation ; tel est le respect que ce peuple a pour les talens, qu'un homme de mérite y fait toujours fortune.

M. *Addisson* en France eût été de quelqu'académie, & aurait pu obtenir, par le crédit de quelque femme, une pension de douze cents livres, ou plutôt on lui

A 2

aurait fait des affaires, fous prétexte qu'on aurait
aperçu dans fa tragédie de Caton quelques traits
contre le portier d'un homme en place; en Angleterre
il a été fecrétaire d'Etat. M. *Newton* était intendant
des monnaies du royaume; M. *Congrêve* avait une
charge importante; M. *Prior* a été plénipotentiaire;
le doéteur *Swift* eft doyen d'Irlande, & y eft beaucoup
plus confidéré que le primat. Si la religion de M. *Pope*
ne lui permet pas d'avoir une place, elle n'empêche
pas que fa traduétion d'Homère ne lui ait valu deux
cents mille francs. J'ai vu long-temps en France
l'auteur de Rhadamifte près de mourir de faim; le fils
d'un des plus grands-hommes que la France ait eu,
& qui commençait à marcher fur les traces de fon
père, était réduit à la mifère fans M. *Fagon*.

Ce qui encourage le plus les gens de lettres en
Angleterre, c'eft la confidération où ils font : le portrait
du premier miniftre fe trouve fur la cheminée de fon
cabinet; mais j'ai vu celui de M. *Pope* dans vingt
maifons.

M. *Newton* était honoré de fon vivant, & l'a été
après fa mort comme il devait l'être. Les principaux
de la nation fe font difputé l'honneur de porter le
poële à fon convoi. Entrez à Weftminfter, ce ne font
pas les tombeaux des rois qu'on y admire; ce font
les monumens que la reconnaiffance de la nation a
érigés aux plus grands-hommes qui ont contribué à
fa gloire; vous y voyez leurs ftatues comme on voyait
dans Athènes celles des *Sophocle* & des *Platon*; & je
fuis perfuadé que la feule vue de ces glorieux monumens a excité plus d'un efprit, & a formé plus d'un
grand-homme.

On a même reproché aux Anglais d'avoir été trop loin dans les honneurs qu'ils rendent au simple mérite ; on a trouvé à redire qu'ils aient enterré dans Weft-minfter la célébre comédienne mademoifelle *Oldfield*, à-peu-près avec les mêmes honneurs qu'on a rendus à M. *Newton*.

Mais je puis vous affurer que les Anglais, dans la pompe funèbre de mademoifelle *Oldfield* enterrée dans leur Saint-Denis, n'ont rien confulté que leur goût ; ils font bien loin d'attacher de l'infamie à l'art des *Sophocle* & des *Euripide*, & de retrancher du corps de leurs citoyens ceux qui fe dévouent à réciter devant eux des ouvrages dont leur nation fe glorifie.

Quelques-uns ont prétendu qu'ils avaient affecté d'honorer à ce point la mémoire de cette actrice, afin de nous faire fentir la barbare & lâche injuftice qu'ils nous reprochent, d'avoir jeté à la voirie le corps de mademoifelle *le Couvreur*.

On fe garde bien en Italie de flétrir l'opéra, & d'excommunier le fignor *Tenezini* ou la fignora *Cazzoni*. Pour moi, j'oferais fouhaiter qu'on pût fupprimer en France, je ne fais quels mauvais livres qu'on a imprimés contre nos fpectacles. Lorfque les Italiens & les Anglais apprennent que nous flétriffons de la plus grande infamie un art dans lequel nous excellons ; que l'on excommunie des perfonnes gagées par le roi ; que l'on condamne comme impie un fpectacle repréfenté chez les religieux & dans les couvens ; qu'on déshonore des jeux où de grands princes ont été acteurs ; qu'on déclare œuvres du démon des pièces revues par les magiftrats les plus févéres, & repréfentées devant une reine vertueufe : quand, dis-je,

A 3.

des étrangers apprennent cette infolence, cette barbarie gothique, qu'on ofe nommer févérité chrétienne ; que voulez-vous qu'ils penfent de notre nation ? & comment peuvent-ils concevoir, ou que nos lois autorifent un art fi infame, ou qu'on ofe marquer de tant d'infamie un art autorifé par les lois, récompenfé par les fouverains, cultivé par les plus grands-hommes, & admiré des nations; & qu'on trouve chez le même libraire, l'impertinente déclamation contre nos fpectacles, à côté des ouvrages immortels de *Corneille*, de *Racine*, de *Molière*, de *Quinault*?

Du temps de *Charles I*, & dans le commencement de ces guerres civiles fufcitées par des rigoriftes fanatiques, qui eux mêmes en furent enfin les victimes, on écrivait beaucoup contre les fpectacles, d'autant plus que *Charles I*, & fa femme, fille de notre *Henri le grand*, les aimaient extrêmement.

Un docteur nommé *Prynn*, fcrupuleux à toute outrance, qui fe ferait cru damné s'il avait porté un manteau court au lieu d'une foutane, & qui aurait voulu que la moitié des hommes eût maffacré l'autre pour la gloire de DIEU & de la *propaganda fide*, s'avifa d'écrire un fort mauvais livre contre d'affez bonnes comédies qu'on jouait tous les jours très-innocemment devant le roi & la reine. Il cita l'autorité des rabbins & quelques paffages de *St Bonaventure*, pour prouver que l'Oedipe de *Sophocle* était l'ouvrage du malin, que *Térence* était excommunié *ipfo facto*; & il ajouta fans doute que *Brutus*, qui était un janfénifte très-févère, n'avait affaffiné *Céfar*, que parce que *Céfar*, qui était grand-prêtre, avait compofé une tragédie d'Oedipe; enfin il dit que tous ceux qui affiftaient à un fpectacle étaient des excommuniés, qui reniaient leur croyance & leur baptême. C'était outrager le roi & toute la famille royale. Les Anglais refpectaient alors *Charles I;* ils ne voulurent pas fouffrir qu'on excommuniât ce même prince, à qui ils firent depuis couper la tête. M. *Prynn* fut cité devant la chambre étoilée, condamné à voir fon beau livre, (dont le père *le B*.... a emprunté le fien) brûlé par la main du bourreau, & lui, à avoir les oreilles coupées. Son procès fe voit dans les actes publics.

LETTRE DE CONSOLATION.

A M. * * *

LA quadrature du cercle, & le mouvement perpétuel, font des chofes aifées à trouver en comparaifon du fecret de calmer tout d'un coup une ame agitée d'une paffion violente. Il n'y a que les magiciens qui prétendent arrêter les tempêtes avec des paroles. Si une perfonne bleffée, dont la plaie profonde montrerait des chairs écartées & fanglantes, difait à un chirurgien : Je veux que ces chairs foient réunies, & qu'à peine il refte une légère cicatrice de ma bleffure; le chirurgien répondrait : C'eft une chofe qui dépend d'un plus grand maître que moi; c'eft au temps feul à réunir ce qu'un moment a divifé. Je peux couper, retrancher, détruire; le temps feul peut réparer.

Il en eft ainfi des plaies de l'ame; les hommes bleffent, enveniment, défefpèrent; d'autres veulent

A 4

confoler, & ne font qu'exciter de nouvelles larmes : le temps guérit à la fin.

Si donc on fe met bien dans la tête qu'à la longue la nature efface dans nous les impreffions les plus profondes ; que nous n'avons, au bout d'un certain temps, ni le même fang qui coulait dans nos veines, ni les mêmes fibres qui agitaient notre cerveau, ni par conféquent les mêmes idées ; qu'en un mot, nous ne fommes plus réellement & phyfiquement la même perfonne que nous étions autrefois ; fi nous fefons, dis-je, cette réflexion bien férieüfement ; elle nous fera d'un très-grand fecours ; nous pourrons hâter ces momens où nous devons être guéris.

Il faut fe dire à foi-même : J'ai éprouvé que la mort de mes parens, de mes amis, après m'avoir percé le cœur pour un temps, m'a laiffé enfuite dans une tranquillité profonde. J'ai fenti qu'au bout de quelques années, il s'eft formé dans moi une ame nouvelle ; que l'ame de vingt-cinq ans ne penfait pas comme celle de vingt, ni celle de vingt comme celle de quinze. Tâchons donc de nous mettre par la force de notre efprit, autant qu'il eft en nous, dans la fituation où le temps nous mettra un jour. Dévançons par notre penfée le cours des années.

Cette idée fuppofe que nous fommes libres. Auffi la perfonne qui demande confeil, fe croit fans doute libre ; car il y aurait de la contradiction à demander un confeil dont on croirait la pratique impoffible. Nous nous conduifons dans toutes nos affaires comme fi nous étions bien convaincus de notre liberté : conduifons-nous ainfi dans nos paffions, qui font nos plus importantes affaires. La nature n'a pas voulu que nos bleffures fuffent en un moment confolidées, qu'un inftant nous fît paffer de la maladie à la fanté ; mais des remèdes fages précipitent certainement le temps de la guérifon.

Je ne connais point de plus puiffant remède pour les maladies de l'ame, que l'application férieufe & forte de l'efprit à d'autres objets.

Cette application détourne le cours des efprits animaux : elle rend quelquefois infenfible aux douleurs du corps. Une perfonne bien appliquée qui exécute une belle mufique, ou pénétrée de la lecture d'un bon livre qui parle à l'imagination & à l'efprit, fent alors un prompt adouciffement dans les tourmens d'une maladie ; elle fent auffi les chagrins de fon cœur perdre petit à petit leur amertume. Il faut penfer à tout autre chofe qu'à ce qu'on veut oublier ; il faut penfer fouvent & prefque toujours à ce qu'on veut conferver. Nos fortes chaînes font à la longue celles de l'habitude. Il dépend, je crois, de nous de défunir des chaînons qui nous lient à des paffions malheureufes, & de fortifier les liens qui nous enchaînent à des chofes agréables.

Ce n'eft point que nous foyons les maîtres abfolus de nos idées ; il s'en faut beaucoup : mais nous ne fommes point abfolument efclaves ; & encore une fois, je crois que l'Etre fuprême nous a donné une petite portion de fa *liberté*, comme il nous a donné un faible écoulement de fa *puiffance de penfer*.

Mettons donc en ufage le peu de forces que nous avons. Il eft certain qu'en lifant & en réfléchiffant, on augmente fa *faculté de penfer* ; pourquoi n'augmenterions-nous pas de même cette faculté qu'on nomme *liberté?* Il n'y a aucun de nos fens, aucune de nos puiffances à qui l'art n'ait trouvé des fecours. La liberté fera-t-elle le feul attribut de l'homme que l'homme ne pourra augmenter ?

Je fuppofe que nous foyons parmi des arbres chargés de fruits délicieux & empoifonnés , qu'un appétit dévorant nous porte à cueillir; fi nous nous fentons trop faibles pour voir fes fruits fans y toucher, cher-chons , & cela dépend de nous, des terrains où ces beaux fruits ne croiffent pas.

Voilà des confeils qui font peut-être, comme tant d'autres, plus aifés à donner qu'à fuivre; mais auffi il s'agit d'une grande maladie, & la perfonne qui eft languiffante peut feule être fon médecin.

A M. * * *

1 7 2 7.

JE tombai hier par hafard fur un mauvais livre d'un nommé *Dennis* , car il y a auffi de méchans écrivains parmi les Anglais. Cet auteur, dans une petite relation d'un féjour de quinze jours qu'il a fait en France, s'avife de vouloir faire le caractère de la nation qu'il à eu fi bien le temps de connaître. Je vais, dit-il, vous faire un portrait jufte & naturel des Français, & pour commencer je vous dirai que je les hais mor-tellement. Ils m'ont, à la vérité, très-bien reçu, & m'ont accablé de civilités ; mais tout cela eft pur orgueil; ce n'eſt pas pour nous faire plaiſir qu'ils nous reçoivent ſi bien, c'eſt pour ſe plaire à eux-mêmes; c'eſt une nation bien ridicule! &c.

N'allez pas vous imaginer que tous les Anglais penſent comme ce monſieur *Dennis*, ni que j'aie la moindre envie de l'imiter en vous parlant, comme vous me l'ordonnez, de la nation anglaiſe.

Vous voulez que je vous donne une idée générale du peuple avec lequel je vis. Ces idées générales ſont ſujettes à trop d'exceptions; d'ailleurs un voyageur ne connaît d'ordinaire que très-imparfaitement le pays où il ſe trouve. Il ne voit que la façade du bâti-ment; preſque tous les dedans lui ſont inconnus. Vous croiriez peut-être qu'un ambaſſadeur eſt tou-jours un homme fort inſtruit du génie du pays où il eſt envoyé, & pourrait vous en dire plus de nouvelles qu'un autre. Cela peut être vrai à l'égard des miniſtres étrangers qui réſident à Paris, car ils ſavent tous la langue du pays; ils ont à faire à une nation qui ſe manifeſte aiſément; ils ſont reçus, pour peu qu'ils le veuillent, dans toutes ſortes de ſociétés, qui toutes s'empreſſent à leur plaire; ils liſent nos livres, ils aſſiſtent à nos ſpectacles. Un ambaſſadeur de France en Angleterre eſt tout autre choſe. Il ne ſait pour l'ordinaire pas un mot d'anglais, il ne peut parler aux trois quarts de la nation que par interprète; il n'a pas la moindre idée des ouvrages faits dans la langue; il ne peut voir les ſpectacles où les mœurs de la nation ſont repréſentées. Le très-petit nombre de ſociétés où il peut être admis ſont d'un commerce tout oppoſé à la familiarité françaiſe; on ne s'y aſſemble que pour

jouer & pour fe taire. La nation étant d'ailleurs prefque
toujours divifée en deux partis, l'ambaffadeur, de
peur d'être fufpeét, ne faurait être en liaifon avec
ceux du parti oppofé au gouvernement; il eft réduit
à ne voir guère que les miniftres, à-peu-près comme
un négociant qui ne connaît que fes correfpondans
& fon trafic, avec cette différence pourtant que le
marchand pour réuffir doit agir avec une bonne foi
qui n'eft pas toujours recommandée dans les inftructions de fon excellence; de forte qu'il arrive affez
fouvent que l'ambaffadeur eft une efpèce de faéteur
par le canal duquel les fauffetés & les tromperies
politiques paffent d'une cour à l'autre, & qui après
avoir menti en cérémonie, au nom du roi fon maître,
pendant quelques années, quitte pour jamais une
nation qu'il ne connaît point du tout.

Il femble que vous pourriez tirer plus de lumières
d'un particulier qui aurait affez de loifir & d'opiniâ-
treté pour apprendre à parler la langue anglaife, qui
converferait librement avec les wigs & les toris, qui
dînerait avec un évêque, & qui fouperait avec un
quaker, irait le famedi à la fynagogue & le dimanche
à St Paul, entendrait un fermon le matin, & affifterait
l'après-dîner à la comédie, qui pafferait de la cour à
la bourfe, & par-deffus tout cela ne fe rebuterait point
de la froideur, de l'air dédaigneux & de glace que les
dames anglaifes mettent dans les commencemens du
commerce, & dont quelques-unes ne fe défont jamais;
un homme tel que je viens de vous le dépeindre,
ferait encore très-fujet à fe tromper, & à vous donner
des idées fauffes, furtout s'il jugeait, comme on juge
ordinairement, par le premier coup d'œil.

Lorfque je débarquai auprès de Londres, c'était dans le milieu du printemps ; le ciel était fans nuages comme dans les plus beaux jours du midi de la France ; l'air était rafraîchi par un doux vent d'Occident qui augmentait la férénité de la nature, & difpofait les efprits à la joie ; tant nous fommes *machine*, & tant nos ames dépendent de l'action des corps. Je m'arrêtai près de Greenwich fur les bords de la Tamife. Cette belle rivière qui ne fe déborde jamais, & dont les rivages font ornés de verdure toute l'année, était couverte de deux rangs de vaiffeaux marchands, durant l'efpace de fix milles ; tous avaient déployé leurs voiles pour faire honneur au roi & à la reine qui fe promenaient fur la rivière dans une barque dorée, précédée de bateaux remplis de mufique, & fuivie de mille petites barques à rames ; chacune avait deux rameurs, tous vêtus comme l'étaient autrefois nos pages, avec des trouffes & de petits pourpoints ornés d'une grande plaque d'argent fur l'épaule. Il n'y avait pas un de ces mariniers qui n'avertît par fa phyfionomie, par fon habillement, & par fon embonpoint, qu'il était libre, & qu'il vivait dans l'abondance.

Auprès de la rivière, fur une grande pelouse qui s'étend environ quatre milles, je vis un nombre prodigieux de jeunes gens bien faits qui caracolaient à cheval autour d'une efpèce de carrière marquée par des poteaux blancs, fichés en terre de mille en mille. On voyait auffi des femmes à cheval, qui galopaient çà & là avec beaucoup de grâce ; mais furtout de jeunes filles à pied, vêtues pour la plupart de toile des Indes. Il y en avait beaucoup de fort belles, toutes étaient bien faites ; elles avaient un air de

propreté, & il y avait dans leurs perfonnes une
vivacité & une fatisfaction qui les rendait toutes
jolies.

Une autre petite carrière était enfermée dans la
grande; elle était longue d'environ cinq cents pieds,
& terminée par une baluftrade. Je demandai ce que
tout cela voulait dire. Je fus bientôt inftruit que la
grande carrière était deftinée à une courfe de chevaux,
& la petite à une courfe à pied. Auprès d'un poteau
de la grande carrière était un homme à cheval, qui
tenait une efpèce de grande aiguière d'argent couverte;
à la baluftrade de la carrière intérieure étaient deux
perches; au haut de l'une on voyait un grand chapeau
fufpendu, & à l'autre flottait une chemife de femme.
Un gros homme était debout entre les deux perches,
tenant une bourfe à la main. La grande aiguière était
le prix de la courfe des chevaux, la bourfe celle de la
courfe à pied; mais je fus agréablement furpris quand
on me dit qu'il y avait auffi une courfe de filles;
qu'outre la bourfe deftinée à la victorieufe, on lui
donnait pour marque d'honneur cette chemife qui
flottait au haut de cette perche, & que le chapeau était
pour l'homme qui aurait le mieux couru.

J'eus la bonne fortune de rencontrer dans la foule
quelques négocians pour qui j'avais des lettres de
recommandation. Ces meffieurs me firent les honneurs de la fête, avec cet empreffement & cette cor-
dialité de gens qui font dans la joie, & qui veulent
qu'on la partage avec eux. Ils me firent venir un
cheval, ils envoyèrent chercher des rafraîchiffemens,
ils eurent foin de me placer dans un endroit d'où je
pouvais aifément avoir le fpectacle de toutes les courfes

& celui de la rivière , avec la vue de Londres dans l'éloignement.

Je me crus tranſporté aux jeux olympiques ; mais la beauté de la Tamiſe, cette foule de vaiſſeaux , l'immenſité de la ville de Londres, tout cela me fit bientôt rougir d'avoir oſé comparer l'Elide à l'An_gleterre. J'appris que dans le même moment il y avait un combat de gladiateurs dans Londres, & je me crus auſſitôt avec les anciens Romains. Un courrier de Danemarck qui était arrivé le matin, & qui s'en retournait heureuſement le ſoir même , ſe trouva auprès de moi pendant les courſes. Il me paraiſſait ſaiſi de joie & d'étonnement : il croyait que toute la nation était toujours gaie ; que toutes les femmes étaient belles & vives, & que le ciel d'Angleterre était toujours pur & ſerein ; qu'on ne ſongeait jamais qu'au plaiſir ; que tous les jours étaient comme le jour qu'il voyait ; & il partit ſans être détrompé. Pour moi, plus enchanté encore que mon danois, je me fis pré-ſenter le ſoir à quelques dames de la cour ; je ne leur parlai que du ſpectacle raviſſant dont je revenais ; je ne doutais pas qu'elles n'y euſſent été, & qu'elles ne fuſſent de ces dames que j'avais vues galopper de ſi bonne grâce. Cependant, je fus un peu ſurpris de voir qu'elles n'avaient point cet air de vivacité qu'ont les perſonnes qui viennent de ſe réjouir ; elles étaient guindées & froides, prenaient du thé , feſaient un grand bruit avec leurs éventails, ne diſaient mot , ou criaient toutes à la fois pour médire de leur prochain ; quelques-unes jóuaient au quadrille, d'autres liſaient la gazette : enfin , une plus charitable que les autres , voulut bien m'apprendre que le *beau monde* ne s'abaiſſait pas à aller à ces affemblées populaires qui m'avaient tant charmé ; que toutes ces belles perfonnes vêtues de toiles des Indes étaient des fervantes ou des villageoifes ; que toute cette brillante jeuneffe , fi bien montée & caracolant autour de la carrière, était une troupe d'écoliers & d'apprentis montés fur des chevaux de louage. Je me fentis une vraie colère contre la dame qui me dit tout cela. Je tâchai de n'en rien croire ; & m'en retournai de dépit dans la cité, trouver les marchands & les *aldermen* qui m'avaient fait fi cordialement les honneurs de mes prétendus jeux olympiques.

Je trouvai le lendemain, dans un café malpropre, mal meublé, mal fervi, & mal éclairé , la plupart de ces meffieurs, qui la veille étaient fi affables & d'une humeur fi aimable ; aucun d'eux ne me reconnut ; je me hafardai d'en attaquer quelques-uns de converfation ; je n'en tirai point de réponfe, ou tout au plus un oui & un non ; je me figurai qu'apparemment je les avais offenfés tous la veille. Je m'examinai, & je tâchai de me fouvenir fi je n'avais pas donné la préférence aux étoffes de Lyon fur les leurs ; ou fi je n'avais pas dit que les cuifiniers français l'emportaient fur les anglais, que Paris était une ville plus agréable que Londres, qu'on paffait le temps plus agréablement à Verfailles qu'à Saint-James, ou quelqu'autre énormité pareille. Ne me fentant coupable de rien, je pris la liberté de demander à l'un d'eux, avec un air de vivacité qui leur parut fort étrange, pourquoi ils étaient tous fi triftes : mon homme me répondit d'un air refrogné, qu'il fefait un vent d'Eft. Dans le moment arriva un de leurs amis, qui leur dit avec un vifage

indifférent :

indifférent : *Molly* s'eſt coupé la gorge ce matin. Son amant l'a trouvée morte dans ſa chambre, avec un raſoir ſanglant à côté d'elle. Cette *Molly* était une fille jeune, belle, & très-riche, qui était prête à ſe marier avec le même homme qui l'avait trouvée morte. Ces meſſieurs, qui tous étaient amis de *Molly*, reçurent la nouvelle ſans ſourciller. L'un d'eux ſeulement demanda ce qu'était devenu l'amant ; *il a acheté le raſoir*, dit froidement quelqu'un de la compagnie.

Pour moi, effrayé d'une mort ſi étrange & de l'indifférence de ces meſſieurs, je ne pus m'empêcher de m'informer quelle raiſon avait forcé une demoiſelle, ſi heureuſe en apparence, à s'arracher la vie ſi cruellement ; on me répondit uniquement qu'il feſait un vent d'eſt. Je ne pouvais pas comprendre d'abord ce que le vent d'eſt avait de commun avec l'humeur ſombre de ces meſſieurs, & la mort de *Molly*. Je ſortis bruſquement du café, & j'allai à la cour, plein de ce beau préjugé français qu'une cour eſt toujours gaie. Tout y était triſte & morne, juſqu'aux filles d'honneur. On y parlait mélancoliquement du vent d'eſt. Je ſongeai alors à mon Danois de la veille. Je fus tenté de rire de la fauſſe idée qu'il avait emportée d'Angleterre ; mais le climat opérait déjà ſur moi, & je m'étonnais de ne pouvoir rire. Un fameux médecin de la cour, à qui je confiai ma ſurpriſe, me dit que j'avais tort de m'étonner, que je verrais bien autre choſe aux mois de novembre & de mars ; qu'alors on ſe pendait par douzaine ; que preſque tout le monde était réellement malade dans ces deux ſaiſons, & qu'une mélancolie noire ſe répandait ſur toute la nation : car c'eſt alors, dit-il, que le vent d'eſt ſouffle

le plus conftamment. Ce vent eft la perte de notre
île. Les animaux même en fouffrent, & ont tous l'air
abattu. Les hommes qui font affez robuftes pour
conferver leur fanté dans ce maudit vent, perdent
au moins leur bonne humeur. Chacun alors a le vifage
févère, & l'efprit difpofé aux réfolutions défefpérées.
C'était à la lettre par un vent d'eft qu'on coupa la
tête à *Charles I*, & qu'on détrôna *Jacques II*. Si vous
avez quelque grâce à demander à la cour, m'ajouta-t-il
à l'oreille, ne vous y prenez jamais que lorfque le vent
fera à l'oueft ou au fud.

Outre ces contrariétés que les élémens forment
dans les efprits des Anglais, ils ont celles qui naiffent
de l'animofité des partis, & c'eft ce qui déforiente le
plus un étranger.

J'ai entendu dire ici, mot pour mot, que milord
Marlborough était le plus grand poltron du monde, &
que M. *Pope* était un fot.

J'étais venu plein de l'idée qu'un wigh était un fin
républicain, ennemi de la royauté; & un tory, un
partifan de l'obéiffance paffive. Mais j'ai trouvé que
dans le parlement prefque tous les wighs étaient pour
la cour, & les torys contre elle.

Un jour, en me promenant fur la Tamife, l'un de
mes rameurs voyant que j'étais français, fe mit à
m'exalter d'un air fier la liberté de fon pays, & me
dit en jurant DIEU qu'il aimait mieux être batelier
fur la Tamife qu'archevêque en France. Le lendemain
je vis mon même homme dans une prifon auprès de
laquelle je paffais; il avait les fers aux pieds, & tendait
la main aux paffans à travers la grille. Je lui demandai s'il fefait toujours auffi peu de cas d'un archevêque

en France ; il me reconnut. Ah! Monfieur, l'abominable gouvernement que celui-ci! On m'a enlevé par
force , pour aller fervir fur un vaiffeau du roi en
Norvége; on m'arrache à ma femme & à mes enfans,
& on me jette dans une prifon, les fers aux pieds,
jufqu'au jour de l'embarquement, de peur que je ne
m'enfuie.

Le malheur de cet homme , & une injuftice fi
criante me touchèrent fenfiblement. Un français qui
était avec moi m'avoua qu'il fentait une joie maligne
de voir que les Anglais, qui nous reprochent fi hautement notre fervitude , étaient efclaves auffi-bien que
nous. J'avais un fentiment plus humain , j'étais affligé
de ce qu'il n'y avait plus de liberté fur la terre.

Je vous avais écrit fur cela bien de la morale
chagrine, lorfqu'un acte du parlement mit fin à cet
abus d'enrôler des matelots par force, (1) & me fit jeter
ma lettre au feu. Pour vous donner une plus forte
idée des contrariétés dont je vous parle, j'ai vu quatre
traités fort favans contre la réalité des miracles de
JESUS-CHRIST , imprimés ici impunément, dans le
temps qu'un pauvre libraire a été pilorié pour avoir
publié une traduction de *la religieufe en chemife*.

On m'avait promis que je retrouverais mes jeux
olympiques à Newmarket. Toute la nobleffe , me
difait-on, s'y affemble deux fois l'an ; le roi même s'y
rend quelquefois avec la famille royale. Là vous voyez
un nombre prodigieux de chevaux les plus vîtes de
l'Europe, nés d'étalons arabes & de jumens anglaifes,
qui volent dans une carrière d'un gazon verd à perte

(1) Cette violence s'exerce encore pendant la guerre.

de vue, fous de petits poftillons vêtus d'étoffes de foie, en préfence de toute la cour. J'ai été chercher ce beau fpectacle, & j'ai vu des maquignons de qualité qui pariaient l'un contre l'autre, & qui mettaient dans cette folemnité infiniment plus de filouterie que de magnificence.

Voulez-vous que je paffe des petites chofes aux grandes ? Je vous demanderai fi vous penfez qu'il foit bien aifé de vous définir une nation qui a coupé la tête à *Charles I*, parce qu'il voulait introduire l'ufage des furplis en Ecoffe, & qu'il avait exigé un tribut que les juges avaient déclaré lui appartenir, tandis que cette même nation a vu fans murmurer *Cromwell* chaffer les parlemens, les lords, les évêques, & détruire toutes les lois.

Songez que *Jacques II* a été détrôné en partie pour s'être obftiné à donner une place dans un collége à un pédant catholique ; & fouvenez-vous que *Henri VIII*, ce tyran fanguinaire, moitié catholique, moitié proteftant, changea la religion du pays parce qu'il voulait époufer une effrontée, laquelle il envoya enfuite fur l'échafaud ; qu'il écrivit un mauvais livre contre *Luther* en faveur du pape, puis fe fit pape lui-même en Angleterre, fefant pendre tous ceux qui niaient fa fuprématie, & brûler ceux qui ne croyaient pas la tranffubftantiation ; & tout cela gaiement & impunément.

Un efprit d'enthoufiafme, une fuperftition furieufe avait faifi toute la nation durant les guerres civiles ; une impiété douce & oifive fuccéda à ces temps de trouble fous le règne de *Charles II*.

Voilà comme tout change, & que tout femble fe contredire. Ce qui eft vérité dans un temps eft erreur dans un autre. Les Efpagnols difent d'un homme : *Il était brave hier*. C'eft-à-peu près ainfi qu'il faudrait juger des nations, & furtout des Anglais ; on devrait dire : Ils étaient tels en cette année, en ce mois.

A U X   A U T E U R S

DU NOUVELLISTE DU PARNASSE.

MESSIEURS,

On m'a fait tenir à la campagne où je fuis, près de Kenterbury, depuis quatre mois, les lettres que vous publiez avec fuccès en France depuis environ ce temps. J'ai vu dans votre dix-huitième lettre des plaintes injurieufes que l'on vous adreffe contre moi, fur lefquelles il eft jufte que j'aie l'honneur de vous écrire, moins pour ma propre juftification que pour l'intérêt de la vérité.

Un ami, ou peut-être un parent de feu M. de *Campiftron*, me fait des reproches pleins d'amertume & de dureté de ce que j'ai, dit-il, infulté à la mémoire de cet illuftre écrivain, dans une brochure de ma façon, & que je me fuis fervi de ces termes indécens, *le pauvre Campiftron*. Il aurait raifon, fans doute, de me faire ce reproche, & vous, Meffieurs, de l'imprimer, fi j'avais en effet été coupable d'une groffiéreté fi éloignée de mes mœurs. C'eft pour moi une furprife également vive & douloureufe de voir que l'on m'impute de pareilles fottifes. Je ne fais ce que c'eft

B 3

que cette brochure,(*) je n'en ai jamais entendu parler.
Je n'ai fait aucune brochure en ma vie : fi jamais
homme devait être à l'abri d'une pareille accufation,
j'ofe dire que c'était moi, Meffieurs.

Depuis l'âge de feize ans, où quelques vers un peu
fatiriques & par conféquent très-condamnables, avaient
échappé à l'imprudence de mon âge & au reffenti-
ment d'une injuftice, je me fuis impofé la loi de ne
jamais tomber dans ce déteftable genre d'écrire. Je
paffe mes jours dans des fouffrances continuelles de corps
qui m'accablent, & dans l'étude des bons livres qui me
confole; j'apprends quelquefois dans mon lit, que
l'on m'impute à Paris des pièces fugitives que je n'ai
jamais vues, & que je ne verrai jamais. Je ne puis
attribuer ces accufations frivoles à aucune jaloufie
d'auteur; car qui pourrait être jaloux de moi? mais
quelque motif qu'on ait pu avoir pour me charger de
pareils écrits, je déclare ici, une bonne fois pour
toutes, qu'il n'y a perfonne en France qui puiffe dire
que je lui aie jamais fait voir, depuis que je fuis hors
de l'enfance, aucun écrit fatirique en vers ou en
profe; & que celui-là fe montre, qui puiffe feulement avancer que j'aie jamais applaudi un feul de ces
écrits, dont le mérite confifte à flatter la malignité
humaine.

Non-feulement je ne me fuis jamais fervi de termes
injurieux, foit de bouche, foit par écrit, en citant feu
M. de *Campiftron*, dont la mémoire ne doit pas être
indifférente aux gens de lettres; mais je me fuis
toujours révolté contre cette coutume impolie qu'ont

(*) Lettre d'un fpectateur français au fujet d'*Inès de Caftro*.

prife plufieurs jeunes gens, d'appeler par leur fimple nom des auteurs illuftres qui méritent des égards.

Je trouve toujours indigne de la politeffe françaife, & du refpeƈt que les hommes fe doivent les uns aux autres, de dire *Fontenelle*, *Chaulieu*, *Crébillon*, *la Motte*, *Rouffeau* &c. & j'ofe dire que j'ai corrigé quelques perfonnes de ces manières indécentes de parler, qui font toujours infultantes pour les vivans, & dont on ne doit fe fervir envers les morts, que quand ils commencent à devenirs anciens pour nous. Le peu de curieux qui pourront jeter les yeux fur les préfaces de quelques pièces de théâtre que j'ai hafardées, verront que je dis toujours le grand *Corneille*, qui a pour nous le mérite de l'antiquité; & que je dis, M. *Racine* & M. *Defpréaux*, parce qu'ils font prefque mes contemporains.

Il eft vrai que dans la préface d'une tragédie, adreffée à milord *Bolingbrocke*, rendant compte à cet illuftre anglais des défauts & des beautés de notre théâtre, je me fuis plaint avec juftice que la galanterie dégrade parmi nous la dignité de la fcène; j'ai dit, & je le dis encore, que l'on avait applaudi ces vers d'Alcibiade, indignes de la tragédie.

> Hélas! qu'eft-il befoin de m'en entretenir?
> Mon penchant à l'amour, je l'avoûrai fans peine,
> Fut de tous mes malheurs la caufe trop certaine:
> Mais bien qu'il m'ait caufé des chagrins, des foupirs,
> Je n'ai pu refufer mon ame à fes plaifirs;
> Car enfin, Amintas, quoi qu'on en puiffe dire,
> Il n'eft rien de femblable à ce qu'il nous infpire.

Où trouve-t-on ailleurs cette vive douceur,
Capable d'enlever & de calmer un cœur ?
Ah! lorfque pénétré d'un amour véritable,
Et gémiffant aux pieds d'un objet adorable,
J'ai connu dans fes yeux timides ou diftraits,
Que mes foins de fon cœur avaient troublé la paix;
Que par l'aveu fecret d'une ardeur mutuelle,
La mienne a pris encore une force nouvelle;
Dans ces tendres inftans j'ai toujours éprouvé
Qu'un mortel peut fentir un bonheur achevé.

J'aurais pu dire avec la même vérité, que les
derniers ouvrages du grand *Corneille* font indignes de
lui, & font inférieurs à cet Alcibiade; & que la
Bérénice de M. *Racine* n'eft qu'une élégie bien écrite;
fans offenfer la mémoire de ces grands-hommes. Ce
font les fautes de ces écrivains illuftres qui nous inftruifent; j'ai cru même faire honneur à M. de
Campiftron, en le citant à des étrangers, à qui je
parlais de la fcène françaife; de même que je croirais
rendre hommage à la mémoire de l'inimitable *Molière*,
fi, pour faire fentir les défauts de notre fcène comique,
je difais que d'ordinaire les intrigues de nos comédies
ne font ménagées que par des valets; que les plaifanteries ne font prefque jamais dans la bouche des
maîtres; & que j'apportaffe en preuve la plupart des
pièces de ce charmant génie, qui, malgré ce défaut &
celui de fes dénouemens, eft fi au-deffus de *Plaute* &
de *Térence*.

J'ai ajouté qu'Alcibiade eft une pièce fuivie, mais
faiblement écrite; le défenfeur de M. de *Campiftron*
m'en fait un crime; mais qu'il me foit permis de me
fervir de la réponfe d'*Horace* :

Nempe incompofito dixi pede currere verfus
Lucili : quis tam Lucili fautor ineptè eft ,
Ut non hoc fateatur ?

On me demande ce que j'entends par un ftyle
faible : je pourrais répondre le mien. Mais je vais
tâcher de débrouiller cette idée, afin que cet écrit ne
foit pas abfolument inutile, & que ne pouvant, par
mon exemple, prouver ce que c'eft qu'un ftyle noble
& fort, j'effaye au moins d'expliquer mes conjectures,
& de juftifier ce que je penfe en général du ftyle de
la tragédie d'Alcibiade.

Le ftyle fort & vigoureux, tel qu'il convient à la
tragédie, eft celui qui ne dit ni trop ni trop peu, &
qui fait toujours des tableaux à l'efprit, fans s'écarter
un moment de la paffion.

Ainfi *Cléopâtre*, dans Rodogune, s'écrie :

Trône, à t'abandonner je ne puis confentir ;
Par un coup de tonnerre il en vaut mieux fortir.

. . . .

Tombe fur moi le ciel, pourvu que je me vénge.

Voilà du ftyle très-fort, & peut-être trop. Le vers
qui précède le dernier,

Il vaut mieux mériter le fort le plus étrange,

eft du ftyle le plus faible.

Le ftyle faible, non-feulement en tragédie, mais
en toute poëfie, confifte encore à laiffer tomber fes
vers deux à deux, fans entre-mêler de longues périodes
& de courtes, & fans varier la mefure ; à rimer trop
en épithètes ; à prodiguer des expreffions trop com-
munes ; à répéter fouvent les mêmes mots ; à ne pas

se servir à propos des conjonctions, qui paraissent inutiles aux esprits peu instruits, & qui contribuent cependant beaucoup à l'élégance du discours.

Tantùm series, juncturaque pollent !

Ce sont toutes ces finesses imperceptibles qui font en même temps, & la difficulté, & la perfection de l'art.

In tenui labor; at tenuis non gloria.

J'ouvre dans ce moment le volume des tragédies de M. de *Campistron*, & je vois à la première scène de l'Alcibiade,

Quelle que soit pour nous la tendresse des rois,
Un moment leur suffit pour faire un autre choix.

Je dis que ces vers, sans être absolument mauvais, sont faibles & sans beauté.

Pierre Corneille, ayant la même chose à dire, s'exprime ainsi :

Et malgré ce pouvoir dont l'éclat nous séduit,
Sitôt qu'il nous veut perdre, un coup-d'œil nous détruit.

Ce *quelle que soit* de l'Alcibiade fait languir le vers : de plus, *un moment leur suffit pour faire un autre choix*, ne fait pas à beaucoup près une peinture aussi vive que ce vers :

Sitôt qu'il nous veut perdre, un coup-d'œil nous détruit.

Je trouve encore :

Mille exemples connus de ces fameux revers....
Affaiblit notre empire, & dans mille combats....
Nous cache mille soins dont il est agité....
Il a mille vertus dignes du diadème....
Le sort le plus cruel, mille tourmens affreux.

Je dis que ce mot *mille* ſi ſouvent répété , & ſurtout dans des vers aſſez lâches , affaiblit le ſtyle au point de le gâter ; que la pièce eſt pleine de ces termes oiſifs , qui rempliſſent négligemment l'hémiſtiche des vers ; je m'offre de prouver à qui voudra , que preſque tous les vers de cet ouvrage ſont énervés par ces petits défauts de détail , qui répandent leur langueur ſur toute la diction.

Si j'avais vécu du temps de M. de *Campiſtron* , & que j'euſſe eu l'honneur d'être ſon ami , je lui aurais dit à lui-même ce que je dis ici au public ; j'aurais fait tous mes efforts pour obtenir de lui qu'il retouchât le ſtyle de cette pièce , qui ſerait devenue , avec plus de ſoin , un très-bon ouvrage. En un mot , je lui aurais parlé , comme je fais ici , pour la perfection d'un art qu'il cultivait d'ailleurs avec ſuccès.

Le fameux acteur qui repréſenta ſi long-temps Alcibiade , cachait toutes les faibleſſes de la diction par les charmes de ſon récit ; en effet , l'on peut dire d'une tragédie comme d'une hiſtoire : *Hiſtoria quoquo modo ſcripta , bene legitur & tragœdia quoquo modo ſcripta , bene repræſentatur* ; mais les yeux du lecteur ſont des juges plus difficiles que les oreilles du ſpectateur.

Celui qui lit ces vers d'Alcibiade ,

> Je répondrai, Seigneur, avec la liberté
> D'un Grec qui ne ſait pas cacher la vérité ,

ſe reſſouvient à l'inſtant de ces beaux vers de Britan-nicus :

> Je répondrai, Madame, avec la liberté
> D'un ſoldat qui ſait mal farder la vérité.

Il voit d'abord que les vers de M. *Racine* font pleins d'une harmonie fingulière qui caractérife en quelque façon *Burrhus*, par cette céfure coupée, *d'un foldat &c.* au lieu que les vers d'Alcibiade font rampans & fans force ; en fecond lieu, il eft choqué d'une imitation fi marquée ; en troifième lieu, il ne peut fouffrir que le citoyen d'un pays renommé par l'éloquence & par l'artifice, donne à ces mêmes Grecs un caractère qu'ils n'avaient pas.

> Vous allez attaquer des peuples indomptables,
> Sur leurs propres foyers, plus qu'ailleurs redoutables.

On voit par-tout la même langueur de ftyle. Ces rimes d'épithètes, *indomptables*, *redoutables*, choquent l'oreille délicate du connaiffeur qui veut des chofes, & qui ne trouve que des fons. *Sur leurs propres foyers, plus qu'ailleurs*, eft trop fimple, même pour la profe.

Je n'ai trouvé aucun homme de lettres qui n'ait été de mon avis, & qui ne foit convenu avec moi que le ftyle de cette pièce eft en général très-languiffant. J'ajouterai même que c'eft la diction feule qui abaiffe M. de *Campiftron* au-deffous de M. *Racine*. J'ai toujours foutenu que les pièces de M. de *Campiftron* étaient pour le moins auffi régulièrement conduites que toutes celles de l'illuftre *Racine*; mais il n'y a que la poëfie de ftyle qui faffe la perfection des ouvrages en vers. M. de *Campiftron* l'a toujours trop négligée; il n'a imité le coloris de M: *Racine* que d'un pinceau timide; il manque à cet auteur, d'ailleurs judicieux & tendre, ces beautés de détail, ces expreffions heureufes qui font l'ame de la poëfie, & font le mérite des *Homère*, des *Virgile*, des *Taffe*, des *Milton*, des *Pope*, des *Corneille*, des *Racine*, des *Boileau*.

Je n'ai donc avancé qu'une vérité, & même une vérité utile pour les belles-lettres ; & c'eft parce qu'elle eft vérité qu'elle m'attire des injures.

L'anonyme (quel qu'il foit) me dit, à la fuite de plufieurs perfonalités, que je fuis un très-mauvais modèle ; mais au moins il ne le dit qu'après moi : je ne me vante que de connaître mon art & mon impuif-fance. Il dit ailleurs (ce qui n'eft point une injure, mais une critique permife) que ma tragédie de Brutus eft très-défectueufe. Qui le fait mieux que moi ! c'eft parce que j'étais très-convaincu des défauts de cette pièce, que je la refufai conftamment un an entier aux comédiens. Depuis même je l'ai fort retouchée ; j'ai retourné ce terrain où j'avais travaillé fi long-temps avec tant de peine & fi peu de fruit. Il n'y a aucun de mes faibles ouvrages que je ne corrige tous les jours dans les intervalles de mes maladies. Non-feulement je vois mes fautes, mais j'ai obligation à ceux qui m'en reprennent ; & je n'ai jamais répondu à une critique qu'en tâchant de me corriger.

Cette vérité que j'aime dans les autres, j'ai droit d'exiger que les autres la fouffrent en moi. M. de *la Motte* fait avec quelle franchife je lui ai parlé, & que je l'eftime affez pour lui dire, quand j'ai l'honneur de le voir, quelques défauts que je crois apercevoir dans fes ingénieux ouvrages. Il ferait honteux que la flatterie infectât le petit nombre d'hommes qui penfent. Mais plus j'aime la vérité, plus je hais & dédaigne la fatire qui n'eft jamais que le langage de l'envie. Les auteurs qui veulent apprendre à penfer aux autres

hommes, doivent leur donner des exemples de politeſſe comme d'éloquence, & joindre les bienſéances
de la ſociété à celles du ſtyle. Faut-il que ceux qui
cherchent la gloire courent à la honte par leurs querelles littéraires, & que les gens d'eſprit deviennent
ſouvent la riſée des ſots.

On m'a ſouvent envoyé en Angleterre des épigrammes & de petites ſatires contre M. de *Fontenelle* ;
j'ai eu ſoin de dire, pour l'honneur de mes compatriotes,
que ces petits traits qu'on lui décoche reſſemblent aux
injures que l'eſclave diſait autrefois au triomphateur.

Je crois que c'eſt être bon français de détourner,
autant qu'il eſt en moi, le ſoupçon qu'on a dans les
pays étrangers, que les Français ne rendent jamais
juſtice à leurs contemporains. Soyons juſtes, Meſſieurs;
ne craignons ni de blâmer ni ſurtout de louer ce qui
le mérite; ne liſons point Pertharite, mais pleurons
à Polyeuĉte. Oublions, avec M. de *Fontenelle*, des
lettres compoſées dans ſa jeuneſſe ; mais apprenons
par cœur, s'il eſt poſſible, les Mondes, la préface de
l'Hiſtoire de l'académie des ſciences &c. Diſons, ſi vous
voulez, à M. de *la Motte*, qu'il n'a pas aſſez bien traduit
l'Iliade, mais n'oublions pas un mot des belles odes
& des autres pièces heureuſes qu'il a faites. C'eſt ne
pas payer ſes dettes que de refuſer de juſtes louanges.
Elles ſont l'unique récompenſe des gens de lettres ; &
qui leur payera ce tribut, ſinon nous qui, courant à-
peu-près la même carrière, devons connaître mieux
que d'autres la difficulté & le prix d'un bon ouvrage ?

J'ai entendu dire ſouvent en France que tout eſt
dégénéré, & qu'il y a dans tout genre une diſette
d'hommes étonnante. Les étrangers n'entendent à

Paris que ces difcours, & ils nous croient aifément
fur notre parole ; cependant quel eft le fiècle où
l'efprit humain ait fait plus de progrès que parmi
nous ? Voici un jeune homme de feize ans (*) qui
exécute en effet ce qu'on a dit autrefois de M. *Pafcal*,
& qui donne un traité fur les courbes qui ferait honneur aux plus grands géomètres, L'efprit de raifon
pénètre fi bien dans les écoles, qu'elles commencent
à rejeter également & les abfurdités inintelligibles
d'*Ariflote*, & les chimères ingénieufes de *Defcartes*.
Combien d'excellentes hiftoires n'avons - nous pas
depuis trente ans ? Il y en a telle qui fe lit avec plus
de plaifir que *Philippe de Commines* ; il eft vrai qu'on
n'ofe l'avouer tout haut, parce que l'auteur eft encore
vivant ; & le moyen d'eftimer un contemporain autant
qu'un homme mort il y a plus de deux cents ans !

> *Ploravere fuis non refpondere favorem*
> *Speratum meritis.*

Perfonne n'ofe convenir franchement des richeffes
de fon fiècle. Nous fommes comme les avares qui
difent toujours que le temps eft dur. J'abufe de votre
patience, Meffieurs ; pardonnez cette longue lettre &
toutes ces réflexions au devoir d'un honnête-homme
qui a dû fe juftifier, & à mon amour extrême pour
les lettres, pour ma patrie, & pour la vérité.

Je fuis, &c.

(*) M. *Clairaulı.*

A M. LE FEVRE,

SUR LES INCONVENIENS ATTACHÉS A LA LITTERATURE. (1)

1 7 3 2.

VOTRE vocation, mon cher *le Fèvre*, eſt trop bien marquée pour y réſiſter. Il faut que l'abeille faſſe de la cire, que le ver à ſoie file, que M. de *Réaumur* les diſſèque, & que vous les chantiez. Vous ferez poëte & homme de lettres, moins parce que vous le voulez, que parce que la nature l'a voulu. Mais vous vous trompez beaucoup, en imaginant que la tranquillité ſera votre partage. La carrière des lettres, & ſurtout celle du génie, eſt plus épineuſe que celle de la fortune. Si vous avez le malheur d'être médiocre, (ce que je ne crois pas) voilà des remords pour la vie. Si vous réuſſiſſez, voilà des ennemis; vous marchez ſur le bord d'un abyme, entre le mépris & la haine.

Mais quoi, me direz-vous, me haïr, me perſécuter, parce que j'aurai fait un bon poëme, une pièce de théâtre applaudie, ou écrit une hiſtoire avec ſuccès, ou cherché à m'éclairer & à inſtruire les autres?

Oui, mon ami, voilà de quoi vous rendre malheureux à jamais. Je ſuppoſe que vous ayez fait un bon

---

(1) Cette lettre paraît écrite en 1732, car en ce temps l'auteur avait pris chez lui ce jeune homme, nommé M. *le Fèvre*, à qui elle eſt adreſſée. On dit qu'il promettait beaucoup, qu'il était très-ſavant, & feſait bien des vers : il mourut la même année.

ouvrage,

ouvrage, imaginez-vous qu'il vous faudra quitter le
repos de votre cabinet pour folliciter l'examinateur.
Si votre manière de penfer n'eft pas la fienne ; s'il n'eft
pas l'ami de vos amis ; s'il eft celui de votre rival ;
s'il eft votre rival lui-même, il vous eft plus difficile
d'obtenir un privilége, qu'à un homme qui n'a point
la protection des femmes, d'avoir un emploi dans les
finances. Enfin, après un an de refus & de négociations, votre ouvrage s'imprime ; c'eft alors qu'il faut,
ou affoupir les *Cerbères* de la littérature, ou les faire
aboyer en votre faveur. Il y a toujours trois ou quatre
gazettes littéraires en France, & autant en Hollande ;
ce font des factions différentes. Les libraires de ces
journaux ont intérêt qu'ils foient fatiriques ; ceux qui
y travaillent, fervent aifément l'avarice du libraire &
la malignité du public. Vous cherchez à faire fonner
ces trompettes de la Renommée ; vous courtifez les
écrivains, les protecteurs, les abbés, les docteurs,
les colporteurs : tous vos foins n'empêchent pas que
quelque journalifte ne vous déchire. Vous lui répondez ;
il réplique ; vous avez un procès par écrit devant le
public, qui condamne les deux parties au ridicule.

C'eft bien pis, fi vous compofez pour le théâtre ;
vous commencez par comparaître devant l'aréopage de
vingt comédiens, gens dont la profeffion, quoiqu'utile
& agréable, eft cependant flétrie par l'injufte mais
irrévocable cruauté du public. Ce malheureux aviliffement où ils font les irrite ; ils trouvent en vous un
client, & ils vous prodiguent tout le mépris dont ils
font couverts. Vous attendez d'eux votre première
fentence ; ils vous jugent ; ils fe chargent enfin de votre
pièce. Il ne faut plus qu'un mauvais plaifant dans le

Mélanges littér. Tome III.   C

parterre pour la faire tomber. Réuffit-elle ? la farce qu'on appelle *italienne*, celle de la foire, vous parodient ; vingt libelles vous prouvent que vous n'avez pas dû réuffir. Des favans, qui entendent mal le grec, & qui ne lifent point ce qu'on fait en français, vous dédaignent ou affectent de vous dédaigner.

Vous portez en tremblant votre livre à une dame de la cour ; elle le donne à une femme de chambre qui en fait des papillotes ; & le laquais galonné, qui porte la livrée du luxe, infulte à votre habit, qui eft la livrée de l'indigence.

Enfin, je veux que la réputation de vos ouvrages ait forcé l'envie à dire quelquefois que vous n'êtes pas fans mérite ; voilà tout ce que vous pouvez attendre de votre vivant : mais qu'elle s'en venge bien en vous perfécutant ! On vous impute des libelles que vous n'avez pas même lus, des vers que vous méprifez, des fentimens que vous n'avez point. Il faut être d'un parti, ou bien tous les partis fe réuniffent contre vous.

Il y a dans Paris un grand nombre de petites fociétés, où préfide toujours quelque femme, qui dans le déclin de fa beauté fait briller l'aurore de fon efprit. Un ou deux hommes de lettres font les premiers miniftres de ce petit royaume. Si vous négligez d'être au rang des courtifans, vous êtes dans celui des ennemis, & on vous écrafe. Cependant, malgré votre mérite, vous vieilliffez dans l'opprobre & dans la mifère. Les places deftinées aux gens de lettres font données à l'intrigue, non au talent. Ce fera un précepteur, qui par le moyen de la mère de fon élève emportera un pofte, que vous n'oferez pas feulement regarder.

Le paraſite d'un courtiſan vous enlevera l'emploi auquel vous êtes propre.

Que le haſard vous amène dans une compagnie, où il ſe trouvera quelqu'un de ces auteurs réprouvés du public, ou de ces demi-ſavans qui n'ont pas même aſſez de mérite pour être de médiocres auteurs, mais qui aura quelque place ou qui ſera intrus dans quelque corps; vous ſentirez, par la ſupériorité qu'il affeɛlera ſur vous, que vous êtes juſtement dans le dernier degré du genre-humain.

Au bout de quarante ans de travail, vous vous réſolvez à chercher par les cabales ce qu'on ne donne jamais au mérite ſeul; vous vous intriguez comme les autres pour entrer dans l'académie françaiſe, & pour aller prononcer, d'une voix caſſée, à votre réception un compliment qui le lendemain ſera oublié pour jamais. Cette académie françaiſe eſt l'objet ſecret des vœux de tous les gens de lettres; c'eſt une maîtreſſe contre laquelle ils font des chanſons & des épigrammes, juſqu'à ce qu'ils aient obtenu ſes faveurs, & qu'ils négligent dès qu'ils en ont la poſſeſſion.

Il n'eſt pas étonnant qu'ils déſirent d'entrer dans un corps où il y a toujours du mérite, & dont ils eſpèrent, quoiqu'aſſez vainement, d'être protégés. Mais vous me demanderez pourquoi ils en diſent tous tant de mal juſqu'à ce qu'ils y ſoient admis, & pourquoi le public, qui reſpeɛle aſſez l'académie des ſciences, ménage ſi peu l'académie françaiſe? C'eſt que les travaux de l'académie françaiſe ſont expoſés aux yeux du grand nombre, & les autres ſont voilés. Chaque français croit ſavoir ſa langue, & ſe pique d'avoir du goût; mais il ne ſe pique pas d'être phyſicien. Les mathématiques feront toujours pour la nation en général une efpèce de myftère, & par conféquent quelque chofe de refpeftable. Des équations algébriques ne donnent de prife ni à l'épigramme, ni à la chanfon, ni à l'envie; mais on juge durement ces énormes recueils de vers médiocres, de complimens, de harangues, & ces éloges qui font quelquefois auffi faux que l'éloquence avec laquelle on les débite. On eft fâché de voir la devife de l'*Immortalité* à la tête de tant de déclamations, qui n'annoncent rien d'éternel, que l'oubli auquel elles font condamnées.

Il eft très-certain que l'académie françaife pourrait fervir à fixer le goût de la nation. Il n'y a qu'à lire fes remarques fur le Cid; la jaloufie du cardinal de *Richelieu* a produit au moins ce bon effet. Quelques ouvrages dans ce genre feraient d'une utilité fenfible. On les demande depuis cent années au feul corps dont ils puiffent émaner avec fruit & bienféance. On fe plaint que la moitié des académiciens foit compofée de feigneurs qui n'affiftent jamais aux affemblées, & que dans l'autre moitié il fe trouve à peine huit ou neuf gens de lettres qui foient affidus. L'académie eft fouvent négligée par fes propres membres. Cependant à peine un des quarante a-t-il rendu les derniers foupirs, que dix concurrens fe préfentent; un évêché n'eft pas plus brigué; on court en pofte à Verfailles; on fait parler toutes les femmes; on fait agir tous les intrigans; on fait mouvoir tous les refforts; des haines violentes font fouvent le fruit de ces démarches. La principale origine de ces horribles couplets, qui ont perdu à jamais le célèbre & malheureux *Rouffeau*, vient de ce qu'il manqua la place qu'il briguait à l'académie. Obtenez-vous cette préférence fur vos rivaux? votre bonheur n'eft bientôt qu'un fantôme. Effuyez-vous un refus? votre affliction eft réelle. On pourrait mettre fur la tombe de prefque tous les gens de lettres :

> Ci gît au bord de l'Hippocrène,
> Un mortel long-temps abufé.
> Pour vivre pauvre & méprifé,
> Il fe donna bien de la peine.

Quel eft le but de ce long fermon que je vous fais? eft-ce de vous détourner de la route de la littérature? non. Je ne m'oppofe point ainfi à la deftinée; je vous exhorte feulement à la patience.

AUX AUTEURS

DE LA BIBLIOTHEQUE RAISONNÉE,

Sur l'incendie de la ville d'Altena.

1 7 3 2.

L'EXTREME difficulté que nous avons en France de faire venir des livres de Hollande, eft caufe que je n'ai vu que tard le neuvième tome de la Biblio-thèque raifonnée; & je dirai en paffant, que fi le refte de ce journal répond à ce que j'en ai parcouru, les gens de lettres font à plaindre en France de ne le pas connaître.

C 3

A la page 469 de ce neuvième tome, seconde partie, j'ai trouvé une lettre contre moi, par laquelle on me reproche d'avoir calomnié la ville de Hambourg, dans l'Histoire de *Charles XII*.

Depuis quelques jours, un Hambourgeois, homme de lettres & de mérite, nommé M. *Richey*, m'ayant fait l'honneur de me venir voir, m'a renouvelé ces plaintes au nom de ses compatriotes.

Voici le fait, & voici ce que je suis obligé de déclarer.

Dans le fort de cette guerre malheureuse qui a ravagé le Nord, les comtes de *Steinbock* & de *Welling*, généraux du roi de Suède, prirent en 1713, dans la ville de Hambourg même, la résolution de brûler Altena, ville commerçante, appartenante aux Danois, & qui commençait à faire quelque ombrage au commerce de Hambourg.

Cette résolution fut exécutée sans miséricorde la nuit du 9 janvier. Ces généraux couchèrent à Hambourg cette nuit-là même ; ils y couchèrent le 10, le 11, le 12, & le 13, & datèrent de Hambourg les lettres qu'ils écrivirent, pour tâcher de justifier cette barbarie.

Il est encore certain, & les Hambourgeois n'en disconviennent pas, qu'on refusa l'entrée de Hambourg à plusieurs Altenois, à des vieillards, à des femmes grosses, qui y vinrent demander un refuge ; & que quelques-uns de ces misérables expirèrent sous les murs de cette ville, au milieu de la neige & de la glace, consumés de froid & de misère, tandis que leur patrie était en cendres.

J'ai été obligé de rapporter ces faits dans l'Hiftoire de *Charles XII*. Un de ceux qui m'ont communiqué des mémoires, me marque très-pofitivement, dans une de fes lettres, que les Hambourgeois avaient donné de l'argent au comte de *Steinbock*, pour l'engager à exterminer Altena, comme la rivale de leur commerce. Je n'ai point adopté une accufation fi grave : quelque raifon que j'aie d'être convaincu de la méchanceté des hommes, je n'ai jamais cru le crime fi aifément ; j'ai combattu efficacement plus d'une calomnie ; & je fuis le feul qui ait ofé juftifier la mémoire du comte *Piper* par des raifons, lorfque toute l'Europe le calomniait par des conjectures.

Au lieu donc de fuivre le mémoire qu'on m'avait envoyé, je me fuis contenté de rapporter, *qu'on difait* que les Hambourgeois avaient donné fecrétement de l'argent au comte de *Steinbock*.

Ce bruit a été univerfel & fondé fur des apparences : un hiftorien peut rapporter les bruits auffi-bien que les faits ; & quand il ne donne une rumeur publique, une opinion, que pour une opinion, & non pour une vérité, il n'en eft ni refponfable ni répréhenfible.

Mais lorfqu'il apprend que cette opinion populaire eft fauffe & calomnieufe, alors fon devoir eft de le déclarer, & de remercier publiquement ceux qui l'ont inftruit.

C'eft le cas où je me trouve. M. *Richey* m'a démontré l'innocence de fes compatriotes. La Bibliothèque raifonnée a auffi très-folidement repouffé l'accufation intentée contre la ville de Hambourg. L'auteur de la lettre contre moi eft feulement répréhenfible, en ce qu'il m'attribue d'avoir dit pofitivement que la ville de Hambourg était coupable ; il devait distinguer entre l'opinion d'une partie du Nord, que j'ai rapportée comme un bruit vague, & l'affirmation qu'il m'impute. Si j'avais dit en effet : *La ville de Hambourg a acheté la ruine de la ville d'Altena*, je lui en demanderais pardon très-humblement, persuadé qu'il n'y a de honte qu'à ne se point rétracter quand on a tort. Mais j'ai dit la vérité, en rapportant un bruit qui a couru ; & je dis la vérité, en disant qu'ayant examiné ce bruit, je l'ai trouvé plein de fausseté.

J'ai dois encore déclarer qu'il régnait des maladies contagieuses à Altena dans le temps de l'incendie ; & que si les Hambourgeois n'avaient point de lazarets, (comme on me l'a assuré) point d'endroit où l'on pût mettre à couvert & séparément les vieillards & les femmes qui périrent à leur vue, ils sont très-excufables de ne les avoir pas recueillis ; car la conservation de sa propre ville doit être préférée au salut des étrangers.

J'aurai très-grand soin que l'on corrige cet endroit de l'Histoire de *Charles XII*, dans la nouvelle édition commencée à Amsterdam ; & qu'on le réduise à l'exacte vérité dont je fais profession, & que je préfère à tout.

J'apprends aussi que l'on a inféré dans des papiers hebdomadaires, des lettres aussi outrageantes que mal écrites du poëte *Rousseau*, au sujet de la tragédie de Zaïre. Cet auteur de plusieurs pièces de théâtre, toutes sifflées, fait le procès à une pièce qui a été reçue du public avec assez d'indulgence ; & cet auteur de tant d'ouvrages impies me reproche publiquement d'avoir peu respecté la religion dans une tragédie ;

repréfentée avec l'approbation des plus vertueux magiſtrats, lue par monſeigneur le cardinal de *Fleuri*, &
qu'on repréfente déjà dans quelques maiſons religieuſes. On me fera bien l'honneur de croire que je
ne m'avilirai pas à répondre à cet écrivain.

A UN PREMIER COMMIS.

20 juin 1733.

PUISQUE vous êtes, Monſieur, à portée de rendre
ſervice aux belles-lettres, ne rognez pas de ſi près les
ailes à nos écrivains, & ne faites pas des volailles de
baſſe-cour de ceux qui en prenant l'eſſor pourraient
devenir des aigles; une liberté honnête élève l'eſprit,
& l'eſclavage le fait ramper. S'il y avait eu une inqui-
fition littéraire à Rome, nous n'aurions aujourd'hui
ni *Horace*, ni *Juvénal*, ni les œuvres philoſophiques
de *Cicéron*. Si *Milton*, *Dryden*, *Pope*, & *Locke*, n'avaient
pas été libres, l'Angleterre n'aurait eu ni des poëtes
ni des philoſophes; il y a je ne ſais quoi de turc à
proſcrire l'imprimerie; & c'eſt la proſcrire que la trop
gêner. Contentez-vous de réprimer ſévèrement les
libelles diffamatoires, parce que ce ſont des crimes;
mais tandis qu'on débite hardiment des recueils de
ces infames calottes, & tant d'autres productions qui
méritent l'horreur & le mépris, ſouffrez au moins que
Bayle entre en France; & que celui qui fait tant d'honneur à ſa patrie n'y ſoit pas de contrebande.

Vous me dites que les magistrats qui régiffent la douane de la littérature se plaignent qu'il y a trop de livres. C'est comme si le prévôt des marchands se plaignait qu'il y eût à Paris trop de denrées. En achète qui veut. Une immense bibliothèque reffemble à la ville de Paris, dans laquelle il y a près de huit cents mille hommes ; vous ne vivez pas avec tout ce chaos ; vous y choififfez quelque société, & vous en changez. On traite les livres de même. On prend quelques amis dans la foule. Il y aura sept ou huit cents mille controverfiftes, quinze ou seize mille romans, que vous ne lirez point ; une foule de feuilles périodiques, que vous jetterez au feu après les avoir lues. L'homme de goût ne lit que le bon ; mais l'homme d'Etat permet le bon & le mauvais.

Les penfées des hommes font devenues un objet important du commerce. Les libraires hollandais gagnent un million par an, parce que les Français ont eu de l'efprit. Un roman médiocre eft, je le fais bien, parmi les livres, ce qu'eft dans le monde un fot qui veut avoir de l'imagination. On s'en moque, mais on le fouffre. Ce roman fait vivre, & l'auteur qui l'a compofé, & le libraire qui le débite, & le fondeur, & l'imprimeur, & le papetier, & le relieur, & le colporteur, & le marchand de mauvais vin, à qui tous ceux-là portent leur argent. L'ouvrage amufe encore deux ou trois heures quelques femmes avec lefquelles il faut de la nouveauté en livres, comme en tout le refte. Ainfi, tout méprifable qu'il eft, il a produit deux chofes importantes, du profit & du plaifir.

Les fpectacles méritent encore plus d'attention ; je ne les confidère pas comme une occupation qui retire les jeunes gens de la débauche ; cette idée ferait celle d'un curé ignorant. Il y a affez de temps, avant & après les fpectacles , pour faire ufage de ce peu de momens qu'on donne à des plaifirs de paffage , immédiatement fuivis du dégoût. D'ailleurs on ne va pas aux fpectacles tous les jours ; & dans la multitude de nos citoyens, il n'y a pas quatre mille hommes qui les fréquentent avec quelque affiduité.

Je regarde la tragédie & la comédie comme des leçons de vertu, de raifon, & de bienféance. *Corneille*, ancien romain parmi les Français, a établi une école de grandeur d'ame ; & *Molière* a fondé celle de la vie civile. Les génies français formés par eux appellent du fond de l'Europe les étrangers, qui viennent s'inftruire chez nous, & qui contribuent à l'abondance de Paris. Nos pauvres font nourris du produit de ces ouvrages, qui nous foumettent jufqu'aux nations qui nous haïffent. Tout bien pefé, il faut être ennemi de fa patrie pour condamner nos fpectacles. Un magiftrat qui, parce qu'il a acheté cher un office de judicature, ofe penfer qu'il ne lui convient pas de voir *Cinna*, montre beaucoup de gravité & bien peu de goût.

Il y aura toujours dans notre nation polie de ces ames qui tiendront du Goth & du Vandale ; je ne connais pour vrais Français, que ceux qui aiment les arts & les encouragent. Ce goût commence, il eft vrai, à languir parmi nous ; nous fommes des fybarites laffés des faveurs de nos maîtreffes. Nous jouiffons des veilles des grands-hommes, qui ont travaillé pour nos plaifirs & pour ceux des fiècles à venir, comme nous recevons les productions de la nature ; on dirait qu'elles nous font dues ; il n'y a que cent ans que

nous mangions du gland; les *Triptolèmes* qui nous
ont donné le froment le plus pur, nous font indiffé-
rens; rien ne réveille cet efprit de nonchalance pour
les grandes chofes, qui fe mêle toujours avec notre
vivacité pour les petites.

Nous mettons tous les ans plus d'induftrie & plus
d'invention dans nos tabatières & dans nos autres
colifichets, que les Anglais n'en ont mis à fe rendre
les maîtres des mers, à faire monter l'eau par le
moyen du feu, & à calculer l'aberration de la lumière.
Les anciens Romains élevaient des prodiges d'architecture pour faire combattre des bêtes; & nous n'avons
pas fu depuis un fiècle bâtir feulement une falle
paffable, pour y faire repréfenter les chefs-d'œuvre de
l'efprit humain. Le centième de l'argent des cartes
fuffirait pour avoir des falles de fpectacles plus belles
que le théâtre de *Pompée;* mais quel homme dans
Paris eft animé de l'amour du public? On joue, on
foupe, on médit, on fait de mauvaifes chanfons, &
on s'endort dans la ftupidité, pour recommencer le
lendemain fon cercle de légèreté & d'indifférence.
Vous, Monfieur, qui avez au moins une petite place
dans laquelle vous êtes à portée de donner de bons
confeils, tâchez de réveiller cette léthargie barbare;
& faites, fi vous pouvez, du bien aux lettres, qui en
ont tant fait à la France.

AU PERE TOURNEMINE, JESUITE.

1 7 3 5.

MON TRÈS-CHER ET REVEREND PERE,

J'AI toujours aimé la vérité, & je l'ai cherchée de bonne-foi. C'eſt ce témoignage que je me rends à moi-même, qui m'enhardira toujours à ne me pas croire indigne de votre commerce & de votre amitié.

J'attends de la bonté de votre cœur, & de l'amour que vous avez en connaiſſance de cauſe pour les vérités que je cherche, que vous voudrez bien répondre à ma lettre par quelques inſtruĉtions, & communiquer mes doutes à vos amis.

Je ſais que vous êtes un peu pareſſeux d'écrire; mais vous ne l'êtes ni de penſer, ni de rendre ſervice. Daignez donc diĉter une réponſe. J'en ai trop beſoin pour que vous la refuſiez. Je ne me plaindrai point ici des injuſtices que j'ai eſſuyées, & des cris du parti janſéniſte. On s'eſt cru obligé de me ſacrifier pour quelque temps. Il n'eſt pas étonnant que des gens qui font DIEU ſi cruel, le ſoient eux-mêmes. Il ne s'agit ici que de quelques propoſitions ſur leſquelles je vous conjure de m'éclairer, & de me faire ſavoir le ſentiment de ceux de vos pères qui s'adonnent à la philoſophie.

1°. Je voudrais favoir fi vos philofophes qui ont lu attentivement *Newton*, peuvent nier qu'il y ait dans la matière un principe de gravitation qui agit en raifon directe des maffes, & en raifon renverfée du quarré des diftances ; il ne s'agit pas de favoir ce que c'eft que cette gravitation ; je crois qu'il eft impoffible de connaître jamais aucun premier principe. Mais DIEU a permis que nous puiffions calculer, mefurer, comparer avec certitude. Or il me paraît qu'on peut être auffi certain que la matière gravite felon les lois des forces centripètes, qu'il eft certain que les trois angles d'un triangle quelconque font égaux à deux droits.

2°. On a regardé comme impie cette propofition : *Nous ne pouvons pas affurer qu'il foit impoffible à* DIEU *de communiquer la penfée à la matière.* Je trouve cette propofition religieufe, & la contraire me femble déroger à la toute - puiffance du Créateur. Ceux qui me condamnent, me reprochent de croire l'ame mortelle. Mais quand même j'aurais dit, *l'ame eft matière*, cela ferait bien éloigné de dire, *l'ame périt.* Car là matière elle-même ne périt point. Son étendue, fon impéné-trabilité, fa néceffité d'être configurée & d'être dans l'efpace, tout cela & mille autres chofes lui demeurent après notre mort. Pourquoi ce que vous appelez *ame* ne demeurerait-il pas ? Il eft certain que je ne connais ce que j'appelle *matière*, que par quelqu'une de fes propriétés. Je connais même ces propriétés très-imparfaitement. Comment puis-je donc affurer que DIEU tout-puiffant n'a pu lui donner la penfée ? DIEU ne peut pas faire ce qui implique contradiction ; mais il faut, je crois, être bien hardi pour dire que la matière penfante implique contradiction.

Je fuis bien loin de croire que je puiffe affirmer que la penfée eft matière. Je fuis bien loin auffi de pouvoir affirmer que j'aie la moindre idée de ce qu'on appelle *efprit*.

Je dis fimplement qu'il me paraît auffi poffible que Dieu faffe penfer la fubftance étendue, qu'il me paraît poffible que Dieu joigne un être étendu à un être immatériel.

Dans le doute, ce qui me fait pencher vers la matière, le voici :

Je fuis convaincu que les animaux ont les mêmes fentimens & les mêmes paffions que moi; qu'ils ont de la mémoire; qu'ils combinent quelques idées. Les cartéfiens les appelleront machines qui ont des paffions, qui gardent vingt ans le fouvenir d'une action, & qui ont les mêmes organes que nous. Comment les carté-fiens répondront-ils à cet argument-ci?

Dieu ne fait rien en vain; il a donné aux bêtes les mêmes organes de fentimens qu'à moi; donc fi les bêtes n'ont point de fentiment, Dieu a fait ces organes en vain.

Les cartéfiens ne peuvent éluder la force de ce raifonnement, qu'en difant que Dieu n'a pu faire autrement les organes de la vie des bêtes, qu'en les fefant conformés aux nôtres. Ils me répondront que Dieu m'a donné une ame pour flairer par mon nez & pour ouïr par mes oreilles, & que le chien a un nez & des oreilles, feulement parce que cela était néceffaire à fa vie.

Or cette réponfe eft bien méprifable : car il y a des animaux qui n'ont point d'oreilles, d'autres n'ont point de nez, d'autres font fans langue, d'autres fans yeux. Donc ces organes ne font point néceſſaires à la vie ; donc ce font des organes de fentimens ; donc les bêtes fentent comme nous.

Maintenant, pourra-t-on aſſurer qu'il ſoit impoſſible à DIEU d'avoir donné le fentiment à ces ſubſtances nommées *bêtes* ? non, fans doute. Donc il n'eſt pas impoſſible à DIEU d'en avoir autant fait pour nous. Or, il eſt vraiſemblable qu'il en a agi ainſi pour les bêtes ; donc il n'eſt pas hors de vraiſemblance qu'il en ait agi ainſi pour nous.

Je viens aux penſées de M. *Paſcal*. Je remarquerai d'abord que je n'ai jamais trouvé perſonne en ma vie qui n'ait admiré ce livre, & que depuis trois mois pluſieurs perſonnes prétendent qu'ils ont toujours penſé que ce livre était plein de fauſſetés.

Mais venons au fait. Ma grande diſpute avec *Paſcal*, roule préciſément ſur le fondement de ſon livre.

Il prétend que pour qu'une religion ſoit vraie, il faut qu'elle connaiſſe à fond la nature humaine, & qu'elle rende raiſon de tout ce qui ſe paſſe dans notre cœur.

Je prétends que ce n'eſt point ainſi qu'on doit exa-miner une religion, & que ç'eſt la traiter comme un ſyſtème de philoſophie ; je prétends qu'il faut unique-ment voir ſi cette religion eſt révélée ou non, & qu'ainſi il ne faut pas dire : Les hommes ſont légers, inconſtans, pleins de déſirs & d'impuiſſance ; les femmes accouchent avec douleur, & le blé ne vient que quand on a labouré la terre ; donc *la religion chrétienne doit être vraie*. Car toute religion a tenu & peut tenir le même langage.

Mais

Mais il faut au contraire dire fi la religion chrétienne a été révélée; alors nous verrons la vraie raison
pourquoi les hommes font faibles, méchans; pourquoi
il faut femer &c.

Mon idée est donc que le péché originel ne peut
être prouvé par la raison, & que c'est un point de
foi. Voilà pourtant ce qui a soulevé contre moi tous
les janféniftes.

A U   M E M E.

1 7 3 5.

MON TRÈS-CHER ET REVEREND PERE,

L'INALTERABLE amitié dont vous m'honorez,
est bien digne d'un cœur comme le vôtre; elle me
fera chère toute ma vie. Je vous fupplie de recevoir
les nouvelles affurances de la mienne, & d'affurer auffi
le père *Porée* de la reconnaiffance que je conferverai
toujours pour lui. Vous m'avez appris l'un & l'autre
à aimer la vertu, la vérité, & les lettres. Ayez auffi la
bonté d'affurer de ma fincère eftime le révérend père
Brumoy. Je ne connais point le père *Moloni*, ni le
père *Rouillé* dont vous me parlez; mais s'ils font vos
amis, ce font des hommes de mérite.

J'ai lu avec beaucoup de plaifir le poëme latin que
vous m'avez envoyé; & je regrette toujours que ceux
qui écrivent fi bien dans une langue étrangère &
prefqu'inutile, ne s'appliquent pas à enrichir la nôtre.

Je fais mes complimens à l'auteur ; & je fouhaite, pour l'honneur de la nation, qu'il veuille bien faire dans une langue qu'on parle, ce qu'il fait dans une langue qu'on ne parle plus ; c'eft un de vos mérites, mon cher père, de parler notre langue avec noblefle & pureté ; c'eft à un homme qui penfe & qui parle comme vous, à faire l'oraifon funèbre de feu M. le maréchal de *Villars*; le panégyrifte eft digne du héros. J'ai toujours été très-attaché à tous les deux ; & je vous fupplie inftamment de vouloir bien m'envoyer cet ouvrage.

Vous plaignez l'état où je fuis ; je ne fuis à plaindre que par ma mauvaife fanté ; mais je fupporte avec patience les maux réels que me fait la nature : à l'égard de ceux que m'a fait la fortune, ce font des maux chimériques. Je fuis fi loin d'être malheureux, que j'ai refufé, il y a trois femaines, une place chez un fouverain d'Allemagne, avec la valeur de dix mille livres d'appointement ; & je n'ai refufé cette place que pour vivre en France avec quelques amis, ne préfumant pas qu'on ait la barbarie de me perfécuter ; & fi on l'avait, je vivrais ailleurs heureux & tranquille.

A l'égard des réponfes que vous avez bien voulu faire à mes queftions philofophiques, je vous avoue qu'elles m'ont bien étonné, & que j'attendais tout autre chofe.

1o. Je ne vous ai point demandé s'il y a dans la matière un principe d'attraction & de gravitation ; mais je vous ai demandé fi ce principe commençait d'être un peu généralement connu parmi les favans de votre ordre, & fi ceux qui ne l'admettent pas encore y font quelques objections vraifemblables.

Là deſſus vous me répondez *qu'un corps pèſe ſur un autre, quand il en pouſſe un autre &c.* Ce qui me fait juger que ni vous ni ceux à qui vous avez montré les réponſes, n'avez pas encore daigné vous appliquer à lire les principes de M. *Newton;* car ce n'eſt nullement de corps pouſſé dont il s'agit: la queſtion eſt de ſavoir s'il y a une tendance, une gravitation, une attraction du centre de chaque corps, les uns vers les autres, à quelque diſtance prodigieuſe qu'ils puiſſent être. Cette propriété de la matière, découverte & démontrée par le chevalier *Newton*, eſt auſſi vraie qu'étonnante; & la moitié de l'académie des ſciences, c'eſt-à-dire ceux qui n'ont pas cru indigne de leur raiſon d'apprendre ce qu'ils ne ſavaient pas, commencent à reconnaître cette vérité dont toute l'Angleterre, le pays des philoſophes, commence à être inſtruite. A l'égard de notre univerſité, elle ne ſait pas encore ce que c'était que *Newton.* C'eſt une choſe déplorable, qu'il ne ſoit jamais ſorti un bon livre des univerſités de France, & qu'on ne puiſſe ſeulement trouver chez elles une introduction paſſable à l'aſtronomie, tandis que l'univerſité de Cambridge produit tous les jours des livres admirables de cette eſpèce; auſſi ce n'eſt pas ſans raiſon que les étrangers habiles ne regardent la France que comme la crème fouettée de l'Europe.

Je ſouhaiterais que les jéſuites, qui ont les premiers fait entrer les mathématiques dans l'éducation des jeunes gens, fuſſent auſſi les premiers à enſeigner des vérités ſi ſublimes, qu'il faudra bien qu'ils enſeignent un jour, quand il n'y aura plus d'honneur à les connaître, mais ſeulement de la honte à les ignorer.

Ce que vous me dites à propos du mouvement,
(qui n'eſt point certainement eſſentiel à la matière)
prouve bien encore que ni vous, ni vos amis, n'avez
pas daigné lire, ou n'avez pas préſentes à l'eſprit les
vérités enſeignées par ce grand philoſophe : car, encore
une fois, il ne s'agit pas ici du mouvement ordinaire
des corps, mais du principe inhérent dans la matière,
qui fait que chaque partie de la matière eſt attirée &
attire en raiſon directe de la maſſe, & en raiſon doublée
& inverſe de la diſtance. Ni M. *Newton*, ni aucun
homme digne du nom de philoſophe, n'ont dit que
ce principe ſoit eſſentiel à la matière ; ils le regardent
ſeulement comme une propriété donnée de DIEU, à
l'être ſi peu connu que nous nommons *matière*. Ce
que vous dites, que le mouvement eſt une des preuves
de l'exiſtence de DIEU, ne fait encore rien au ſujet ;
à moins que ce ne ſoit un ſecret ſoupçon que vous
ayez, que ceux qui ont le mieux démontré la Divinité,
ſoient les indignes & abominables ennemis de DIEU,
dont ils ſont en effet les plus reſpectables interprètes :
mais je ne vous ſoupçonne pas d'une idée ſi injuſte
& ſi cruelle ; vous êtes bien loin de reſſembler à ceux
qui accuſent d'athéiſme quiconque n'eſt pas de leur
avis. Ayez la bonté maintenant de revenir à cette
queſtion. DIEU *peut-il communiquer le don de la penſée
à la matière, comme il lui communique l'attraction & le
mouvement ?* On répond hardiment que cela eſt impoſſible à DIEU ; & on ſe fonde ſur cette raiſon, que
celui qui juge aperçoit un objet indiviſiblement ; donc
la penſée eſt indiviſible &c. ; & on appelle cela une
démonſtration ; ce n'eſt pourtant qu'un parallogiſme
bien viſible, qui ſuppoſe ce qui eſt en queſtion.

La queſtion eſt de ſavoir ſi D I E U a le pouvoir de donner à un corps organiſé, la puiſſance d'apercevoir un morceau de pain & de ſentir de l'appétit en le voyant ? Vous dites : ,, Non, D I E U ne le peut ; car il ,, faudrait que le corps organiſé aperçût tout le pain : ,, or la partie A du pain ne frappe que la partie A ,, du cerveau, la partie B que la partie B ; & nulle ,, partie du cerveau ne peut recevoir tout l'objet. ,,

Voilà ce qu'aſſurément vous ne pourrez jamais prouver ; & vous ne trouverez aucun principe duquel vous puiſſiez tirer cette concluſion, que D I E U n'a pu donner à un corps organiſé la faculté de recevoir à la fois l'impreſſion de tout un objet. Vous voyez que mille rayons de lumière viennent peindre un objet dans l'œil ; mais par quelle raiſon aſſurerez-vous que D I E U ne peut imprimer dans le cerveau la faculté de ſentir ce qui eſt ſenſible dans la matière ?

Vous avez beau dire, la matière eſt diviſible ; ce n'eſt ni comme diviſible, ni comme étendue qu'elle peut penſer ; mais la penſée peut lui être donnée de D I E U, comme D I E U lui a donné le mouvement & l'attraction, qui ne lui ſont pas eſſentiels, & qui n'ont rien de commun avec la diviſibilité. Je ſais bien qu'une penſée n'eſt ni quarrée, ni octogone, ni rouge, ni bleue ; qu'elle n'a ni quart, ni moitié : mais le mouvement & la gravitation ne ſont rien de tout cela, & cependant exiſtent. Il n'eſt donc pas plus difficile à D I E U d'ajouter la penſée à la matière, que de lui avoir ajouté le mouvement & la gravitation.

Je vous avoue que plus je conſidère cette queſtion, & plus je ſuis étonné de la témérité des hommes qui

ofent ainfi borner la puiffance du Créateur à l'aide
d'un fyllogifme.

Vous croyez que les mots *je* & *moi*, & ce qui conftitue la perfonalité eft encore une preuve de l'imma-
térialité de l'ame. N'eft-ce pas toujours fuppofer ce qui
eft en queftion ? Car qui empêchera un être organifé
qui penfe, de dire *je* & *moi* ? Ne ferait-ce pas toujours
une perfonne différente d'un autre corps, foit penfant,
foit non penfant ?

Vous demandez d'où viendrait l'idée de l'immaté-
rialité à un être purement matériel ; je réponds, de la
même fource d'où vient l'idée de l'infini à un être
fini. Vous parlez après cela d'*Ariflote* & d'un enfant
qui raifonne fur fa poupée ; les deux comparaifons
ne font que trop bien afforties : *Ariflote*, en fait de
faine philofophie, n'était qu'un enfant ; eft-il poffible
que vous puiffiez citer un homme qui n'a jamais mis
que des paroles à la place des chofes ? A l'égard de
l'enfant & de fa poupée, quel rapport cela peut-il
avoir avec la queftion préfente ? J'avais dit qu'il
faudrait connaître à fond la matière pour ofer décider
que Dieu ne la peut rendre penfante ; & il eft très-
vrai que nous ne favons ce que c'eft que matière, &
ce que c'eft qu'efprit : & là-deffus vous me dites que
les efprits forts, pour fe tirer d'affaire, répondent qu'ils
n'ont aucunes idées de matière, ni d'efprit, ni de
vertu, ni de vice.

Que font là, je vous prie, les vertus & les vices ?
Dieu en fera-t-il moins le légiflateur des hommes
quand il aura fait penfer leur corps ? un fils en devra-t-il
moins le refpect à fon père ? devra-t-on être moins
jufte ; moins doux, moins indulgent ? l'ame en fera-

t-elle moins immortelle ? fera-t-il plus difficile à DIEU de conferver à jamais les petites particules auxquelles il aura attaché le fentiment & la penfée ? Qu'importe de quoi votre ame foit faite, pourvu qu'elle ufe bien de la liberté que DIEU a daigné lui accorder? Cette queftion a fi peu de rapport à la religion, que quelques pères de l'Eglife ont conçu autrefois DIEU & les anges comme corporels. Mais on ne vous affure point que l'ame foit matérielle. On affure feulement, qu'il eft très-poffible à DIEU de l'avoir rendu telle; & je ne vois pas qu'on puiffe jamais prouver le contraire.

Pour deviner ce qu'elle eft réellement, on ne peut avoir que des vraifemblances; & la faine philofophie demande que dans des queftions où l'on n'a que de la vraifemblance à efpérer, on ne fe flatte point de démonftrations.

On dit donc : Il eft très-vraifemblable que les bêtes ont du fentiment, & qu'elles n'ont point une ame fpirituelle, telle qu'on l'attribue à l'homme. Nous avons tous de commun avec les bêtes, organes, nourriture, propagation, befoins, défirs, veille, repos, fentiment, idées fimples, mémoire; nous avons donc quelques principes communs qui opèrent tout cela en nous & en elles : car *fruftra fit per plura, quod poteft fieri per pauciora.*

Pourquoi notre fupériorité ne confifterait-elle pas dans une faculté d'avoir & de combiner des idées, pouffée beaucoup plus loin dans nous qu'elle ne l'eft dans les animaux, & furtout dans l'immortalité que DIEU fait le partage des hommes, & n'a pas fait le partage des bêtes ?

D 4

Cette fupériorité n'eft-elle pas fuffifante? & faut-il encore que notre orgueil nous empêche de voir tout ce que nous avons de conforme avec elles? Je fupplie qu'on life, fur cette matière, le chapitre de l'Etendue des connaiffances humaines de M. *Locke*, dernière édition de l'Effai fur l'entendement humain. Si ce qu'a dit ce fage & modéré philofophe ne fatisfait pas, rien ne fatisfera.

Lorfqu'on a une fois expliqué les raifons fur lefquelles on a appuyé fon fentiment, & qu'on a bien lu les raifons de fon adverfaire; fi on ne change pas d'opinion, on doit au moins conferver toujours une difpofition à fe rendre à de nouvelles raifons quand on en fentira la force.

C'eft, je vous jure, mon très-cher père, la manière dont je me conduis; j'ai cru fort long-temps qu'on ne pouvait prouver l'exiftence de DIEU que par des raifons *à pofteriori*, parce que je n'avais pas encore appliqué mon efprit au peu de vérités métaphyfiques que l'on peut démontrer.

La lecture de l'excellent livre du docteur *Clarke* m'a détrompé; & j'ai trouvé dans fes démonftrations un jour que je n'avais pu recevoir d'ailleurs. C'eft encore lui feul qui me donne des idées nettes fur la liberté de l'homme; tous les autres écrivains n'avaient fait qu'embrouiller cette matière. Si jamais je trouve quelqu'un qui puiffe me prouver de même, par la raifon, la fpiritualité & l'immortalité de l'ame, je lui aurai une obligation éternelle. &c.

AU MEME.

En réponse à une lettre que ce jéfuile avait publiée dans le journal de Trévoux.

1 7 3 5.

L'ESTIME & la refpectueufe amitié que j'ai eues pour vous, depuis mon enfance, m'avaient infpiré de m'adreffer à vous pour avoir la folution de quelques-uns de mes doutes. Non-feulement vous m'avez répondu avec autant d'efprit que de bonté, mais vous avez rendu votre réponfe publique, & vous l'avez même fortifiée de raifons & d'inftructions nouvelles. L'obligation que je vous ai eft devenue celle de tous les hommes qui cultivent leur raifon.

C'eft pour leur fatisfaction, autant que pour la mienne, que je prends la liberté de vous demander encore de nouveaux éclairciffemens, avec la confiance d'un difciple qui s'adreffe à fon maître.

Il s'agit de favoir fi M. *Locke*, en examinant les bornes de l'entendement humain, (fans aucun rapport à la foi) a eu raifon de dire qu'*il eft poffible à* DIEU *de donner la penfée à la matière.* La queftion n'eft pas de favoir fi la matière penfe par elle-même; ce fentiment eft rejeté par M. *Locke*, comme abfurde. Il ne s'agit pas non plus de favoir fi notre ame eft fpirituelle ou non; le point de la queftion eft uniquement

de voir fi nous avons affez de connaiffance de la matière
& de la penfée pour ofer affirmer cette propofition :
DIEU *ne peut communiquer la penfée à l'être que nous appelons
matière.* Vous tenez avec beaucoup de philofophes
que cela eft impoffible à DIEU.

Voici le premier argument que vous apportez.

Pour juger d'un objet, il faut l'apercevoir tout
entier indivifiblement; & vous en concluez que l'ame
eft néceffairement un être fimple, & que par conféquent elle ne peut être matière.

Cet argument, que vous appelez démonftration,
laiffe encore quelques doutes dans mon efprit, foit
que je ne l'aie pas affez compris, foit que j'aie encore
quelque préjugé qui m'empêche d'en apercevoir toute
l'évidence.

Je me demande d'abord à moi-même pourquoi je
reçois fans héfiter une démonftration géométrique;
celle-ci, par exemple, que trois angles, dans tout
triangle, font égaux à deux droits; c'eft que la conclufion eft renfermée néceffairement dans une propofition évidente : il m'eft évident que les grandeurs
qui fe mefurent par une quantité égale font égales
entre elles; or il m'eft évident que deux angles droits
valent 180 degrés, trois angles d'un triangle font
démontrés en valoir autant; donc il m'eft évident
qu'ils font égaux en ce fens.

Mais après avoir fait tous mes efforts pour fentir
l'évidence de cet axiome, *pour apercevoir un objet,
il faut le voir indivifiblement;* non-feulement je n'en
découvre pas la vérité, mais je n'en démêle pas même
le fens.

Entendez-vous que plufieurs parties ne peuvent frapper une feule partie ? mais cependant des lignes innombrables d'une circonférence aboutiffent toutes à un point qui eft le centre.

Entendez-vous que pour apercevoir un objet il faut le voir tout entier ? mais il n'y a aucun objet que nous puiffions voir de cette façon ; nous ne voyons jamais qu'une furface des chofes.

Pour moi, j'avoue que fi on me demande comment il faut faire pour apercevoir un objet, je réponds que je n'en fais rien du tout ; c'eft le fecret du Créateur : je ne fais ni comment je penfe, ni comment je vis, ni comment je fens, ni comment j'exifte.

Et cette propofition, *pour apercevoir un objet, il faut le voir indivifiblement*, fait un fens fi peu clair à mon efprit, que, fi on me difait au contraire, pour apercevoir un objet, il faut le voir divifiblement & par parties, cela me paraîtrait beaucoup plus compré-henfible.

Je fens au moins qu'on me donnerait une idée très-claire de la chofe que vous voulez prouver, fi on me difait : Une perception ne peut être divifible ; on ne peut mefurer une penfée, elle n'eft ni quarrée ni longue ; or la matière eft divifible, mefurable, & figurée ; donc une perception ne peut être matière. Ou bien : Ce qui eft compofé retient néceffairement l'effence de la chofe dont il eft compofé ; or fi cette penfée était compofée de matière, elle retiendrait l'effence de la matière, elle ferait étendue ; mais une penfée n'eft point étendue ; donc il implique contra-diction qu'une penfée foit matière : or DIEU ne peut faire ce qui implique contradiction ; donc DIEU ne

peut compofer la penfée de matière. Voilà un argument qui ferait clair & évident, & qui me paraîtrait
avoir la force de la démonftration.

Mais cet argument, qui démontre que la penfée ne
peut être le compofé d'un corps, ferait abfolument
étranger à la queftion préfente. Car je ne dis ni que
l'efprit foit matière, ni que la penfée foit un compofé
de matière, mais feulement qu'il n'eft pas impoffible
à Dieu de joindre la penfée à cet être auffi inconnu
que la penfée, lequel nous appelons matière.

Dieu ne peut faire les contradictoires ; cela eft
vrai, parce que ce n'eft pas un pouvoir de faire ce
qui eft abfurde ; c'eft au contraire une négation de
pouvoir : il refte donc à examiner où eft la contradiction que la matière puiffe recevoir de Dieu la penfée.

Pour favoir de quoi une chofe eft ou n'eft pas
capable, il faut la connaître entièrement. Or nous ne
connaiffons rien de la matière ; nous favons bien que
nous avons certaines fenfations, certaines idées ; par
exemple, dans un morceau d'or nous apercevons de
l'étendue, de la dureté, de la pefanteur, une couleur
jaune, de la ductilité &c. mais cette fubftance, ce
fujet, cet être à quoi tout cela eft attaché, nous ne
favons pas plus ce que c'eft, que nous ne favons
comment font faits les habitans de Saturne.

Si Dieu a voulu que certains corps organifés
penfent, ce n'eft ni comme étendus ni comme divifibles qu'ils penfent. Ils auront la penfée indépen-
damment de tout cela, parce que Dieu la leur aura
donnée.

Je ne conçois pas comment la matière penfe ; je
ne conçois pas non plus comment un efprit penfe.

N'eſt-il pas vrai que DIEU peut créer un être doué de mille qualités inconnues à moi, ſans lui communiquer ni la penſée ni l'étendue ? ne peut-il pas enſuite donner la faculté de penſer à cet être ? & après lui avoir donné cette faculté, ne peut-il pas lui communiquer l'étendue ? Or, ſi DIEU peut communiquer à une ſubſtance l'étendue après la penſée, pourquoi ne peut-il pas lui donner la penſée après l'étendue ?

Mais, dit-on, l'ame eſt immortelle. Cela eſt vrai ; la foi nous le dit, & perſonne n'en doute chez les chrétiens : mais ce dogme empêche-t-il que DIEU ne puiſſe joindre la penſée & l'étendue dans un même ſujet ? Au contraire, ſi une certaine étendue exiſte avec la faculté de penſer, il eſt ſûr que cette étendue ne périt point ; elle ne fait que changer de qualité & de place : & il eſt auſſi facile à DIEU de lui conſerver la penſée, qu'il lui a été facile de la lui donner ; car la penſée étant l'action de DIEU ſur la matière, rien n'empêche DIEU d'agir toujours.

On pourra me faire encore cette objection : Quelle eſt la partie à qui DIEU aura donné la penſée ? cette partie n'eſt-elle pas diviſible pendant toute l'éternité ? n'eſt-il pas à croire qu'elle perdra toujours quelque choſe d'elle-même ? Or, à quelle petite particule de cette petite partie reſtera le don de penſer ? Si vous dites que c'eſt à la partie droite, je la diviſe & la retranche de ſon tout ; alors il arrivera néceſſairement une de ces trois choſes : ou il y aura deux êtres penſans au lieu d'un ; ou bien ni l'un ni l'autre ne ſera penſant ; ou cet être, ayant perdu la moitié de ſoi-même, aura perdu la moitié de ſa penſée, ou DIEU donnera à la petite particule reſtante ce don de penfer qu'avait auparavant toute la partie. Les trois cas font abfurdes; donc il eft impoffible que la penfée puiffe fubfifter toujours avec la même matière. Je n'ai vu cet argument nulle part; je me le fais à moi-même, & il me paraît affez preffant. Il fert à me faire voir la faibleffe de mes compréhenfions, mais il ne me prouve point que D i e u ne puiffe conferver à une petite partie de mon corps, pendant toute l'éternité, ce qu'il lui aura donné dans le temps de ma vie.

Il eft fûr que fi la matière, par le mouvement continuel où elle eft, va toujours fe divifant à l'infini, il eft impoffible d'imaginer comment une partie qui fe divifera toujours, confervera toujours la penfée. Mais, premièrement, cette partie, à qui D i e u l'aura donnée, peut fort bien en elle-même demeurer un individu, comme notre corps en eft un ; & en cela je n'apercevrais point de contradiction.

En fecond lieu, la matière n'eft pas divifible à l'infini phyfiquement. Il eft néceffaire qu'il y ait des parties parfaitement folides; s'il n'y en avait pas, il n'y aurait point de matière. Car les pores des corps augmentent à mefure que les parties folides des corps diminuent; ainfi les pores croiffant à l'infini, & les parties folides diminuant à l'infini, le folide deviendrait *zéro*, & les pores *infinis*. &c. Donc il eft néceffaire qu'il y ait des parties parfaitement folides; donc il eft aifé de concevoir qu'une de ces parties folides foit impériffable, & que D i e u lui communique à jamais la penfée & le fentiment.

Si tout était matière, dites-vous, d'où l'ame matérielle aurait-elle tiré l'idée d'un être immatériel?

1º. Dieu, qui nous donne nos idées, pourrait fort bien nous donner celle d'un être immatériel , d'un être essentiellement différent de nous, puisque, quand même nous serions purs esprits , nous ne laisserions pas d'avoir une idée de Dieu , qui cependant est quelque chose d'essentiellement différent de tout pur esprit créé.

2º. Je réponds que nous recevons l'idée d'un être immatériel, comme l'idée de l'infini nous vient sans que nous soyons infinis pour cela.

Je passe ce que vous dites d'une poupée & d'un enfant , persuadé que vous ne voulez point parler sérieusement.

Vous prétendez que quand on dit *je* & *moi* & *unité*, cela prouve que nous connaissons ce que c'est que l'esprit.

Je & *moi* signifie-t-il autre chose que ma personne? & une unité n'est-elle pas aussi-bien une unité de matière qu'une autre substance?

Vous me dites que les esprits forts répondent à cela qu'ils n'ont aucune idée ni d'esprit, ni de matière, ni de vertu, ni de vice : il ne s'agit assurément ici ni de vertu ni de vice ; & M. *Locke* , le plus sage & le plus vertueux de tous les hommes, était bien loin d'avancer une impiété aussi absurde & aussi horrible. Pour vous prouver, non pas que notre pensée est une action de Dieu sur la matière, mais qu'elle peut être une action de Dieu sur la matière; & ce qu'il faut toujours répéter , qu'il n'est pas impossible à l'être infiniment puissant de faire penser un corps; je vous avais apporté l'exemple des bêtes ; vous me répondez :

La bête fera ce qu'il vous plaira. Je vous fupplie d'examiner la chofe avec un peu d'attention, il me paraît
qu'elle en vaut la peine.

Toute queftion n'eft pas fufceptible de démonftration, mais il faut examiner ce qui eft le plus probable;
non pas pour le croire fermement, mais pour croire
au moins qu'il eft probable.

Or il eft de la plus grande probabilité que les bêtes
ont des fentimens, des idées, de la mémoire &c. Je
n'entrerai pas ici dans les preuves d'expérience dont
on ferait des volumes, mais je dirai en philofophe :
Les bêtes ont les mêmes organes de fentiment que
nous ; la nature ne fait rien en vain ; donc DIEU ne
leur a point donné des organes de fentiment pour
qu'elles n'aient point de fentiment ; donc elles en ont
comme nous.

Si on me dit à cela que les refforts que je prends
pour organes de leurs cinq fens font feulement en
eux les organes de la vie ; je réponds que les animaux
peuvent avoir la vie fans leurs cinq fens, puifqu'il
y en a qui n'ont que trois ou deux fens , & qui
vivent ; donc les organes des fens leur font donnés
pour autre chofe que pour la vie ; donc ils ont du
fentiment ; donc ils ont cela de commun avec nous.
Or, ou DIEU a ajouté le fentiment à ces portions de
matière , ou il leur a donné une ame fpirituelle &
immortelle. On eft donc réduit à dire, ou qu'une puce
a une ame immortelle, ou que DIEU a donné à la
matière le don de fentir ; or s'il a pu accorder à certains corps la fenfation , pourquoi lui fera-t-il impoffible d'accorder la penfée à d'autres?

Pour

Pour prouver encore qu'on ne peut dire qu'il foit impoffible à D I E U de donner, par fon action, la penfée au corps, & pour faire voir combien il eft faux de dire , *ce qui n'eft pas divifible ne peut appartenir à la matière* , je vous avais apporté l'exemple du mouvement.

Le mouvement n'eft pas divifible ; la vie, la végétation , l'électricité ne font pas divifibles ; cependant l'électricité , la vie, la végétation , le mouvement appartiennent à la matière ; donc la matière a des propriétés, & peut-être fans nombre, qui ne font pas divifibles. Il peut y avoir du plus ou du moins dans ces propriétés ; il y en a auffi dans la propriété de la penfée. Un corps eft plus ou moins en mouvement, une penfée eft plus ou moins vive, plus ou moins forte, plus ou moins claire.

Je vous avais furtout apporté l'exemple de la gravitation, qui eft un principe qui agit à des diftances immenfes , qui femble n'avoir rien de corporel , & qui cependant eft le grand reffort de la nature. Je vous avais demandé ce que vous en penfiez, & fi vous le connaiffiez ; & là-deffus voici comme vous me faites l'honneur de me répondre : *Oui , Monfieur, les corps pèfent ; les calculs du célèbre Newton ne m'en convainquent pas plus que les fens. Un corps pèfe fur l'autre, c'eft-à-dire qu'un corps pouffe l'autre.*

Je foupçonne qu'il y a là quelque faute du libraire, car il n'eft pas vraifemblable que ce foit-là le fentiment d'un homme auffi favant que vous. Vous n'ignorez pas , fans doute, ce que c'eft que cette propriété de la nature appelée *gravitation*, ou *attraction*, ou *force centripète;* & fi je vous le demandais, vous me répondriez, avec *Newton* & avec tous ceux qui ont étudié les vérités découvertes par ce grand-homme : La gravitation, l'attraction eſt la propriété par laquelle tous les corps tendent à s'approcher les uns des autres, fans aucun befoin d'une impulſion étrangère & de matière intermédiaire ; & cela en raiſon directe de la quantité de leur maſſe, & en raiſon double inverſe des diſtances. Cette propriété de la matière, inconnue juſqu'à nous, a été découverte & prouvée, je dis prouvée par ce grand philoſophe ; & ſes preuves ſont toutes fondées ſur les lois de *Kepler* que les planètes obſervent dans leurs révolutions, ſur les inégalités des mouvemens dans les globes céleſtes, qui toutes confirment cette admirable loi des forces centripètes.

Ainſi il ne s'agit pas ici de l'impulſion des corps, & de la communication du mouvement, quoique l'impulſion des corps & la communication du mouvement ſoit encore une propriété de la matière, qui n'a rien de commun avec la diviſibilité.

Il s'agit de ce pouvoir réel de gravitation, d'attraction, de forces centripètes, qui dirigent les planètes autour du ſoleil, & la lune autour de la terre, ſelon des lois mathématiques qui excluent néceſſairement tout ce prétendu fluide, & cette chimère de tourbillons qu'on avait ſuppoſés ſi gratuitement.

Ce pouvoir démontré eſt préciſément tout le contraire de ce que vous dites. *Un corps*, dites-vous, *pèſe,* c'eſt-à-dire *il pouſſe & ne pouſſe qu'autant qu'il eſt pouſſé.* Non, mon père, le Soleil n'eſt point pouſſé, & Saturne n'eſt point pouſſé.

Mais le Soleil & Saturne s'attirent, gravitent, pèsent l'un fur l'autre, felon la quantité directe de leur maffe, & felon la raifon inverfe du quarré de leur éloignement ; & il n'y a point entre eux ni autour d'eux de fluide qui puiffe ni leur faire une réfiftance fenfible, ni diriger leur mouvement. Il y a donc certainement un principe de gravitation, d'attraction, que nous ne connaiffons pas, qui agit d'une manière furprenante, & qui n'a aucun rapport aux autres propriétés de la matière. Ce principe, vous avais-je dit, eft interne, inhérent dans les corps; & là-deffus vous me répondez que jamais *Newton* n'a admis ce principe inhérent & interne dans les corps, & que s'il l'avait admis, on fe ferait moqué de lui. Si vous entendez par principes ou propriétés inhérentes une propriété effentielle, il eft très-vrai que *Newton* ne dit pas que le principe des forces centripètes foit effentiel à la matière ainfi que l'étendue. Peu importe qu'il fe foit fervi des termes *inhérent* & *interne* dont je me fers. Tout ce qu'on entend par ce mot *inhérent*, c'eft que toute matière a reçu de DIEU ce principe qui eft en elle ; que toute particule de matière a la propriété, tant qu'elle eft matière, de graviter l'une vers l'autre, comme l'or a la propriété inhérente de pefer plus que l'argent, comme l'eau a la propriété inhérente d'être fluide à un certain degré de température. Je ne vois pas comment, en difant cela, *Newton* fe ferait expofé à la dérifion des philofophes, comme vous le dites.

Vous m'apprenez enfuite que M. *Newton* a pouffé plus loin qu'aucun philofophe l'obfervation des mouvemens qui approchent les corps, ou qui les éloignent les uns des autres. Il femble par ces paroles que

Newton n'aurait fait autre chofe que de pouffer plus loin qu'un autre ces recherches triviales fur les lois du mouvement; comme, par exemple, que la quan- tité de mouvement eft le produit de la maffe par la vîteffe. &c. Ce n'eft point du tout cela, encore une fois, dont il s'agit; c'eft du pouvoir des forces cen- tripètes, qui font que le foleil, par exemple, étant dans l'un des foyers d'une ellipfe, le corps placé dans la circonférence de cette ellipfe doit néceffaire- ment parcourir des efpaces égaux, en temps égaux, & que la force centripète augmente à mefure que le corps approche de celui des foyers de l'ellipfe où eft le foleil. Encore une fois, fans vous répéter ici toutes ces combinaifons, les forces centripètes, l'attraction, la gravitation, font une nouvelle loi de la nature auffi certaine & auffi inconnue que la vie des animaux & la végétation des plantes, le mouvement, & l'électricité.

Vous parlez enfuite de M. *Newton* ainfi : *Ce fage obfervateur déclare nettement* (fection II, page 172) *qu'en regardant tous les corps comme des efpèces d'aimans, il s'en tient aux mouvemens apparens, de quelque caufe qu'ils viennent, & fans toucher aux fyftèmes différens qui les rap- portent à quelque impulfion, à l'action de la matière fubtile ou éthérée.*

Je n'ai pas ici l'ouvrage dont vous citez cette page 172 ; mais, fans avoir fous mes yeux cet ouvrage, je fais fort bien que M. *Newton*, en vingt endroits, réclame contre l'injuftice ridicule & abfurde qu'il y aurait à lui reprocher d'admettre les qualités occultes des péripatéticiens. Il a foin de déclarer expreffément qu'il ne fait point ce que c'eft que cette propriété qu'il appelle du nom de gravitation, de force centripète, d'attraction. Il a hasardé sur cela quelques conjectures très-faibles ; mais enfin il n'est pas moins démontré que cette propriété, inconnue jusqu'à lui, existe réellement ; c'est le seul point dont il est ici question. Il y a une propriété dans la matière, laquelle agit sans contact, sans véhicule, à des distances immenses ; donc la matière peut avoir d'autres propriétés que celle d'être divisible.

La matière a probablement mille autres facultés que nous ne connaissons pas.

Vous me dites ensuite : La faculté d'attirer & repousser, de peser en poussant, n'enferme que du mouvement, du poids, de la mesure ; donc ce sont des propriétés d'un être divisible. Il est vrai que ce sont des propriétés d'un être qui d'ailleurs est divisible ; mais ce n'est pas parce qu'il est divisible qu'il a ces propriétés. La matière est physiquement divisible, c'est-à-dire ses parties solides adhérentes les unes aux autres sont séparables, & ces parties adhérentes ensemble, qui composent un tout comme notre globe, ont ensemble la faculté d'attraction, de gravitation : mais chaque particule solide de cet univers a en soi la même faculté ; & un atome gravite vers un atome, comme la Terre, Mars, Jupiter, vers le Soleil leur centre.

La gravitation, le mouvement appartiennent donc à toute la matière que nous connaissons. Il y a nécessairement des parties solides ; donc ce n'est point en tant que divisible que la matière a la propriété de l'attraction ; donc, encore une fois, il y a des principes dans la matière indépendans de la divisibilité ; donc c'est une grande témérité d'assurer que Dieu ne peut

E 3

joindre la penfée à la matière, fur cette faible & obfcure raifon que la matière eft divifible. Encore une fois, on ne vous dit pas que le Créateur ait donné à la matière la penfée, on ne faurait trop le répéter; on vous dit feulement que des êtres auffi peu éclairés que nous le fommes, doivent être bien retenus quand il s'agit de prononcer ce que l'Etre infini & tout-puiffant peut faire ou ne peut pas faire.

Vous me dites enfuite que le mouvement, la pefanteur des corps, nous indiquent Dieu, nous conduifent à Dieu; & enfuite vous parlez de ceux qui doutent de l'exiftence de Dieu.

On croirait, par ces paroles, que vous voudriez jeter quelques foupçons de cette horrible & impertinente incrédulité fur *Newton* & fur *Locke*, & fur ceux qui ont éclairé leur efprit des lumières de ces grands-hommes. Ce n'eft pas affurément votre intention ; vous avez le cœur trop droit, vous avez un efprit trop jufte pour ne pas reconnaitre que toute la philofophie de *Newton* fuppofe néceffairement un premier moteur. Vous favez avec quelle fupériorité de raifon *Locke* a prouvé avant *Clarke* l'exiftence de cet Etre fuprême. *Newton* & *Locke*, ces deux fublimes ouvrages du Créateur, ont été ceux qui ont démontré fon exiftence avec le plus de force; & les hommes en cela, comme dans tout le refte, doivent faire gloire d'être leurs difciples.

Je ne fais pas, en vérité, à propos de quoi vous parlez de libertinage, de paffions, & de défordres, quand il s'agit d'une queftion philofophique de *Locke*, dans laquelle fon profond refpect pour la Divinité lui fait dire fimplement qu'il n'en fait pas affez *pour ofer borner la puiffance de l'Etre fuprême.*

Il était bien loin, ce grand-homme, d'être courbé vers la terre, & d'être plongé dans les voluptés, lui qui a paffé fa vie, non-feulement à éclairer l'entendement des hommes, mais à leur enfeigner par fon exemple la pratique des vertus les plus févères & les plus aimables. M. *Newton* a été auffi vertueux qu'il a été grand philofophe : tels font pour la plupart ceux qui font bien pénétrés de l'amour des fciences, qui n'en font point un indigne métier, & qui ne les font point fervir aux miférables fureurs de l'efprit de parti. Tel a été le docteur *Clarke;* tel était le fameux archevêque *Tillotfon;* tel était le grand *Galilée;* tel notre *Defcartes;* tel a été *Bayle*, cet efprit fi étendu, fi fage & fi pénétrant, dont les livres, tout diffus qu'ils peuvent être, feront à jamais la bibliothèque des nations. Ses mœurs n'étaient pas moins refpectables que fon génie. Le défintéreffement & l'amour de la paix comme de la vérité étaient fon caractère ; c'était une ame divine. M. *Bafnage*, fon exécuteur teftamentaire, m'a parlé de fes vertus les larmes aux yeux. Cependant, je ne fais par quelle fatalité un des hommes les plus refpectables de votre fociété, un homme plus célèbre encore par fa vertu que par fon éloquence, a pu être trompé au point de dire, dans un de fes difcours publics, en parlant de *Bayle* : *Probitatem non do,. je lui refufe la probité.*

A M. DE FORMONT,

En réponſe à une lettre du 6 janvier 1736, ſur la matérialité de l'ame.

IL eſt vrai que ſi l'on peut prouver qu'il y a une incompatibilité, une contradiction formelle entre la matière & la penſée, toutes les probabilités en faveur de la matière penſante ſont détruites.

Il eſt donc vrai que le fort de la diſpute, comme vous le dites très-bien, roule ſur cette queſtion : *La matière penſante eſt-elle une contradiction ?*

1°. J'obſerverai qu'il ne s'agit pas de ſavoir ſi la matière penſe par elle-même; elle ne fait rien, elle ne peut avoir le mouvement ni l'exiſtence par elle-même; (du moins cela me paraît démontré) il s'agit uniquement de ſavoir ſi le Créateur qui lui a donné le mouvement, le pouvoir incompréhenſible de le communiquer, peut auſſi lui communiquer, lui unir la penſée.

Or s'il était vrai qu'on prouvât que DIEU n'a pu communiquer, n'a pu unir la penſée à la matière, il me paraît qu'on prouverait auſſi par-là que DIEU n'a pu lui unir un être penſant; car je dirai contre l'être penſant uni à la matière tout ce qu'on dira contre la penſée unie à la matière.

On ne connaît rien dans les corps, dira-t-on, qui reſſemble à une penſée: cela eſt vrai; mais je réponds, une penſée eſt l'action d'un être penſant; donc il n'y a rien, ſelon vous, dans la matière qui ait la moindre analogie à un être penſant; donc ſelon vous-même, vous prouveriez qu'un être immatériel ne peut être en rien affecté par la matière ; donc, ſelon vous-même , l'homme ne penſerait point , ne ſentirait point ; donc en prétendant prouver l'impoſſibilité où eſt la matière de penſer , vous prouveriez qu'en effet nous ne pouvons penſer , ce qui ſerait abſurde. En un mot, ſi la penſée ne peut être dans la matière , je ne vois pas comment un être penſant peut être dans la matière. Or, de quelque manière que nous nous tournions, il eſt très-vrai qu'il n'y a aucune connexion, aucune dépendance entre les objets de nos organes & nos idées ; il eſt très-vrai (ſoit que la matière penſe, ſoit que Dieu lui ait uni un être immatériel) il eſt très-vrai, dis-je, qu'il n'y a aucune raiſon phy-ſique par laquelle je doive voir un arbre, ou entendre le ſon des cloches, quand il y a un arbre devant mes yeux, ou que le battant frappe la cloche près de mes oreilles. Il eſt ſurtout démontré dans l'optique qu'il n'y a rien dans les rayons de lumière, qui doive me faire juger de la diſtance d'un objet ; donc, ſoit que mon ame ſoit matière ou non, je ne puis ni voir ni entendre, ni avoir une idée de la diſtance &c. que par les lois arbitraires établies par le Créateur.

Reſte donc à ſavoir ſi le Créateur a pu en établiſſant ces lois communiquer des idées à mon corps à l'occaſion de ces lois.

Ceux qui diſent que Dieu ne peut donner des idées au corps, ſe ſervent de cet argument. ” Ce qui ” eſt compoſé eſt néceſſairement de la nature de ce ” qui le compoſe ; or ſi une idée était un compoſé ” de matière, la matière étant diviſible & étendue ,

» il se trouverait que la pensée serait divisible &
» étendue; mais la pensée n'est ni l'un ni l'autre;
» donc il est impossible que la pensée soit de la
» matière. »

Cet argument serait une démonstration contre
ceux qui diraient que la pensée est un composé de
matière, mais ce n'est pas cela que l'on dit. On dit
que la pensée peut être ajoutée de DIEU à la matière,
comme le mouvement & la gravitation qui n'ont
aucun rapport à la divisibilité; donc DIEU peut
donner à la matière des attributs tels que la pensée &
le sentiment, qui ne sont point divisibles.

L'argument dont s'est servi le père *Tournemine* dans
le journal de Trévoux, est encore bien moins solide
que l'argument que je viens de réfuter.

Nous apercevons, dit-il, un objet indivisiblement;
or si notre ame était matière, la partie A d'un objet
frapperait la partie A de mon entendement; la partie
B de l'objet frapperait la partie B de mon ame: donc
nulle partie de mon ame ne pourrait voir l'objet.

Vous avez mis dans un très-grand jour cet argument du père *Tournemine*:

Voici en quoi consiste à mon sens le vice évident
de ce raisonnement. Ce raisonnement suppose que
nous n'aurions d'idée d'un objet que parce que les
parties d'un objet frapperaient notre cerveau; or rien
n'est plus faux.

1°. J'ai l'idée d'une sphère, quoiqu'il ne vienne à
mes yeux que quelques rayons de la moitié de cette
sphère. J'ai le sentiment de la douleur, qui n'a aucun
rapport à un morceau de fer entrant dans ma chair.
J'ai l'idée du plaisir qui n'a rien d'analogue à quelque

liqueur paſſant dans mon corps, ou en ſortant. Donc les idées ne peuvent être la ſuite néceſſaire d'un corps qui en frappe un autre ; donc c'eſt DIEU qui me donne les idées, les ſentimens, ſelon les lois par lui arbitrairement établies ; donc la difficulté réſultant de ce que la partie A de mon cerveau ne recevrait qu'une partie A de l'objet , eſt une difficulté que l'on appelle *ex falſo ſuppoſitum* , & n'eſt point difficulté.

2º. Il ſerait encore faux de dire que toutes les parties d'un objet ne puſſent ſe réunir en un point dans mon cerveau ; car toutes les lignes peuvent aboutir dans une circonférence à un point ſeul qui eſt le centre.

On fait encore une difficulté éblouiſſante. La voici : ,, Si DIEU a accordé le don de penſer à une ,, partie de mon cerveau , cette partie eſt diviſible ; ,, on en retranche la moitié, on en retranche le quart, ,, on en retranche mille , cent mille particules ; à ,, laquelle de ces particules appartiendra la penſée? ,,

Je réponds à cela deux choſes : 1º. Il eſt poſſible au Créateur de conſerver dans mon cerveau une partie immuable & de la préſerver du changement continuel qui arrive à toutes les parties de mon corps. 2º. Il eſt démontré qu'il y a dans la matière des parties ſolides indiviſibles ; en voici la démonſtration.

Les pores du corps augmentent en proportion dou- blée de la diviſion de ce corps ; donc ſi vous diviſez à l'infini , vous aurez une ſérie dont le dernier terme ſera l'infini pour les pores , & l'autre terme *zéro* pour la matière, ce qui eſt abſurde ; donc il y a des parties ſolides & indiviſibles ; donc ſi DIEU accorde la penſée à quelqu'une de ces parties, il n'y a point à craindre que le don de penfer fe divife , ni rien à objeƐter contre ce pouvoir que l'Etre fuprême a de donner la penfée à un corps.

Remarquez en paffant que cette démonſtration de la néceſſité qu'il y ait des parties parfaitement folides , ne combat point la démonſtration de la matière divifible à l'infini en géométrie. Car en géométrie nous ne confidérons que les objets de nos penfées ; or il eſt démontré que notre penfée fera paſſer dans l'efpace infiniment petit du point de contingence d'un cercle & d'une tangente une infinité d'autres cercles. Mais phyfiquement cela ne fe peut ; voilà pourquoi M. de *Malefieux* dans fes Elémens de géométrie, page 117 & fuivantes, paraît fe tromper en ne diſtinguant pas l'indivifible phyfique , & l'indivifible mathématique. Il tombe furtout dans une grande erreur au fujet des unités ; je vous prie de relire cet endroit de fa géométrie.

Je reviens donc à cette propofition ; iLeſt impoſſible de prouver qu'il y ait de la contradiƐion', de l'incompatibilité entre la matière & la penfée ; pour favoir s'il eſt impoſſible que la matière penfe , il faudrait connaître la matière , & nous ne favons ce que c'eſt. Donc voyant que nous fommes cet être que nous appelons *matière*, & que nous penfons , nous devons juger qu'il eſt très-poſſible à DIEU d'ajouter la penfée à la matière, par les raifons ci-devant déduites dans ma dernière lettre.

Permettez-moi d'ajouter encore cet argument-ci : Je ne fais point comment la matière penfe, ni comment un être, quel qu'il foit, penfe. Peut-on nier que DIEU n'ait le pouvoir de faire un être doué de mille qualités à moi inconnues, fans lui donner ni l'étendue, ni la penfée.

Or Dieu ayant créé un être, ne peut-il pas le faire penfant; & après l'avoir fait penfant ne peut-il pas le faire étendu, & viciſſim. Il me femble que pour nier cela, il faudrait être chef du confeil de Dieu, & favoir bien précifément ce qui s'y paſſe.

A M. * * *

Ce 13 mars 1739.

MONSIEUR,

LA lettre, ou plutôt l'ouvrage dont vous m'honorez, eſt peut-être ce que la raifon toute feule pouvait pro-duire de mieux. Je fuis à-peu-près comme ces directeurs qui admirent l'efprit & les objections d'un incrédule; & qui prient Dieu de lui donner un peu de foi.

La foi que j'oferais vous demander, c'eſt pour certains calculs indifpenfables, pour certaines propo-fitions démontrées, après quoi nous ferons de la même religion ; & j'aurai l'honneur de douter avec vous de fept ou huit mille propofitions, pourvu que vous m'accordiez feulement une douzaine de vérités fondées fur l'expérience. La première de ces vérités eſt que le feu & la lumière font le même être ; & fi vous en doutez, vous n'avez qu'à raffembler de la lumière (c'eſt-à-dire des rayons lumineux) au foyer d'un verre ardent, & à y mettre le bout de votre doigt. Il est bien vrai que cet être (quel qu'il soit) n'échauffe pas toujours, & n'illumine pas toujours. La bouche ne parle pas, ne baise pas, & ne mange pas sans cesse; cependant c'est avec la bouche seule qu'on mange, qu'on baise, & qu'on parle.

Serait-on bien venu à nier ces attributs-là, sous prétexte qu'ils ne sont pas renfermés dans l'idée qu'un philosophe pourrait se faire d'une bouche? Le feu contenu dans les corps n'éclaire pas toujours, sans doute; mais mettez ce feu un peu plus en mouvement, & il vous éclairera; rassemblez bien des rayons, & vous serez échauffé.

En un mot, on ne connaît les corps ni le reste que par leurs effets; or l'effet d'un corps lumineux est, je crois, d'éclairer & de brûler dans l'occasion.

2°. Vous doutez de la propagation de la lumière, doutez donc aussi de la propagation du son. M. *Roemer* a vu, a fait voir, a démontré, & M. *Bradley* a redémontré d'une manière encore plus admirable, que la lumière vient à nous en un temps que vous appellerez long ou court, comme il vous plaira. Car il semble court, si vous considérez qu'en sept minutes & demie un rayon arrive du soleil à nous; il paraît long, si vous faites attention que la lumière arrive en 36 ans au moins d'une étoile de la sixième grandeur. Il n'y a rien de long, rien de court, rien de grand, rien de petit en soi, comme vous savez.

3°. Toutes les observations de *Bradley* font connaître que la lumière n'est aucunement retardée dans son cours d'une étoile à nous. Vous conclurez de-là s'il est possible qu'il y ait un plein absolu : car

affurément ce font des conclufions qu'il ne faut tirer
que d'après le calcul & l'expérience. Un vrai newtonien
ne fait pas la plus petite fuppofition ; & il n'en faut
jamais faire.

4°. Mais comment le foleil envoie-t-il tant de
lumière fans s'épuifer, & comment votre cerveau pro-
duit-il tant d'idées fans les perdre, & n'en eft même
que plus lumineux ? Moi ! que je vous dife comment
cela fe fait, Monfieur ? DIEU m'en garde ; je n'en fais
rien, ni moi ni perfonne. Je fais que la lumière arrive
en un temps calculé, que les rayons venant d'environ
trente-trois millions de lieues font prefque parallèles,
que je fonds du plomb avec ces rayons-là quand il
m'en prend envie, qu'ils font colorés, qu'ils fe
réfractent fuivant des lois immuables &c. Mais combien
d'onces il en fort du foleil par an, c'eft ce que j'ignore ;
& comment il répare fes pertes, je n'en fais pas davantage. Je fais très-bien qu'une comète peut tomber
dans ce globe, mais je ne dis point : *Cela peut être,*
donc cela eft. Vous faites un calcul qui m'épouvante
pour le foleil. J'ai dit qu'un rayon de trente-trois
millions de lieues n'a pas probablement un pied de
matière, mis bout à bout ; vous vous effrayez du
nombre de pieds de roi que le foleil perd : mais,
Monfieur, ces pieds de roi ne font pas des pieds
cubiques. L'épaiffeur d'un rayon eft infiniment petite
par rapport à l'épaiffeur d'un cheveu, & le foleil ne
perd peut-être pas en un an la valeur de quatre
livres.

5°. Cet être fingulier qui produit la chaleur, la
lumière, les couleurs, eft-il pefant comme les autres
êtres connus ? c'eft-à-dire a-t-il la propriété de tendre

vers le centre du globe où il fe trouve? &c. pèfe-t-il fur le foleil, pèfe-t-il fur la terre? Certe, s'il pèfe, il ne pèfe guère. Toutes les expériences que j'ai vues & que j'ai faites ne prouvent pas grand'chofe. J'ai fait pefer du fer enflammé, depuis une once jufqu'à 2000 livres; j'ai fait pefer ce même fer refroidi, nulle différence dans le poids. Il fe pourrait à toute force que le feu n'eût pas cette propriété; il fe pourrait même qu'il fût pénétrable; c'eft ce que penfent certains phyficiens. Madame la marquife du *Châtelet*, dans fon effai plein d'excellentes chofes fur la nature du feu, lequel a concouru pour le prix, (*) dit hardiment que le feu, la lumière, n'a ni la propriété de la gravitation vers un centre, ni celle d'être impénétrable. Cette propofition a révolté nos cartéfiens, & a fait manquer le prix à un ouvrage qui le méritait d'ailleurs. Pour moi qui vois que la lumière, le feu, eft matière, qu'il preffe, qu'il divife, qu'il fe propage; &c. je ne vois pas qu'il y ait d'affez fortes raifons pour le priver des deux principales propriétés dont la matière eft en poffeffion, & je fuis ici comme le père *Bony* & *Efcobar* dans le cas des opinions probables.

Au refte, ne vous effrayez point que, malgré cette gravitation probable des petites particules du feu fur le centre du foleil, elles s'échappent pourtant avec une fi prodigieufe célérité. Voyez dans une fournaife de forge; ce que les forgerons appellent la *pâte* eft un globe de fonte tout enflammé quand on le retire de la fournaife. Sa flamme s'échappe en rond de tous

(*) Voyez le volume des *Oeuvres phyfiques*.

les

les côtés, malgré la tendance que l'air lui imprime en-haut; & l'on peut apercevoir ce globe de feu de fix lieues, fans que cette prodigieufe quantité de parti-cules qu'il envoie lui faffe perdre fenfiblement de fon poids. Or qu'eft-ce que ce petit pâté par rapport au foleil ? Le foleil tourne en vingt-cinq jours & demi fur lui-même, & la terre en un jour fur elle-même. Or, pour que le foleil ne tournât pas plus vîte que la terre, il faudrait que fa rotation fur fon axe s'accomplît en dix mille de nos jours, qui font plus de vingt-fept ans; mais il tourne en vingt-cinq jours. Jugez donc par cette prodigieufe célérité, de la force avec laquelle il envoie la lumière, & ne vous étonnez de rien; ou bien étonnez-vous de tout. Au refte, quand je dis que la lumière s'échappe du foleil, je me fers de cette expreffion dans le même fens qu'on dit que la pierre s'échappe de la fronde, & la balle du canon.

6°. Quand on dit que la matière lumineufe vient du foleil à nous en ligne droite, on ne dit rien que de très-vrai, & cela n'eft contefté par perfonne. *Jufqu'à nous* veut dire jufqu'à notre globe, & notre globe eft compofé d'air & de terre. Il arrive à la furface de l'air ce qui arrive à la furface de nos yeux; les rayons fe brifent en paffant du vide dans l'air, & c'eft pourquoi on ne voit aucun aftre à fa place. Il y a des tables de la réfraction depuis l'horizon jufqu'au quarantième degré, mais au méridien il n'y a plus de réfraction.

Vous devriez, Monfieur, lire quelque traité fur ces matières, comme *s'Gravefande*, ou *Keil*, ou *Wolfius;* vous pourriez même vous en tenir à *Bion*. Un efprit comme le vôtre n'aura que la peine de feuilleter ces ouvrages, qui vous mettraient au fait de bien des minuties

néceffaires, & qui vous abrégeraient le chemin infiniment. Par exemple, le moindre livre d'optique réfoudra
vos difficultés fur la réflexion de la lumière, quant au
géométrique & au mécanique; mais quant à ce qui
tient à la nature intime des chofes, comment les
rayons ne fe confondent pas en fe croifant, comment
ils rebondiffent fans toucher aux furfaces, pourquoi
ils s'infléchiffent vers les bords des objets, pourquoi
le bleu eft plus réfrangible que le rouge, vous demanderez tout cela à Dieu qui, je crois, eft le feul qui
en fache des nouvelles pofitives.

7°. Quand vous aurez, Monfieur, jeté un coup
d'œil fur les moindres élémens de phyfique géométrique, vous ne ferez plus révolté de cette idée très-
commune, que tout point vifible eft le fommet d'un
cône dont la bafe eft dans nos yeux. Vous prenez le
corps du foleil pour un point vifible; voici, Monfieur,
le fait en deux mots. Je vois le corps *a*, *b*, fous l'angle
a, *c*, *b*;

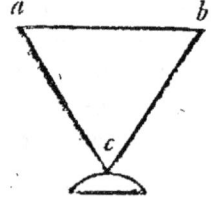

mais je vois les points *d*, *f*, *g*, de cette manière :

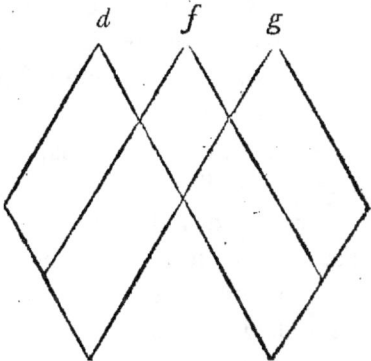

$$d \qquad f \qquad g$$

chacun de ces points eſt le ſommet d'un cône.

En trois ou quatre converſations je vous mettrais au fait de ces petits détails géométriques, qui, quoique peu conſidérables par eux-mêmes, ſont des principes néceſſaires ſans leſquels on ne peut ſe former aucune idée nette.

8°. *Qui ne rirait*, dites-vous, *de voir les philoſophes déterminer la grandeur, la figure, la diſtance réelle des corps céleſtes, & ne pouvoir déterminer la grandeur réelle d'un grain de ſable ?* Je vous conjure de ne point les accuſer d'une ſottiſe dont ils ne ſont point coupables. Il y en a aſſez à leur reprocher. Vous ſavez, encore une fois, qu'il n'y a que des grandeurs relatives ; or les philoſophes ont très-bien trouvé la grandeur relative de la Terre par rapport à celle de Vénus, de la Lune &c. Votre difficulté du microſcope s'évanouit, car une mouche ſera toujours plus grande qu'une puce, vue à l'œil ou au microſcope. Il ferait triſte que de pareilles difficultés vous arrêtaſſent dans le chemin des ſciences. Le ſcepticiſme eſt très-bon avec des feſeurs d'hypothèfes, avec des rêveurs théologiens; *Bayle* n'a guère couru fus qu'à ces meffieurs, mais c'était un pauvre géomètre, & il ne favait prefque rien en phyfique; il y a des chofes fur lefquelles le doute même n'eft pas permis.

9°. Il fe mêle à l'optique mathématique un jugement de l'ame fondé fur l'expérience; c'eft ce qui fait que nous nous formons des idées des diftances, fans nous fervir d'aucune mefure; c'eft pourquoi nous jugeons qu'un objet que nous voyons plus petit qu'à l'ordinaire eft plus éloigné; c'eft ainfi que nous jugeons qu'un homme eft en colère quand il grince les dents, qu'il roule les yeux, qu'il jure DIEU, & qu'il veut tuer fon prochain. Si quelquefois les fignes des paffions nous trompent, ce qui arrive cependant rarement aux connaiffeurs, les fignes des diftances nous trompent auffi quelquefois; mais quand on les mefure mathématiquement il n'y a plus d'erreur.

10°. Dans les objections que vous faites fur la gravitation, fur l'attraction de la matière, vous faites voir, Monfieur, toute la fagacité d'un homme qui eût mieux expliqué que moi toutes ces vérités s'il avait voulu s'y appliquer un peu. Mais, Monfieur, ayez d'abord la bonté de croire que nous ne fuppofons rien du tout. Vous nous reprochez des hypothèfes, nous n'en admettons pas la moindre. *Newton* a démontré comme deux fois deux font quatre, que la même force qui fait retomber une pierre fur la terre retient les aftres dans leurs orbites; il a calculé cette force depuis Saturne jufqu'à nous; il en a démontré les effets. Tout cela eft une affaire de pure géométrie; & de tous ceux qui ont étudié ces découvertes, aucun n'a ofé les nier. Quelques vieux cartéfiens s'avifent de dire que *Newton* n'a vu tout cela qu'en mathématicien; & ils fe fervent des tourbillons, de la matière fubtile, & de tous ces miférables êtres de raifon, pour expliquer un fait, un phénomène conftant que *Newton* a découvert. On leur a prouvé que leurs tourbillons font des chimères, & l'Europe fe moque d'eux. N'importe, les bonnes gens n'en démordent point; il leur en coûterait trop de retourner à l'école.

Nolunt parere minoribus, & quœ
Imberbes dedicere, fenes perdenda fateri.

Refte à préfent à favoir fi cette attraction de la matière, cette gravitation établie par *Newton*, & démontrée par lui, eft un effet ou une caufe; elle fera ce qu'on voudra. La chofe exifte; & c'eft bien affez pour des hommes d'avoir été jufque-là. Il y a, à la vérité, grande apparence, que cette gravitation qui fait la pefanteur, eft une propriété de la matière. Cet univers paraît fondé fur plus d'un principe, & je crois que nous fommes bien loin de les connaître. Nous favons très-bien que les tourbillons ne peuvent caufer la pefanteur; nous favons ce qui n'eft pas, & Dieu fait ce qui eft.

11°. Ne comparez point, Monfieur, l'attraction de l'aimant avec cette loi univerfelle par laquelle tous les corps gravitent les uns vers les autres. L'attraction de l'aimant eft de tout un autre genre.

Celle de l'électricité eft encore toute différente, & n'a rien de commun avec les lois découvertes par *Newton*.

F 3

L'attraction de la lumière & des corps eſt peut-être encore d'une autre eſpèce. Qu'eſt-ce que tout cela prouve? Que la matière agit dans pluſieurs cas ſelon toute autre règle que les lois d'impulſion, & qu'il faut étendre la ſphère de la nature beaucoup plus qu'on ne feſait. Mais, diront les vieux philoſophes, il y aura donc des myſtères dont nous ne pourrons rendre raiſon par les lois des chocs des corps? Oui, Meſſieurs, il y en a peut-être des millions; & ſans aller plus loin, dites-nous pourquoi vous penſez, & pourquoi votre penſée fait remuer votre jambe?

12°. Vous faites un reproche à *Newton* de ce qu'il ſuppoſe, dites-vous, ce qui eſt en queſtion; que chaque partie de la matière a également le pouvoir de la gravitation. Il me ſemble qu'il ne ſuppoſe rien. Il a prouvé que les aſtres ſont retenus dans leurs orbites, par la même force qui fait tendre ici tous les corps au centre de la terre. Or les corps tendent tous également à ce centre; donc la même choſe arrive à tous les aſtres. *Eadem cauſa, idem effeÉtus.*

L'expérience dans le vide eſt une des démonſtrations de cette vérité. Vous ne me ferez pas long-temps l'objeÉtion des nues & des exhalaiſons qui flottent dans l'air, ſi vous voulez lire dans le premier mathématicien qui vous tombera ſous la main, les lois des fluides. Vous ſentez, ſans doute, tout d'un coup la prodigieuſe différence entre un corps abandonné librement à la force de la gravitation dans un eſpace non réſiſtant, & le même corps dans l'eau ou dans l'air dont il faut déplacer les parties. Encore une fois, qu'un génie comme le vôtre daigne lire *Keil* ou *s'Graveſande* ou *Muſſchenbroek* : ſans principes vous ne pouvez faire un pas,

13°. Vous confondez toujours le centre de gravité d'un corps, qui eſt le point par lequel étant ſuſpendu il n'inclinerait d'aucun côté, avec le foyer de l'orbe que décrivent les planètes : ce ſont deux choſes qui n'ont aucune reſſemblance.

14°. Je ne ſais quel impitoyable pyrrhonien vous induit à penſer que les mathématiques n'influent point dans la phyſique, ſous prétexte que les mathématiques conſidèrent l'étendue en général. &c. Ce pyrrhonien n'avait apparemment jamais vu la pompe de Notre-Dame, la machine de Marly, le pyromètre, les moulins à vent, les machines à élever des fardeaux, les coupes des vouſſures, les cadrans au ſoleil, les pendules, les planétaires, les bas au métier &c. ; tout cela cependant eſt fondé ſur les rigoureuſes lois de la phyſique mathé-matique.

Il eſt bien vrai que parmi les propoſitions de la géométrie il y en a beaucoup qui ſont de pure curioſité, & toutes les ſciences ſont dans ce cas-là. Auſſi n'eſt-il pas néceſſaire qu'un honnête homme ſache toutes les propriétés de la cycloïde. Mais je maintiens qu'avec les Elémens d'*Euclide*, & un peu de ſections coniques, tout eſprit droit en ſait aſſez pour être un très-bon phy-ſicien, & pour ſavoir en gros aſſez rondement ce que c'eſt que le newtonianiſme. Je voudrais que vous daignaſſiez donc commencer par les premiers principes. Liſez ſeulement la géométrie de *Pardies*. C'eſt l'affaire d'un mois tout au plus pour vous. Après cela je ne ſais quel livre français vous devez conſulter : nous n'avons pas encore une bonne phyſique, mais liſez *Muſſchen-broek* : il eſt un peu peſant, & vous ne ſerez peut-être pas content de ſa préface ; mais enfin, c'eſt la meilleure

phyfique que je connaiffe. Il faut que les mathématiques domptent les écarts de notre raifon ; c'eft le
bâton des aveugles, on ne marche point fans elles ;
& ce qu'il y a de certain en phyfique eft dû à elles
& à l'expérience. Entre nous, la métaphyfique n'eft
qu'un jeu d'efprit; c'eft le pays des romans; toute la
Théodicée de *Leibnitz* ne vaut pas une expérience de
Nollet. Vous pourriez un jour avoir un cabinet de
phyfique, & le faire diriger par un artifte; c'eft un
des grands amufemens de la vie. Nous en avons un
affez beau ; mais hélas ! il faut quitter tout cela. Il
faut aller en Flandre plaider, & peut-être à Vienne.
Le temporel l'emporte, & il faut céder. Madame du
Châtelet vous fait les plus fincères complimens, elle
eft pleine d'eftime pour vous; mais qui peut vous
refufer la fienne? Souffrez, Monfieur, que je joigne
à celle que je vous ai vouée, le plus tendre & le plus
refpectueux attachement avec lequel je ferai toute
ma vie,

Votre très-humble & très-obéiffant ferviteur,

VOLTAIRE.

AU PERE DE LA TOUR, JESUITE.

A Paris, le 7 février 1746.

MON REVEREND PERE,

AYANT été élevé long-temps dans la maifon que vous gouvernez, j'ai cru devoir prendre la liberté de vous adreffer cette lettre, & vous faire un aveu public de mes fentimens dans l'occafion qui fe préfente. L'auteur de la Gazette eccléfiaftique m'a fait l'honneur de me joindre à fa Sainteté, & de calomnier à la fois dans la même page, le premier pontife du monde, & le moindre de fes ferviteurs. Un autre libelle non moins odieux, imprimé en Hollande, me reproche avec fureur mon attachement pour mes maîtres, à qui je dois l'amour des lettres, & celui de la vertu; ce font ces mêmes fentimens qui m'impofent le devoir de répondre à ces libelles.

Il y a quatre mois, qu'ayant vu une eftampe du portrait de fa Sainteté, je mis au bas cette infcription latine :

Lambertinus hic eft Romæ decus, & pater orbis,
Qui terram fcriptis docuit, virtutibus ornat.

Je ne crains pas que le fens de ces paroles foit repris par ceux qui ont lu les ouvrages de ce pontife, & qui font inftruits de fon règne. S'il dépendait de lui de pacifier le monde, comme de l'éclairer, il y a long-temps que l'Europe joindrait la reconnaissance à la vénération personnelle qu'on a pour lui. Monseigneur le cardinal *Passionei*, bibliothécaire du vatican, homme consommé en tout genre de littérature, & protecteur des sciences aussi-bien que le pape, lui montra ce faible hommage que je lui avais rendu, & que je ne croyais pas devoir parvenir jusqu'à lui. Je pris cette occasion d'envoyer à sa Sainteté & à plusieurs cardinaux qui m'honorent de leurs bontés, le poëme sur la bataille de Fontenoi, que le roi avait daigné faire imprimer à son louvre. Je ne fesais que remplir mon devoir en présentant aux personnes principales de l'Europe ce monument élevé à la gloire de notre nation, sous les auspices du roi même. Vous savez, mon révérend père, avec quelle indulgence cet ouvrage fut reçu à Rome. La gloire du roi, qui ne se borne pas aux limites de la France, répandit quelques-uns de ses rayons sur ce faible essai : il fut traduit en vers italiens ; & vous avez vu la traduction que son éminence M. le cardinal *Quirini*, digne successeur des *Bembes* & des *Sadolets*, voulut bien en faire, & qu'il vous envoya.

Ceux qui connaissent le caractère du pape, son goût & son zèle pour les lettres, ne sont point surpris qu'il m'ait gratifié de plusieurs de ses médailles, lesquelles sont autant de monumens du bon goût qui règne à Rome. Il n'a fait en cela que ce que sa majesté avait daigné faire, & s'il a ajouté à cette faveur celle de m'honorer d'une lettre particulière, qui n'est point un bref de la daterie, y a-t-il dans ces marques de bonté si honorables pour la littérature, rien qui doive choquer, rien qui doive attirer les fureurs de la calomnie? voilà pourtant ce qui a excité la bile de l'auteur clandeſtin de la Gazette eccléſiaſtique : il oſe accuſer *le pape d'honorer de ſes lettres un ſéculier, tandis qu'il perſécute des évêques*; & il me reproche, à moi, je ne ſais quel livre auquel je n'ai point de part, & que je condamne avec autant de ſincérité qu'il devrait condamner les libelles.

Je ſais combien le monarque bienfeſant qui règne à Rome eſt au-deſſus de la licence où l'on s'emporte de le calomnier, & de la liberté que je prendrais de le défendre.

Scilicet is ſuperis labor eſt, ea cura quietos
Sollicitat.

S'il eſt étrange que, tandis que ce prince ſe fait chérir de ſes ſujets, du monde chrétien, un écrivain du faubourg Saint-Marceau le calomnie, il ſerait bien utile que je réfutaſſe cet écrivain. Les diſcours des petits ne parviennent pas de ſi loin à la hauteur où ſont placés ceux qui gouvernent la terre. C'eſt à moi de me renfermer dans ma propre cauſe; mais ſi l'eſprit de parti pouvait être calme un moment, ſi cette paſſion tyrannique & ténébreuſe pouvait laiſſer quelques accès dans l'ame aux lumières douces de la raiſon, je conjurerais cet auteur & ſes ſemblables de ſe repré-ſenter à eux-mêmes, ce que c'eſt que de mettre conti-nuellement ſur le papier des invectives contre ceux qui ſont prépoſés de DIEU pour conſerver le peu qui reſte de paix ſur la terre; ce que c'eſt que de ſe rendre tous les huit jours criminel de lèſe-majeſté, par des

libelles méprifés, & d'être à la fois calomniateur &
ennuyeux. Je lui demanderais avec quelle chaleur il
condamnerait, dans d'autres, ce malheureux & inutile
deffein de troubler l'Etat que le roi défend à la tête
de fes armées : il verrait dans quel excès d'aviliffement
& d'horreur eft une telle conduite auprès de tous les
honnêtes gens : il fentirait s'il lui convient de gémir
fur les prétendus maux de l'Eglife, tandis qu'on n'y
voit d'autre mal que celui de ces convulfions avec
lefquelles trois ou quatre malheureux, méprifés de
leur parti même, ont prétendu furprendre le petit
peuple, & qui font enfin l'objet du dédain de ceux
même qu'ils avaient voulu féduire.

Qu'il fe trouve des hommes affez infenfés & affez
privés de pudeur, pour dreffer des filles de fept à huit
ans à faire des tours de *paffe-paffe*, dont les charlatans
de la foire rougiraient; qu'ils aient le front d'appeler
ce manége infame des miracles faits au nom de DIEU;
qu'ils jouent à prix d'argent cette farce abominable,
pour prouver qu'*Elie* eft venu ; qu'un de ces miférables ait été de ville en ville fe pendre aux poutres
d'un plancher, contrefaire l'étranglé & le mort, contrefaire enfuite le reffufcité, & finir enfin fes preftiges par
mourir en effet dans Utrecht, le 17 juin 1743, à la
potence qu'il avait dreffée lui-même, & dont il croyait
fe tirer comme auparavant : voilà ce qu'on pourrait
appeler les maux de l'Eglife, fi de tels hommes étaient
en effet comptés, foit dans l'Eglife, foit dans l'Etat.

Il leur fied bien fans doute de calomnier le fouverain pontife, en citant l'évangile & les pères : il leur
fied bien d'ofer parler des lois du chriftianifme, eux
qui violent la première de fes lois, la charité ; eux

qui, au mépris de toutes lois divines & humaines, vendent tous les jours un libelle qui dégoûte aujourd'hui les lecteurs les plus avides de médifance & de fatire.

A l'égard de l'autre libelle de Hollande, qui me reproche d'être attaché aux jéfuites, je fuis bien loin de lui répondre comme à l'autre : *Vous êtes un calomniateur*, je lui dirai au contraire : *Vous dites la vérité*. J'ai été élevé pendant fept ans chez des hommes qui fe donnent des peines gratuites & infatigables à former l'efprit & les mœurs de la jeuneffe. Depuis quand veut-on que l'on foit fans reconnaiffance pour fes maîtres ? Quoi ! il fera dans la nature de l'homme de revoir avec plaifir une maifon où l'on eft né, un village où l'on a été nourri par une femme mercenaire ? & il ne ferait pas dans notre cœur d'aimer ceux qui ont pris un foin généreux de nos premières années ? Si des jéfuites ont un procès au Malabar avec un capucin, pour des chofes dont je n'ai point connaiffance, que m'importe ? eft-ce une raifon pour moi d'être ingrat envers ceux qui m'ont infpiré le goût des belles-lettres, & des fentimens qui feront jufqu'au tombeau la confolation de ma vie ? Rien n'effacera dans mon cœur la mémoire du père *Porée*, qui eft également cher à tous ceux qui ont étudié fous lui. Jamais homme ne rendit l'étude & la vertu plus aimables. Les heures de fes leçons étaient pour nous des heures délicieufes, & j'aurais voulu qu'il eût été établi dans Paris comme dans Athènes, qu'on pût affifter à tout âge à de telles leçons : je ferais revenu fouvent les entendre. J'ai eu le bonheur d'être formé par plus d'un jéfuite du caractère de père *Porée*, & je fais qu'il a des fucceffeurs dignes de lui. Enfin pendant les fept années que j'ai vécu dans leur maifon, qu'ai-je vu chez eux? la vie la plus laborieufe, la plus frugale, la plus réglée, toutes leurs heures partagées entre les foins qu'ils nous donnaient & les exercices de leur profeffion auftère. J'en attefte des milliers d'hommes élevés par eux comme moi, il n'y en aura pas un feul qui puiffe me démentir. C'eft fur quoi je ne ceffe de m'étonner, qu'on puiffe les accufer d'enfeigner une morale corruptrice. Ils ont eu, comme tous les autres religieux, dans des temps de ténèbres, des cafuiftes qui ont traité le pour & le contre des queftions aujourd'hui éclaircies, ou mifes en oubli. Mais, de bonne foi, eft-ce par la fatire ingénieufe des *Lettres provinciales* qu'on doit juger de leur morale? c'eft affurément par le père *Bourdaloue*, par le père *Cheminais*, par leurs autres prédicateurs, par leurs miffionnaires.

Qu'on mette en parallèle les *Lettres provinciales* & les Sermons du père *Bourdaloue*, on apprendra dans les premières l'art de la raillerie, celui de préfenter des chofes indifférentes fous des faces criminelles, celui d'infulter avec éloquence : on apprendra avec le père *Bourdaloue* à être févère à foi-même, & indulgent pour les autres. Je demande alors de quel côté eft la vraie morale, & lequel de ces deux livres eft utile aux hommes.

J'ofe dire qu'il n'y a rien de plus contradictoire, rien de plus honteux pour l'humanité, que d'accufer de morale relâchée des hommes qui mènent en Europe la vie la plus dure, & qui vont chercher la mort au bout de l'Afie & de l'Amérique. Quel eft le particulier qui ne fera pas confolé d'effuyer des calomnies,

quand un corps entier en éprouve continuellement
d'auffi cruelles? Je voudrais bien que l'auteur de ces
libelles pitoyables, dont nous fommes fatigués, vînt
un jour aux pieds d'un jéfuite au tribunal de la
pénitence, & que là il fît un aveu fincère de fa conduite,
en préfence de DIEU ; il ferait obligé de dire:,, J'ai
,, ofé traiter de *perfécuteur* un roi adoré de fes fujets:
,, j'ai appelé cent fois fes miniftres des miniftres
,, d'iniquité : j'ai vomi les calomnies les plus noires
,, contre le premier miniftre du royaume, contre un
,, cardinal qui a rendu des fervices effentiels dans fes
,, ambaffades auprès de trois papes : je n'ai refpecté
,, ni le nom, ni l'autorité fainte, ni les mœurs pures,
,, ni la grandeur d'ame, ni la vieilleffe vénérable de
,, mon archevêque. L'évêque de Langres, dans une
,, maladie populaire qui fefait du ravage à Chaumont,
,, accourut avec des médecins & de l'argent, & arrêta
,, le cours de la maladie; il a fignalé toutes les années
,, de fon épifcopat par les actions de la charité la plus
,, noble : & ce font ces mêmes actions que j'ai empoi-
,, fonnées. L'évêque de Marfeille , pendant que la
,, contagion dépeuplait cette ville, & qu'il ne fe trou-
,, vait plus perfonne, ni qui donnât la fépulture aux
,, morts, ni qui foulageât les mourans, allait le jour & la
,, nuit, les fecours temporels dans une main, & DIEU
,, dans l'autre, affronter de maifons en maifons un
,, danger beaucoup plus grand que celui où l'on eft
,, expofé à l'attaque d'un chemin couvert ; il fauva
,, les triftes reftes de fes diocéfains par l'ardeur du
,, zèle le plus attendriffant, & par l'excès d'une intré-
,, pidité qu'on ne caractériferait pas fans doute affez
,, en l'appelant héroïque ; c'eft un homme dont le

„ nom fera béni avec admiration dans tous les âges:
„ ce font ceux qui l'ont imité que j'ai voulu décrier
„ dans mes petits libelles diffamatoires. „

Je fuppofe pour un moment que le jéfuite qui
entendrait cet aveu eût à fe plaindre de tous ceux
que l'on vient de nommer, qu'il fût le parent & l'ami
du coupable; ne lui dirait-il pas? Vous avez commis
un crime horrible, & vous ne pouvez trop l'expier.

Ce même homme qui ne fe corrigera pas, continuera
de calomnier tous les jours ce qu'il y a de plus refpectable fur la terre, & il ajoutera à fa lifte le confeffeur
qui lui aura reproché fes excès; il l'accufera lui & fa
fociété d'une morale relâchée: c'eft ainfi que l'efprit
de parti eft fait. L'auteur du libelle peut, tant qu'il
voudra, mettre mon nom dans le recueil immenfe &
oublié de fes calomnies: il pourra m'imputer des
fentimens que je n'ai jamais eus, les livres que je n'ai
jamais faits, ou qui ont été altérés indignement par
les éditeurs. Je lui répondrai comme le grand *Corneille*
dans une pareille occafion: *Je foumets mes écrits au
jugement de l'Eglife.* Je doute qu'il en faffe autant. Je
ferai bien plus: je lui déclare à lui & à fes femblables,
que fi jamais on a imprimé fous mon nom une page
qui puiffe fcandalifer feulement le facriftain de leur
paroiffe, je fuis prêt à la déchirer devant lui; que je
veux vivre & mourir tranquille dans le fein de l'Eglife
catholique, apoftolique, & romaine, fans attaquer
perfonne, fans nuire à perfonne, fans foutenir la
moindre opinion qui puiffe offenfer perfonne: je
détefte tout ce qui peut porter le moindre trouble
dans la fociété. Ce font ces fentimens connus du roi
qui m'ont attiré fes bienfaits. Comblé de fes grâces,

attaché

attaché à fa perfonne facrée, chargé d'écrire ce qu'il a fait de glorieux & d'utile pour la patrie, uniquement occupé de cet emploi, je tâcherai, pour le remplir, de mettre en pratique les inftructions que j'ai reçues dans votre maifon refpectable ; & fi les règles de l'éloquence que j'y ai apprifes fe font effacées de mon efprit, le caractère de bon citoyen ne s'effacera jamais de mon cœur.

On a vu, je crois, ce caractère dans tous mes écrits, quelque défigurés qu'ils foient par les ridicules éditions qu'on en a faites. La Henriade même n'a jamais été correctement imprimée, on n'aura probablement mes véritables ouvrages qu'après ma mort ; mais j'ambitionne peu, pendant ma vie, de groffir le nombre des livres dont on eft furchargé, pourvu que je fois au nombre des honnêtes gens, attachés à leur fouverain, zélés pour leur patrie, fideles à leurs amis dès l'enfance, & reconnaiffans envers leurs premiers maîtres.

C'eft dans ces fentimens que je ferai toujours &c.

FRAGMENT

D'UNE LETTRE ECRITE A UN MEMBRE DE L'ACADEMIE DE BERLIN.

A Potfdam, 15 avril 1752.

. . . .
. . . .

JE réponds à toutes vos queſtions. La plupart des anecdotes fur mademoiſelle *Lenclos* ſont vraies, mais pluſieurs ſont fauſſes. L'article de ſon teſtament dont vous me parlez n'eſt point un roman ; elle me laiſſa deux mille francs ; j'étais enfant ; j'avais fait quelques mauvais vers qu'on diſait bons pour mon âge. L'abbé de *Châteauneuf*, frère de celui que vous avez vu ambaſſadeur à la Haye, m'avait mené chez elle, & je lui avais plu je ne ſais comment. C'eſt ce même abbé de *Châteauneuf* qui avait fini ſon *hiſtoire amoureuſe;* c'eſt lui à qui cette célébre vieille fit la plaiſanterie de donner ſes triſtes faveurs à l'âge de ſoixante & dix ans. Vous devez être perſuadé que les lettres qui courent, ou plutôt qui ne courent plus ſous ſon nom, ſont au rang des menſonges imprimés. Il eſt vrai qu'elle m'exhorta à faire des vers; elle aurait dû plutôt m'exhorter à n'en pas faire. C'eſt un métier trop dangereux, & la miſérable fumée de la réputation fait trop d'ennemis & empoifonne trop la vie. La carrière de *Ninon* qui ne fit point de vers, & qui eut & donna long-temps beaucoup de plaifir, eft affurément préférable à la mienne.

On pouvait fe paffer d'écrire en forme fa vie; mais du moins on a obfervé la bienféance de ne l'écrire que long-temps après fa mort. Les biographes qui ont écrit ma prétendue hiftoire, dont vous me parlez, fe font un peu preffés, & me font trop d'honneur. Il n'y a pas un mot de véritable dans tout ce que ces meffieurs ont écrit. Les uns ont dit, d'après l'équitable & véridique abbé *Desfontaines*, que je reffemblais à *Virgile* par ma naiffance, & que je pouvais dire apparemment comme lui :

O fortunatos nimiùm fua fi bona norint
Agricolas!

Je penfe fur cela comme *Virgile*, & tout me paraît fort égal. Mais le hafard a fait que je ne fuis pas né dans le pays des églogues & des bucoliques. Dans une autre vie qu'on s'eft avifé de faire encore de moi, comme fi j'étais mort, on me dit fils d'un porte-clefs du parlement de Paris. Il n'y a point de tel emploi au parlement. Mais qu'importe? On ajoute une belle aventure d'un carroffe avec l'époufe de M. le duc de *Richelieu*, dans le temps qu'il était veuf. Tous les autres contes font dans ce goût, & j'aime autant les amours du révérend père de *la Chaife* avec mademoifelle du *Tron*. On ne peut empêcher les barbouilleurs de papier d'écrire des fottifes, les libraires hollandais de les vendre, & les laquais de les lire.

G 2

L'article du Journal des favans dont il eft queftion, n'eft point dans le Journal de Paris; il eft dans celui qu'on falfifie à Amfterdam, & fe trouve fous l'année 1750. *Le parlement a condamné*, dit ce Journal, *l'Hiſ-toire de Louis XI de M. Duclos, fucceffeur de M. de Voltaire dans la place d'hiſtoriographe de France, à cauſe de ce paſſage : La dévotion fut de tout temps l'afile des reines fans pouvoir.* Ce font deux calomnies. Le parlement ne s'eft point avifé de condamner ce livre, & le parlement ne fe mêle point du tout d'examiner fi une reine eft dévote ou non. On ajoute une troifième calomnie ; c'eft *que je fuis exilé de France, & réfugié en Pruſſe.* Quand cela ferait, il me femble que ce ne ferait pas une de ces vérités inſtructives qui font du reffort du Journal des favans. Le fait eft que le roi de Pruffe, qui m'honore de fes bontés depuis quinze ans, m'a fait venir auprès de lui ; qu'il a fait demander au roi mon maître, par fon envoyé, que je puffe refter à fa cour en qualité de fon chambellan ; que j'y refterai tant que je pourrai lui être de quelque utilité dans fon goût pour les belles-lettres, & que ma mauvaife fanté & mon âge me permettront de profiter de fes lumières & de fes bontés ; que le roi mon maître, en me cédant à lui, m'a daigné accorder une penfion, & m'a confervé la charge de gentilhomme ordinaire de fa chambre. J'en demande pardon aux calomniateurs & à ceux qui fe mêlent d'être jaloux ; mais la chofe eft ainfi. Je n'y puis que faire ; & j'ajoute qu'un homme de lettres ferait bien indigne de l'être, s'il était entêté de ces honneurs, & s'il n'était pas toujours auffi prêt à les quitter, que reconnaiffant envers ceux qui l'en ont comblé. Je n'ai point facrifié ma liberté au roi de Pruffe , & je la préférerai toujours à tous les rois.

Je vous envoie un exemplaire de l'édition que l'on a faite à Paris de mes œuvres bonnes ou mauvaifes. C'eft de toutes la plus paffable ; il y a pourtant bien des fautes. Une des plus grandes eft d'y avoir inféré quatre chapitres du *Siècle de Louis XIV*, qui eft imprimé aujourd'hui féparément. C'eft un double emploi ; & il eft bien vrai , furtout en fait de livres, qu'il ne faut pas multiplier les êtres fans néceffité. C'eft par cette raifon que je me donnerai bien de garde de vous envoyer les petites pièces fugitives que vous me demandez. Tous ces vers de fociété ne font bons que pour les fociétés feules , & pour les feuls momens où ils ont été faits. Il eft ridicule d'en faire confidence au public. De quoi s'eft avifé ce compilateur des lettres de la reine *Chriftine* , de groffir fon énorme recueil d'une lettre que j'écrivis, il y a quelques années , à la reine de Suède d'aujourd'hui? Comment a-t-il eu cette lettre? Comment a-t-il pu en eftropier les vers au point où il l'a fait? Le public n'avait pas plus à faire de ces vers, que de la plupart des lettres inutiles de la chancellerie de la reine *Chriftine*. Il eft vrai qu'en écrivant à la reine *Ulrique*, avec cette liberté que fes bontés & la poëfie permettent, je feignais que *Chriftine* m'avait apparu, & je difais :

> A fa jupe courte & légère ,
> A fon pourpoint, à fon collet,
> Au chapeau garni d'un plumet,
> Au ruban ponceau qui pendait
> Et par devant & par derrière ,

G 3

A fa mine galante & fière

D'amazone & d'aventurière,

A ce nez de conful romain,

A ce front altier d'héroïne,

A ce grand œil tendre & hautain,

Moins beau que le vôtre & moins fin,

Soudain je reconnus Chriftine;

Chriftine des arts le foutien,

Chriftine qui céda pour rien

Et fon royaume & votre églife,

Qui connut tout & ne crut rien,

Que le faint père canonife,

Que damne le luthérien,

Et que la gloire immortalife &c. (*)

Voilà, Monfieur, le morceau de cette lettre que le compilateur a falfifié. Ne vous fiez point à ces mains lourdes qui fannent les fleurs qu'elles touchent; mais comptez que la plupart de toutes ces petites pièces font des fleurs éphémères qui ne durent pas plus que les nouveaux fonnets d'Italie & nos bouquets pour *Iris*. On n'a que trop recueilli de ces bagatelles paffagères dans toutes les miférables éditions qu'on a données de moi, & auxquelles, DIEU merci, je n'ai aucune part. Soyez perfuadé que de même qu'on ne doit pas écrire tout ce que les rois ont fait, mais feulement ce qu'ils ont fait de digne de la poftérité; de même on ne doit imprimer d'un auteur que ce qu'il a écrit de digne d'être lu. Avec cette règle honnête, il y aurait moins de livres & plus de goût dans le public. J'efpère que la nouvelle édition qu'on a faite à Drefde fera meilleure que toutes les précédentes.

(*) Voyez le volume de *Lettres* en vers & en profe, 1750.

Ce fera pour moi une confolation, dans le regret que j'ai d'avoir trop écrit.

J'aurais voulu fupprimer beaucoup de chofes qui échappent à l'efprit dans la jeuneffe, & que la raifon condamne dans un âge avancé. Je voudrais même pouvoir fupprimer les vers contre *Rouffeau*, qui fe trouvent dans l'épître *fur la calomnie*, parce que je n'aime à faire des vers contre perfonne, que *Rouffeau* a été malheureux, & qu'en bien des chofes il a fait honneur à la littérature françaife; mais il me réduifit malgré moi à la néceffité de répondre à fes outrages par des vérités dures. Il attaqua prefque tous les gens de lettres de fon temps qui avaient de la réputation; fes fatires n'étaient pas, comme celles de *Boileau*, des critiques de mauvais ouvrages, mais des injures perfonnelles & atroces. Les termes de *bélître*, de *maroufle*, de *louve*, de *chien*, déshonorent fes épîtres, dans lefquelles il ne parle que de fes querelles. Ces baffes groffiéretés révoltent tout lecteur honnête-homme, & font voir que la jaloufie rongeait fon cœur du fiel le plus âcre & le plus noir. Voyez les deux volumes intitulés le Porte-feuille. Ce n'eft qu'un recueil de mauvaifes pièces dont la plupart ne font point de *Rouffeau*. Il n'y a que la rage de gagner quelques florins qui ait pu faire publier cette rapfodie. La comédie de l'Hypocondre eft de lui; & c'eft apparemment pour décrier *Rouffeau* qu'on a imprimé cette fottife. Il avait voulu à la vérité la faire jouer à Paris; mais les comédiens n'ayant ofé s'en charger, il n'ofa jamais l'imprimer. On ne doit pas tirer de l'oubli de mauvais ouvrages que l'auteur y a condamnés.

G 4

Vous ferez plus fâché de voir dans ce recueil une lettre sur la mort de *la Motte*, où l'on outrage la mémoire de cet académicien diftingué, l'accufant des manœuvres les plus lâches, & lui reprochant jufqu'à la petite fortune que fon mérite lui avait acquife. Cela indigne à la fois, & contre l'auteur, & contre l'éditeur.

Ceux qui ont fait imprimer le recueil des lettres de *Roufſeau*, devaient pour fon honneur les fupprimer à jamais. Elles font dépourvues d'efprit & très-fouvent de vérité. Elles fe contredifent; il dit le pour & le contre; il loue & il déchire les mêmes perfonnes; il parle de DIEU à des gens qui lui donnent de l'argent, & il envoie des fatires à *Broſſette* qui ne lui donne rien.

La véritable caufe de fa dernière difgrace chez le prince *Eugène*, puifque vous la voulez favoir, vient d'une ode intitulée la Palinodie, qui n'eft pas affurément fon meilleur ouvrage. Cette petite ode était contre un maréchal de France miniftre d'Etat, (*a*) qui avait été autrefois fon protecteur. Ce miniftre mariait alors une de fes filles au fils du maréchal de *Villars*. Celui-ci, informé de l'infulte que fefait *Roufſeau* au beau-père de fon fils, ne dédaigna pas de l'en faire punir, toute méprifable qu'elle était. Il en écrivit au prince *Eugène*, & ce prince retrancha à *Roufſeau* la penfion qu'il avait la générofité de lui faire encore, quoiqu'il crût avoir fujet d'être mécontent de lui, dans l'affaire qui fit paffer le comte de *Bonneval* en Turquie. Madame la maréchale de *Villars*, dont je

(*a*) Le maréchal de *Noailles*.

ferais forcé d'attefter le témoignage s'il en était befoin,
peut dire fi je ne tâchai pas d'arrêter les plaintes de
M. le maréchal, & fi elle-même ne m'impofa pas
filence, en me difant que *Rouffeau* ne méritait point
de grâce. Voilà des faits, Monfieur, & des faits authen-
tiques. Cependant, *Rouffeau* crut toujours que j'avais
engagé M. le maréchal de *Villars* a écrire contre lui
au prince *Eugéne*.

Si je ne fus pas la caufe de fa difgrace auprès de
ce prince, je vous avoue que je fus caufe malgré moi
qu'il fut chaffé de la maifon de M. le duc d'*Aremberg*.
Il prétendit, dans fa mauvaife humeur, que je l'avais
accufé auprès de ce prince, d'être en effet l'auteur
des couplets pour lefquels il avait été banni de France.
Il eut l'imprudence de faire imprimer, dans un
journal de *du Sauzet*, cette impofture. Je me fentis
obligé, pour toute explication, d'envoyer le journal
à M. le duc d'*Aremberg*, qui chaffa *Rouffeau* fur ce
feul expofé. Voilà, pour le dire en paffant, ce qu'a
produit la déteftable & honteufe licence qu'on a prife
trop long-temps en Hollande, d'inférer des libelles
dans des journaux, & de déshonorer, par ces turpitudes, un travail littéraire imaginé en France pour
avancer les progrès de l'efprit humain. Ce fut ce
libelle qui rendit les dernières années de *Rouffeau*
bien malheureufes. La preffe, il le faut avouer, eft
devenue un des fléaux de la fociété, & un brigandage
intolérable.

Au refte, Monfieur, je vous l'avouerai hardiment;
quoique je ne me fuffe jamais ouvert à M. le duc
d'*Aremberg* fur ce que je penfais des couplets infames,
& de la fubornation de témoins, qui attirèrent à

Rousseau l'arrêt dont il fut flétri en France ; cependant j'ai toujours cru qu'il était coupable. Il savait que je pensais ainsi, & c'était une des grandes sources de sa haine ; mais je ne pouvais avoir une autre opinion. J'étais instruit plus que personne ; la mère du petit malheureux qui fut séduit pour déposer contre *Saurin*, servait chez mon père ; c'est ce que vous trouverez dans le *factum* fait en forme judiciaire, par l'avocat *du Cornet*, en faveur de *Saurin*. J'interrogeai cette femme, & même plusieurs années après le procès criminel. Elle me dit toujours *que* DIEU *avait puni son fils pour avoir fait un faux serment, & pour avoir accusé un homme innocent ;* & il faut remarquer que ce garçon ne fut condamné qu'au bannissement, en faveur de son âge & de la faiblesse de son esprit. Je n'entre point dans le détail des autres preuves ; vous devez présumer qu'il est bien difficile que deux tribunaux aient unanimement condamné un homme dont le crime n'eût pas paru avéré. Si vous voulez, après cette réflexion, songer quelle bile noire dominait *Rousseau ;* si vous voulez vous souvenir qu'il avait fait contre le directeur de l'opéra, contre *Bérin*, contre *Pécour*, & d'autres, des couplets entièrement semblables à ceux pour lesquels il fut condamné ; si vous observez que tous ceux qui étaient attaqués dans ces couplets abominables, étaient ses ennemis & les amis de *Saurin ;* votre conviction sera aussi entière que celle des juges. Enfin, quand il s'agit de flétrir ou le parlement ou *Rousseau*, il est clair qu'après tout ce que je viens de vous dire il n'y a pas à balancer.

C'est à cet horrible précipice que le conduisirent l'envie & la haine dont il était dévoré. Songez-y bien,

Monſieur ; la jalouſie, quand elle eſt furieuſe, produit plus de crimes que l'intérêt & l'ambition.

Ce qui vous a fait ſuſpendre votre jugement, c'eſt la dévotion dont *Rouſſeau* voulut couvrir ſur la fin de ſa vie, de ſi grands égaremens & de ſi grands malheurs. Mais lorſqu'il fit un voyage clandeſtin à Paris dans ſes derniers jours, & lorſqu'il follicitait ſa grâce, il ne put s'empêcher de faire des vers ſatiriques, bien moins bons, à la vérité, que ſes premiers ouvrages, mais non moins diſtillans l'amertume & l'injure. Que voulez-vous que je vous diſe? La *Brinvilliers* était dévote, & allait à confeſſe après avoir empoiſonné ſon père ; & elle empoiſonnait ſon frère après la confeſſion. Tout cela eſt horrible : mais après les excès où j'ai vu l'envie s'emporter, après les impoſ-tures atroces que je lui ai vu répandre, après les manœuvres que je lui ai vu faire ; je ne ſuis plus ſurpris de rien à mon âge.

Adieu, Monſieur. Vous trouverez dans ce paquet des lettres de M. de *la Rivière.* Je l'ai connu autrefois : il avait un eſprit aimable ; mais il n'a bien écrit que contre ſon beau-père. C'eſt encore là une affaire bien odieuſe du côté de *Buſſi-Rabutin.* Le *factum* de *la Rivière* vaut mieux que les ſept tomes de *Buſſi;* mais il ne fallait pas imprimer ſes lettres &c.

A M. K O E N I G.

A Potſdam , le 17 novembre 1752.

M O N S I E U R ,

LE libraire qui a imprimé une nouvelle édition du
Siècle de Louis XIV, plus exacte, plus ample, & plus
curieuſe que les autres , doit vous en faire tenir de ma
part deux exemplaires ; un pour vous, l'autre pour la
bibliothèque de S. A. R. à qui je vous prie de faire
agréer cet hommage & mon profond reſpect.

Il eſt bien difficile que dans un tel ouvrage, où il
y a tant de traits qui caractériſent l'héroïſme de la
maiſon d'*Orange*, il ne s'en trouve pas quelques-uns
qui puiſſent déplaire ; mais une princeſſe de ſon ſang ,
& née en Angleterre, connaît trop les devoirs d'un
hiſtorien & le prix de la vérité , pour ne pas aimer
cette vérité quand elle eſt exprimée avec le reſpect que
l'on doit aux puiſſances.

J'aurai, ſans doute, bien des querelles à ſoutenir
ſur cet ouvrage : je puis m'être trompé ſur beaucoup
de choſes que le temps ſeul peut éclaircir. Il ne s'agit
pas ici de moi, mais du public ; il n'eſt pas queſtion
de me défendre , mais de l'éclairer ; & il faut ſans difficulté que je corrige toutes les erreurs où je ſerai tombé,
& que je remercie ceux qui m'en avertiront, quelque
aigreur qu'ils puiſſent mettre dans leur zèle. Cette

vérité à laquelle j'ai facrifié toute ma vie , je l'aime dans les autres autant que dans moi.

J'ai lu, Monfieur, votre *Appel au public*, que vous avez eu la bonté de m'envoyer, & je fuis revenu fur le champ du préjugé que j'avais contre vous. Je n'avais point été du nombre de ceux qu'on avait conftitués vos juges, ayant paffé tout l'été à Poftdam ; mais je vous avoue que fur l'expofé de M. de *Maupertuis*, & fur le jugement prononcé en conféquence , j'étais entièrement contre votre procédé.

Il s'agiffait, difait-on , d'une découverte importante dont on vous accufait d'avoir voulu ravir la gloire à fon auteur, par envie & par malignité. On vous imputait d'avoir forgé une lettre de *Leibnitz*, dans laquelle vous aviez vous - même inféré cette découverte. On prétendait que , preffé par l'académie de repréfenter l'original de cette lettre, vous aviez eu recours à l'artifice groffier de fuppofer après coup, que vous en teniez la copie de la main d'un homme qui eft mort il y a quelques années.

Jugez vous - même, Monfieur , fi je ne devais pas avoir les préjugés les plus violens, & fi vous ne devez pas pardonner à tous ceux qui vous ont condamné, quand ils n'ont été inftruits que par les allégations de votre adverfaire, confirmées par votre filence.

Votre *Appel* m'a ouvert les yeux, ainfi qu'à tout le public. Quiconque a lu votre mémoire a été convaincu de votre innocence. Vos pièces juftificatives établiffent tout le contraire de ce que votre ennemi vous imputait. On voit évidemment que vous commençâtes par montrer à *Maupertuis* l'ouvrage dans lequel vous combattiez fes fentimens ; que cet ouvrage eft écrit

avec la plus grande politeſſe & les égards les plus
circonſpects ; qu'en le réfutant, vous lui avez prodigué
des éloges ; que vous lui avez d'abord avoué, avec la
bonne-foi & la franchiſe de votre patrie, tout ce qui
concernait la lettre de *Leibnitz*. Vous lui dites que vous
la teniez, avec pluſieurs autres, des mains de feu
Henzi ; que l'original ne pourrait probablement ſe
trouver ; enfin vous imprimâtes & votre réfutation &
une partie de la lettre de *Leibnitz*, avec le conſentement de votre adverſaire, conſentement qu'il ſigna
lui-même. Les *actes de Leipſick* furent les dépoſitaires
de votre ouvrage, & de cette même lettre ſur laquelle
on vous a fait le plus étrange procès criminel dont on
ait jamais entendu parler dans la littérature.

Il eſt clair comme le jour que cette lettre de *Leibnitz*,
que vous rapportez aujourd'hui toute entière, avec
deux autres, ont été écrites par ce grand-homme, &
n'ont pu être écrites que par lui. Il n'y a perſonne
qui n'y reconnaiſſe ſa manière de penſer, ſon ſtyle
profond, mais un peu diffus & embarraſſé ; ſa coutume
de jeter des idées, ou plutôt des ſemences d'idées
qui excitent à les développer. Mais ce qu'il y a de
plus étrange dans cette affaire, & ce qui me cauſe une
ſurpriſe dont je ne reviens point, c'eſt que cette même
lettre de *Leibnitz*, dont on feſait tant de bruit, cette
lettre pour laquelle on a intéreſſé tant de puiſſances ;
cette lettre qu'on vous accuſait d'avoir indignement
ſuppoſée, & d'avoir fabriquée vous-même, pour
donner à *Leibnitz* la gloire d'un théorème revendiqué
par votre adverſaire ; cette lettre dit préciſément tout
le contraire de ce qu'on croyait ; elle combat le ſentiment de votre adverſaire, au lieu de le prévenir.

C'eft donc ici uniquement une méprife de l'amour-propre. Votre ennemi n'avait pas affez examiné cette lettre que vous lui aviez remife entre les mains. Il croyait qu'elle contenait fa penfée, & elle contient fa réfutation. Fallait-il donc qu'il employât tant d'artifices & de violence, qu'il fatiguât tant de puiffances, & qu'il pourfuivît enfin ceux qui condamnent aujourd'hui fa méprife & fon procédé, pour quatre lignes de *Leibnitz* mal-entendues, pour une difpute qui n'eft nullement éclaircie, & dont le fond me paraît la chofe la plus frivole?

Pardonnez-moi cette liberté; vous favez, Monfieur, que je fuis un peu enthoufiafte fur ce qui me paraît vrai. Vous avez été témoin que je ne facrifie mon fentiment à perfonne. Vous vous fouvenez des deux années que nous avons paffées enfemble dans une retraite philofophique, avec une dame (*) d'un génie étonnant, & digne d'être inftruite par vous dans les mathématiques. Quelque amitié qui m'attachât à elle & à vous, je me déclarai toujours contre votre fentiment & le fien, fur la difpute des *forces vives*. Je foutins effrontément le parti de M. de *Mairan* contre vous deux; & ce qu'il y eut de plaifant, c'eft que lorfque cette dame écrivit enfuite contre M. de *Mairan* fur ce point de mathématique, je corrigeai fon ouvrage, & j'écrivis contre elle. J'en ufai de même fur *les monades* & fur *l'harmonie préétablie* auxquelles je vous avoue que je ne crois point du tout. Enfin je foutins toutes mes héréfies fans altérer le moins du monde la charité. Je ne pus facrifier ce qui me paraiffait la vérité à une perfonne

(*) Madame la marquife du *Châtelet*.

à qui j'aurais facrifié ma vie. Vous ne ferez donc pas
furpris que je vous dife, avec cette franchife intrépide
qui vous eft connue, que toutes ces difputes où un
mélange de métaphyfique vient égarer la géométrie me
paraiffent des jeux d'efprit, qui l'exercent & qui ne
l'éclairent point. La querelle des *forces vives* était abfolument dans ce cas. On écrirait cent volumes pour &
contre, fans rien changer jamais dans la mécanique.
Il eft clair qu'il faudra toujours le même nombre de
chevaux pour tirer les mêmes fardeaux, & la même
charge de poudre pour un boulet de canon, foit qu'on
multiplie la maffe par la vîteffe, foit qu'on la multiplie
par le quarré de la vîteffe. Souffrez que je vous dife
que la difpute fur la *moindre aɛlion* eft beaucoup plus
frivole encore. Il ne me paraît de vrai dans tout cela
que l'ancien axiome, que la nature agit toujours par
les voies les plus fimples; encore cette maxime demande-
t-elle beaucoup d'explications.

Si M. de *Maupertuis* a inventé depuis peu ce principe,
à la bonne-heure; mais il me femble qu'il n'eût pas
fallu déguifer fous des termes ambigus une chofe fi
claire, & que ce ferait la traveftir en erreur que de
prétendre, avec le père *Mallebranche*, que DIEU emploie
toujours *la moindre quantité d'aɛlion.* Nos bras, par
exemple, font des leviers de la troifième efpèce, qui
exercent une force de plus de cinquante livres pour
en lever une; le cœur, par fa fiftole & fa diaftole,
exerce une force prodigieufe pour exprimer une goutte
de fang qui ne pèfe pas une dragme. Toute la nature
eft pleine de pareils exemples; elle montre dans mille
occafions plus de profufion que d'économie. Heureufement, Monfieur, toutes nos difputes pointilleufes

fur

fur des principes fujets à tant d'exceptions , fur des
affertions vraies en plufieurs cas,&fauffes dans d'autres,
n'empêcheront pas la nature de fuivre fes lois invifibles
& éternelles. Malheur au genre-humain, fi le monde
était comme la plupart des philofophes veulent le
faire. Nous reffemblons affez à *Matthieu Garo* qui affir-
mait que les citrouilles devaient croître au haut des
plus grands arbres, afin que les chofes fuffent en proportion. Vous favez comment *Matthieu Garo* fut
détrompé quand un gland de chêne lui tomba fur le
né, dans le temps qu'il raifonnait en profond métaphyficien.

Voyez donc, Monfieur, ce que c'eft que de ne
vouloir trouver la preuve de l'exiftence de DIEU que
dans une formule d'algèbre, fur le point le plus obfcur
de la dynamique, & affurément fur le point le plus
inutile dans l'ufage. ,, Vous allez vous fâcher contre
,, moi, mais je ne m'en foucie guère, ,, difait feu
M. l'abbé *Conti* au grand *Newton ;* & je penfe avec
l'abbé *Conti*, qu'à l'exception d'une quarantaine de
théorèmes principaux qui font utiles, les recherches
profondes de la géométrie ne font que l'aliment d'une
curiofité ingénieufe : & j'ajoute que toutes les fois que
la métaphyfique s'y joint, cette curiofité eft bien
trompée. La métaphyfique eft le nuage qui dérobe
aux héros d'*Homère* l'ennemi qu'ils croyaient faifir.

Mais que pour une difpute fi frivole, pour une
bagatelle difficile, pour une erreur de nulle conféquence, confondue avec une vérité triviale, on intente
un procès criminel dans les formes, qu'on faffe déclarer fauffaire un honnête - homme, un compagnon

d'études, un ancien ami, c'eft ce qui eft en vérité bien douloureux.

Vous nous avez appris, dans votre *Appel*, une violence bien plus fingulière ; on m'a écrit des lettres de Paris pour favoir fi la chofe était vraie. Vous dites, & il n'eft que trop véritable, que *Maupertuis*, après avoir réuffi, comme il lui était fi aifé, à vous faire condamner, a écrit & fait écrire plufieurs fois à madame la princeffe d'*Orange* de qui vous dépendez, pour vous impofer filence, & pour vous faire confentir vous-même à votre déshonneur. Vous croyez bien que toute l'Europe littéraire trouve fon procédé un peu dur & fort inouï. *Maupertuis* aura la gloire d'avoir fait ce qu'aucun fouverain n'a jamais ofé. Aveuglé par une méprife où il était tombé, il a foutenu cette méprife par une perfécution ; il a fait condamner & flétrir un honnête-homme fans l'entendre, & lui a ordonné enfuite de ne point fe défendre & de fe taire.

Quel homme de lettres n'eft faifi d'une jufte indignation contre une cruauté ménagée d'abord avec tant d'artifice, & foutenue enfin avec tant de dureté ? où en feraient les lettres & les études en tout genre, fi on ne peut être d'un fentiment oppofé à celui d'un homme qui a fu fe procurer du crédit ? Quoi ! Monfieur, fi je difais que tous les angles d'un triangle font égaux à deux droits, & que le préfident de l'académie de Pétersbourg eût dit le contraire, il ferait donc en droit de me faire condamner, & de m'ordonner le filence ?

Vos plaintes ont été accompagnées des plaintes de tous les gens de lettres de l'Europe. Leurs voix fe font jointes à la vôtre ; & pour unique réponfe, *Maupertuis* imprime qu'on ne doit pas favoir ce qu'il a écrit à madame la princeffe d'*Orange*, que ce font des fecrets entre lui & elle, qu'il faut refpecter. Cette réponfe eft le dernier coup de pinceau du tableau , & j'avoue qu'on devait s'y attendre.

J'étais plein de ma furprife & de mon indignation , ainfi que tous ceux qui ont lu votre *Appel;* mais l'une & l'autre ceffent dans ce moment-ci. On m'apporte un volume de lettres que *Maupertuis* a fait imprimer il y a un mois; je ne peux plus que le plaindre , il n'y a plus à fe fâcher. C'eft un homme qui prétend que, pour mieux connaître la nature de l'ame , il faut aller aux Terres auftrales difféquer des cervaux de géants hauts de douze pieds , & des hommes velus portant une queue de finge.

Il veut qu'on enivre les gens avec de l'opium, pour épier dans leurs rêves les refforts de l'entendement humain.

Il propofe de faire un grand trou qui pénètre juf-qu'au noyau de la terre.

Il veut qu'on enduife les malades de poix-réfine, & qu'on leur perce la chair avec de longues aiguilles , bien entendu qu'on ne payera point le médecin fi le malade ne guérit pas.

Il prétend que les hommes pourraient vivre encore huit à neuf cents ans, fi on les confervait par la même méthode qu'on empêche les œufs d'éclore. La maturité de l'homme, dit-il, n'eft pas l'âge viril , c'eft la mort ; il n'y a qu'à reculer ce point de maturité.

Enfin, il affure qu'il eft auffi aifé de voir l'avenir que le paffé ; que les prédictions font de même nature que la mémoire ; que tout le monde peut prophétifer; que cela ne dépend que d'un degré de plus d'activité

dans l'efprit , & qu'il n'y a qu'à exalter fon ame. Tout
fon livre eft plein d'un bout à l'autre d'idées de cette
force. Ne vous étonnez donc plus de rien. Il travaillait à ce livre lorfqu'il vous perfécutait ; & je puis
dire., Monfieur, lorfqu'il me tourmentait auffi d'une
autre manière. Le même efprit a infpiré fon ouvrage
& fa conduite.

Tout cela n'eft point connu de ceux qui , chargés
de grandes affaires , occupés du gouvernement des
Etats , & du devoir de rendre heureux les hommes ,
ne peuvent baiffer leurs regards fur des querelles &
fur de pareils ouvrages. Mais moi qui ne fuis qu'un
homme de lettres , moi qui ai toujours préféré ce titre
à tout , moi dont le métier eft depuis plus de quarante ans d'aimer la vérité & de la dire hardiment, je
ne cacherai point ce que je penfe. On dit que votre
adverfaire eft actuellement très-malade, je ne le fuis
pas moins ; & s'il porte dans fon tombeau fon injuftice & fon livre, je porterai dans le mien la juftice
que je vous rends. Je fuis, avec autant de vérité que
j'en ai mis dans ma lettre,

MONSIEUR,

Votre &c,

REPONSE

D'UN ACADEMICIEN DE BERLIN
A UN ACADEMICIEN DE PARIS.

Tirée de la Bibliothèque raisonnée ; mois de juillet, août, & septembre, page 227.

ARTICLE XII.

Voici l'exacte vérité qu'on demande. M. *Moreau de Maupertuis*, dans une brochure intitulée *Essai de cosmologie*, prétendit que la seule preuve de l'existence de Dieu est $AR + nRB$ qui doit être un *minimum*. (*) Il affirme que dans tous les cas possibles l'action est toujours un *minimum*, ce qui est démontré faux ; & il dit avoir découvert cette loi du *minimum*, ce qui n'est pas moins faux.

M. *Kœnig*, ainsi que d'autres mathématiciens, a écrit contre cette assertion étrange ; & il a cité entre autres choses un fragment d'une lettre de *Leibnitz*, où ce grand-homme disait avoir remarqué *que dans les modifications du mouvement, l'action devient ordinairement un maximum ou un minimum.*

M. *Moreau-Maupertuis* crut qu'en produisant ce fragment on voulait lui enlever la gloire de sa prétendue

(*) Voyez page 52 de son Recueil in-4°.

H 3

découverte, quoique *Leibnitz* eût dit précifément le contraire de ce qu'il avance. Il força quelques membres penfionnaires de l'académie de Berlin, qui dépendent de lui, de fommer M. *Kœnig* de produire l'original de la lettre de *Leibnitz*; & l'original ne fe trouvant plus, il fit rendre par les mêmes membres un jugement qui déclare M. *Kœnig* coupable d'avoir attenté à la gloire du fieur *Moreau-Maupertuis*, en fuppofant une fauffe lettre.

Depuis ce jugement auffi incompétent qu'injufte, & qui déshonorait M. *Kœnig* profeffeur en Hollande, & bibliothécaire de S. A. S. madame la princeffe d'*Orange*, le fieur *Moreau-Maupertuis* écrivit & fit écrire à cette princeffe, pour l'engager à faire fupprimer par fon autorité les réponfes que M. *Kœnig* pourrait faire. S. A. S. a été indignée d'une perfécution fi infolente; & M. *Kœnig* s'eft juftifié pleinement, non-feulement en fefant voir que ce qui appartient à M. de *Maupertuis* dans fa théorie eft faux, & qu'il n'y a que ce qui appartient à *Leibnitz* & à d'autres qui foit vrai; mais il a donné la lettre toute entière de *Leibnitz*, avec deux autres de ce philofophe. Toutes ces lettres font du même ftyle, il n'eft pas poffible de s'y méprendre; & il n'y a perfonne qui ne convienne qu'elles font de *Leibnitz*. Ainfi le fieur *Moreau-Maupertuis* a été convaincu à la face de l'Europe favante, non-feulement de plagiat & d'erreur, mais d'avoir abufé de fa place pour ôter la liberté aux gens de lettres, & pour perfécuter un honnête-homme qui n'avait d'autres crimes que de n'être pas de fon avis. Plufieurs membres de l'académie de Berlin ont protefté contre une conduite fi criante, & quitteraient l'académie que le fieur *Maupertuis* tyrannife & déshonore, s'ils ne craignaient de déplaire au roi qui en eft le protecteur.

A Berlin, le 18 feptembre 1752.

FRAGMENT

D'UNE LETTRE SOUS LE NOM DU LORD BOLINGBROKE.

UN très-grand prince me difait il y a deux mois, aux eaux d'Aix-la-chapelle, qu'il fe ferait fort de gouverner très-heureufement une nation confidérable fans le fecours de la fuperftition. Je le crois fermement, lui répondis-je ; & une preuve évidente , c'eft que moins notre Eglife anglicane a été fuperftitieufe , plus notre Angleterre eft devenue floriffante; encore quelques pas , & nous en vaudrions mieux. Mais il faut du temps pour guérir le fond de la maladie , quand on a détruit les principaux fymptômes.

Les hommes, me dit ce prince, font des efpèces de finges qu'on peut dreffer à la raifon comme à la folie. On a pris long-temps ce dernier parti; on s'en eft mal trouvé. Les chefs barbares qui conquirent nos nations barbares, crurent d'abord emmufeler les peuples par le moyen des évêques. Ceux-ci , après avoir bien fellé & feffé les fujets, en firent autant aux monarques. Ils détrônèrent *Louis le débonnaire* ou le fot, car on ne

H 4

détrône que les fots ; il fe forma un chaos d'abfurdités, de fanatifme, de difcordes inteftines, de tyrannie,
& de fédition , qui s'eft étendu fur cent royaumes.
Fefons précifément le contraire, & nous aurons un
effet contraire. J'ai remarqué, ajouta-t-il , qu'un
très-grand nombre de bons bourgeois , de prêtres,
d'artifans même , ne croit pas plus aux fuperftitions
que les confeffeurs des princes , les miniftres d'Etat,
& les médecins. Mais qu'arrive-t-il? ils ont affez de
bon fens pour voir l'abfurdité de nos dogmes, & ils
ne font ni affez inftruits ni affez fages pour pénétrer
au-delà. Le Dieu qu'on nous annonce , difent-ils,
eft ridicule ; donc il n'y a point de Dieu. Cette
conclufion eft auffi abfurde que les dogmes qu'on
leur prêche ; & fur cette conclufion précipitée ils
fe jettent dans le crime, fi un bon naturel ne les
retient pas.

Propofons-leur un Dieu qui ne foit pas ridicule,
qui ne foit pas déshonoré par des contes de vieille ,
ils l'adoreront fans rire & fans murmurer ; ils crain-
dront de trahir la confcience que DIEU leur a donnée.
Ils ont un fonds de raifon , & cette raifon ne fe
révoltera pas. Car enfin, s'il y a de la folie à reconnaître un autre que le fouverain de la nature , il n'y
en a pas moins à nier l'exiftence de ce fouverain. S'il
y a quelques raifonneurs dont la vanité trompe leur
intelligence jufqu'à lui nier l'intelligence univerfelle,
le très-grand nombre, en voyant les aftres & les animaux organifés , reconnaîtra toujours la puiffance
formatrice des aftres & de l'homme. En un mot,
l'honnête-homme fe plie plus aifément à fléchir
devant l'Etre des êtres que fous un natif de la Mecque

ou de Bethléem. Il fera véritablement religieux en
écrafant la fuperftition. Son exemple influera fur la
populace , & ni les prêtres ni les gueux ne feront à
craindre.

Alors je ne craindrai plus ni l'infolence d'un *Grégoire
VII*, ni les poifons d'un *Alexandre VI*, ni le couteau
des *Cléments*, des *Ravaillacs*, des *Balthazar Gérard*, &
de tant d'autres coquins armés par le fanatifme. Croit-
on qu'il me fera plus difficile de faire entendre raifon
aux Allemands, qu'il ne l'a été aux princes chinois de
faire fleurir chez eux une religion pure, établie chez
tous les lettrés depuis plus de cinq mille ans?

Je lui répondis que rien n'était plus raifonnable &
plus facile, mais qu'il ne le ferait pas, parce qu'il
ferait entraîné par d'autres foins dès qu'il ferait fur
le trône ; & que s'il tentait de rendre fon peuple
raifonnable , les princes voifins ne manqueraient pas
d'armer l'ancienne folie de fon peuple contre lui-
même.

Les princes chinois, lui dis-je, n'avaient point de
princes voifins à craindre quand ils inftituèrent un
culte digne de DIEU & de l'homme. Ils étaient féparés
des autres dominations par des montagnes inacceffibles
& par des déferts. Vous ne pourrez effectuer ce grand
projet que quand vous aurez cent mille guerriers
victorieux fous vos drapeaux, & alors je doute que
vous l'entrepreniez. Il faudrait, pour un tel projet, de
l'enthoufiafme dans la philofophie, & le philofophe
eft rarement enthoufiafte. Il faudrait aimer le genre-
humain, & j'ai peur que vous ne penfiez qu'il ne
mérite pas d'être aimé. Vous vous contenterez de fouler

l'erreur à vos pieds, & vous laisserez les imbécilles tomber à genoux devant elle.

Ce que j'avais prédit est arrivé ; le fruit n'est pas encore tout-à-fait assez mûr pour être cueilli.

A M. MARTIN KAHLE,

*Professeur & doyen des philosophes de Goettingen,
sur des questions métaphysiques.*

MONSIEUR LE DOYEN,

JE suis bien aise d'apprendre au public que vous avez écrit contre moi un petit livre. Vous m'avez fait beaucoup d'honneur. Vous rejetez, page 17, la preuve de l'existence de DIEU, tirée des causes finales. Si vous aviez raisonné ainsi à Rome, le révérend père jacobin, maître du sacré palais, vous aurait mis à l'inquisition ; si vous aviez écrit contre un théologien de Paris, il aurait fait censurer votre proposition par la sacrée faculté ; si contre un enthousiaste, il vous eût dit des injures &c. &c. ; mais je n'ai l'honneur d'être ni jacobin, ni théologien, ni enthousiaste. Je vous laisse dans votre opinion, & je demeure dans la mienne. Je serai toujours persuadé qu'une horloge prouve un horloger, & que l'univers prouve un Dieu. Je souhaite que vous vous entendiez vous-même sur ce que vous dites de l'espace & de la durée, & de la nécessité de la matière, & des monades, & de l'harmonie préétablie ; & je vous renvoie à ce que j'en ai dit en dernier lieu dans cette nouvelle édition où je voudrais bien m'être entendu, ce qui n'est pas une petite affaire en métaphysique.

Vous citez, à propos de l'espace & de l'infini, la Médée de *Sénèque*, les Philippiques de *Cicéron*, les Métamorphoses d'*Ovide*, des vers du duc de *Buckingham*, de *Gombaud*, de *Regnier*, de *Rapin* &c. J'ai à vous dire, Monsieur, que je fais bien autant de vers que vous, que je les aime autant que vous, & que s'il s'agissait de vers nous verrions beau jeu ; mais je les crois peu propres à éclaircir une question métaphysique, fussent-ils de *Lucrèce* ou du cardinal de *Polignac*. Au reste, si jamais vous comprenez quelque chose aux monades, à l'harmonie préétablie ; & pour citer des vers,

Si monsieur le doyen peut jamais concevoir
Comment tout étant plein tout a pu se mouvoir ;

si vous découvrez aussi comment, tout étant nécessaire, l'homme est libre, vous me ferez plaisir de m'en avertir. Quand vous aurez aussi démontré, en vers ou autrement, pourquoi tant d'hommes s'égorgent dans le meilleur des mondes possibles, je vous ferai très-obligé.

J'attends vos raisonnemens, vos vers, vos invectives ; & je vous proteste du meilleur de mon cœur que ni vous ni moi ne savons rien de cette question. J'ai d'ailleurs l'honneur d'être &c.

A M. DE ***

PROFESSEUR EN HISTOIRE.

Décembre 1753.

Vous avez dû vous apercevoir, Monfieur, que cette prétendue hiftoire univerfelle imprimée à la Haye, annoncée jufqu'au temps de *Charles-Quint*, & qui contient cent années de moins que le titre ne promet, n'était point faite pour voir le jour. Ce font des recueils informes d'anciennes études auxquelles je m'occupais, il y a environ quinze années, avec une perfonne refpectable, au-deffus de fon fexe & de fon fiècle, dont l'efprit embraffait tous les genres d'érudition, & qui favait y joindre le goût, fans quoi cette érudition n'eût pas été un mérite.

Je préparais uniquement ce canevas pour fon ufage & pour le mien, comme il eft aifé de le voir par l'infpection même du commencement. C'eft un compte que je me rends librement à moi-même de mes lectures ; feule manière de bien apprendre & de fe faire des idées nettes : car lorfqu'on fe borne à lire, on n'a prefque jamais dans la tête qu'un tableau confus.

Mon principal but avait été de fuivre les révolutions de l'efprit humain dans celles des gouvernemens.

Je cherchais comment tant de méchans hommes, conduits par de plus méchans princes, ont pourtant à la longue établi des sociétés où les arts, les sciences, les vertus même ont été cultivées.

Je cherchais les routes du commerce qui répare en secret les ruines que les sauvages conquérans laissent après eux, & je m'étudiais à examiner, par le prix des denrées, les richesses ou la pauvreté d'un peuple. J'examinais surtout comment les arts ont pu renaître & se soutenir parmi tant de ravages.

L'éloquence & la poësie marquent le caractère des nations. J'avais traduit des morceaux de quelques anciens poëtes orientaux. Je me souviens encore d'un passage du persan *Sadi* sur la puissance de l'Etre suprème. On y voit ce même génie qui anima les écrivains arabes & hébreux, & tous ceux de l'Orient. Plus d'imagination que de choix ; plus d'enflure que de grandeur. Ils peignent avec la parole ; mais ce sont souvent des figures mal assemblées. Les élancemens de leur imagination n'ont jamais admis d'idée fine & approfondie. L'art des transitions leur est inconnu.

Voici ce passage de *Sadi* en vers blancs :

Il fait distinctement ce qui ne fut jamais.
De ce qu'on n'entend point son oreille est remplie.
Prince, il n'a pas besoin qu'on le serve à genoux :
Juge, il n'a pas besoin que sa loi soit écrite.
De l'éternel burin de sa prévision
Il a tracé nos traits dans le sein de nos mères ;
De l'Aurore au Couchant il porte le soleil ;
Il sème de rubis les masses des montagnes.
Il prend deux gouttes d'eau ; de l'une il fait un homme,

De l'autre il arrondit la perle au fond des mers.
L'être au son de sa voix fut tiré du néant.
Qu'il parle, & dans l'instant l'univers va rentrer
Dans les immensités de l'espace & du vide ;
Qu'il parle, & l'univers repasse en un clin d'œil
Des abymes du rien dans les plaines de l'être.

Ce *Sadi*, né dans la Bactriane, était contemporain du *Dante*, né à Florence en 1265. Les vers du *Dante* fesaient déjà la gloire de l'Italie, quand il n'y avait aucun bon auteur prosaïque chez nos nations modernes. Il était né dans un temps où les querelles de l'Empire & du sacerdoce avaient laissé dans les Etats & dans les esprits des plaies profondes. Il était gibelin & persécuté par les guelfes ; ainsi il ne faut pas s'étonner s'il exhale à-peu-près ainsi ses chagrins dans son poëme, en cette manière :

Jadis on vit dans une paix profonde
De deux soleils les flambeaux luire au monde,
Qui sans se nuire éclairant les humains,
Du vrai devoir enseignaient les chemins ;
Et nous montraient de l'aigle impériale
Et de l'agneau les droits & l'intervalle.
Ce temps n'est plus, & nos cieux ont changé.
L'un des soleils de vapeurs surchargé,
En s'échappant de sa sainte carrière,
Voulut de l'autre absorber la lumière.
La règle alors devint confusion ;
Et l'humble agneau parut un fier lion,
Qui tout brillant de la pourpre usurpée
Voulut porter la houlette & l'épée.

J'avais traduit plus de vingt paffages affez longs du *Dante*, de *Pétrarque*, & de l'*Ariofte*; & comparant toujours l'efprit d'une nation inventrice & celui des nations imitatrices, je mettais en parallèle plufieurs morceaux de *Spencer*, que j'avais tâché de rendre avec beaucoup d'exactitude. C'eft ainfi que je fuivais les arts dans leurs carrières.

Je n'entrais point dans le vafte labyrinthe des abfurdités philofophiques, qu'on honora fi long-temps du nom de *fcience*. Je remarquais feulement les plus plus grandes erreurs qu'on avait prifes pour les vérités les plus inconteftables ; & m'attachant uniquement aux arts utiles, je mettais devant mes yeux l'hiftoire des découvertes en tout genre, depuis l'arabe *Geber*, inventeur de l'algèbre, jufqu'aux derniers miracles de nos jours.

Cette partie de l'hiftoire était fans doute mon plus cher objet ; & les révolutions des Etats n'étaient qu'un acceffoire à celle des arts & des fciences. Tout ce grand morceau, qui m'avait coûté tant de peines, m'ayant été dérobé il y a quelques années, je fus d'autant plus découragé, que je me fentais abfolument incapable de recommencer un fi pénible ouvrage.

. La partie purement hiftorique refta informe entre mes mains ; elle eft pouffée jufqu'au règne de *Philippe II*, & elle devait fe lier au fiècle de *Louis XIV*.

Cette fuite d'hiftoire, débarraffée de tous les détails qui obfcurciffent d'ordinaire le fond, & de toutes les minuties de la guerre, fi intéreffantes dans le moment & fi ennuyeufes après, & de tous les petits faits qui font tort aux grands, devait compofer un vafte tableau qui pouvait aider la mémoire en frappant l'imagination.

Plufieurs perfonnes voulurent avoir le manufcrit, tout imparfait qu'il était ; & il y en a plus de trente copies. Je les donnai d'autant plus volontiers , que ne pouvant plus travailler à cet ouvrage, c'était autant de matériaux que je mettais entre les mains de ceux qui pouvaient l'achever.

Lorfque M. de *la Bruère* eut le privilége du Merçure de France, vers l'année 1747 , il me pria de lui abandonner quelques-unes de ces feuilles qui parurent dans fon journal. On les a recueillies depuis en 1751, parce qu'on recueille tout. Le morceau fur les croifades, qui fait une partie de l'ouvrage, fut donné dans ce recueil comme un morceau détaché ; & le tout fut imprimé très - incorreĉtement avec ce titre peu convenable : *Plan de l'hiftoire de l'efprit humain*. Ce prétendu plan de l'hiftoire de l'efprit humain, contient feulement quelques chapitres hiftoriques touchant les neuvième & dixième fiècles.

Un libraire de la Haye ayant trouvé un manufcrit plus complet, vient de l'imprimer avec le titre d'*Abrégé de l'hiftoire univerfelle , depuis Charlemagne jufqu'à Charles-Quint*. Et cependant il ne va pas feulement jufqu'au roi de France *Louis XI;* apparemment qu'il n'en avait pas davantage, ou qu'il a voulu attendre, pour donner fon troifième volume, que fes deux premiers fuffent débités.

Il dit qu'il a acheté ce manufcrit d'un homme qui demeure à Bruxelles. J'ai ouï dire en effet, qu'un domeftique de monfeigneur le prince *Charles* de Lorraine en poffédait depuis long-temps une copie, &

qu'elle

qu'elle était tombée entre les mains de ce domeſtique par une aventure aſſez ſingulière. L'exemplaire fut pris dans une caſſette parmi l'équipage d'un prince, pillé par des houſards dans une bataille donnée en Bohème. Ainſi on a eu cet ouvrage par le droit de la guerre, & il eſt de bonne priſe. Mais apparemment que les mêmes houſards en ont conduit l'impreſſion. Tout y eſt étrangement défiguré ; il y manque les chapitres les plus intéreſſans. Preſque toutes les dates y ſont fauſſes, preſque tous les noms déguiſés. Il y a beaucoup de phraſes qui ne forment aucun ſens ; d'autres qui forment un ſens ridicule ou indécent. Les tranſitions, les conjonctions ſont déplacées. On m'y fait dire très-ſouvent tout le contraire de ce que j'ai dit ; & je ne conçois pas comment on a pu lire cet ouvrage dans l'état où il eſt livré au public. Je ſuis très-aiſe que le libraire qui s'en eſt chargé y ait trouvé ſon compte & l'ait ſi bien vendu ; mais s'il avait voulu me conſulter, je l'aurais mis en état de donner au moins au public un ouvrage moins défectueux : & voyant qu'il m'était impoſſible d'arrêter l'impreſſion , j'aurais donné tous mes ſoins à l'arrangement de cet informe aſſemblage , qui, dans l'état où il eſt , ne mérite pas les regards d'un homme un peu inſtruit.

Comme je ne croyais pas, Monſieur, que jamais aucun libraire voulût riſquer de donner quelque choſe de ſi imparfait, je vous avoue que je m'étais ſervi de quelques-uns de ces matériaux pour bâtir un édifice plus régulier & plus ſolide. Une des plus reſpectables princeſſes d'Allemagne , à qui je ne peux rien refuſer , m'ayant fait l'honneur de me demander

les Annales de l'Empire; je n'ai point fait difficulté
d'inférer un petit nombre de pages de cette prétendue
histoire univerfelle, dans l'ouvrage qu'elle m'a ordonné
de compofer.

Dans le temps que je donnais à S. A. S. cette
marque de mon obéiffance, & que ces Annales de
l'Empire étaient déjà prefqu'entièrement imprimées;
j'ai appris qu'un allemand, qui était l'année paffée
à Paris, avait travaillé fur le même fujet, & que fon
ouvrage était prêt à paraître. Si je l'avais fu plutôt,
j'aurais affurément interrompu l'impreffion du mien.
Je fais qu'il eft beaucoup plus capable que moi d'une
telle entreprife, & je fuis très-éloigné de prétendre
lutter contre lui; mais le libraire à qui j'ai fait préfent
de mon manufcrit, a pris trop de peine & m'a trop
bien fervi pour que je puiffe fupprimer le fruit de
fon travail. Peut-être même que le goût dans lequel
j'ai écrit ces Annales de l'Empire, étant différent de
la méthode obfervée par l'habile homme dont j'ai
l'honneur de vous parler, les favans ne feront pas
fâchés de voir les mêmes vérités fous des faces différentes. Il eft vrai que mon ouvrage eft imprimé en
pays étranger, à Bâle en Suiffe, chez *Jean-Henri
Decker*, & qu'on peut préfumer que les livres français
ne font pas imprimés chez les étrangers avec toute
la correction néceffaire. Notre langue s'y corrompt
tous les jours depuis la mort des grands-hommes que
la révolution de 1685 y tranfplanta; & la multitude
même des livres qu'on y imprime, nuit à l'exactitude
qu'on y doit apporter. Mais cette édition a été revue
par des hommes intelligens. Et je peux répondre du
moins qu'elle eft affez correcte &c.

Lettre au fieur Jean Néaulme, libraire de la Haye
& de Berlin.

J'AI lu avec attention & avec douleur le livre intitulé
Abrégé de l'hiftoire univerfelle, dont vous dites avoir
acheté le manufcrit à Bruxelles. Un libraire de Paris,
à qui vous l'avez envoyé, en a fait fur le champ une
édition auffi fautive que la vôtre. Vous auriez bien
dû au moins me confulter avant de donner au public
un ouvrage fi défectueux. En vérité, c'eft la honte de
la littérature. Comment votre éditeur a-t-il pu prendre
le huitième fiècle pour le quatrième, le treizième pour
le douzième, le pape *Boniface VIII* pour *Boniface VII*?
prefque chaque page eft pleine de fautes abfurdes.
Tout ce que je peux vous dire, c'eft que tous les
manufcrits qui font à Paris, ceux qui font actuellement entre les mains du roi de Pruffe, de monfeigneur
l'électeur Palatin, de madame la ducheffe de *Gotha*,
font très-différens du vôtre. Une tranfpofition, un
mot oublié fuffifent pour former un fens abfurde ou
odieux. Il y a malheureufement beaucoup de ces fautes
dans votre ouvrage. Il femble que vous ayez voulu
me rendre ridicule & me perdre en imprimant cette
informe rapfodie, & en y mettant mon nom. Votre
éditeur a trouvé le fecret d'avilir un ouvrage qui aurait
pu devenir très-utile. Vous avez gagné de l'argent; je
vous en félicite : mais je vis dans un pays où l'honneur
des lettres & les bienféances me font un devoir d'avertir,
que je n'ai nulle part à la publication de ce livre,

I 2

rempli d'erreurs & d'indécences; que je le défavoue; que je le condamne; & que je vous fais très-mauvais gré de votre édition.

VOLTAIRE.

A Colmar, 28 décembre 1753.

LETTRE

ECRITE SOUS LE NOM DE M. CUBSTORF, PASTEUR DE HELMSTAD, A M. KIRKERF, PASTEUR DE LAUVTORP.

Du 10 octobre 1760.

JE gémis, comme vous , mon cher confrère, des funestes progrès de la philosophie. Les magistrats, les princes pensent, nous sommes perdus. L'Angleterre surtout a corrompu l'Europe par ses malheureuses découvertes sur la lumière, sur la gravitation, sur l'aberration des étoiles fixes. Les hommes parviennent insensiblement à cet excès de témérité , de ne rien croire que ce qui est raisonnable; & ils répondent à plusieurs de nos inventions :

Quodcumque ostendis mihi sic incredulus odi.

J'ai réfléchi dans l'amertume de mon cœur sur cette haine funeste que tant de personnes de tout rang, de tout âge & de tout sexe déploient si hautement contre

nos femblables ; peut-être nos divifions en font-elles
la fource ; peut-être auffi devons-nous l'attribuer
au peu de circonfpection de certaines perfonnes qui
ont révolté les efprits au lieu de les gagner. Nous avons
infulté les fages, comme les luthériens outragent les
calviniftes , comme les calviniftes difent des injures
aux anglicans , les anglicans aux puritains , ceux-ci
aux primitifs nommés *quakers*, tous à l'Eglife romaine,
& l'Eglife romaine à tous.

Si nous avions été plus modérés , je fuis perfuadé
qu'on ne fe ferait pas tant révolté contre nous. Par-
donnons, mon cher confrère, à ceux qui attaquent
injuftement les fondemens d'un édifice que nous
démoliffons nous-mêmes, & dont nous prenons toutes
les pierres pour nous les jeter à la tête.

Je penfe que le feul moyen de ramener nos ennemis ferait de ne leur montrer que de la charité & de
la modeftie ; mais nous commençons par prodiguer
les noms de *petits efprits*, de *libertins*, de *cœurs corrompus ;*
nous forçons leur amour-propre à fe mettre contre
nous fous les armes. Ne ferait-il pas plus fage &
plus utile d'employer la douceur qui vient à bout de
tout ?

D'un côté , nous leur difons que nos opinions font
fi claires qu'il faut être en démence pour les nier ; de
l'autre, nous leur crions qu'elles font fi obfcures *qu'il
ne faut pas faire ufage de fa raifon avec elles.* Comment
veut-on qu'ils ne foient pas embarraffés par ces deux
expofitions contradictoires ?

Chacune de nos fectes prétend le titre d'*univerfelle ;*
mais qu'avons-nous à répondre quand nos adverfaires

I 3

prennent une mappemonde , & couvrent avec le doigt le petit coin de la terre où notre fecte eft confinée ?

Montrons-leur qu'elle mériterait d'être univerfelle, fi nous étions fages ; ne les révoltons point en leur difant qu'il n'y a de probité que chez nous : voilà ce qui a le plus foulevé les favans. Ils ne conviendront jamais que *Confucius* , *Pythagore* , *Zaleucus* , *Socrate*, *Platon* , *Caton* , *Scipion* , *Cicéron* , *Trajan* , les *Antonins*, *Epictète* , & tant d'autres , n'euffent pas de vertu ; ils nous reprocheront de calomnier , par cette affertion odieufe, les hommes de tous les temps & de tous les lieux. Hélas! l'anabaptifte , les mains teintes de fang , aurait-il été bien reçu à dire, pendant le fiége de Munfter, qu'il n'y avait de probité que chez lui ? le calvinifte aurait-il pu le dire en affaffinant le duc de *Guife*? le papifte en fonnant les matines de la Saint-Barthelemi ? *Poltrot* , *Clément* , *Châtel* , *Ravaillac* , le jéfuite *le Tellier* étaient très-dévots ; mais en bonne foi n'aimeriez-vous pas mieux la probité de *la Mothe-le-Vayer*, de *Gaffendi* , de *Locke* , de *Bayle* , de *Defcartes*, de *Midleton* , & de cent autres grands-hommes que je vous nommerais? Non , mon frère , ne nous fervons jamais de ces malheureux argumens qu'on rétorque fi aifément contre nous-mêmes. Le père *Canaye* difait: *Point de raifon ;* & moi je dis : *Point de difpute, point d'infolence.*

On dit qu'autrefois nous nous fommes laiffés emporter à l'ambition , à la haine , à l'avarice , à la vengeance ; que nous avons difputé aux princes leur jurifdiction ; que nous avons troublé les Etats ; que nous avons répandu le fang : ne tombons plus dans

ces horribles excès , convenons que l'Eglife eft dans
l'Etat , & non l'Etat dans l'Eglife. Obéiffons aux
princes comme tous lés autres fujets. Ce font nos
fcandales , encore plus que nos dogmes , qui nous ont
fait tant d'ennemis. On ne s'élève contre les lois &
contre les fonctions des magiftrats dans aucun pays
de la terre. Si on s'eft élevé contre nous dans tous les
temps & dans tous les lieux , à qui en eft la faute ?

L'humilité , le filence , & la prière , doivent être nos
feules armes.

Les favans ne croient pas certaines affertions, (ni
nous non plus.) Hé bien , les croiront-ils davantage
quand nous les outragerons ? Les Chinois , lés Japo-
nais , les Siamois , les Indiens , les Tartares , les Turcs ,
les Perfans , les Africains , ne croient pas en nous ;
irons-nous pour cela les traiter tous les jours de
perturbateurs du repos de l'Etat, de mauvais citoyens ,
d'ennemis de DIEU & des hommes ? Pourquoi ne
difons-nous point d'injures à toutes ces nations , &
outrageons-nous un Allemand , un Anglais , qui ne
penfent pas comme nous ? Pourquoi tremblons-nous
refpectueufement devant un fouverain qui nous
méprife , & déclamons-nous fi fièrement contre un
particulier fans crédit , que nous foupçonnons de ne
pas nous eftimer affez ?

Cette rage de vouloir dominer fur les efprits doit
être bien confondue. Je vois que chaque effort que
nous fefons pour nous relever fert à nous abattre.
Laiffons en repos les puiffans du monde & les hommes
inftruits , afin qu'ils nous y laiffent; vivons en paix
avec ceux que nous ne fubjuguerons jamais , & qui
peuvent nous décrier. Réprimons furtout la hauteur

I 4

& l'emportement, qui conviennent fi mal, & qui réuffiffent fi peu.

Vous connaiffez le pafteur *Durnol* ; c'eft un bon homme au fond, mais il eft fort colérique. Il expliquait un jour le Pentateuque aux enfans, & il en était à l'article de l'âne de *Balaam* : un jeune garçon fe mit à rire, M. *Durnol* fut indigné ; il cria, il menaça, il prouva que les ânes pouvaient parler très-bien, furtout quand ils voyaient devant eux un ange armé d'une épée : le petit garçon fe mit à rire davantage, M. *Durnol* s'emporta ; il donna un grand coup de pied à l'enfant, qui lui dit en pleurant : Ah ! je conviens que l'âne de *Balaam* parlait, mais il ne ruait pas.

Cette naïveté a fait fur moi une grande impreffion, & j'ai confeillé depuis à tous mes amis de ceffer de ruer & de braire.

LETTRE

DU SECRETAIRE DE M. DE VOLTAIRE,

AU SECRETAIRE DE M. LE FRANC DE POMPIGNAN.

MONSIEUR,

VOUS avez écrit trois lettres à M. de *Voltaire*, fignées *Ladouz*, à l'hôtel des Afturies, rue du fépulcre. Vous lui dites, dans ces trois lettres, que vous avez été le fecrétaire du célébre M. *le Franc de Pompignan* ; que vous n'avez plus le bonheur d'être chez lui, & qu'il vous a renvoyé parce qu'il vous foupçonnait d'avoir fourni à M. de *Voltaire* des mémoires contre lui.

Vous demandiez à M. de *Voltaire* une attestation qui détruisît cette calomnie. Il vous répondit qu'il ne vous connaissait pas , que vous ne le connaissiez pas , & qu'on ne lui avait jamais envoyé d'autres mémoires contre M. *le Franc de Pompignan* que ses propres ouvrages. Il me charge , étant vieux , malade , & presque aveugle , de vous répéter la même chose de sa part.

Voici tout ce qu'il connaît de M. *le Franc de Pompignan.*

1°. D'assez mauvais vers.

2°. Son discours à l'académie, dans lequel il insulte tous les gens de lettres.

3°. Un mémoire au roi, dans lequel il dit à sa majesté qu'il a une belle bibliothèque à Pompignan-les-Montauban.

4°. La description d'une belle fête qu'il donna dans Pompignan., de la procession dans laquelle il marchait derrière un jeune jésuite, accompagné des bourdons du pays ; & d'un grand repas de vingt-six couverts, dont il a été parlé dans toute la province.

5°. Un beau sermon de sa composition, dans lequel il dit qu'il est avec les étoiles dans le firmament, tandis que les prédicateurs de Paris & tous les gens de lettres sont à ses pieds dans la fange.

Mon maître a appris aussi que M. *le Franc de Pompignan* , (quoiqu'il soit noyé) se comparait à *Moïse*, & que monsieur son frère l'évêque était *Aaron;* il leur en fait ses complimens.

Il a entendu parler aussi d'une pastorale de monsieur l'évêque, adressée aux habitans du Puy - en - Velay, par monseigneur, CORTIAT, secrétaire. On lui a mandé que dans cette paftorale il eft queftion d'*Ariftophane*, de *Diagoras*, du dictionnaire encyclo-pédique, de *Fontenelle*, de *la Mothe*, de *Perrault*, de *Terraffon*, de *Boindin*, du chancelier *Bacon*, de *Defcartes*, de *Mallebranche*, de *Locke*, de *Newton*, de *Leibnitz*, de *Montefquieu* &c.

Nous félicitons meffieurs du Puy-en-Velay d'avoir lu les ouvrages de tous ces meffieurs ; tel pafteur, telles brebis. Mais mon maître n'entre dans aucunes de ces querelles fcientifiques ; il cultive la terre avec bien de la peine, & laiffe les grands-hommes éclairer leur fiècle.

Vous lui mandez que monfieur l'évêque d'*Alais* veut vous prendre pour fecrétaire, en cas que vous ayez une atteftation en bonne forme, que vous n'avez point trahi les fecrets de M. *le Franc de Pompignan* ; il vous envoie cette atteftation, & il fe flatte que, quand vous ferez à M. d'*Alais*, vous ne reffemblerez pas à M. *Cortiat* fecrétaire.

P. S. Je vous demande pardon, Monfieur, j'ou-bliais, dans les ouvrages de M. *le Franc de Pompignan*, la Prière du déifte, qu'il a traduite de l'anglais.

A M. LE DUC DE LA VALLIERE,

Grand-fauconnier de France, fur Urceus Codrus.

Votre procédé, monfieur le duc, eft de l'ancienne chevalerie : vous vous expofez pour fauver un homme qui s'eft mis en péril à votre fuite; mais la petite erreur dans laquelle vous m'avez induit, fert à déployer votre profonde érudition. Peu de grands fauconniers auraient déterré les *Sermones feftivi*, imprimés en 1502. Raillerie à part, vous faites une action digne de votre belle ame, en vous mettant pour moi à la brèche.

Vous me difiez dans votre première lettre, qu'*Urceus Codrus* était un grand prédicateur; vous m'apprenez dans votre feconde que c'était un grand libertin, mais cependant qu'il n'était pas cordelier. Vous demandez pardon à *St François d'Affife*, & à tout l'ordre féraphique, de la méprife où vous m'avez fait tomber, je prends fur moi la pénitence; mais il refte toujours pour véritable que les myftères repréfentés à l'hôtel de Bourgogne, étaient beaucoup plus décens que la plupart des fermons du feizième fiècle. C'eft fur ce point que roule la queftion.

Mettons qui nous voudrons à la place d'*Urceus Codrus*, & nous aurons raifon. Il n'y a pas un mot dans les myftères qui alarme la pudeur & la piété. Quarante affociés, qui font & qui jouent des pièces faintes en français, ne peuvent s'accorder à déshonorer leurs pièces par des indécences qui révolteraient le public,

& qui feraient fermer le théâtre. Mais un prédicateur ignorant, qui n'a nul ufage des bienféances, peut mêler dans fon fermon quelques fottifes, furtout quand il les prononce en latin.

Tels étaient, par exemple, les fermons du cordelier *Maillard*, que vous avez fans doute dans votre riche & immenfe bibliothèque ; vous verrez dans fon fermon du jeudi de la feconde femaine du carême, qu'il apoftrophe ainfi les femmes des avocats qui portent des habits garnis d'or : *Vous dites que vous êtes vêtues fuivant votre état ; à tous les diables votre état & vous-mêmes, Mefdemoifelles. Vous me direz peut-être : Nos maris ne nous donnent point de fi belles robes ; nous les gagnons de la peine de notre corps ; à trente mille diables la peine de votre corps, Mefdemoifelles.*

Je ne vous répète que ce trait de frère *Maillard*, pour ménager votre pudeur ; mais fi vous voulez vous donner le foin d'en chercher de plus forts dans le même auteur, vous en trouverez de dignes d'*Urceus Codrus*. Frères *André* & *Menot* étaient fort fameux pour les turpitudes : la chaire, à la vérité, ne fut pas toujours fouillée par des obfcénités ; mais long-temps les fermons ne valurent pas mieux que les myftères de l'hôtel de Bourgogne.

Il faut avouer que les prétendus réformés de France furent les premiers qui mirent quelque raifon dans leurs difcours, parce qu'on eft obligé de raifonner quand on veut changer les idées des hommes. Cette raifon était encore bien loin de l'éloquence. La chaire, le barreau, le théâtre, la philofophie, la littérature, la théologie, tout chez nous fut, à quelques exceptions près, fort au-deſſous des pièces qu'on joue aujourd'hui à la foire.

Le bon goût en tout genre n'établit ſon empire que dans le ſiècle de *Louis XIV;* c'eſt-là ce qui me détermina, il y a long-temps, à donner une légère eſquiſſe de ce temps glorieux; & vous avez remarqué que dans cette hiſtoire, c'eſt le ſiècle qui eſt mon héros, encore plus que *Louis XIV* lui-même, quelque reſpect & quelque reconnaiſſance que nous devions à ſa mémoire.

Il eſt vrai qu'en général nos voiſins ne valaient guère mieux que nous. Comment s'eſt-il pu faire que l'on prêchât toujours & que l'on prêchât ſi mal? Comment les Italiens, qui s'étaient tirés depuis ſi long-temps de la barbarie en tant de genres, n'étaient-ils, pour la plupart, dans la chaire que des arlequins en ſurplis; tandis que la Jéruſalem du *Taſſe* égalait l'Iliade, que l'*Orlando furioſo* ſurpaſſait l'Odyſſée, que le *Paſtor fido* n'avait point de modèle dans l'antiquité, & que les *Raphaël* & les *Paul Véroneſe* exécutaient réellement ce qu'on imagine des *Zeuxis* & des *Apélles?*

Il n'eſt pas douteux, monſieur le duc, que vous n'ayez lu le concile de Trente; il n'y a point de duc & pair, à ce que je penſe, qui n'en liſe quelques ſeſſions tous les matins. Vous avez remarqué le ſermon de l'ouverture de ce concile par l'évêque de Bitonto?

Il prouve premièrement que le concile eſt néceſſaire, parce que pluſieurs conciles ont dépoſé des rois & des empereurs; ſecondement, parce que dans l'Enéide, *Jupiter* aſſemble le concile des dieux; troiſièmement, parce qu'à la création de l'homme & à l'aventure de la tour de Babel, DIEU s'y prit en forme

de concile. Il affure enfuite que tous les prélats doivent
fe rendre à Trente comme dans le cheval de Troye :
enfin, que la porte du paradis & du concile eft la
même ; que l'eau vive en découle, & que les pères
doivent en arrofer leurs cœurs comme des terres sèches ;
faute de quoi, le St Efprit leur ouvrira la bouche
comme à *Balaam* & à *Caïphe.*

Voilà ce qui fut prêché devant les états-généraux
de la chrétienté. Quel préjugé divin en faveur d'un
concile ? Le fermon de *St Antoine de Padoue* aux
poiffons, eft encore plus fameux en Italie, que celui
de M. de *Bitonto.* On pourrait donc excufer notre
frère *André*, & notre frère *Garaffe*, & tous nos gilles de
la chaire des feizième & dix-feptième fiècles, s'ils n'ont
pas mieux valu que nos maîtres les Italiens.

Mais quelle était la fource de cette groffièreté
abfurde, fi univerfellement répandue en Italie du
temps du *Taffe* ; en France, du temps de *Montagne*,
de *Charron*, & du chancelier de l'*Hofpital* ; en Angleterre, dans le fiècle de *Bacon* ? Comment ces hommes
de génie ne réformaient-ils pas leurs fiècles ? Prenez-
vous-en aux colléges qui élevaient la jeuneffe, & à
l'efprit monacal & théologal qui mettait la dernière
main à notre barbarie que les colléges avaient ébauchée.
Un génie tel que le *Taffe* lifait Virgile, & produifait
la Jérufalem. Un *Machiavel* lifait Térence, & fefait la
Mandragore ; mais quel moine, quel docteur lifait
Cicéron & Démofthènes ? Un malheureux écolier,
devenu imbécille pour avoir été forcé, pendant quatre
ans, d'apprendre par cœur *Jean Defpautère*, & enfuite
devenu fou pour avoir foutenu une thèfe fur l'*univerfité
de la part de la chofe & de la penfée*, & fur les cathégories,

recevait en public fon bonnet & fes lettres de démence, & s'en allait prêcher devant un auditoire, dont les trois quarts étaient plus imbécilles que lui, & plus mal élevés.

Le peuple écoutait ces farces théologiques, le cou tendu, les yeux fixes, la bouche ouverte, comme les enfans écoutent des contes de forciers, & s'en retournait tout contrit. Le même efprit qui le conduifait aux facéties de la Mère fotte, le conduifait à ces fermons; & on y était d'autant plus affidu qu'il n'en coûtait rien. Car mettez un impôt fur les meffes, comme on le propofa dans la minorité de *Louis XIV*, perfonne n'entendra la meffe.

Ce ne fut guère que du temps de *Coeffetau* & de *Balzac*, que quelques prédicateurs ofèrent parler raifonnablement, mais ennuyeufement; & enfin *Bourdaloue* fut le premier en Europe qui eut de l'éloquence en chaire. Je rapporterai encore ici le témoignage de *Burnet*, évêque de Salisbury, qui dit dans fes mémoires qu'en voyageant en France il fut étonné de ces fermons, & que *Bourdaloue* réforma les prédicateurs d'Angleterre comme ceux de France.

Bourdaloue fut prefque le *Corneille* de la chaire, comme *Maffillon* en a été depuis le *Racine* : non que j'égale un art à moitié profane à un miniftère prefque faint; non que j'égale non plus la difficulté médiocre de faire un bon fermon, à la difficulté prodigieufe & inexprimable de faire une bonne tragédie : mais je dis que *Bourdaloue* voulut raifonner comme *Corneille*, & que *Maffillon* s'étudia à être auffi élégant en profe que *Racine* l'était en vers.

Il eſt vrai qu'on reprocha ſouvent à *Bourdaloue*, comme à *Corneille*, d'être un peu trop avocat; de vouloir trop prouver au lieu de toucher, & de donner quelquefois de mauvaiſes preuves. *Maſſillon*, au contraire, crut qu'il valait mieux peindre & émouvoir : il imita *Racine*, autant qu'on peut l'imiter en proſe, en prêchant cependant que les auteurs dramatiques ſont damnés : car il faut bien que chaque apothicaire vante ſon onguent & damne celui de ſon voiſin. Son ſtyle eſt pur, ſes peintures ſont attendriſſantes.

Reliſez ce morceau ſur l'humanité des grands.

,, Hélas! s'il pouvait être quelquefois permis d'être
,, ſombre, bizarre, chagrin, à charge aux autres &
,, à ſoi-même, ce devrait être à ces infortunés, que la
,, miſère, les calamités, les néceſſités domeſtiques, &
,, tous les plus noirs ſoucis environnent. Ils ſeraient
,, bien plus dignes d'excuſe, ſi portant déjà le deuil,
,, l'amertume, le déſeſpoir ſouvent dans le cœur, ils en
,, laiſſaient échapper quelques traits au dehors. Mais
,, faut-il que les grands, les heureux du monde, à
,, qui tout rit, & que les joies & les plaiſirs accom-
,, pagnent par-tout, prétendent tirer de leur félicité
,, même, un privilége qui excuſe leurs chagrins
,, bizarres & leurs caprices; qu'il leur ſoit permis
,, d'être fâcheux, inquiets, inabordables, parce qu'ils
,, ſont plus heureux! qu'ils regardent comme un
,, droit acquis à la proſpérité, d'accabler encore du
,, poids de leur humeur des malheureux qui gémiſſent
,, déjà ſous le joug de leur autorité & de leur puiſ-
,, ſance. ,,

Souvenez-vous enſuite de ce morceau de Britannicus.

Tout

Tout ce que vous voyez confpire à vos défirs,
Vos jours, toujours fereins, coulent dans les plaifirs,
L'empire en eft, pour vous, l'inépuifable fource;
Ou fi quelque chagrin en interrompt la courfe,
Tout l'univers, foigneux de les entretenir,
S'empreffe à l'effacer de votre fouvenir.
Britannicus eft feul. Quelque ennui qui le preffe,
Il ne voit dans fon fort que moi qui s'intéreffe,
Et n'a pour tout plaifir, Seigneur, que quelques pleurs
Qui lui font quelquefois oublier fes malheurs.

Je crois voir, dans la comparaifon de ces deux morceaux, le difciple qui tâche de lutter contre le maître.
Je vous en montrerais vingt exemples, fi je ne crai-
gnais d'être long.

Maffillon & *Cheminais* favaient *Racine* par cœur, &
déguifaient les vers de ce divin poëte dans leur profe
pieufe. C'eft ainfi que plufieurs prédicateurs venaient
apprendre chez *Baron* l'art de la déclamation, & rec-
tifiaient enfuite le gefte du comédien par le gefte
de l'orateur facré. Rien ne prouve mieux que tous
les arts font frères, quoique les artiftes foient bien loin
de l'être.

Le malheur des fermons, c'eft que ce font des
déclamations dans lefquelles on dit trop fouvent le
pour & le contre. Le même homme qui, dimanche
dernier, affurait qu'il n'y a point de félicité dans la
grandeur; que les couronnes font des épines; que les
cours ne renferment que d'illuftres malheureux; que
la joie n'eft répandue que fur le front du pauvre,
prêche le dimanche fuivant que le peuple eft condamné

à l'affliction & aux larmes, & que les grands de la terre font plongés dans des délices dangereufes.

Ils difent dans l'avent, que D I E U eft fans ceffe occupé du foin de fournir à tous nos befoins ; & en carême, que la terre eft maudite. Ces lieux communs les mènent jufqu'au bout de l'année par des phrafes fleuries & ennuyeufes.

Les prédicateurs en Angleterre ont pris un autre tour qui ne nous conviendrait guère. Le livre de la métaphyfique la plus profonde eft le recueil dés fermons de *Clarke*. On dirait qu'il n'a prêché que pour les philofophes. Encore ces philofophes auraient pù lui demander à chaque période un long éclairciffement ; & *le Français à Londres à qui on ne prouve rien*, aurait bientôt laiffé là le prédicateur. Son recueil fait un excellent livre, que très-peu de gens font capables d'entendre. Quelle différence entre les temps & entre les nations ! & qu'il y a loin de frère *Garaffe* & de frère *André*, aux *Clarkes* & aux *Maffillons* !

Dans l'étude que j'ai faite de l'hiftoire, j'en ai toujours tiré ce fruit, que le temps où nous vivons eft de tous les temps le plus éclairé, malgré nos très-mauvais livres, & malgré la foule de tant d'infipides journaux ; comme il eft le plus heureux, malgré nos calamités paffagères. Car quel eft l'homme de lettres qui ne fache que le bon goût n'a été le partage de la France, qu'à commencer au temps de Cinna & des Provinciales ? Et quel eft l'homme un peu verfé dans notre hiftoire, qui puiffe affigner un temps plus heureux depuis *Clovis*, que le temps qui s'eft écoulé depuis que *Louis XIV* commença à régner par lui-même, jufqu'au moment où j'ai l'honneur de vous parler ? Je défie l'homme de la plus mauvaife humeur de me dire quel fiècle il voudrait préférer au nôtre.

Il faut être jufte : il faut convenir, par exemple, qu'un géomètre de vingt-quatre ans en fait beaucoup plus que *Defoartes;* qu'un vicaire de paroiffe prêche plus raifonnablement que le grand-aumônier de *Louis XII.* La nation eft plus inftruite, le ftyle en général eft meilleur ; par conféquent les efprits font mieux faits aujourd'hui qu'ils ne l'étaient autrefois.

Vous me direz que nous fommes à préfent dans la décadence du fiècle, & qu'il y a beaucoup moins de génie & de talens que dans les beaux jours de *Louis XIV.* Oui, le génie baiffe & baiffera néceffairement, mais les lumières font multipliées; mille peintres du temps de *Salvator-Rofa* ne valaient pas *Raphaël* & *Michel-Ange;* mais ces mille peintres médiocres, que *Raphaël* & *Michel-Ange* avaient formés, compofaient une école infiniment fupérieure à celle que ces deux grands-hommes trouvèrent établie de leurs temps. Nous n'avons à préfent, fur la fin de notre beau fiècle, ni de *Maffillon*, ni de *Bourdaloue*, ni de *Boffuet*, ni de *Fénélon* ; mais le plus ennuyeux de nos prédicateurs d'aujourd'hui, eft un *Démofthènes* en comparaifon de tous ceux qui ont prêché depuis *S* *Remi* jufqu'au frère *Garaffe.*

Il y a plus de diftance de la moindre de nos tragédies aux pièces de *Jodelle*, que de l'Athalie de *Racine* aux Machabées de *la Motte*, & au Moïfe de l'abbé *Nadal.* En un mot, dans tous les arts de l'efprit, nos artiftes valent bien moins qu'au commencement du grand fiècle & dans fes beaux jours ; mais la nation vaut mieux. Nous fommes inondés, à la vérité, de

pitoyables brochures ; & les miennes fe mêlent à la
foule : c'eft une multitude prodigieufe de moucherons
& de chenilles qui prouvent l'abondance des fruits
& des fleurs : vous ne voyez pas de ces infectes dans
une terre ftérile ; & remarquez que dans cette foule
immenfe de ces petits écrits, tous effacés les uns par
les autres, & tous précipités au bout de quelques jours
dans un oubli éternel, il y a quelquefois plus de goût
& de fineffe que vous n'en trouveriez dans tous les
livres écrits avant les Lettres provinciales.

Voilà l'état de nos richeffes de l'efprit, comparées
à une indigence de plus de douze cents années.

Si vous examinez à préfent nos mœurs, nos lois,
notre gouvernement, notre fociété, vous trouverez
que mon compte eft jufte. Je date depuis le moment
où *Louis XIV* prit en main les rènes ; & je demande
au plus acharné frondeur, au plus trifte panégyrifte
des temps paffés, s'il ofera comparer les temps où
nous vivons, à celui où l'archevêque de Paris portait
au parlement un poignard dans fa poche ? Aimera-
t-il mieux le fiècle précédent, où l'on tuait le premier
miniftre à coups de piftolet dans la cour du louvre,
& où l'on condamnait fa femme à être brûlée comme
forcière ? Dix ou douze années du grand *Henri IV*
paraiffent heureufes, après quarante ans d'abomina-
tions & d'horreurs qui font dreffer les cheveux ; mais
pendant ce peu d'années que le meilleur des princes
employait à guérir nos bleffures, elles faignaient encore
de tous côtés : le poifon de la *ligue* infectait encore les
efprits ; les familles étaient divifées ; les mœurs étaient
dures ; le fanatifme régnait par-tout, hormis à la cour.
Le commerce commençait à naître ; mais on n'en

goûtait pas encore les avantages ; la société était sans agrémens, les villes sans police ; toutes les confolations de la vie manquaient en général aux hommes. Et pour comble de malheur, *Henri IV* était haï. Ce grand homme difait au duc de *Sulli : Ils ne me connaiffent pas, ils me regretteront.*

Remontez à travers cent mille affaffinats commis au nom de D I E U, fur les débris de nos villes en cendres, jufqu'au temps de *François I;* vous voyez l'Italie teinte de notre fang, un roi prifonnier dans Madrid, les ennemis au milieu de nos provinces.

Le nom de *père du peuple* eft refté à *Louis XII;* mais ce père eut des enfans bien malheureux, & le fut lui-même : chaffé de l'Italie, dupé par le pape, vaincu par *Henri VIII*, obligé de donner de l'argent à fon vainqueur pour époufer fa fœur ; il fut bon roi d'un peuple groffier, pauvre, & privé d'arts & de manufactures. Sa capitale n'était qu'un amas de maifons de bois, de paille, & de plâtre, prefque toutes couvertes de chaume. Il vaut mieux, fans doute, vivre foûs un bon roi d'un peuple éclairé & opulent, quoique malin & raifonneur.

Plus vous vous enfoncez dans les fiècles précédens, plus vous trouvez tout fauvage ; & c'eft ce qui rend notre hiftoire de France fi dégoûtante, qu'on a été obligé d'en faire des abrégés chronologiques à colonnes, où tout le néceffaire fe trouve, & où l'inutile feul eft omis, pour fauver l'ennui d'une lecture infupportable à ceux de nos compatriotes qui veulent favoir en quelle année la forbonne fut fondée ; & aux curieux, qui doutent fi la ftatue équeftre qui eft dans la cathédrale

K 3

gothique de Paris, eſt de *Philippe de Valois*, ou de *Philippe le Bel*.

Ne diſſimulons point; nous n'exiſtons que depuis environ ſix vingts ans : lois, police, diſcipline militaire, commerce, marine, beaux-arts, magnificence, eſprit, goût, tout commence à *Louis XIV*, & pluſieurs avantages ſe perfectionnent aujourd'hui. C'eſt-là ce que j'ai voulu inſinuer, en diſant que tout était barbare chez nous auparavant, & que la chaire l'était comme tout le reſte. *Urceus Codrus* ne valait pas trop la peine que je vous parlaſſe long-temps de lui ; mais il m'a fourni des réflexions qui pourront être utiles ſi vous avez la bonté de les redreſſer.

P. S. Dans l'éloge que je viens de faire de ce ſiècle, dont je vois la fin, je ne prétends point du tout comprendre le libraire qui a imprimé l'Appel aux nations, en faveur de *Corneille* & de *Racine*, contre *Shakeſpeare* & *Otwai* ; & j'avouerai ſans peine que *Robert Etienne* imprimait plus correctement que lui. Il a mis des *certitudes* pour des *attitudes*, *profane* pour *ancienne*, *votre ſœur* pour *ma ſœur* ; & quelques autres contreſens qui défigurent un peu cette importante brochure. Comme c'eſt un procès qui doit être jugé à Pétersbourg, à Berlin, à Vienne, à Paris, & à Rome, par les gens qui n'ont rien à faire, il eſt bon que les pièces ne ſoient point altérées.

A L'AUTEUR DU MERCURE.

1761.

Sic vos, *non vobis*. Dans le nombre immenfe de tragédies, comédies, opéra comiques, difcours moraux, & facéties, au nombre d'environ cinq cents mille, qui font l'honneur éternel de la France, on vient d'imprimer une tragédie fous mon nom, intitulée *Zulime*; la fcène eft en Afrique: il eft bien vrai qu'autrefois ayant été avec *Alzire* en Amérique, je fis un petit tour en Afrique avec *Zulime*, avant d'aller voir *Idamé* à la Chine; mais mon voyage d'Afrique ne me réuffit point. Prefque perfonne dans le parterre ne connaiffait la ville d'Arfénie, qui était le lieu de la fcène; c'eft pourtant une colonie romaine nommée *Arfinaria*; & c'eft encore par cette raifon-là qu'on ne la connaiffait pas.

Trémizène eft un nom bien fonore, c'eft un joli petit royaume; mais on n'en avait aucune idée: la pièce ne donna nulle envie de s'informer du giffement de ces côtes. Je retirai prudemment ma flotte, *& quæ defperat tractata nitefcere poffe relinquit.* Des corfaires fe font enfin faifis de la pièce, & l'ont fait imprimer; mais par droit de conquête, ils ont fupprimé deux ou trois cents vers de ma façon, & en ont mis autant de la leur: je crois qu'ils ont très-bien fait; je ne veux point leur voler leur gloire, comme ils m'ont volé mon ouvrage. J'avoue que le dénouement leur appartient, & qu'il eft auffi mauvais que l'était le mien:

K 4

les rieurs auront beau jeu ; au lieu d'avoir une pièce à fiffler, ils en auront deux.

Il eft vrai que les rieurs feront en petit nombre, car peu de gens pourraient lire les deux pièces ; je fuis de ce nombre ; & de tous ceux qui prifent ces bagatelles ce qu'elles valent, je fuis peut-être celui qui y met le plus bas prix. Enchanté des chefs-d'œuvre du fiècle paffé, autant que dégoûté du fatras prodigieux de nos médiocrités, je vais expier les miennes en me fefant le commentateur de *Pierre Corneille*. L'académie a agréé ce travail ; je me flatte que le public le fecondera, en faveur des héritiers de ce grand nom.

Il vaut mieux commenter Héraclius que de faire Tancrède, on rifque bien moins. Le premier jour que l'on joua ce Tancrède, beaucoup de fpectateurs étaient venus armés d'un manufcrit qui courait le monde, & qu'on affurait être mon ouvrage : il reffemblait à cette Zulime.

C'eft ainfi qu'un honnête libraire, nommé *G....*, s'avifa d'imprimer une Hiftoire générale, qu'il affurait être de moi, & il me le foutenait à moi-même ; il n'y a pas grand mal à tout cela. Quand on vexe un pauvre auteur, les dix-neuf vingtièmes du monde l'ignorent, le refte en rit, & moi auffi. Il y a trente à quarante ans que je prenais férieufement la chofe. J'étais bien fot ! Adieu, je vous embraffe.

A M. L'ABBÉ D'OLIVET,

CHANCELIER DE L'ACADEMIE FRANÇAISE.

Au château de Ferney, ce 20 août 1761.

Vous m'aviez donné, mon cher chancelier, le
conseil de ne commenter que les pièces de *Corneille*
qui font restées au théâtre. Vous vouliez me foulager
ainsi d'une partie de mon fardeau, & j'y avais confenti,
moins par pareffe que par le défir de fatisfaire plutôt
le public; mais j'ai vu que dans la retraite j'avais plus
de temps qu'on ne penfe; & ayant déjà commenté
toutes les pièces de *Corneille* qu'on repréfente, je me
vois en état de faire quelques notes utiles fur les
autres.

Il y a plufieurs anecdotes curieufes qu'il eft agréable
de favoir. Il y a plus d'une remarque à faire fur la
langue. Je trouve, par exemple, plufieurs mots qui
ont vieilli parmi nous, qui font même entièrement
oubliés, & dont nos voifins les Anglais fe fervent
heureufement. Ils ont un terme pour fignifier cette
plaifanterie, ce vrai comique, cette gaieté, cette
urbanité, ces faillies qui échappent à un homme fans
qu'il s'en doute; & ils rendent cette idée par le mot
humeur, *humour*, qu'ils prononcent *yumor;* & ils
croient qu'ils ont feuls cette humeur, que les autres
nations n'ont point de terme pour exprimer ce caractère
d'efprit. Cependant, c'eft un ancien mot de notre

langue, employé en ce fens dans plufieurs comédies de *Corneille*. Au refte, quand je dis que cette humeur eft une efpèce d'urbanité, je parle à un homme inf-truit, qui fait que nous avons appliqué mal-à-propos le mot d'*urbanité* à la politeffe, & qu'*urbanitas* fignifiait à Rome précifément ce qu'*humour* fignifie chez les Anglais. C'eft en ce fens qu'*Horace* dit : *Frontis ad urbanæ defcendi præmia;* & jamais ce mot n'eft employé autrement dans cette fatire que nous avons fous le nom de *Pétrone*, & que tant d'hommes fans goût ont prife pour l'ouvrage d'un conful *Petronius.*

Le mot *partie* fe trouve encore dans les comédies de *Corneille* pour *efprit*. Cet homme a *des parties*. C'eft ce que les Anglais appellent *parts*. Ce terme était excellent; car c'eft le propre de l'homme de n'avoir que des parties; on a une forte d'efprit, une forte de talent; mais on ne les a pas tous. Le mot *efprit* eft trop vague; & quand on vous dit, cet homme a *de l'efprit*, vous avez raifon de demander du quel?

Que d'expreffions nous manquent aujourd'hui, qui étaient énergiques du temps de *Corneille;* & que de pertes nous avons faites, foit par pure négligence, foit par trop de délicateffe ! On affignait, on *apointait* un temps, un rendez-vous; celui qui, dans le moment marqué, arrivait au lieu convenu, & qui n'y trouvait pas fon *prometteur*, était *défapointé*. Nous n'avons aucun mot pour exprimer aujourd'hui cette fituation d'un homme qui tient fa parole, & à qui on en manque.

Qu'on arrive aux portes d'une ville fermée, on eft, quoi ? nous n'avons plus de mot pour exprimer cette fituation : nous difions autrefois *forclos;* ce mot très-expreffif n'eft demeuré qu'au barreau. Les *affres* de la mort, les *angoiffes* d'un cœur *navré* n'ont point été remplacés.

Nous avons renoncé à des expreffions abfolument néceffaires, dont les Anglais fe font heureufement enrichis. Une rue, un chemin fans iffue, s'exprimait fi bien par *non-paffe, impaffe,* que les Anglais ont imité; & nous fommes réduits au mot bas & impertinent de *cul-de-fac,* qui revient fi fouvent, & qui déshonore la langue françaife.

Je ne finirais point fur cet article, fi je voulais furtout entrer ici dans le détail des phrafes heureufes que nous avions prifes des Italiens, & que nous avons abandonnées. Ce n'eft pas d'ailleurs que notre langue ne foit abondante & énergique; mais elle pourrait l'être bien davantage. Ce qui nous a ôté une partie de nos richeffes, c'eft cette multitude de livres frivoles, dans lefquels on ne trouve que le ftyle de la converfation, & un vain ramas de phrafes ufées & d'expreffions impropres. C'eft cette malheureufe abondance qui nous appauvrit.

Je paffe à un article plus important, qui me détermine à commenter jufqu'à Pertharite. C'eft que dans ces ruines on trouve des tréfors cachés. Qui croirait, par exemple, que le germe de Pyrrhus & d'Andromaque eft dans Pertharite? qui croirait que *Racine* en ait pris les fentimens, les vers même? Rien n'eft pourtant plus vrai; rien n'eft plus palpable. Un *Grimoald* dans *Corneille* menace une *Rodelinde* de faire périr fon fils au berceau, fi elle ne l'époufe.

> Son fort eft en vos mains : aimer ou dédaigner
> Le va faire périr, ou le faire régner.

Pyrrhus dit précisément dans la même situation :

> Je vous le dis, il faut, ou périr ou régner.

Grimoald dans *Corneille* veut punir

> Sur ce fils innocent,
> La dureté d'un cœur si peu reconnaissant.

Pyrrhus dit dans *Racine* :

> Le fils me répondra des mépris de la mère.

Rodelinde dit à *Grimoald* :

> Comte, penses-y bien, & pour m'avoir aimée
> N'imprime point de tache à tant de renommée;
> Ne crois que ta vertu, laisse-la seule agir,
> De peur qu'un tel effort ne te donne à rougir.
> On publîrait de toi que le cœur d'une femme,
> Plus que ta propre gloire, aurait touché ton ame.
> On dirait qu'un héros si grand, si renommé,
> Ne serait qu'un tyran, s'il n'avait point aimé.

Andromaque dit à *Pyrrhus* :

> Seigneur, que faites-vous, & que dira la Grèce?
> Faut-il qu'un si grand cœur montre tant de faiblesse?
> Voulez-vous qu'un dessein si beau, si généreux,
> Passe pour le transport d'un esprit amoureux?
> . . . .
> Non, non: d'un ennemi respecter la misère,
> Sauver des malheureux, rendre un fils à sa mère,
> De cent peuples pour lui combattre la rigueur,
> Sans me faire payer son salut de mon cœur,
> Malgré moi, s'il le faut, lui donner un asile,
> Seigneur, voilà des soins dignes du fils d'Achile.

L'imitation eſt viſible; la reſſemblance eſt entière.
Il y a bien plus, & je vais vous étonner. Tout le
fond des ſcènes d'*Oreſte* & d'*Hermione* eſt pris d'un
Garibald & d'une *Edvige*, perſonnages inconnus de
cette malheureuſe pièce inconnue. Quand il n'y aurait
que ces noms barbares, ils euſſent ſuffi pour faire
tomber *Pertharite*; & c'eſt à quoi *Boileau* fait alluſion
quand il dit :

Qui de tant de héros va choiſir Childebrand.

Mais *Garibald*, tout *Garibald* qu'il eſt, ne laiſſe pas
de jouer avec ſon *Edvige*, abſolument le même rôle
qu'*Oreſte* avec *Hermione*. *Edvige* aime encore *Grimoald*,
comme *Hermione* aime *Pyrrhus* : elle veut que *Garibald*,
la venge d'un traître qui la quitte pour *Rodelinde*.
Hermione veut qu'*Oreſte* la venge de *Pyrrhus*, qui la
quitte pour *Andromaque*.

E D V I G E.

Pour gagner mon amour il faut ſervir ma haine.

H E R M I O N E.

Vengez-moi, je crois tout.

G A R I B A L D E.

Le pourrez-vous, Madame, & ſavez-vous vos forces?
Savez-vous de l'amour quelles ſont les amorces?
Savez-vous ce qu'il peut, & qu'un viſage aimé
Eſt toujours trop aimable à ce qu'il a charmé?
Non, vous vous abuſez, votre cœur vous abuſe, &c.

ORESTE.

Et vous le haïffez ! avouez-le, Madame,
L'amour n'eft pas un feu qu'on renferme en une ame.
Tout nous trahit, la voix, le filence, les yeux,
Et les feux mal couverts n'en éclatent que mieux.

Ces idées que le génie de *Corneille* avait jetées au hafard, fans en profiter, le goût de *Racine* les a recueillies, & les a mifes en œuvre; il a tiré de l'or, en cette occafion, *de ftercore Ennii.*

Corneille ne confultait perfonne, & *Racine* confultait *Boileau;* auffi l'un tomba toujours depuis Héraclius, & l'autre s'éleva continuellement.

On croit affez communément que *Racine* amollit & avilit même le théâtre par ces déclarations d'amour, qui ne font que trop en poffeffion de notre fcène. Mais la vérité me force d'avouer que *Corneille* en ufait ainfi avant lui, & que *Rotrou* n'y manquait pas avant *Corneille.*

Il n'y a aucune de leurs pièces qui ne foit fondée en partie fur cette paffion : la feule différence eft qu'ils ne l'ont jamais bien traitée; qu'ils n'ont jamais parlé au cœur, qu'ils n'ont jamais attendri. L'amour n'a été touchant que dans les fcènes du Cid, imitées de *Guillain de Caftro. Corneille* a mis de l'amour jufque dans le fujet terrible d'Oedipe.

Vous favez que j'ofai traiter ce fujet, il y a quarante-fept ans. J'ai encore la lettre de M. *Dacier*, à qui je montrai le quatrième acte imité de *Sophocle.* Il m'exhorte, dans cette lettre de 1714, à introduire les chœurs, & à ne point parler d'amour dans un fujet où cette paffion eft fi impertinente. Je fuivis fon conseil ; je lus l'esquisse de la pièce aux comédiens. Ils me forcèrent à retrancher une partie des chœurs, & à mettre au moins quelque souvenir d'amour dans *Philoctete* , afin , disaient-ils, qu'on pardonnât l'insipidité de *Jocaste* & d'*Oedipe* en faveur des sentimens de *Philoctete*.

Le peu de chœurs même que je laissai ne furent point exécutés. Tel était le détestable goût de ce temps-là. On représenta, quelque temps après, Athalie, ce chef-d'œuvre du théâtre. La nation dut apprendre que la scène pouvait se passer d'un genre qui dégénère quelquefois en idylle & en églogue. Mais comme Athalie était soutenue par le pathétique de la religion , on s'imagina qu'il fallait toujours de l'amour dans les sujets profanes.

Enfin , Mérope , & en dernier lieu Oreste , ont ouvert les yeux du public. Je suis persuadé que l'auteur d'Electre pense comme moi, & que jamais il n'eût mis deux intrigues d'amour dans le plus sublime & le plus effrayant sujet de l'antiquité, s'il n'y avait été forcé par la malheureuse habitude qu'on s'était faite de tout défigurer par ces intrigues puériles , étrangères au sujet : on en sentait le ridicule , & on l'exigeait dans les auteurs.

Les étrangers se moquaient de nous , mais nous n'en savions rien. Nous pensions qu'une femme ne pouvait paraître sur la scène sans dire *j'aime*, en cent façons, & en vers chargés d'épithètes & de chevilles. On n'entendait que *ma flamme*, & *mon ame*; *mes feux*, & *mes vœux*; *mon cœur*, & *mon vainqueur*. Je reviens à *Corneille*, qui s'est élevé au-dessus de ces petitesses, dans ses belles scènes des Horaces, de Cinna, de

Pompée &c. Je reviens à vous dire que toutes fes pièces pourront fournir quelques anecdotes & quelques réflexions intéreffantes.

Ne vous effrayez pas, fi tous ces commentaires produifent autànt de volumes que votre *Cicéron.* Engagez l'académie à me continuer fes bontés, fes leçons ; & furtout donnez-lui l'exemple.

L E T T R E

ECRITE SOUS LE NOM DE M. FORMEY.

1 7 6 2.

Tout le monde eft inftruit à Paris , à Londres, en Italie, en Allemagne, de ma querelle avec l'illuftre M. *Boullier ;* on ne s'entretient dans toute l'Europe que de cette difpute. Je croirais manquer au public, à la vérité, à ma profeffion , & à moi-même (comme on dit) fi je reftais muet *vis-à-vis* M. *Boullier.* J'ai pris des engagemens *vis-à-vis* le public , il faut les remplir. L'univers a lu mes *Penfées raifonnables* que je donnai en 1759, au mois de juin. Je ne fais fi je dois les préférer à la lettre que je lâchai fous le nom de M. *Gervaife Holmes,* en 1750. Tout Paris, *vis-à-vis* les *Penfées raifonnables ,* eft pour la lettre de M. *Gervaife Holmes ,* & tout Londres eft pour les *Penfées.* Je peux dire, *vis-à-vis* de Londres & de Paris, qu'il y a quelque chofe de plus profond dans les *Penfées ,* & je ne fais quoi de plus brillant dans la lettre.

Le

Le *Journal de Trévoux* du mois de juin 1751 , & l'*Avant-coureur* du 5 juillet, font de mon avis. Il eſt vrai que le *Journal chrétien* ſe déclare abſolument contre les *Penſées raiſonnables*. Je vais reprendre cette matière , puiſque je l'ai diſcutée au long dans le *Mercure* de février 1753, pages 55 & ſuivantes, comme *tout le monde le ſait.*

Quelques perſonnes de conſidération , pour qui j'aurai toute ma vie une déférence entière, m'ont conſeillé de ne point répondre à M. *Boullier* directement , attendu qu'il eſt mort il y a deux ans ; mais avec tout le reſpect que je dois à ces meſſieurs, je leur dirai que je ne puis être de leur avis , par des raiſons tirées du fond des choſes que j'ai expliquées ailleurs ; & pour le prouver, je rappellerai en peu de mots ce que j'ai dit dans le 295ᵉ tome de ma *Bibliothèque impériale* , page 75 , rapporté très-infidellement dans le *Journal littéraire*, année 1759. Il s'agit, comme on ſait, des compoſſibles , & des idées contraires qui ne répugnent point l'une à l'autre. J'avoue que le révérend père *Hayet* a traité cette matière , dans ſon dix-ſeptième tome , avec ſa ſagacité ordinaire ; mais tous ceux qui ont lu les 101 , 102 & 103ᵉˢ tomes de ma *Bibliothèque germanique* , ont de quoi confondre le père *Hayet ;* ils verront aiſément la différence entre les compoſſibles, les poſſibles ſimples, les non-poſſibles, & les impoſſibles. Il ſerait aiſé de s'y méprendre ſi on n'avait pas étudié à fond cette matière dans les articles 7, 9, & 11 de ma diſſertation de 1760, qui a eu un ſi prodigieux ſuccès.

Feu M. de *Cahuſac* me manda, quelque temps avant qu'il fût attaqué dans la pie-mère, qu'il avait entendu dire à M. l'abbé *Trublet*, que lui abbé tenait de M. de *la Motte*, que non-feulement madame de *Lambert* avait un mardi, mais qu'elle avait auffi un mercredi ; & que c'était dans une des affemblées du mercredi qu'on avait agité la queftion fi M. *Needham* fait des anguilles avec de la farine, comme l'affure pofitivement M. de *Maupertuis*. Ce fait eft lié néceffairement au fyftème des compoffibles.

Je ne répondrai pas ici aux injures groffières qu'on a vomies publiquement contre moi à Paris, dans la dernière affemblée du clergé. Le député de la province de Champagne dit à l'oreille du député de la province de Languedoc, que l'ennui & mes ouvrages étaient au rang des compoffibles. Cette horreur a été répétée dans vingt-fept journaux. J'ai déjà répondu à cette calomnie abominable, dans ma *Bibliothèque germanique*, d'une manière victorieufe.

Je diftingue trois fortes d'ennuis. 1°. L'ennui qui eft fondé dans le caractère du lecteur, qu'on ne peut ni amufer ni perfuader. 2°. L'ennui qui vient du caractère de l'auteur, & cela fe fubdivife en quarante-huit fortes. 3°. L'ennui provenant de l'ouvrage : cet ennui vient de la matière ou de la forme ; c'eft pour-quoi je reviens à M. *Boullier* mon adverfaire, que j'eftimai toujours pour la conformité qu'il avait avec moi. Il fit, en 1730, fon *Ame des bêtes*. Un mauvais plaifant dit à ce fujet que M. *Boullier* était un excellent citoyen, mais qu'il n'était pas affez inftruit de l'hiftoire de fon pays ; cette plaifanterie eft déplacée, comme il eft prouvé dans le *Journal helvétique*, octobre 1739. Enfuite il donna fes *Admirables penfées*, fur les penfées qu'un homme avait données à propos des penfées d'un autre.

On fait quel bruit cet ouvrage fit dans le monde. Ce fut à cette occafion que je conçus le premier deffein de mes *Penfées raifonnables*. J'apprends qu'un favant de Vittemberg a écrit contre mon titre, & qu'il y trouve une double erreur. J'en ai écrit à M. *Pitt* en Angleterre, & à milord *Holderneffe;* je fuis étonné qu'ils ne m'aient point fait de réponfe. Je perfifte dans le deffein de faire l'*Encyclopédie* tout feul; fi M. *Cahufac* n'était pas mort, nous aurions été deux.

J'oubliais un article affez important, c'eft la fameufe réponfe de M. *Pfaf*, recteur de l'univerfité de Vittemberg, au révérend père *Crouft*, recteur des révérends pères jéfuites de Colmar. On en fait coup fur coup trois éditions, & tous les favans ont été partagés. J'ai pleinement éclairci cette matière, & j'ai même quatre volumes fous preffe, dans lefquels j'examine ce qui m'avait échappé. Ils coûteront trois livres le tome, c'eft marché donné.

Il y a long-temps que je n'ai eu de nouvelles du célébre profeffeur *Vernet*, connu dans tout l'univers par fon zèle pour les manufcrits. Son *Catéchifme chrétien*, ainfi que mon *Philofophe chrétien*, & le *Journal chrétien*, font les trois meilleurs ouvrages dont l'Europe puiffe fe vanter, depuis les bigarrures du fieur *Des-Accords*.

Mais jufqu'à préfent perfonne n'a affez approfondi le fens du fameux paffage qu'on trouve dans la vie de *Pythagore*, par le père *Gretzer*, dans fon vingt-ùnième volume in-folio. Il s'eft totalement trompé fur ce chapitre, comme je le prouve.

Je reçois en ce moment par le chariot de poste les dix-huit tomes de *la Théologie* de notre illustre ami M. *Onekre*. J'en rendrai compte dans mon prochain journal. Il y a des soufcripteurs qui me doivent plus de fix mois ; je les prie de me lire & de me payer.

LETTRE

ECRITE SOUS LE NOM DE M. CLOCPICRE, A M. ERATOU ; (*)

Sur la question : Si les Juifs ont mangé de la chair humaine, & comment ils l'apprêtaient ?

Monsieur & cher ami, quoiqu'il y ait beaucoup de livres, croyez-moi, peu de gens lifent ; & parmi ceux qui lifent, il y en a beaucoup qui ne fe fervent que de leurs yeux. J'étais hier en conférence avec M. *Paff*, l'illuftre profeffeur de Tubinge, fi connu dans tout l'univers, & M. *Crokius Dubius*, l'un des plus favans hommes de notre temps. Ils ne favaient point que les Juifs euffent mangé fouvent de la chair humaine. Dom *Calmet* lui-même, qui a copié tant d'anciens auteurs dans fes commentaires, n'a jamais parlé de cette coutume des Juifs. Je dis à M. *Paff*, & à M. *Crokius*, qu'il y avait des paffages qui prouvaient que les Juifs avaient autrefois beaucoup aimé la chair de cheval & la chair d'homme : *Crokius* me dit qu'il en doutait ; & *Paff* m'affura crument que je me trompais.

(*) Anagramme d'*Arouet*.

Je cherchai fur le champ un Ezéchiel, & je leur
montrai au chapitre XXXIX ces paroles :

,, Je vous ferai boire le fang des princes , & des
,, animaux gras ; vous mangerez de la chair graffe
,, jufqu'à fatiété ; vous vous remplirez à table de la
,, chàir des chevaux & des cavaliers. ,,

M. *Paff* dit que cette invitation n'était faite qu'aux
oifeaux ; *Crokius Dubius*, après un long examen, crut
qu'elle s'adreffait auffi aux Juifs, attendu qu'il y. eft
parlé de table ; mais il prétendit que c'était une figure.
Je les priai humblement de confidérer qu'*Ezéchiel* vivait
du temps de *Cambyfe*, que *Cambyfe* avait dans fon
armée beaucoup de Scythes & de Tartares qui mangeaient des chevaux & des hommes affez communément ;
que fi cette habitude répugne un peu à nos mœurs
efféminées , elle était très-conforme à la vertu mâle &
héroïque de l'illuftre peuple juif. Je les fis fouvenir que
les lois de *Moïfe*, parmi les menaces de tous les maux
ordinaires dont il effraye les Juifs tranfgreffeurs , après
leur avoir dit qu'ils feront réduits à ne point prêter ,
mais à emprunter à ufure, & qu'ils auront des ulcères
aux jambes , ajoutent qu'ils mangeront leurs enfans.
Hé bien ! leur dis-je , ne voyez-vous pas qu'il était
auffi ordinaire aux Juifs de faire cuire leurs enfans,
& de les manger, que d'avoir la rogne, puifque le
légiflateur les menace de ces deux punitions ?

Plufieurs réflexions dont j'appuyai mes citations,
ébranlèrent MM. *Paff* & *Crokius*. Les nations les plus
polies , leur dis-je , ont toujours mangé des hommes,
& furtout des petits garçons. *Juvénal* vit les Egyptiens.
manger un homme tout cru. Il dit que les Gafcons
fefaient fouvent de ces repas. Les deux voyageurs

L 3

arabes, dont l'abbé *Renaudot* a traduit la relation, difent qu'ils ont vu manger des hommes fur les côtes de la Chine & des Indes.

Homère, parlant des repas des Cyclopes, n'a fait que peindre les mœurs de fon temps. On fait que *Candide* fut fur le point d'être mangé par les Oreillons, parce qu'ils le prirent pour un jéfuite ; & que malgré la mauvaife plaifanterie, que les jéfuites ne font bons ni à rôtir ni à bouillir, les Oreillons aiment la chair des jéfuites paffionnément.

Vous fentez bien, Meffieurs, leur dis-je, que nous ne devons pas juger des mœurs de l'antiquité par celles de l'univerfité de Tubinge ; vous favez que les Juifs immolaient des hommes : or, on a toujours mangé des victimes (*a*) immolées ; & à votre avis, quand *Samuel* coupa en petits morceaux le roi *Agag*, qui s'était rendu prifonnier, n'était-ce pas vifiblement pour en faire un ragoût ? À quoi bon fans cela couper un roi en morceaux ?

Les Juifs ne mangeaient point de ragoûts, dit *Crokius.* Je conviens, répliquai je, que leurs cuifiniers n'étaient pas fi bons que ceux de France, & je crois qu'il eft impoffible de faire bonne chère fans lard ; mais enfin, ils avaient quelques ragoûts. Il eft dit que *Rébecca* prépara des chevreaux à *Ifaac*, de la manière dont ce bon homme aimait à les manger. *Paff* ne fut pas content de ma réponfe ; il prétendit que probablement *Ifaac* aimait les chevreaux à la broche, & que *Rébecca* les lui fit rôtir. Je lui foutins que ces chevreaux étaient en ragoût, & que c'était l'opinion

(*a*) Voyez le *Dictionnaire philofophique*, & l'hiftoire de *Jenni*.

de dom *Calmet*; il me répondit que ce bénédictin ne
favait pas feulement ce que c'était qu'une broche; que
les bénédictins n'en connaiffaient point, & que le fentiment de dom *Calmet* eft erroné. La difpute s'échauffa;
nous perdîmes long-temps de vue le principal objet
de la queftion; mais on y revient toujours avec ceux
qui ont l'efprit jufte.

Paff était encore tout étonné des chevaux & des
cavaliers que les Juifs mangeaient; & enfin, la difpute
roula fur la fupériorité que doit avoir la chair humaine
fur toute autre chair.

L'homme, dit M. *Crokius*, eft le plus parfait de
tous les animaux, par conféquent il doit être le meilleur
à manger. Je ne conviens pas de cette conclufion, dit
M. *Paff*; de graves docteurs prétendent qu'il n'y a
nulle analogie entre la penfée qui diftingue l'homme,
& une bonne pièce tremblante cuite à propos; je fuis
de plus très-bien fondé à croire que nous n'avons
point la chair courte, & que nos fibres n'ont point la
délicateffe de celles des perdrix & des grianaux. C'eft
de quoi je ne conviens pas, dit *Crokius*; vous n'avez
mangé ni de grianaux, ni de petits garçons; par
conféquent, vous ne devez pas juger.

Nous étions très-embarraffés fur cette queftion,
lorfqu'il arriva un houfard, qui nous certifia qu'il
avait mangé d'un cofaque pendant le fiége de Colberg,
& qu'il l'avait trouvé très-coriace. *Paff* triomphait;
mais *Crokius* foutint qu'on ne devait jamais conclure
du particulier au général; qu'il y avait cofaque &
cofaque, & qu'on en trouverait peut-être de très-
tendres.

Cependant, nous fentîmes quelque horreur au récit de ce houfard, & nous le trouvâmes un peu barbare. Vraiment, Meffieurs, nous dit-il, vous êtes bien délicats; on tue deux ou trois cents mille hommes, tout le monde le trouve bon; on mange un cofaque, & tout le monde crie.

A U X   A U T E U R S

D E   L A   G A Z E T T E   L I T T E R A I R E.

1 7 6 4.

Vous avez dit, Meffieurs, en rendant compte de l'ouvrage de M. *Hooke*, que l'hiftoire romaine eft encore à faire parmi nous, & rien n'eft plus vrai. Il était pardonnable aux hiftoriens romains d'illuftrer les premiers temps de la république par des fables qu'il n'eft plus permis de tranfcrire que pour les réfuter. Tout ce qui eft contre la vraifemblance doit au moins infpirer des doutes; mais l'impoffible ne doit jamais être écrit.

On commence par nous dire que *Romulus* ayant raffemblé trois mille trois cents bandits, bâtit le bourg de Rome de mille pas en quarré. Or mille pas en quarré fuffiraient à peine pour deux métairies; comment trois mille trois cents hommes auraient-ils pu habiter ce bourg?

Quels étaient les prétendus rois de ce ramas de quelques brigands? n'étaient-ils pas vifiblement des chefs de voleurs, qui partageaient un gouvernement tumultueux avec une petite horde féroce & indifciplinée ?

Ne doit-on pas, quand on compile l'Hiftoire ancienne, faire fentir l'énorme différence de ces capitaines de bandits avec de véritables rois d'une nation puiffante ?

Il eft avéré, par l'aveu des écrivains romains, que pendant près de quatre cents ans l'Etat romain n'eut pas plus de dix lieues en longueur, & autant en largeur. L'Etat de Gènes eft beaucoup plus confidérable aujourd'hui, que la république romaine ne l'était alors.

Ce ne fut que l'an 360 que Veïes fut prife après une efpèce de fiége ou de blocus, qui avait duré dix années. Veïes était auprès de l'endroit où eft aujourd'hui Civita-Vecchia, à cinq ou fix lieues de Rome ; & le terrain autour de Rome, capitale de l'Europe, a toujours été fi ftérile, que le peuple voulut quitter fa patrie pour aller s'établir à Veïes.

Aucunes de fes guerres, jufqu'à celle de *Pyrrhus*, ne mériteraient de place dans l'hiftoire, fi elles n'avaient été le prélude de fes grandes conquêtes. Tous ces événemens, jufqu'aux temps de *Pyrrhus*, font pour la plupart fi petits & fi obfcurs, qu'il fallut les relever par des prodiges incroyables, ou par des faits deftitués de vraifemblance, depuis l'aventure de la louve qui nourrit *Romulus* & *Rémus*, & depuis celle de *Lucrèce*, de *Clélie*, de *Curtius*, jufqu'à la prétendue lettre du médecin de *Pyrrhus*, qui propofa, dit-on, aux Romains d'empoifonner fon maître, moyennant une récompenfe proportionnée à ce fervice. Quelle

récompenfe pouvaient lui donner les Romains, qui
n'avaient alors ni or, ni argent ? & comment foup-
çonne-t-on un médecin grec d'être affez imbécille pour
écrire une telle lettre ?

Tous nos compilateurs recueillent ces contes fans
le moindre examen ; tous font copiftes, aucun n'eft
philofophe : on les voit tous honorer du nom de
vertueux des hommes qui au fond n'ont été que des
brigands courageux ; ils nous répètent que la vertu
romaine fut enfin corrompue par les richeffes & par
le luxe, comme s'il y avait de la vertu à piller les
nations, & comme s'il n'y avait de vice qu'à jouir
de ce qu'on a volé. Si on a voulu faire un traité de
morale au lieu d'une hiftoire, on a dû infpirer encore
plus d'horreur pour les déprédations des Romains
que pour l'ufage qu'ils firent des tréfors ravis à tant
de nations qu'ils dépouillèrent l'une après l'autre.

Nos hiftoriens modernes de ces temps reculés,
auraient dû difcerner au moins les temps dont ils
parlent ; il ne faut pas traiter le combat peu vraifemblable des *Horaces* & des *Curiaces*, l'aventure romanefque de *Lucrèce*, celle de *Clélie*, celle de *Curtius*,
comme les batailles de Pharfale & d'Actium. Il eft
effentiel de diftinguer le fiècle de *Cicéron*, de ceux où
les Romains ne favaient ni lire, ni écrire, & ne
comptaient les années que par des clous fichés dans
le Capitole. En un mot, toutes les hiftoires romaines
que nous avons dans les langues modernes, n'ont
point encore fatisfait les lecteurs.

Perfonne n'a encore recherché avec fuccès ce
qu'était un peuple attaché fcrupuleufement aux fuperftitions, & qui ne fut jamais régler le temps de fes

fêtes ; qui ne fut même, pendant près de cinq cents ans, ce que c'était qu'un cadran à foleil ; un peuple dont le fénat fe piqua quelquefois d'humanité, & dont ce même fénat immola aux Dieux deux grecs & deux gauloifes, pour expier la galanterie d'une de fes veflales ; un peuple toujours expofé aux bleffures, & qui n'eut qu'au bout de cinq fiècles un feul médecin, qui était à la fois chirurgien & apothicaire.

Le feul art de ce peuple fut la guerre pendant fix cents années ; & comme il était toujours armé, il vainquit tour-à-tour les nations qui n'étaient pas continuellement fous les armes.

L'auteur du petit volume fur la grandeur & fur la décadence des Romains, nous en apprend plus que les énormes livres des hiftoriens modernes. Il eût feul été digne de faire cette hiftoire, s'il eût pu réfifter furtout à l'efprit de fyftème, & au plaifir de donner fouvent des penfées ingénieufes pour des raifons.

Un des défauts qui rendent la lecture des nouvelles hiftoires romaines peu fupportable, c'eft que les auteurs veulent entrer dans des détails comme *Tite-Live*. Ils ne fongent pas que *Tite-Live* écrivait pour fa nation, à qui ces détails étaient précieux. C'eft bien mal connaître les hommes, d'imaginer que des Français s'intérefferont aux marches & aux contre-marches d'un conful qui fait la guerre aux Samnites & aux Volfques, comme nous nous intéreffons à la bataille d'Ivri, & au paffage du Rhin à la nage.

Toute hiftoire ancienne doit être écrite différemment de la nôtre, & c'eft à ces convenances que les auteurs des hiftoires anciennes ont manqué. Ils répètent & ils alongent des harangues qui ne furent jamais prononcées, plus foigneux de faire parade d'une éloquence déplacée que de difcuter des vérités utiles. Les exagérations fouvent puériles, les fauffes évaluations des monnaies de l'antiquité & de la richeffe des Etats, induifent en erreur les ignorans, & font peine aux hommes inftruits. On imprime de nos jours qu'*Archimède* lançait des traits à quelque diftance que ce fût ; qu'il élevait une galère du milieu de l'eau, & la tranfportait fur le rivage en remuant le bout du doigt ; qu'il en coûtait fix cents mille écus pour nettoyer les égoûts de Rome &c.

Les hiftoires plus anciennes font encore écrites avec moins d'attention. La faine critique y eft plus négligée ; le merveilleux, l'incroyable y domine ; il femble qu'on ait écrit pour des enfans plus que pour des hommes ; le fiècle éclairé où nous vivons, exige dans les auteurs une raifon plus cultivée.

AUX MEMES.

Décembre 1764.

JE vois, Meffieurs, par une de vos dernières gazettes, que le gouvernement de la Suède a depuis plus de vingt ans perfévéré dans l'entreprife utile de connaître à fond les forces du pays, & de commencer par un dénombrement exaĉt. Il eft dit qu'on a trouvé dans toute l'étendue de la Suède, fans compter la Poméranie, deux millions trois cents quatre-vingt-trois mille habitans. Ce calcul étonne. La Suède avec la

Finlande eft deux fois auffi étendue que la France, qui paffe pour contenir environ vingt millions de perfonnes; il eft même conftant, par le relevé de tous les intendans du royaume en 1698, qu'on trouva à peu près ce nombre, & la Lorraine n'était point encore ajoutée à la France. Comment un pays qui n'eft que la moitié d'un autre, peut-il avoir environ dix fois plus de citoyens?

A territoire égal, il faudrait que la France fût dix fois meilleure que la Suède ; & le territoire n'étant que la moitié, il faut que la France foit vingt fois meilleure.

Confidérons d'abord qu'on doit retrancher de la carte de la Suède, la mer Baltique, le golfe de Finlande, & le golfe de Bothnie, qui rempliffent près de la moitié de ce qui conftitue la Suède. Otons-en le Lapmark & la Laponie, que l'on doit compter pour rien; retranchons encore des lacs immenfes, & il fe trouvera que le territoire habitable de la France fera plus grand d'un tiers que le terrain habitable de la Suède.

Or ce terrain habitable étant au moins dix fois plus fertile, il n'eft pas étonnant qu'il y ait dix fois plus de citoyens.

Ce qui me paraît mériter beaucoup d'attention, c'eft que dans la Gothie, province la plus méridionale & la plus fertile de la Suède, il y a mille deux cents quarante-huit habitans par chaque lieue quarrée de Suède. Or la lieue quarrée de Suède, de dix & demi au degré, eft à la lieue quarrée de France, de vingt-cinq au degré, comme quatre & deux tiers environ eft à un.

Il réfulte du dénombrement de la France, fait par les intendans du royaume en 1698, que la France a fix cents trente-fix perfonnes par lieue quarrée.

Or fi la lieue quarrée de France, qui eft à la lieue quarrée de Suède comme un eft à quatre & deux tiers environ, a fix cents trente-fix habitans, & la lieue quarrée fuédoife en a douze cents quarante-huit; il eft clair que la lieue quarrée de Gothie, qui devrait avoir quatre fois & deux tiers autant de colons, en nourrit à peine le double; donc la même étendue de terrain en France a plus de la moitié de colons ou d'habitans, que la même étendue n'en a dans la Gothie.

Cette prodigieufe fupériorité d'un pays fur un autre, peut-elle avec le temps être réduite à l'égalité? Oui, fi les habitans du climat difgracié peuvent trouver le fecret de changer la nature de leur fol, & de fe rapprocher du tropique.

Le pays pourrait-il être peuplé du double, du triple? Oui, fi l'on fefait deux fois, trois fois plus d'enfans; mais qui les nourrirait, fi la terre ne rend pas deux ou trois fois davantage?

Au défaut d'une récolte triple pour nourrir ce triple d'habitans, il faudrait donc avoir un commerce, par le bénéfice duquel on pût acquérir deux & trois fois plus de denrées qu'on n'en confomme aujourd'hui. Mais comment faire ce commerce avantageux, fi la nature refufe de quoi exporter à l'étranger?

La commiffion établie pour rendre compte aux états affemblés, de la dépopulation de la Suède, affirme dans fon mémoire, fur des preuves hiftoriques, que le pays était, il y a trois cents ans, prefque trois fois plus peuplé qu'aujourd'hui. Il eſt de l'intérêt de tous les hommes de connaître les preuves de cette étrange aſſertion ; ſe pourrait-il que la Suède, ſans commerce, ſans induſtrie, & plus mal cultivée qu'à préſent, eût pu nourrir trois fois plus d'habitans ?

Il paraît que les pays du Nord n'ont jamais été plus peuplés qu'ils ne le ſont, parce que la nature a toujours été la même.

Céſar, dans ſes Commentaires, dit que les Helvé-tiens déſertant leurs pays pour s'aller établir vers la Saintonge, partirent tous au nombre de trois cents ſoixante & huit mille perſonnes. Je ne crois pas que l'Helvétie en ait aujourd'hui davantage : & ſi elle rappelait tous ſes citoyens répandus dans les pays étrangers, je doute qu'elle eût de quoi leur fournir des alimens.

On parle beaucoup de population depuis quelques années. J'oſe haſarder une réflexion. Notre grand intérêt eſt que les hommes qui exiſtent ſoient heureux, autant que la nature humaine & l'extrême diſpropor-tion entre les différens états de la vie le comportent ; mais ſi nous n'avons pu encore procurer ce bonheur aux hommes, pourquoi tant ſouhaiter d'en augmenter le nombre ? eſt-ce pour faire de nouveaux malheureux ? La plupart des pères de famille craignent d'avoir trop d'enfans, & les gouvernemens déſirent l'accroiſſement des peuples : mais ſi chaque royaume acquiert propor-tionnellement de nouveaux ſujets, nul n'acquerra de ſupériorité.

Quand un pays a un ſuperflu d'habitans, ce ſuperflu eſt employé utilement aux colonies de l'Amérique. Malheur aux nations qui ſont obligées d'y envoyer les

citoyens néceffaires à l'Etat! c'eft dégarnir la maifon
paternelle pour meubler une maifon étrangère. Les
Efpagnols ont commencé; ils ont rendu ce malheur
indifpenfable aux autres nations.

L'Allemagne eft une pépinière d'hommes, & n'a
point de colonies; que doit-il en réfulter? Que les
Allemands qui font de trop chez eux peupleront les
pays voifins. C'eft ainfi que la Pruffe & la Poméranie
ont réparé la difette des hommes.

Très-peu de pays font dans le cas de l'Allemagne:
l'Efpagne & le Portugal, par exemple, ne feront
jamais fort peuplés; les femmes y font peu fécondes,
les hommes peu laborieux, & le tiers de la contrée
eft aride.

L'Afrique fournit tous les ans environ quarante
mille nègres à l'Amérique, & ne paraît pas épuifée.
Il femble que la nature ait favorifé les noirs d'une
fécondité qu'elle a refufée à tant d'autres nations. Le
pays le plus peuplé de la terre eft la Chine, fans
qu'on ait jamais fait ni de livres, ni de réglemens
pour favorifer la population dont nous parlons fans
ceffe. La nature fait tout fans fe foucier de nos raifonnemens.

AUX

AUX MEMES.

1764.

ON vient d'imprimer des mémoires pour fervir à la vie de *François Pétrarque*, en 2 vol. in-4°, à Amſterdam, chez *Arskée* & *Merkus*. Si ce ne ſont-là que des mémoires pour fervir à la compoſition de cette hiſtoire, nous devons eſpérer que la vie de *Pétrarque* fera un ouvrage bien conſidérable.

Il eſt vrai que *Pétrarque*, au XIVe fiècle, était le meilleur poëte de l'Europe, & même le feul : mais il n'eſt pas moins vrai que de ſes petits ouvrages, qui roulent preſque tous fur l'amour, il n'y en a pas un qui approche des beautés de fentiment qu'on trouve répandues avec tant de profuſion dans *Racine* & dans *Quinault* : j'oſerais même affirmer que nous avons dans notre langue un nombre prodigieux de chanſons plus délicates & plus ingénieuſes que celles de *Pétrarque* ; & nous ſommes ſi riches en ce genre, que nous dédaignons de nous en faire un mérite. Je ne crois pas qu'il y ait dans *Pétrarque* une feule chanſon qu'on puiſſe oppoſer à celle-ci :

Oiſeaux, ſi tous les ans vous quittez nos climats,
Dès que le triſte hiver dépouille nos bocages,
Ce n'eſt pas feulement pour changer de feuillages
    Et pour éviter nos frimats ;

Mélanges littér. Tome III.   M

Mais votre deſtinée
Ne vous permet d'aimer qu'en la ſaiſon des fleurs;
Et quand elle a paſſé vous la cherchez ailleurs,
Afin d'aimer toute l'année.

L'auteur des mémoires rapporte pluſieurs ſonnets
de ſon auteur favori ; voici comme finit le premier:

> Mille trecento vinti ſette apunto,
> Su l'ora prima, il di feſto d'aprile,
> Nel labirinto intrai, nè veggio ond'eſça.

*L'an mil trois cent vingt-ſept, tout juſte, le ſeptième
d'avril au matin, j'entrai dans le labyrinthe de l'amour,
& je ne ſais pas comment j'en ſortirai.*

On ne peut pas accuſer ce ſonnet d'être trop
brillant, il n'y a pas là de beautés recherchées.

L'auteur rapporte auſſi le ſecond ſonnet qui finit
par ces vers :

> Ed aperta la via per gli occhi al core,
> Che di lagrime ſon' fatti uſcio e vario
> Pirà; al mio parer, non ſi fu amore
> Ferir me di ſaetta ni quello ſtato,
> E a voi armata non monſtrar pro l'arco.

*L'amour s'ouvrit le chemin de mon cœur par mes yeux
qui ſont devenus une porte & une voie de larmes; il ne
devait pas, à mon avis, me bleſſer de ſa flèche, en cet état,
& montrer ſon arc quand vous étiez armée.*

Ce qu'il y a de plus ſingulier dans ce ſonnet, c'eſt
qu'il fut long-temps chez les Italiens le ſujet d'une

difpute très-vive , pour favoir s'il avait été compofé le lundi ou le vendredi de la femaine fainte.

Le fameux fonnet *la gola el fanno , e loziofe plume ,* commence heureufement : mais y a-t-il rien de plus faible que la fin qui devrait être faillante ?

> Tanto ti prego più , gentile fprito ,
> Non lafciar la magnanima tua imprefa.

Tant plus je vous prie , efprit aimable , de ne point abandonner votre grande entreprife.

Que dire de cet autre fonnet fi admiré, compofé, dit-on, dans la forêt des Ardennes ? L'auteur prétend dans ces vers que la ténébreufe horreur de la forêt ne peut l'épouvanter, parce qu'il n'y a que le foleil de *Laure* , & les rayons d'amour qui puiffent lui donner quelque effroi; & la chute de ce beau fonnet, c'eft que rarement le filence, la folitude, & l'ombrage, lui font plaifir, parce qu'alors il ne voit pas le foleil de *Laure*.

On peut défier les admirateurs de ces fonnets d'en trouver un feul qui finiffe auffi heureufement que *Zappi* fur les malheurs de l'Italie.

> Ch'or giu d'a l'Alpi non vedrei torrenti
> Scender, domati ne di fangue tinta
> Bever l'onda del Po Gallici armenti ;
> Ne te vedrei del non tuo ferro cinta,
> Pugnar col braccio di ftraniere genti,
> Per fervir femprè o vincitrice, o vinta.

Oh ! malheureufe Italie ! je ne verrai pas aujourd'hui defcendre du haut des Alpes ces torrens deftructeurs, & les courfiers de la Gaule boire l'onde enfanglantée du Pô : je ne te verrai pas armée d'un fer étranger combattre avec le bras de tes ennemis pour être toujours efclave , ou par ta victoire , ou par ta défaite.

Je m'en rapporte à tous les gens de lettres italiens qui feront de bonne foi. Qu'ils comparent les prologues de tous les chants de l'*Ariofte* avec ce qu'ils aiment le mieux dans *Pétrarque* , & qu'ils jugent dans le fond de leur cœur fi la différence n'eft pas immenfe ; mais chez toutes les nations il faut que l'antiquité l'emporte fur le moderne , jufqu'à ce que le moderne foit devenu antique à fon tour. On fe fait dans les fiècles les plus polis une efpèce de religion d'admirer ce qu'on admirait dans les fiècles groffiers.

Perfonne ne niera que *Pétrarque* n'ait rendu de grands fervices à la poëfie italienne , & qu'elle n'ait acquis fous fa plume de la facilité , de la pureté , & de l'élégance ; mais y a-t-il rien qui approche de *Tibulle* & d'*Ovide* ? quel morceau de *Pétrarque* peut être comparé à l'ode de *Sapho* fur l'amour , fi bien traduite par *Horace* , par *Boileau* , & par *Addiffon* ? *Pétrarque* après tout n'a peut-être d'autre mérite que d'avoir écrit élégamment des bagatelles fans génie , dans un temps où ces amufemens étaient très-eftimés , parce qu'ils étaient très-rares. Il importe fort peu qu'une *Laure* feinte ou véritable ait été l'objet de tant de fonnets ; il eft affez vraifemblable que *Laure* était ce que *Boileau* appelle une *Iris en l'air*. Un évêque de Lombez , chez qui *Pétrarque* demeura long-temps , lui écrit : *Votre Laure n'eft qu'un fantôme d'imagination fur lequel vous récréez votre mufe.* Pétrarque lui répond : *Mon père , je fuis véritablement amoureux ;* cela prouve qu'alors on appelait les évêques *pères* , mais cela ne prouve pas plus que la maîtreſſe de *Pétrarque* s'appelait *Laure* en effet, que les charmans madrigaux de feu M. *Ferrand* ne prouvent que ſa maîtreſſe s'appelait *Thémire.*

(*Tirée de la Gazette littéraire*, tome *I*, *pag.* 392.)

AUX MEMES,

Sur l'anglomanie.

MILLE gens, Meſſieurs , s'élèvent & déclament contre l'anglomanie : j'ignore ce qu'ils entendent par ce mot. S'ils veulent parler de la fureur de traveſtir en modes ridicules quelques uſages utiles , de transformer un déshabillé commode en un vêtement mal-propre , de ſaiſir juſqu'à des jeux nationaux pour y mettre des grimaces à la place de la gravité , ils pourraient avoir raiſon ; mais ſi par hafard ces déclamateurs prétendaient nous faire un crime du déſir d'étudier, d'obſerver, de philoſopher, comme les Anglais, ils auraient certainement grand tort : car en ſuppoſant que ce déſir ſoit déraiſonnable, ou même dangereux, il faudrait avoir beaucoup d'humeur pour nous l'attribuer, & ne pas convenir que nous ſommes à cet égard à l'abri de tout reproche.

Je fais cette réflexion en liſant votre feuille du 24 octobre dernier, dans laquelle vous annoncez une hiſtoire d'Angleterre en forme de lettres. Vous dites que ce que les Anglais ſavent le mieux, c'eſt l'hiſtoire d'Angleterre ; & j'ajoute que ce que les Français ſavent

M 3

le moins , c'eft l'hiftoire de France. Otez à la plupart
ce qu'ils ont ramaſſé dans des anecdotes forgées par
la malignité , dans des mémoires platement rédigés ,
dans des romans ſans imagination , & il ne leur reſtera
pas même la notion la plus imparfaite d'une ſcience
très-importante.

L'étude de l'hiftoire ſerait pourtant auſſi néceſſaire
à Paris qu'à Londres. Si nous apprenions quelle eſt
l'origine & la bonté de notre gouvernement , le
patriotiſme nous ranimerait ; les temps de calme &
d'obéiſſance , comparés aux temps de trouble & de
vertige , feraient une leçon admirable de douceur &
de ſoumiſſion ; les faits bien vus feraient tomber cette
fureur pour la diſpute , dont l'âcreté augmente en
raiſon de l'obſcurité & de l'inutilité des objets ſur
leſquels elle s'exerce ; ils feraient revivre cet eſprit
de franchiſe & de loyauté , qui vaut bien l'eſprit
d'intrigue & de cabale ; ils nous forceraient à appliquer les hommes & les événemens paſſés aux hommes
& aux événemens actuels ; nous travaillerions à
devenir meilleurs , & nous gagnerions infiniment du
côté des hommes & des choſes.

On me dira que nous n'avons point d'hiftoriens ;
que pour un de *Thou* , il y a cent mauvais compilateurs ; qu'il eût été à ſouhaiter que l'auteur de
l'*Eſſai ſur les mœurs &c.* ſe fût attaché à l'hiftoire
de ſon pays ; que c'eſt à un homme d'état & à un
philoſophe à écrire l'hiftoire , parçe qu'il faut connaître les hommes pour les peindre , & participer au
gouvernement , ou avoir les qualités propres à ce
grand métier , pour en développer les reſſorts : ces
raiſonnemens ſont vrais ; je les ai faits.

J'ai vu dans prefque tous les hiftoriens romains l'intérieur de la république ; ce qui concerne la religion , les lois , la guerre , les mœurs , m'a été clairement dévoilé ; je ne fais même fi je n'ai pas plus diftinctement connu ce qui s'eft paffé au-dedans , que ce qui s'eft exécuté au-dehors. Pourquoi cela ? c'eft que l'écrivain tenait à la chofe publique ; c'eft qu'il pouvait être magiftrat, prêtre, guerrier , & que, s'il ne rempliffait pas les premières fonctions de l'Etat, il devait au moins s'en rendre digne. J'avoue qu'il ne faut point fonger à obtenir chez nous un pareil avantage , notre propre conftitution y réfifte ; mais je n'en conclus point qu'il ne faille pas étudier notre hiftoire.

Contentons-nous de ces hiftoriens fimples qui , comme dit *Montaigne* , n'apportent que le foin & la diligence de ramaffer tout ce qui vient à leur notice , & d'enregiftrer à la bonne foi toute chofe fans choix ni triage , nous laiffant le jugement entier. Si nous en avons de tels , félicitons-nous , & lifons-les avec un efprit philofophique ; fi notre inftruction n'eft ni élevée, ni profonde, elle fera proportionnée à notre génie , & pourra fuffire à nos befoins.

J'ai l'honneur d'être , &c.

M 4

A UN JOURNALISTE.

1 7 6 6.

IL me femble, Monfieur, que votre méthode eft de donner un jour de la femaine à l'examen des ouvrages nouveaux dont vous rendez un compte abrégé les autres jours. Permettez-moi de vous fou-mettre quelques fingularités curieufes de l'*Effai fur la critique* en trois volumes, de M. *Home*, lord *Makaims.* (*)

On ne peut avoir une plus profonde connaiffance de la nature & des arts que ce philofophe, & il fait tous fes efforts pour que le monde foit auffi favant que lui. Il nous prouve d'abord que nous avons cinq fens, & que nous fentons moins l'impreffion douce faite fur nos yeux & fur nos oreilles par les couleurs & par les fons, que nous ne fentons un grand coup fur la jambe ou fur la tête.

Il nous inftruit de la différence que tout homme éprouve entre une fimple émotion & une paffion de l'ame ; il nous apprend que les femmes paffent quelquefois de la pitié à l'amour. Il pouvait citer l'exemple d'*Angélique* dans l'*Ariofte*, fi bien imité par *Quinault* :

La pitié pour Médor a trop fu m'attendrir;
Ma funefte langueur s'augmentait à mefure
Qu'il guériffait de fa bleffure :
Et je fuis en danger de n'en jamais guérir.

(*) C'eft le titre d'un des juges de paix en Ecoffe.

Mais tout écoſſais qu'eſt M. *Home* , il aime mieux
citer une tragédie anglaiſe; c'eſt *Othello* , ce maure de
Veniſe ſi fameux à Londres. Il fallait que la maîtreſſe
d'*Othello* fût bien pitoyable pour devenir amoureuſe
d'un nègre qui lui parlait de *cavernes* , *de déſerts* , *de*
cannibales , *& d'anthropophages* , & qui lui diſait *qu'il avait*
été ſur le point de ſe noyer.

De-là paſſant à la meſure du temps & de l'eſpace,
M. *Home* conclut mathématiquement , que le temps
eſt long pour une fille qu'on va marier , & court pour
un homme qu'on va pendre : puis il donne des définitions de la beauté & du ſublime. Il connaît ſi bien la
nature de l'une & de l'autre, qu'il réprouve totalement
ces beaux vers d'*Athalie* :

> La douceur de ſa voix , ſon enfance , ſa grâce ,
> Font inſenſiblement à mon inimitié
> Succéder… Je ſerais ſenſible à la pitié !

Il condamne ce monologue de *Mithridate* :

> Quoi ! des plus chères mains craignant les trahiſons ,
> J'ai pris ſoin de m'armer contre tous les poiſons ;
> J'ai ſu , par une longue & pénible induſtrie ,
> Des plus mortels venins prévenir la furie :
> Ah ! qu'il eût mieux valu , plus ſage & plus heureux ,
> Et repouſſant les traits d'un amour dangereux ,
> Ne pas laiſſer remplir d'ardeurs empoiſonnées
> Un cœur déjà glacé par le froid des années.

Il trouve que le monologue de dom *Diègue* , dans
le *Cid* ,

> O rage ! ô déſeſpoir ! ô vieilleſſe ennemie ! &c.

eſt un morceau déplacé & hors d'œuvre, dans lequel dom *Diègue* ne dit rien de ce qu'il doit dire.

Mais en récompenſe, le critique nous avertit que les monologues de *Shakeſpeare ſont les ſeuls modèles à ſuivre, & qu'il ne connaît rien de ſi parfait.* Il en donne un bel exemple, tiré de la tragédie d'*Hamlet* : en voici quelques traits, à-peu-près vers pour vers, & très-exactement.

HAMLET.

Oh ! ſi ma chair trop ferme, ici pouvait ſe fondre,
Se dégeler, couler, ſe réſoudre en roſée !
Oh ! ſi l'être éternel n'avait pas du canon
Contre le ſuicide !... ô ciel ! ô ciel ! ô ciel !
Que tout ce que je vois aujourd'hui dans le monde,
Eſt triſte, plat, pourri, ſans nulle utilité !
Fi ! fi ! c'eſt un jardin plein de plantes ſauvages !
Après un mois, ma mère épouſer mon propre oncle !
Mon père un ſi bon roi !... l'autre, en comparaiſon,
N'était rien qu'un ſatyre, & mon père un ſoleil.
Mon père, il m'en ſouvient, aimait ſi fort ma mère,
Qu'il ne ſouffrait jamais qu'un vent ſur ſon viſage
Soufflât trop rudement. O Terre ! ô juſte Ciel ?
Faut-il me ſouvenir qu'elle le careſſait
Comme ſi l'appétit s'augmentait en mangeant.
Un mois ! *fragilité* ! ton nom propre eſt *la femme.*
Un mois ! un petit mois ! Avant d'avoir uſé
Les ſouliers qu'elle avait à ſon enterrement !

Quelques lecteurs ſeront ſurpris peut-être des jugemens de M. *Home*, lord *Makaims ;* & quelques français pourront dire que *Gilles* dans une foire de province s'exprimerait avec plus de décence & de nobleffe que le prince *Hamlet ;* mais il faut confidérer que cette pièce eft écrite il y a deux cents ans ; que les Anglais n'ont rien de mieux ; que le temps a confacré cet ouvrage, & qu'enfin il eft bon d'avoir une preuve auffi publique du pouvoir de l'habitude & du refpeƈt pour l'antiquité.

Le fond du difcours d'*Hamlet* eft dans la nature ; cela fuffit aux Anglais. Le ftyle n'eft pas celui de *Sophocle* & d'*Euripide ;* mais la décence, la nobleffe, la jufteffe des idées, la beauté des vers, l'harmonie, font peu de chofe ; & M. *Home*, qui eft juge en Ecoffe, peut dire que le fond l'emporte ici fur la forme.

C'eft avec le même goût & la même jufteffe qu'il trouve ce vers de *Racine* ridiculement ampoulé :

Mais tout dort, & l'armée, & les vents, & Neptune.

Ce fublime fimple, qui exprime fi bien le calme funefte par lequel la flotte des Grecs eft arrêtée, ne plaît pas au critique ; *un officier*, dit-il, *ne doit pas s'exprimer ainfi*.

Il faut s'en tenir au beau naturel de *Shakefpeare*. On commence dans *Hamlet* par relever une fentinelle : le foldat *Bernardo* demande au foldat *Francifco* fi tout a été tranquille ? *Je n'ai pas vu trotter une fouris*, répond *Francifco*. Convenons qu'une tragédie ne peut commencer avec une fimplicité plus noble & plus majeftueufe. C'eft *Sophocle* tout pur.

M. *Home* porte ainfi fur tous les arts des jugemens qui pourraient nous paraître extraordinaires.

C'eft un effet admirable des progrès de l'efprit humain, qu'aujourd'hui il nous vienne d'Ecoffe des règles de goût dans tous les arts , depuis le poëme épique jusqu'au jardinage. L'esprit humain s'étend tous les jours, & nous ne devons pas désespérer de recevoir bientôt des poëtiques & des rhétoriques des îles Orcades. Il est vrai qu'on aimerait mieux encore voir de grands artistes dans ces pays-là que de grands raisonneurs sur les arts.

Il est aisé de dire son avis sur le *Tasse* & l'*Arioste*, sur *Michel-Ange* & *Raphaël ;* il n'est pas si aisé de les imiter ; & il faut avouer qu'aujourd'hui nous avons plus besoin d'exemples que de préceptes , aussi bien en France qu'en Ecosse.

Au reste , si M. *Home* est si sévère envers tous nos meilleurs auteurs , & si indulgent envers *Shakespeare*, il faut avouer qu'il ne traite pas mieux *Virgile* & *Horace.*

S'il veut donner l'exemple de quelque balourdise , c'est dans *Virgile* qu'il va la chercher. Il se moque de la contradiction manifeste qu'il suppose dans ces vers du premier livre de l'Enéide :

Graviter commotus, *& alto*
Prospiciens, *summâ* placidum *caput extulit undâ.*

Il croit que le *placidum* contredit le *commotus ;* il ne voit pas que *placidum caput* veut dire ce front qui apaise les tempêtes ; il ne voit pas qu'un maître irrité peut, en montrant un front serein, apaiser les querelles de ses esclaves.

Il trouve indécent qu'*Horace* , dans une épître familière à *Mécène*, dise :

Quid causæ est meritò, quin illis Jupiter ambas
Iratus buccas inflet.

Il oublie que cette expreſſion *inflare buccas*, pour dire *menacer*, était tirée du grec, familière aux Romains, & du ton le plus convenable à la ſatire.

M. *Home* donne toujours ſon opinion pour une loi, & il étend ſon deſpotiſme ſur tous les objets. C'eſt un juge à qui toutes les cauſes reſſortiſſent.

Ses arrêts ſur l'architecture & ſur les jardins ne nous permettent pas de douter qu'il ne ſoit de tous les magiſtrats d'Ecoſſe le mieux logé, & qu'il n'ait le plus beau parc. Il trouve les boſquets de Verſailles ridicules ; mais s'il fait jamais un voyage en France, on lui fera les honneurs de Verſailles, on le promenera dans ſes boſquets, on fera jouer les eaux pour lui; & peut-être alors ne ſera-t-il pas ſi dégoûté.

Après cela, s'il ſe moque des boſquets de Verſailles, & des tragédies de *Racine*, nous le ſouffrirons volontiers : nous ſavons que chacun a ſon goût ; nous regardons tous les gens de lettres de l'Europe comme des convives qui mangent à la même table ; chacun a ſon plat, & nous ne prétendons dégoûter perſonne.

A M. L'ABBÉ D'OLIVET,

SUR LA NOUVELLE EDITION DE LA PROSODIE.

A Ferney, 5 janvier 1767.

Cher doyen de l'académie,
Vous vîtes de plus heureux temps ;
Des neuf Sœurs la troupe endormie
Laiſſe repoſer les talens :
Notre gloire eſt un peu flétrie.
Ramenez-nous , fur vos vieux ans,
Et le bon goût , & le bon ſens,
Qu'eut jadis ma chère patrie.

Dites-moi ſi jamais vous vîtes dans aucun bon auteur de ce grand ſiècle de *Louis XIV* le mot de *vis-à-vis* employé une ſeule fois pour ſignifier *envers , avec , à l'égard* ? Y en a-t-il un ſeul qui ait dit *ingrat vis-à-vis de moi,* au lieu d'*ingrat envers moi* ? *Il ſe ménageait vis-à-vis ſes rivaux ,* au lieu de dire *avec ſes rivaux. Il était fier vis-à-vis de ſes ſupérieurs ,* pour fier *avec ſes ſupérieurs* &c. enfin ce mot de *vis-à-vis* qui eſt très-rarement juſte , & jamais noble, inonde aujourd'hui nos livres, & la cour, & le barreau, & la ſociété; car dès qu'une expreſſion vicieuſe s'introduit, la foule s'en empare.

Dites-moi ſi *Racine* a *perſiflé Boileau* ? ſi *Boſſuet* a *perſiflé Paſcal* ? & ſi l'un & l'autre ont *miſtifié la Fontaine* en abuſant quelquefois de ſa ſimplicité ? Avez-vous jamais dit que *Cicéron* écrivait *au parfait;* que *la coupe* des tragédies de *Racine* était heureufe ? On va jufqu'à imprimer que les princes font quelquefois mal *éduqués*. Il paraît que ceux qui parlent ainfi ont reçu eux-mêmes une fort mauvaife éducation. Quand *Boſſuet*, *Fénélon*, *Péliſſon*, voulaient exprimer qu'on fuivait fes anciennes idées , fes projets, fes enga-gemens , qu'on travaillait fur un plan propofé , qu'on rempliſſait fes promeſſes , qu'on reprenait une affaire, &c. ils ne difaient point : J'ai fuivi mes *erremens* , j'ai travaillé fur mes *erremens*.

Errement a été fubftitué par les procureurs au mot *erres*, que le peuple emploie au lieu d'*arrhes* : *arrhes* fignifie *gage*. Vous trouvez ce mot dans la tragi-comédie de *Pierre Corneille*, intitulée dom Sanche d'Arragon.

Ce préfent donc renferme un tiſſu de cheveux
Que reçut dom Fernand pour arrhes de mes vœux.

Le peuple de Paris a changé *arrhes* en *erres* : des *erres* au coche : donnez-moi des *erres*. De-là *erremens*; & aujourd'hui , je vois que, dans les difcours les plus graves, le roi a fuivi fes derniers *erremens vis-à-vis* des rentiers.

Le ftyle barbare des anciennes formules commence à fe gliſſer dans les papiers publics. On imprime que fa majefté *aurait* reconnu qu'une telle province *aurait* été endommagée par des inondations.

En un mot, Monfieur, la langue paraît s'altérer tous les jours ; mais le ftyle fe corrompt bien davantage: on prodigue les images , & les tours de la poëfie, en phyfique ; on parle d'anatomie en ftyle ampoulé ; on fe pique d'employer des expreſſions qui étonnent, parce qu'elles ne conviennent point aux penfées.

C'eft un grand malheur, il faut l'avouer, que, dans un livre rempli d'idées profondes, ingénieufes, & neuves, on ait traité du fondement des lois en épi-grammes. La gravité d'une étude fi importante devait avertir l'auteur de refpecter davantage fon fujet ; & combien a-t-il fait de mauvais imitateurs, qui n'ayant pas fon génie, n'ont pu copier que fes défauts ?

Boileau, il eft vrai, a dit après *Horace :*

Heureux, qui, dans fes vers, fait, d'une voix légère,
Paffer du grave au doux, du plaifant au févère !

Mais il n'a pas prétendu qu'on mélangeât tous les ftyles. Il ne voulait pas qu'on mît le mafque de *Thalie* fur le vifage de *Melpomène*, ni qu'on prodiguât les grands mots dans les affaires les plus minces. Il faut toujours conformer fon ftyle à fon fujet.

Il m'eft tombé entre les mains l'annonce imprimée d'un marchand, de ce qu'on peut envoyer de Paris en province pour fervir fur table. Il commence par un éloge magnifique de l'agriculture & du commerce ; il pèfe dans fes balances d'épicier, le mérite du duc de *Sulli*, & du grand miniftre *Colbert ;* & ne penfez pas qu'il s'abaiffe à citer le nom du duc de *Sulli :* il l'appelle l'*ami d'Henri IV*, & il s'agit de vendre des fauciffons & des harengs frais ! Cela prouve au moins que le goût des belles-lettres a pénétré dans tous les états ; il ne s'agit plus que d'en faire un ufage rai-fonnable : mais on veut toujours mieux dire qu'on ne doit dire, & tout fort de fa fphère.

Des hommes, même de beaucoup d'efprit, ont fait des livres ridicules, pour vouloir avoir trop d'efprit.

Le

Le jéfuite *Caftel*, par exemple, dans fa *mathématique universelle*, veut prouver que, fi le globe de *Saturne* était emporté par une comète dans un autre fyftème folaire, ce ferait le dernier de fes fatellites, que la loi de la gravitation mettrait à la place de *Saturne*. Il ajoute à cette bizarre idée, que la raifon pour laquelle le fatellite le plus éloigné prendrait cette place, c'eft que les fouverains éloignent d'eux, autant qu'ils le peuvent, leurs héritiers préfomptifs.

Cette idée ferait plaifante & convenable dans la bouche d'une femme, qui, pour faire taire des philofophes, imaginerait une raifon comique d'une chofe dont ils chercheraient la caufe en vain : mais que le mathématicien faffe ainfi le plaifant quand il doit inftruire, cela n'eft pas tolérable.

Le déplacé, le faux, le gigantefque, femblent vouloir dominer aujourd'hui ; c'eft à qui renchérira fur le fiècle paffé. On appelle de tous côtés les paffans pour leur faire admirer des tours de force qu'on fubftitue à la démarche fimple, noble, aifée, décente, des *Péliffons*, des *Fénélons*, des *Boffuets*, des *Maffillons*. Un charlatan eft parvenu jufqu'à dire dans je ne fais quelles lettres, en parlant de l'angoiffe & de la paffion de JESUS-CHRIST, que fi *Socrate* mourut en fage, JESUS-CHRIST *mourut en Dieu* : comme s'il y avait des Dieux accoutumés à la mort, comme fi on favait comment ils meurent, comme fi une fueur de fang était le caractère de la mort de DIEU, enfin comme fi c'était DIEU qui fût mort.

On defcend d'un ftyle violent & effréné au familier le plus bas & le plus dégoûtant; on dit de la mufique du célèbre *Rameau*, l'honneur de notre fiècle, qu'elle *reſſemble à la courſe d'une oie graſſe, & au galop d'une vache.* On s'exprime enfin auſſi ridiculement que l'on penſe ; *rem verba ſequuntur :* & à la honte de l'eſprit humain , ces impertinences ont eu des partiſans.

Je vous citerais cent exemples de ces extravagans abus , ſi je n'aimais pas mieux me livrer au plaiſir de vous remercier des ſervices continuels que vous rendez à notre langue , tandis qu'on cherche à la déshonorer. Tous ceux qui parlent en public doivent étudier votre Traité de la proſodie; c'eſt un livre claſſique qui durera autant que la langue françaiſe.

Avant d'entrer avec vous dans des détails ſur votre nouvelle édition , je dois vous dire que j'ai été frappé de la circonſpection avec laquelle vous parlez du célébre , j'oſe preſque dire de l'inimitable *Quinault* , le plus concis peut-être de nos poëtes dans les belles ſcènes de ſes opéra , & l'un de ceux qui s'exprimèrent avec le plus de pureté comme avec le plus de grâce. Vous n'aſſurez point , comme tant d'autres , que *Quinault* ne ſavait que ſa langue. Nous avons ſouvent entendu dire , madame *Denis* & moi , à M. de *Beaufrant* ſon neveu , que *Quinault* ſavait aſſez de latin pour ne lire jamais *Ovide* que dans l'original , & qu'il poſſédait encore mieux l'italien. Ce fut un *Ovide* à la main qu'il compoſa ces vers harmonieux & ſublimes de la première ſcène de *Proſerpine.*

Les ſuperbes géans , armés contre les dieux,
Ne nous cauſent plus d'épouvante;
Ils ſont enſevelis ſous la maſſe peſante
Des monts qu'ils entaſſaient pour attaquer les cieux.

Nous avons vu tomber leur chef audacieux
        Sous une montagne brûlante.
Jupiter l'a contraint de vomir à nos yeux
Les reftes enflammés de fa rage mourante.
        Jupiter eft victorieux,
Et tout cède à l'effort de fa main foudroyante.

S'il n'avait pas été rempli de la lecture du Taffe,
il n'aurait pas fait fon admirable opéra d'Armide.
Une mauvaife traduction ne l'aurait pas infpiré.

Tout ce qui n'eft pas dans cette pièce air détaché,
compofé fur les canevas du muficien, doit être regardé
comme une tragédie excellente. Ce ne font pas là de

        Ces lieux communs de morale lubrique,
Que Lulli réchauffa des fons de fa mufique.

On commence à favoir que *Quinault* valait mieux
que *Lulli*. Un jeune homme d'un rare mérite, déjà
célèbre par le prix qu'il a remporté à notre académie,
& par une tragédie qui a mérité fon grand fuccès,
a ofé s'exprimer ainfi en parlant de *Quinault* & de
Lulli :

Aux dépens du poëte on n'entend plus vanter
De ces airs languiffans la trifte pfalmodie,
Que réchauffa Quinault du feu de fon génie.

Je ne fuis pas entièrement de fon avis. Le récitatif
de *Lulli* me paraît très-bon; mais les fcènes de *Quinault*
encore meilleures.

Je viens à une autre anecdote. Vous dites *que les
étrangers ont peine à diftinguer quand la confonne finale*

N 2

a besoin ou non, *d'être accompagnée d'un e muet*, & vous citez les vers du philosophe de Sans-Souci.

> La nuit compagne du repos,
> De son crêp couvrant la lumière,
> Avait jeté sur ma paupière
> Les plus léthargiques pavots.

Il est vrai que dans les commencemens nos *e* muets embarraffent quelquefois les étrangers ; le philosophe de Sans-Souci était très-jeune quand il fit cette épître: elle a été imprimée à son insu par ceux qui recherchent toutes les pièces manuscrites, & qui, dans leur empreffement de les imprimer, les donnent souvent au public toutes défigurées.

Je peux vous assurer que le philosophe de Sans-Souci sait parfaitement notre langue. Un de nos plus illustres confrères & moi, nous avons l'honneur de recevoir quelquefois de ses lettres, écrites avec autant de pureté que de génie & de force, *eodem animo scribit quò pugnat :* & je vous dirai, en passant, que l'honneur d'être encore dans ses bonnes grâces, & le plaisir de lire les pensées les plus profondes, exprimées d'un style énergique, font une des consolations de ma vieillesse. Je suis étonné qu'un souverain, chargé de tout le détail d'un grand royaume, écrive couramment & sans effort, ce qui coûterait à un autre beaucoup de temps & de ratures.

M. l'abbé de *Dangeau*, en qualité de puriste, en savait sans doute plus que lui sur la grammaire française. Je ne puis toutefois convenir, avec ce respectable académicien, qu'un musicien en chantant *la nuit est loin encore*, prononce, pour avoir plus de grâces, la nuit est *loing* encore. Le philosophe de Sans-Souci, qui est auſſi grand muſicien qu'écrivain ſupérieur, ſera, je crois, de mon opinion.

Je ſuis fort aiſe qu'autrefois *St Gelais* ait juſtifié le *crêp* par ſon *Bucéphal*. Puiſqu'un aumônier de *François I* retranche un *e* à *Bucéphale*, pourquoi un prince royal de Pruſſe n'aurait-il pas retranché un *e* à *crêpe*? Mais je ſuis un peu fâché que *Melin de St Gelais*, en parlant au cheval de *François I*, lui ait dit :

> Sans que tu ſois un Bucéphal,
> Tu portes plus grand qu'Alexandre.

L'hyperbole eſt trop forte, & j'y aurais voulu plus de fineſſe.

Vous me critiquez, mon cher doyen, avec autant de politeſſe, que vous rendez de juſtice au ſingulier génie du philoſophe de Sans-Souci. J'ai dit, il eſt vrai, dans le *Siècle de Louis XIV*, à l'article des muſiciens, que nos rimes féminines terminées toutes par un *e* muet, font un effet très-déſagréable dans la muſique lorſqu'elles finiſſent un couplet. Le chanteur eſt abſolument obligé de prononcer :

> Si vous aviez la rigueur
> De m'ôter votre cœur,
> Vous m'ôteriez la *vi-eu.*

Arcabone eſt forcée de dire :

> Tout me parle de ce que j'*aim-eu.*

N 3

Médor eſt obligé de s'écrier :

Ah ! quel tourment d'aimer ſans *eſpérance-eu*.

La gloire & la victoire, à la fin d'une tirade, font preſque toujours la *gloir-eu*, la *victoir-eu*. Notre modu-lation exige trop ſouvent ces triſtes définences. Voilà pourquoi *Quinault* a grand ſoin de finir, autant qu'il le peut, ſes couplets par des rimes maſculines ; & c'eſt ce que recommandait le grand muſicien *Rameau* à tous les poëtes qui compoſaient pour lui.

Qu'il me ſoit donc permis, mon cher maître, de vous repréſenter que je ne puis être d'accord avec vous quand vous dites qu'*il eſt inutile, & peut-être ridicule, de chercher l'origine de cette* prononciation *gloir-eu, victoir-eu, ailleurs que dans-la bouche de nos villageois.* Je n'ai jamais entendu de payſan prononcer ainſi en parlant ; mais ils y ſont forcés lorſqu'ils chantent. Ce n'eſt pas non plus une prononciation vicieuſe des acteurs & des actrices de l'opéra. Au contraire, ils font ce qu'ils peuvent pour ſauver la longue tenue de cette finale déſagréable, & ne peuvent ſouvent en venir à bout. C'eſt un petit défaut attaché à notre langue, défaut bien compenſé par le bel effet que font nos *e* muets dans la déclamation ordinaire.

Je perſiſte encore à vous dire, qu'il n'y a aucune nation en Europe qui faſſe ſentir les *e* muets excepté la nôtre. Les Italiens & les Eſpagnols n'en ont pas. Les Allemands & les Anglais en ont quelques-uns ; mais ils ne ſont jamais ſenſibles, ni dans la décla-mation, ni dans le chant.

Venons maintenant à l'ufage de la rime, dont les
Italiens & les Anglais fe font défaits dans la tragédie,
& dont nous ne devons jamais fecouer le joug. Je ne
fais fi c'eft moi que vous accufez d'avoir dit que la
rime eft une invention des fiècles barbares : mais fi je
ne l'ai pas dit, permettez-moi d'avoir la hardieffe de
vous le dire.

Je tiens, en fait de langue, tous les peuples pour
barbares, en comparaifon des Grecs & de leurs difciples les Romains, qui feuls ont connu la vraie
profodie. Il faut furtout que la nature eût donné aux
premiers Grecs des organes plus heureufement difpofés
que ceux des autres nations, pour former en peu de
temps un langage tout compofé de brèves & de longues,
& qui, par un mélange harmonieux de confonnes &
de voyelles, était une efpèce de mufique vocale. Vous
ne me condamnerez pas, fans doute, quand je vous
répéterai que le grec & le latin font, à toutes les autres
langues du monde, ce que le jeu d'échecs eft au jeu
de dames, & ce qu'une belle danfe eft à une démarche
ordinaire.

Malgré cet aveu, je fuis bien loin de vouloir profcrire la rime comme feu M. de *la Motte*; il faut tâcher
de fe bien fervir du peu qu'on a, quand on ne peut
atteindre à la richeffe des autres. Taillons habilement
la pierre, fi le porphyre & le granite nous manquent.
Confervons la rime; mais permettez-moi toujours de
croire que la rime eft faite pour les oreilles, & non
pas pour les yeux.

J'ai encore une autre repréfentation à vous faire.
Ne ferais-je point un de ces téméraires que vous accufez
de vouloir changer l'orthographe ? J'avoue qu'étant

N 4

très-dévot à *St François*, j'ai voulu le diftinguer des *Français*. J'avoue que j'écris *Danois* & *Anglais* : il m'a toujours femblé qu'on doit écrire comme on parle, pourvu qu'on ne choque pas trop l'ufage, pourvu que l'on conferve les lettres qui font fentir l'étymologie, & la vraie fignification du mot.

Comme je fuis très-tolérant, j'efpère que vous me tolérerez. Vous pardonnerez furtout ce ftyle négligé à un *Français* ou à un *François*, qui *avait* ou qui *avoit* été élevé à Paris dans le centre du bon goût, mais qui s'eft un peu engourdi depuis treize ans au milieu des montagnes de glace dont il eft environné. Je ne fuis pas de ces phofphores qui fe confervent dans l'eau. Il me faudrait la lumière de l'académie pour m'éclairer & m'échauffer; mais je n'ai befoin de perfonne pour ranimer dans mon cœur les fentimens d'attachement & de refpect que j'ai pour vous, ne vous en déplaife, depuis plus de foixante années.

LETTRE CURIEUSE

DE M. ROBERT COVELLE,

CELEBRE CITOYEN DE GENEVE;

A la louange de M. Vernet, profeſſeur en théologie dans ladite ville.

IL y a quelque temps que le vénérable M. *Vernet*, digne profeſſeur en théologie, nous fit l'honneur de nous conſulter M. *Muller*, M. le capitaine *du Roſt*, & moi, ſur un livre de ſa façon, qu'il voulait, diſait-il, mettre en lumière. Nous lûmes ſon ouvrage, & enſuite nous nous aſſemblâmes chez mademoiſelle *Ferbot* qui reçoit très-poliment les gens de lettres ; mademoiſelle *le Vaſſeur* s'y trouva ; & quand nous fûmes aſſemblés, M. *Vernet* vint recueillir nos avis.

Il eſt bon que je faſſe ici connaître tous les perſonnages. M. *Muller* eſt un gentilhomme anglais très-inſtruit, qui dit tout ce qu'il penſe avec franchiſe ; le capitaine joint à la même ſincérité une nuance de cyniſme qui eſt excuſée par la bonté de ſon caractère ; mademoiſelle *Ferbot* a l'eſprit fin & délicat, & joint aux grâces d'une femme qui a fait l'amour, la ſolidité d'une perſonne qui ne le fait plus ; mademoiſelle *le Vaſſeur* eſt la gouvernante de M. *Jean-Jacques Rouſſeau*, c'eſt une philoſophe très-décidée. Elle fut légèrement lapidée avec ſon maître, à Moutier-Travers, ſur la réquiſition du vénérable M. de *Montmolin*, & ſe retira depuis à Genève comme une martyre de la philoſophie ; elle y cultive les belles-lettres avec

mademoiselle *Ferbot* & moi , & est toujours ten-
drement attachée à M. *Rousseau*.

Pour le vénérable *Vernet*, tout le monde le connaît
assez dans cette ville.

Son manuscrit était intitulé : *Lettres critiques &c.*
troisième édition. Nous lui dîmes tous d'une voix, que
nous étions fort aise de voir enfin un manuscrit qui
lui appartînt, mais que pour qu'il y eût une troisième
édition , il fallait qu'il y en eût eu deux auparavant.
Il nous répondit qu'à la vérité on n'avait jamais
imprimé son livre, mais qu'il en avait paru deux
feuilles l'une après l'autre, que personne ne s'en
souvenait, & que pour éveiller l'attention du public,
il prétendait mettre *troisième édition* à sa brochure ;
parce qu'en effet deux feuilles imprimées & son
manuscrit font trois. Je ne vous conseille pas de
calculer ainsi, lui dit M. *Muller* ; on vous accusera
plus que jamais de quelque méprise sur le nombre
de trois. Vraiment, dit mademoiselle *Ferbot*, du temps
que j'avais un amant, s'il avait manqué deux fois au
rendez-vous , & qu'enfin il eût réparé une seule fois
sa faute, je n'aurais pas souffert qu'il eût appelé sa
tentative, troisième édition ; je ne puis approuver la
fausseté , ni en amour, ni en livres.

M. *Vernet* ne se rendit pas ; mais il demanda de
quel titre on lui conseillait de décorer son ouvrage.
Ma foi, lui dit le capitaine, je l'intitulerais, *Fatras de*
Vernet. Quel pot-pourri avez-vous fait là ? n'avons-nous
pas assez de livres inutiles ? Tout ce que vous dites
de vous-même sur Rome est faux; le peu qu'il y a de
vrai a été ressassé mille fois ; on vous reprochera d'être
ignorant & plagiaire. J'aime mon prochain , vous

m'avez ennuyé , je ne veux pas qu'il s'ennuie ;
croyez-moi , pour mettre votre livre en lumière ,
jetez-le au feu ; c'eſt le parti que je prendrais à votre
place. Vous prenez bien mal votre temps pour écrire
contre les catholiques, vous qui êtes encore ſujet du
roi de France ; & on vous trouvera fort impertinent
de faire une ſortie contre des ſpectacles honnêtes que
des médiateurs plénipotentiaires daignent introduire
dans Genève.

M. *Muller* entra dans de plus grands détails. Mon
chèr *Vernet* , lui dit-il , votre ouvrage eſt un recueil
de lettres que vous feignez d'écrire à un pair d'Angleterre ; cette maſcarade eſt uſée, vous deviez plutôt écrire
à vos pairs les vénérables ; & il ferait encore mieux
de ne rien écrire du tout ; à quoi bon vos invectives
contre M. d'*Alembert* , contre M. *Hume* mon compa-
triote , contre tous les auteurs d'un dictionnaire
immenſe & utile, rempli d'articles excellens en tout
genre, contre l'auteur de la Henriade , & contre
M. *Rouſſeau* ? Votre deſſein a-t-il été d'imiter ce fou qui
attaquait ce qu'il y avait de plus célèbre , *ut magnis
inimicitiis clareſceret* ? Et à l'égard de M. *Rouſſeau* , n'eſt-
ce pas aſſez qu'il ſoit malheureux pour que vous ne
l'inſultiez point ; ne ſavez-vous pas que *res eſt ſacra
miſer* , qu'un infortuné eſt un homme ſacré , & que
rien n'eſt plus lâche que de déchirer les bleſſures
d'un homme qui ſouffre ?

Comment ! s'écria alors mademoiſelle *le Vaſſeur ;*
comment , M. *Vernet* , vous attaquez mon maître !
c'eſt que vous avez ouï dire qu'il était dans une île ;
ſi mon maître était dans le continent , vous n'oſeriez
paraître devant lui ; vous êtes un poltron qui menacez

de loin votre vainqueur : je vais l'en inftruire, je vous réponds qu'il vous apprendra à vivre.

Je pris alors la parole, & je remontrai combien il était indécent au fieur *Vernet* de mal parler de l'*Effai fur les mœurs &c.*, lui qui avait écrit vingt lettres à l'auteur pour obtenir d'en être l'éditeur. Moi ! dit-il, moi avoir voulu jamais imprimer cet ouvrage ! Oui, vous, lui répliquai-je ; vous aviez fait votre marché avec un libraire pour corriger les feuilles ; vous ne vous déchaînez aujourd'hui que parce que vous avez été refufé, & cela n'eft pas vénérable.

Vernet pâlit : il avait la tête penchée fur le côté gauche, il la pencha fur le côté droit ; & dit qu'il n'avait jamais voulu imprimer l'*Effai fur les mœurs &c.* qu'il n'avait jamais écrit de lettres à ce fujet, & qu'il était prêt à en faire ferment.

Mademoifelle *Ferbot*, qui a la confcience timorée, fe leva alors ; elle courut chercher les fatales lettres de *Vernet*, que l'auteur de l'*Effai* m'avait confiées, & que j'avais mifes en dépôt chez elle : tenez, Monfieur, dit la belle *Ferbot* au col-tors, (*a*) tenez, reconnaiffez-vous votre écriture ? Voici une lettre de votre propre main, du 9 février 1754 ; dans laquelle après avoir parlé d'une édition très-incorrecte, déjà faite d'une petite partie de ce grand ouvrage, vous vous exprimez ainfi :

(*a*) Il y a une grande difpute parmi les favans fur cette phrafe, *dit la belle Ferbot au col-tors*. On demande fi c'eft la belle *Ferbot* qui a le col tors, comme on dit *Junon* aux yeux de bœuf, *Vénus* aux belles feffes ; ou fi c'eft le profeffeur qui a le col tors : il eft évident que c'eft le profeffeur par la notoriété publique.

,, Il me femble, Monfieur, que ce ferait l'occafion
,, de reprendre une penfée que vous aviez eue, qui
,, eft de m'adreffer votre Effai fur l'hiftoire ; je le ferai
,, imprimer correctement & à votre gré. Cela fe pourrait
,, faire avec tout le fecret que vous défireriez, &c. ,,

Voici une autre lettre par laquelle il eft évident
que vous-même vous avez été l'éditeur de la première
édition fautive de ce même livre, que vous vouliez
imprimer encore.

,, Il eft arrivé que j'ai été trop tard à corriger le
,, premier tome, & pour le fecond même, me trouvant
,, d'ailleurs fort occupé, je ne fis que les premières
,, corrections, &c. ,,

Cela n'eft pas trop français, & il y a quelque apparence que M. de *Voltaire* ne fut pas affez content de
votre ftyle pour fe fervir de vous ; mais enfin vous
voilà, Monfieur, bien convaincu que vous avez été
fon éditeur.

Vous dirai-je encore quelque chofe de plus fort ?
c'eft vous qui fîtes la préface. La preuve en eft dans
la lettre de l'imprimeur *Claude Philibert*, du 15 avril
1754. *Vous avez vu, Monfieur, la préface de M. Vernet,
elle fuffit, ce me femble, pour me difculper.*

Enfin, lorfque vous apprîtes que meffieurs *Cramer*
fe difpofaient à imprimer cette même hiftoire, vous
écrivîtes à M. de *Voltaire* en ces mots : ,, Voici encore
,, de nos libraires qui mettent la faucille dans notre
,, moiffon, c'eft que la moiffon eft bonne ; & la denrée
,, fe débitera fi bien, qu'aucun libraire n'en fouffrira
,, de préjudice. Quant à vous, Monfieur, il n'y a que
,, de l'honneur à voir vos ouvrages fi répandus, &c. ,,

Je vous demande à préfent, vénérable homme, comment le petit dépit de n'avoir pas été choifi par M. de *Voltaire* pour fon éditeur & pour fon correcteur d'imprimerie, a pu vous porter non-feulement à écrire deux volumes d'injures contre lui, & contre meffieurs d'*Alembert* & *Hume* fi eftimés dans l'Europe, mais à faire toutes les manœuvres dont vous vous êtes rendu coupable depuis plufieurs années? Penfez-vous que fi l'auteur de la Henriade a négligé de vous punir, & s'il vous a oublié dans la foule, il vous oubliera toujours?

Oh, dit *Vernet*, je n'ai rien à craindre, il me méprife trop pour me répondre. Ne vous y fiez pas, répliqua mademoifelle *Ferbot*, on écrafe quelquefois ce qu'on dédaigne ; il n'a jamais attaqué perfonne, mais il eft dangereux quand on l'attaque. Et on m'a parlé d'un certain poëme fur l'hypocrifie.....

Parbleu, dit alors le capitaine, votre procédé n'eft pas d'un honnête homme ; vous allez tomber dans la plus trifte fituation où un profeffeur puiffe fe mettre, en fe déshonorant ; brûlez votre ouvrage, vous dis-je, comme tout le monde vous le confeille; refpectez M. d'*Alembert* & M. *Hume* dont vous n'êtes pas digne de parler. Songez-vous bien ce que c'eft qu'un profeffeur de théologie qui dit des injures fous un nom fuppofé, qui fe loue fous un nom fuppofé, & qui avertit qu'ayant affuré autrefois que la révélation n'était qu'*utile*, il va imprimer bientôt qu'elle eft *néceffaire*? Votre ouvrage eft un libelle, vous mettez tous les intéreffés en droit de vous couvrir d'opprobre; vous vous préparez une confufion qui vous accablera pour le refte de votre vie.

Nous joignîmes tous nos prières aux remontrances de M. le capitaine. Le vénérable nous promit de supprimer son libelle. Le lendemain il courut le faire imprimer, & pour comble de malheur sa conduite est connue, sans que son livre puisse l'être, &c. &c.

SUR LES PANEGYRIQUES.

PAR IRENÉE ALETHÈS,

Professeur en droit dans le canton suisse d'Uri.

1 7 6 7.

Vous avez raison, Monsieur, de vous défier des panégyriques; ils sont presque tous composés par des sujets qui flattent un maître, ou, ce qui est pis encore, par des petits qui présentent à un grand un encens prodigué avec bassesse, & reçu avec dédain.

Je suis toujours étonné que le consul *Pline*, digne ami de *Trajan*, ait eu la patience de le louer pendant trois heures, & *Trajan* celle de l'entendre. On dit, pour excuser l'un & l'autre, que *Pline* supprima, pour la commodité des auditeurs, une grande partie de son énorme discours; mais s'il en épargna la moitié à l'audience, il était encore trop long d'un quart.

Une seule chose me réconcilie avec ce panégyrique, c'est qu'étant prononcé devant le sénat & devant les principaux chevaliers romains, en l'honneur d'un prince qui regardait leurs suffrages comme sa plus noble récompenfe, ce difcours était devenu une efpèce de traité entre la république & l'empereur. *Pline*, en louant *Trajan* d'avoir été laborieux, équitable, humain, bienfefant, l'engageait à l'être toujours ; & *Trajan* juftifia *Pline* le refte de fa vie.

Eufèbe de Céfarée voulut, deux fiècles après, faire dans une églife, en faveur de *Conflantin*, ce que *Pline* avait fait en faveur de *Trajan* dans le capitole. Je ne fais fi le héros d'*Eufèbe* eft comparable en rien à celui de *Pline*, mais je fais que l'éloquence de l'évêque eft un peu différente de celle du conful.

,, DIEU, dit-il, a donné des qualités à la matière ;
,, d'abord il l'a embellie par le nombre de deux,
,, enfuite il l'a perfectionnée par le nombre de trois,
,, en lui donnant la longueur, la largeur, & la pro-
,, fondeur ; puis ayant doublé le nombre de deux,
,, il s'en eft formé les quatre élémens. Ce nombre de
,, quatre a produit celui de dix ; trois fois dix ont
,, fait un mois &c...... la lune ainfi parée de trois
,, fois dix unités, qui font trente, reparaît toujours
,, avec un éclat nouveau ; il eft donc évident que
,, notre grand empereur *Conflantin* eft le digne favori
,, de DIEU, puifqu'il a régné trente années. ,,

C'eft ainfi que raifonne l'évêque auteur de la préparation évangélique, dans un difcours pour le moins auffi long que celui de *Pline* le jeune.

En général, nous ne louons aujourd'hui les grands en face que très-rarement, & encore ce n'eft que dans des épîtres dédicatoires qui ne font lues de perfonne, pas même de ceux à qui elles font adreffées.

La méthode des oraifons funèbres eut un grand cours dans le beau fiècle de *Louis XIV.* Il s'éleva un

homme

homme éloquent, né pour ce genre d'écrire, qui fit non-feulement fupporter fes déclamations, mais qui les fit admirer. Il avait l'art de peindre avec la parole. Il favait tirer de grandes beautés d'un fujet aride. Il imitait ce *Simonides* qui célébrait les dieux, quand il avait à louer des perfonnages médiocres.

Il eft vrai qu'on voit trop fouvent un étrange contrafte entre les couleurs vraies de l'hiftoire, & le vernis brillant des oraifons funèbres. Lifez l'éloge de *Michel le Tellier*, chancelier de France, dans *Boffuet ;* c'eft un fage, c'eft un jufte. Voyez fes actions dans les lettres de madame de *Sévigné ;* c'eft un courtifan intrigant & dur, qui trahit la cour dans le temps de la Fronde, & enfuite fes amis pour la cour ; qui traita *Fouquet* dans fa prifon avec la cruauté d'un geolier, qui le jugea avec barbarie, & qui mendia des voix pour le condamner à la mort. Il n'ouvrait jamais dans le confeil que des avis tyranniques. Le comte de *Grammont*, en le voyant fortir du cabinet du roi, le comparait à une fouine qui fort d'une baffe-cour en fe léchant le mufeau teint du fang des animaux qu'elle a égorgés.

Ce contrafte a d'abord jeté quelque ridicule fur les oraifons funèbres ; enfuite la multiplicité de ces déclamations a fait naître le dégoût. On les a regardées comme de vaines cérémonies, comme la partie la plus ennuyeufe d'une pompe funéraire, comme un fatigant hommage qu'on rend à la place, & non au mérite.

Qui n'a rien fait doit être oublié. L'époufe de *Louis XIV* n'était que la fille d'un roi puiffant, & la femme d'un grand-homme. Son oraifon funèbre eft l'une des plus médiocres que *Boffuet* ait compofées.

Mélanges littér. Tome III.   O

Celles de *Condé* & de *Turenne* ont immortalifé leurs auteurs. Mais qu'avait fait *Anne de Gonzague*, comteffe palatine du Rhin, que *Boffuet* voulut auffi rendre immortelle? Retirée dans Paris, elle eut des amans & des amis. Femme d'efprit, elle étala des fentimens hardis, tant qu'elle jouit de la fanté & de la beauté; vieille & infirme, elle fut dévote. Il importe peut-être affez peu aux nations qu'*Anne de Gonzague* fe foit convertie pour avoir vu un aveugle, une poule, & un chien, en fonge, (*a*) & qu'elle foit morte entre les mains d'un directeur.

Louis XIV long-temps vainqueur & pacificateur, plus grand dans les revers que modefte dans la profpérité, protecteur des rois malheureux, bienfaiteur des arts, légiflateur, méritait fans doute, malgré fes grandes fautes, que fa mémoire fût confacrée. Mais il ne fut pas fi heureufement loué après fa mort que

(*a*) *N. B.* ,,Ce fut par cette vifion qu'elle comprit, dit *Boffuet*, qu'il manque un fens aux *incrédules*. Trois mois entiers furent employés à repaffer avec larmes fes ans écoulés dans les illufions, & à préparer fa confeffion. Dans l'approche du jour défiré, où elle efpérait de la faire, elle tomba dans une fyncope qui ne lui laiffait ni couleur, ni pouls, ni refpiration. Revenue d'une fi étrange défaillance, elle fe vit replongée dans un plus grand mal; & après les approches de la mort, elle reffentit toutes les horreurs de l'enfer. Digne effet des facremens de l'Eglife! &c. ,, Edition de 1749, pag. 315 & 316.

,, Elle vit auffi une poule qui arrachait un de fes pouffins de la gueule d'un chien, & elle entendit cette poule qui difait, non je ne le rendrai jamais. ,, *Voyez* pag. 319 de la même édition.

C'eft donc là ce que rapporte cet illuftre *Boffuet*, qui s'élevait dans le même temps avec un acharnement fi impitoyable contre les vifions de l'élégant & fenfible archevêque de Cambrai. O *Démofthènes* & *Sophocle*! ô *Cicéron* & *Virgile*! qu'euffiez-vous dit, fi dans votre temps, des hommes, d'ailleurs éloquens, avaient débité férieufement de pareilles pauvretés?

de fon vivant; foit que les malheurs de la fin de fon
règne euffent glacé les orateurs, & indifpofé le public;
foit que fon panégyrique, prononcé en 1671 publiquement par *Péliffon* à l'académie, fût en effet plus
éloquent que toutes les oraifons compofées après fa
mort; foit plutôt que les beaux jours de fon règne,
l'éclat de fa gloire fe répandît fur l'ouvrage de *Péliffon*
même. Mais ce qui fut honorable à *Louis XIV*, c'eft
que de fon vivant on prononça douze éloges de ce
monarque dans douze villes d'Italie. Ils lui furent
envoyés par le marquis *Zampieri*, dans une reliûre
d'or. Cet hommage fingulier & unanime rendu par
des étrangers, fans crainte & fans efpérance, était le
prix de l'encouragement que *Louis XIV* avait donné
dans l'Europe aux beaux-arts, dont il était alors
l'unique protecteur.

Un académicien français fit, en 1748, le panégyrique de *Louis XV.* Cette pièce a cela de fingulier,
que l'on n'y voit aucune adulation, pas une feule
phrafe qui fente le déclamateur ou le fefeur de dédicace.
L'auteur ne loue que par les faits. Le roi de France
venait de finir une guerre dans laquelle il avait gagné
deux batailles en perfonne, & de conclure une paix
dans laquelle il ne voulut jamais ftipuler pour lui
le moindre avantage. Cette conduite, fupérieure à
la politique ordinaire, n'eût pas été célébrée par
Machiavel; mais elle le fut par un citoyen philofophe.
Ce citoyen étant fujet du monarque auquel il rendait
juftice, craignit que fa qualité de fujet ne le fît paffer
pour flatteur, il ne fe nomma pas; l'ouvrage fut traduit en latin, en efpagnol, en italien, en anglais. On
ignora long-temps en quelle langue il avait été d'abord

écrit ; l'auteur fut inconnu , & probablement le prince ignore encore quel fut l'homme obfcur qui fit cet éloge défintéreffé.

Vous voulez , Monfieur , prononcer dans votre académie le panégyrique de l'impératrice de Ruffie ; vous le pouvez avec d'autant plus de bienféance & de dignité , que n'étant point fon fujet , vous lui rendrez librement les mêmes honneurs que le marquis *Zampieri* rendit à *Louis XIV*.

Elle fe fignale précifément comme ce monarque , par la protection qu'elle donne aux arts , par les bienfaits qu'elle a répandus hors de fon empire , & furtout par les nobles fecours dont elle a honoré l'innocence des *Calas* & des *Sirven* , dans des pays qui n'étaient pas connus de fes anciens prédéceffeurs.

Je remplis mon devoir , Monfieur, en vous fourniffant quelques couleurs que vos pinceaux mettront en œuvre ; & fi c'eft une indifcrétion , je commets une faute dont l'impératrice feule pourra me favoir mauvais gré , & dont l'Europe m'applaudira. Vous verrez que fi *Pierre le grand* fut le vrai fondateur de fon empire, s'il fit des foldats & des matelots , fi l'on peut dire qu'il créa des hommes , on pourra dire que *Catherine II* a formé leurs ames.

Elle a introduit dans fa cour les beaux-arts & le goût , ces marques certaines de la fplendeur d'un empire ; elle en affure la durée fur le fondement des lois. Elle eft la feule , de tous les monarques du monde , qui ait raffemblé des députés de toutes les villes d'Europe & d'Afie , pour former avec elle un corps de jurifprudence univerfelle & uniforme. *Juftinien* ne confia qu'à quelques jurifconfultes le foin de rédiger un code ; elle confie ce grand intérêt de la nation à la nation même , jugeant avec autant d'équité que de grandeur , qu'on ne doit donner aux hommes que les loïs qu'ils approuvent, & prévoyant qu'ils chériront à jamais un établiffement qui fera leur ouvrage.

C'eft dans ce code qu'elle rappelle les hommes à la compaffion , à l'humanité que la nature infpire , & que la tyrannie étouffe ; c'eft là qu'elle abolit ces fupplices fi cruels, fi recherchés, fi difproportionnés aux délits ; c'eft là qu'elle rend les peines des coupables utiles à la fociété ; c'eft là qu'elle interdit l'affreux ufage de la queftion , invention odieufe à toutes les ames honnêtes , contraire à la raifon humaine & à la miféricorde recommandée par Dieu même ; barbarie inconnue aux Grecs, exercée par les Romains contre les feuls efclaves , en horreur aux braves Anglais, profcrite dans d'autres Etats, mitigée enfin quelquefois chez ces nations qui font efclaves de leurs anciens préjugés , & qui reviennent toujours les dernières à la nature & à la vérité en tout genre.

Souveraine abfolue , elle gémit fur l'efclavage, & elle l'abhorre. Ses lumières lui font aifément difcerner combien ces lois de fervitude , apportées autrefois du Nord dans une fi grande partie de la terre , aviliffent la nature humaine ; dans quelle mifère une nation croupit, quand l'agriculture n'eft que le partage des efclaves ; à quel point les hommes ont été barbares, quand le gouvernement des Huns , des Goths , des Vandales , des Francs , des Bourguignons , a dégradé le genre-humain.

O 3

Elle a fenti que le grand nombre qui ne travaille jamais pour lui-même, & qui fe croit né pour fervir le plus petit nombre, ne peut fe tirer de cet abyme fi on ne lui tend une main favorable. Mille talens périffent étouffés, nul art ne peut être exercé ; une immenfe multitude eft inutile à elle-même & à fes maîtres. Les premiers de l'Etat, mal fervis par des efclaves ineptes, font eux-mêmes les efclaves de l'ignorance commune. Ils ne jouiffent d'aucune confolation de la vie, ils font fans fecours au milieu de l'opulence. Tels étaient autrefois les rois Francs, & tous ces vaffaux groffiers de leur couronne, lorfqu'ils étaient obligés de faire venir un médecin, un aftronome arabe, un muficien d'Italie, une horloge de Perfe, & que les courtiers juifs fourniffaient la groffière magnificence de leurs cours plénières.

L'ame de *Catherine* a conçu le deffein d'être la libératrice du genre-humain dans l'efpace de plus de onze cents mille de nos grandes lieues quarrées. Elle n'entreprend point tout ce grand ouvrage par la force, mais par la feule raifon ; elle invite les grands feigneurs de fon empire à devenir plus grands en commandant à des hommes libres ; elle en donne l'exemple, elle affranchit des ferfs de fes domaines ; elle arrache plus de cinq cents mille efclaves à l'Eglife, fans la faire murmurer, & en la dédommageant; elle la rend refpectable, en la fauvant du reproche que la terre entière lui fefait d'affervir les hommes qu'elle devait inftruire & foulager.

„ Les fujets de l'Eglife, dit-elle dans une de fes „ lettres, fouffrant des vexations fouvent tyranniques, „ auxquelles les fréquens changemens des maîtres

,, contribuaient beaucoup, fe révoltèrent vers la fin
,, du règne de l'impératrice *Elifabeth*, & ils étaient à
,, mon avénement plus de cent mille en armes. C'eft
,, ce qui fit qu'en 1762 j'exécutai le projet de chan-
,, ger entièrement l'adminiftration des biens du
,, clergé, & de fixer fes revenus. *Arfène*, évêque de
,, Roftou, s'y oppofa, pouffé par quelques-uns de
,, fes confrères qui ne trouvèrent pas à propos de fe
,, nommer. Il envoya deux mémoires où il voulait
,, établir le principe abfurde des deux puiffances. Il
,, avait déjà fait cette tentative du temps de l'impéra-
,, trice *Elifabeth*; on s'était contenté de lui impofer
,, filence : mais fon infolence & fa folie redoublant,
,, il fut jugé par le métropolitain de Novogorod, &
,, par le fynode entier, condamné comme fanatique,
,, coupable d'une entreprife contraire à la foi ortho-
,, doxe, autant qu'au pouvoir fouverain, déchu de
,, fa dignité & de la prêtrife, & livré au bras féculier.
,, Je lui fis grâce, & je me contentai de le réduire à
,, la condition de moine. ,,

Telles font, Monfieur, fes propres paroles. Il en
réfulte qu'elle fait foutenir l'Eglife, & la contenir;
qu'elle refpecte l'humanité autant que la religion;
qu'elle protége le laboureur autant que le prêtre; que
tous les ordres de l'Etat doivent la bénir.

J'aurai encore l'indifcrétion de tranfcrire ici un
paffage d'une de fes lettres. (1)

,, La tolérance eft établie chez nous, elle fait loi
,, de l'Etat; il eft défendu de perfécuter. Nous avons,
,, il eft vrai, des fanatiques qui, faute de perfécu-
,, tion, fe brûlent eux-mêmes; mais fi ceux des autres

(1) Du 28 novembre 1765.

O 4

« pays en fefaient autant, il n'y aurait pas grand mal ;
» le monde en ferait plus tranquille, & *Calas* n'aurait
» pas été roué. »

Ne croyez pas qu'elle écrive ainfi par un enthoufiafme paffager & vain qu'on défavoue enfuite dans la
pratique, ni même par le défir louable d'obtenir dans
l'Europe les fuffrages des hommes qui penfent & qui
enfeignent à penfer. Elle pofe ces principes pour bafe
de fon gouvernement. Elle a écrit de fa main dans le
confeil de légiflation ces paroles qu'il faut graver aux
portes de toutes les villes.

(2) » Dans un grand empire qui étend fa domi-
» nation fur autant de peuples divers qu'il y a de
» différentes croyances parmi les hommes, la faute
» la plus nuifible ferait l'intolérance. » Remarquez
qu'elle n'hefite pas de mettre l'intolérance au rang
des fautes, j'ai prefque dit des délits. Ainfi une impératrice defpotique détruit dans le fond du Nord la
perfécution & l'efclavage, tandis que dans le Midi...

Jugez après cela, Monfieur, s'il fe trouvera un
honnête-homme dans l'Europe qui ne fera pas prêt
à figner le panégyrique que vous méditez. Non-feulement cette princeffe eft tolérante, mais elle veut que
fes voifins le foient. Voilà la première fois qu'on a
déployé le pouvoir fuprême pour établir la liberté de
confcience. C'eft la plus grande époque que je connaiffe
dans l'hiftoire moderne.

C'eft à-peu-près ainfi que les Syracufains défendirent aux Carthaginois d'immoler des hommes.

(2) Du 9 juillet 1766.

Plût-à-Dieu qu'au lieu des barbares qui fondirent autrefois des plaines de la Scythie, & des montagnes de l'Immaüs & du Caucase vers les Alpes & les Pyrénées pour tout ravager, on vît descendre aujourd'hui des armées pour renverser le tribunal de l'inquisition, tribunal plus horrible que les sacrifices de sang humain tant reprochés à nos pères!

Enfin, ce génie supérieur veut faire entendre à ses voisins ce que l'on commence à comprendre en Europe, que des opinions métaphysiques inintelligibles, qui font les filles de l'absurdité, font les mères de la discorde; & que l'Eglise, au lieu de dire, je viens apporter le glaive & non la paix, doit dire hautement, j'apporte la paix & non le glaive. Aussi l'impératrice ne veut-elle tirer l'épée que contre ceux qui veulent opprimer les dissidens.

J'ignore quelles suites aura la querelle qui divise la Pologne; mais je n'ignore pas que tous les esprits doivent être un jour unis dans l'amour de cette liberté précieuse, qui enseigne aux hommes à regarder Dieu comme leur père commun, & à le servir en paix sans inquiéter, sans avilir, sans haïr ceux qui l'adorent avec des cérémonies différentes des nôtres.

Je sais encore que le roi de Pologne est un prince philosophe, digne d'être l'ami de l'impératrice de Russie; un prince fait pour rendre les Polonais heureux, si jamais ils consentent à l'être. Je ne me mêle point de politique; ma seule étude est celle du bonheur du genre-humain, &c. &c.

LETTRE

D'UN AVOCAT DE BESANÇON AU NOMMÉ NONOTTE, EX-JESUITE.

1 7 6 8.

IL eſt vrai, pauvre ex-jéſuite *Nonotte*, que j'ai eu l'honneur d'inſtruire M. de *Voltaire* de ton extraction, auſſi connue dans notre ville, que ton érudition & ta modeſtie. Comment peux-tu te plaindre que j'aie révélé que ton cher père était crocheteur, quand ton ſtyle prouve ſi évidemment la profeſſion de ton cher père ? *Loquela tua manifeſtum te facit.*

Je n'ai point voulu t'outrager en diſant que toute ma famille a vu ton père ſcier du bois à la porte des jéſuites ; c'eſt un métier très-honnête, & plus utile au public que le tien, ſurtout en hiver où il faut ſe chauffer. Tu me diras peut-être qu'on ſe chauffe auſſi avec tes ouvrages ; mais il y a bien de la différence : deux ou trois bonnes bûches font un meilleur feu que tous tes écrits.

Tu nous étales quelques quartiers de terre que tes parens ont poſſédé auprès de Beſançon. Ah ! mon cher ami, où eſt l'humilité chrétienne ? l'humilité, cette vertu ſi néceſſaire aux douceurs de la ſociété ? l'humilité que *Platon* & *Epictète* appellent *papcina*, & qu'ils recommandent ſi ſouvent aux ſages ? Tu tiens toujours aux grandeurs, du moins en qualité de jéfuite ; mais en cela tu n'es pas chrétien. Songe que *St Pierre* (qui par parenthèfe n'alla jamais à Rome où le roi d'Efpagne envoie aujourd'hui les jéfuites) était un pêcheur de Galilée , ce qui n'eft pas une dignité fort au-deffus de celle dont tu rougis. *St Matthieu* fut commis aux portes , emploi maudit par DIEU même. Les autres apôtres n'étaient guère plus illuftres ; ils ne fe vantaient pas d'avoir des armoiries , comme s'en vante *Nonotte.*

Tu apprends à l'univers que tu loges au fecond étage , dans une belle maifon nouvellement bâtie. Quel excès d'orgueil ! fouviens-toi que les apôtres logeaient dans des galetas.

Il y a trois fortes d'orgueil, Meffieurs , difait le docteur *Swift* , dans un de fes fermons ; *l'orgueil de la naiffance , celui des richeffes , celui de l'efprit : je ne vous parlerai pas du dernier , il n'y a perfonne , parmi vous , qui ait à fe reprocher un vice fi condamnable.*

Je ne te le reprocherai pas non plus , mon pauvre *Nonotte;* mais je prierai DIEU qu'il te rende plus favant , plus honnête , & plus humble. Je fuis fâché de te voir fi ignorant , & fi impudent. Tu viens de faire imprimer fous le nom d'Avignon , un nouveau libelle de ta façon , intitulé : *Lettre d'un ami à un ami.* Quel titre romanefque ! *Nonotte* avoir un ami ! Peut-on écrire de pareilles chimères ! c'eft bien là un menfonge imprimé.

Dans ce libelle tu gliffes fur toutes les bévues , les fottifes , les impoftures dont tu as été convaincu : tu cours fur ces endroits , comme les filles qui paffent par les verges , & qui vont le plus vîte qu'elles peuvent pour être moins feffées.

Mais je vois, avec douleur, que tu es incorrigible dans tes fautes : que veux-tu que je réponde quand on t'a fait voir combien de rois de France de la première dynaftie ont eu plufieurs femmes à la fois ; quand ton jéfuite *Daniel* lui-même l'avoue ; quand l'ayant nié en ignorant, tu le nies encore en petit opiniâtre ?

Comment puis-je te défendre quand tu t'obftines à juftifier l'infolente indifcrétion du centurion *Marcel*, qui commença par jeter fon bâton de commandant & fa ceinture, en difant qu'il ne voulait pas fervir l'empereur ? Ne fens-tu pas, pauvre fou, que dans une ville comme la nôtre, où il y a toujours une groffe garnifon, tu prêches la révolte, & que M. le commandant peut te faire paffer par les baguettes?

Puis-je honnêtement prendre ton parti, quand tu reviens toujours à ta prétendue *légion thébaine*, martyrifée à Saint-Maurice ? Ne fuis-je pas forcé d'avouer que l'original de cette fable fe trouve dans un livre fauffement attribué à *Eucher*, évêque de Lyon, mort en 454 : fable dans laquelle il eft parlé de *Sigifmond* de Bourgogne, mort en 523 ? Ce miférable conte, auffi bafoué aujourd'hui que tant d'autres contes, eft toujours renouvelé par toi, afin que tu ne puiffes pas te reprocher d'avoir dit un feul mot de vérité.

Par quel excès d'impertinence reviens-tu trois fois, incorrigible *Nonotte*, à la ville de Livron que tu traitais de village ? On avait daigné t'apprendre que cette ville, autrefois fortifiée, avait été affiégée par le marquis de *Bellegarde*, & défendue par *Roes*. Rien n'eft plus vrai ; & tu défends ta fotte critique en avouant que *Roes* fut tué à ce fiége : vois quel eft ton fens commun. Que t'importe, miférable écrivain, que Livron foit une ville ou un village ?

Confidère un peu, *Nonotte*, quelle eft l'infamie de tes procédés : tu fais d'abord un gros libelle anonyme contre M. de *Voltaire* que tu ne connais pas, qui ne t'a jamais offenfé ; tu le fais imprimer à Avignon, clandeftinement, chez le libraire *Fez*, contre les lois du royaume ; tu offres enfuite de le vendre à M. de *Voltaire* lui-même pour mille écus ; & quand ta lâche turpitude eft découverte, tu ofes dire dans un autre libelle, que le libraire *Fez* eft un coquin.

Que diras-tu fi on te fait un procès criminel ? Quel fera alors le coquin, du libraire *Fez*, ou de toi ? Ignores-tu que les libelles diffamatoires font quelquefois punis par les galères ? Il t'appartient bien, à toi ex-jéfuite, de calomnier un officier de la chambre du roi, qui a la bonté de garder dans fon château un jéfuite, depuis que le bras de la juftice s'eft appefanti fur eux ! Il te fied bien de prononcer le nom du libraire *Jore*, à qui M. de *Voltaire* daigne faire une penfion !

Si tu avais été repentant & fage, peut-être aurais-tu pu obtenir auffi une penfion de lui ; mais ce n'eft pas-là ce que tu mérites.

AU GAZETIER D'AVIGNON.

1 7 6 8.

J'ai lu , Monfieur, dans votre gazette , l'hiftoire de ma converfion , opérée par la grâce , & par un ex-jéfuite qui m'a, dit-on , *confeffé & trainé au pied des autels*. Plufieurs autres papiers publics y ont ajouté que j'avais une *lettre de cachet* pour pénitence; d'autres font entrés dans les détails de ma famille ; d'autres ont parlé d'un beau fermon que j'ai fait dans l'églife. Tout cela pourrait fervir à établir le pyrrhonifme de l'hiftoire. Ceux qui écrivent de Paris ces nouvelles très-ignorées dans mon pays, ne font pas apparemment mes amis ; & vous favez que des fuccès vains & paffagers dans les belles-lettres attirent toujours beaucoup d'ennemis très-implacables.

Je puis affurer que l'ex-jéfuite retiré chez moi, n'a jamais été mon confeffeur ; que je n'ai jamais eu la moindre part à la foule d'écrits qu'on fe plaît à m'attribuer; que je n'ai parlé dans ma paroiffe, en rendant le pain-béni , que pour avertir d'un vol qu'on fefait dans ce temps-là même à mes paroiffiens, & furtout pour avertir qu'il fallait prier tous les dimanches pour la fanté de la reine dont on ignorait la maladie dans mes déferts.

Enfin, Monfieur, pour vous prouver la fauffeté de tout ce qu'on a imprimé dans vingt gazettes, d'après les bulletins de Paris , je me vois forcé de

publier l'atteſtation ci-jointe que j'ai eu la précaution
d'accepter, depuis trois ans, pour confondre les
calomniateurs qui me perſécutent depuis plus de
trente.

A Ferney, le 5 avril 1765.

,, Nous souſſignés certifions que M. de *Voltaire*,
,, gentilhomme ordinaire de la chambre du roi,
,, ſeigneur de Ferney & Tourney, au pays de Gex,
,, près de Genève, a non-ſeulement rempli les devoirs
,, de la religion catholique dans la paroiſſe de Ferney
,, où il réſide, mais qu'il a fait rebâtir & orner l'égliſe
,, à ſes dépens ; qu'il a entretenu un maître d'école ;
,, qu'il a défriché à ſes frais les terres incultes de
,, pluſieurs habitans ; a mis ceux qui n'avaient point
,, de charrue en état d'en avoir ; leur a bâti des
,, maiſons ; leur a concédé des terrains ; & que Ferney
,, eſt aujourd'hui plus peuplé du triple qu'il ne l'était
,, avant qu'il en prît poſſeſſion ; qu'il n'a refuſé ſes
,, ſecours à aucun des habitans du voiſinage. Nous
,, donnons ce témoignage comme la plus exacte
,, vérité. ,,

Le tout ſigné par deux curés, par les ſyndics de
la nobleſſe & de la province ; par des prêtres, des
gradués ; par les habitans, &c. Collationné par un
notaire royal, & dépoſé au contrôle de Gex.

Je ne publie pas cette déclaration dans l'eſpérance
de déſarmer l'envie & l'impoſture ; mais je la dois à
la vérité, à mes amis, à ma famille qui ſert le roi

dans fes armées & dans les premiers tribunaux du royaume, & à la charge que fa majefté a bien voulu me conferver auprès de fa perfonne.

J'ai l'honneur d'être, &c.

LETTRE

(D'UN PARENT DE M. DE VOLTAIRE) A L'EVEQUE D'ANNECI. (*)

1 7 6 9.

MONSIEUR,

EN revenant d'un affez long voyage, j'ai revu le vieillard qui m'eft très-cher par mille raifons, à qui je dois la plus tendre reconnaiffance, & dont je vous avais parlé dans ma lettre. J'avais quelques affaires à régler avec lui, pour la fucceffion d'un de nos parens nommé M. d'*Aumart*, moufquetaire du roi, qu'il a gardé neuf ans entiers chez lui, eftropié, paralytique, livré continuellement à des douleurs affreufes. Vous favez qu'il en a eu foin comme de fon fils ; & vous favez auffi que quand vous paffâtes à Ferney, vous ne daignâtes pas venir confoler cet infortuné, après le grand repas que le feigneur du lieu vous fit porter chez le curé.

(*) Le fieur *Biord*. Voyez le volume d'*Epîtres*, page 183.

Ce

Ce n'eſt pas votre méthode, Monſieur, de conſoler les mourans ; vous vous bornez à les perſécuter, eux & les vivans, autant qu'il eſt en vous. J'ai trouvé le parent de feu M. d'*Aumart* & le mien, très-malade, & ayant plus beſoin de médecins que de vos lettres qu'il m'a montrées, & qui n'ont paru que des libelles à tous ceux qui les ont vues.

Il ſe feſait lire à ſa table (où il ne ſe met que pour recevoir ſes hôtes) les ſermons du père *Maſſillon*, ſelon ſa coutume. Le ſermon qu'on liſait roulait ſur la calomnie. Faites-vous faire la même lecture : il eſt triſte que vous en ayez beſoin.

Mais reliſez ſurtout le portrait que fait *St Paul*, de la charité ; vous verrez s'il approuve les impoſtures, les délations malignes, les injures, & toutes les manœuvres de la méchanceté.

Vous n'avez pas oublié que mon parent, en rendant le pain-béni dans ſa paroiſſe, le jour de Pâque 1768, ayant recommandé à voix baſſe à ſon curé de prier pour la reine qui était en danger, vous eûtes le malheur d'écrire à ſon roi qu'il avait prêché dans l'égliſe.

Vous vous ſouvenez que vous eûtes l'indiſcrétion, (pour ne rien dire de plus fort) de publier une lettre que monſieur le comte de *St Florentin* vous écrivit en réponſe, au nom de S. M. très-chrétienne, avant que cette impoſture ridicule fût juridiquement reconnue : vous eûtes la diſcrétion de ne pas montrer l'autre lettre que vous reçûtes, à ce qu'on dit , du même miniſtre, quand tout l'opprobre de cette accuſation abſurde demeura à l'accuſateur.

Mélanges littér. Tome III.   P

Il eût été honnête d'avouer au moins que vous vous étiez trompé : vous pouviez vous faire un mérite de cet aveu. Vous le deviez comme chrétien, comme prêtre, comme homme.

Au lieu de prendre ce parti, vous publiâtes & vous fîtes imprimer, Monfieur, la première lettre de monfieur le comte de St Florentin, miniftre d'Etat d'un roi de France, fous ce titre : *Lettre de M. de St Florentin à monfeigneur l'évêque d'Anneci*. C'eft dommage que vous n'ayez pas mis : *A fa grandeur monfeigneur l'évêque prince de Genève*; fi vous êtes *prince de Genève*, il vous faut de l'*alteffe*. Avouez que vous feriez une fingulière alteffe.

Mais il n'eft pas ici queftion de dignités, de titres, & de toutes les puérilités de la vanité, qui vous font fi chères & qui vous conviennent fi peu. Il s'agit d'équité, il s'agit d'honneur : tâchez que cela vous convienne.

Si vous connaiffez les premiers élémens du favoir-vivre, concevez combien il eft indécent de faire publier, non-feulement la lettre d'un miniftre d'Etat fans fa permiffion, mais les lettres du moindre des citoyens. C'eft donc en cela feul que vous êtes homme de lettres ! Au lieu d'agir en pafteur qui doit exhorter, & enfuite fe taire, vous commencez par calomnier, & enfuite vous faites imprimer votre petit *commercium epiftolicum*, pour vous donner la réputation d'un bel efprit favoyard. Vous y parlez d'orthographe : ne trouvez-vous pas que cela eft bien épifcopal? Quand on a voulu perdre un homme innocent, favez-vous ce qui ferait épifcopal? ce ferait de lui demander pardon. Mais vous êtes bien loin de remplir ce devoir, & de vous repentir de votre manœuvre.

Vous lui imputez (à ce que je vois par vos lettres) des livres miférables, & jufqu'à la Théologie porta-tive, ouvrage fait apparemment dans quelque cabaret : vous n'êtes pas obligé d'avoir du goût, mais vous êtes obligé d'être jufte.

Comment avez-vous pu lui dire qu'on lui attribue la traduction du fameux difcours de l'empereur *Julien*, tandis que vous devez favoir que cette traduction, fi bien faite & accompagnée de remarques judicieufes, eft du chambellan du *Julien* de nos jours ? je veux dire d'un roi victorieux & philofophe, & je ne veux dire que cela.

Comment ignorez-vous que ce livre eft imprimé, débité à Berlin, & dédié au refpectable beau-frère de ce grand roi & de ce grand capitaine ? Souvenez-vous du fou des fables d'*Efope*, qui jetait des pierres à un fimple citoyen. Je ne peux vous donner que quelques oboles, lui dit le citoyen ; adreffez-vous à un grand feigneur, vous ferez mieux payé.

Adreffez-vous donc, Monfieur, au fouverain que fert M. le marquis d'*Argens*, auteur de la traduction du Difcours de *Julien*, & foyez fûr que vous ferez payé comme vous méritez de l'être. Faites mieux, examinez devant DIEU votre conduite.

Vous avez cru pouvoir faire chaffer de fes terres celui qui n'y a fait que du bien ; arracher aux pauvres celui qui les fait vivre, qui rebâtit leurs maifons, qui releve leur charrue, qui encourage leurs mariages, qui par-là eft utile à l'Etat ; un vieillard qui a deux fois votre âge ; un homme qui devait attendre de vous d'autant plus d'égards, que toute votre famille lui a toujours été chère : votre grand-père a bâti de fes mains un pavillon de fa baffe-cour; vos proches parens travaillent actuellement à fes granges; & votre coufin, nommé *Mudri*, a demandé depuis peu à être fon fermier. Plût à Dieu qu'il l'eût été ! il eût pu adoucir la mauvaife humeur qui vous dévore, contre un feigneur de paroiffe vertueux qui ne vous a jamais offenfé, & qui ne donne à fes paroiffiens que des exemples de charité, de véritable piété, de douceur, & de concorde.

Quoi ! vous avez ofé demander qu'on le fît fortir de fes terres, parce que des brouillons vous ont dit qu'il vous trouvait ridicule ! Quoi! vous avez propofé la plus cruelle injuftice au plus jufte de tous les rois! Sachez connaître le fiècle où nous vivons, la magnanimité du roi qui nous gouverne, l'équité de fes miniftres, les lois que tous les parlemens foutiennent contre des entreprifes auffi illicites qu'odieufes.

D'où vient que le curé du feigneur de paroiffe que vous infultez, chérit fa vertu, fa piété, fa charité, fa bienfefance, fes mœurs, l'ordre qui eft dans fa maifon & dans fes terres ? D'où vient que fes vaffaux & fes voifins le béniffent? D'où vient que le premier préfident du parlement de Bourgogne, le procureurgénéral le protégent ? D'où vient qu'il a de même la protection déclarée du gouverneur ? D'où vient que le grand pape *Benoît XIV*, & fon fecrétaire des brefs le cardinal *Paffionei*, digne miniftre d'un tel pape, l'ont honoré d'une bonté conftante ? Et d'où vient enfin que vous êtes fon feul ennemi ?

Eft-ce parce qu'il a rembourfé à fes vaffaux l'argent que vous avez exigé d'eux quand vous êtes venu faire votre vifite? argent que vous ne deviez pas prendre, & que depuis il vous a été défendu de prendre en Savoie.

Celui que vous infultez, profterné aux pieds des autels, prie DIEU pour vous, au lieu de répondre à vos injures : il n'y répondra jamais; & dans le lit de mort où il fouffre, (& où vous ferez comme lui) il n'eft ni en état, ni en volonté de repouffer vos outrages & vos manœuvres.

C'eft ici que je dois furtout vous parler de l'imper-tinente *profeffion de foi* fuppofée, dans laquelle on a la bêtife de lui faire dire que *la feconde perfonne de la Trinité s'appelle* JESUS - CHRIST, comme fi on ne le favait pas; & qu'il *condamne toutes les héréfies & tous les mauvais fens qu'on leur donne.*

Quel facriftain ivre a jamais pu compofer un pareil galimatias? Quel brouillon a pu faire dire à un féculier qu'il condamne les héréfies? Je ne crois pas que vous foyez l'auteur de cette pièce extravagante. Vous devez favoir que notre fage monarque a impofé le filence à tous ces ridicules reproches d'héréfie, par un édit folemnel, enregiftré dans tous nos parlemens. D'ailleurs, un feigneur de paroiffe qui habite auprès du canton de Berne, & aux portes de Genève, doit de très-grands égards à ces deux républiques. Les noms d'*hérétiques*, de *huguenots*, de *papiftes*, font prof-crits par nos traités. Mon parent fe contente de prier DIEU pour la profpérité des Treize-Cantons & de leurs alliés fes voifins.

S'il n'eft pas de la communion de Berne, il eft de fa religion, en ce que le confeil de Berne eft noble & jufte, bienfefant & généreux; en ce qu'il a donné

P 3

des fecours à la famille des *Sirven*, opprimée par un
juge de village ignorant & fanatique. Entendez-
vous? ignorant & fanatique. En un mot, il refpecte
le confeil de Berne, & laiffe à vos grands théo-
logaux le foin de le damner. Il eft fermement
convaincu qu'il n'appartient qu'à meffieurs d'Anneci
d'envoyer en enfer meffieurs de Berne, de Bafle, de
Zuric, & de Genève : ajoutez-y le roi de Pruffe, le
roi d'Angleterre, celui de Danemàrck, les fept Pro-
vinces-Unies, la moitié de l'Allemagne, toute la
Ruffie, la Grèce, l'Arménie, l'Abyffinie &c. &c.

Il n'appartient, dis-je, qu'à vos femblables, &
furtout à l'abbé *Riballier*, de juger tous ces peuples,
attendu qu'il a déjà *quatre-nations* fous fes ordres.
Mais pour mon parent & mon ami, il croit qu'il doit
aimer tous les hommes, & attendre en filence le jugement de DIEU. Il eft abfolument incapable d'avoir
fait une profeffion de foi fi impertinente & fi odieufe.
Les fauffaires qui l'ont rédigée, & qui l'ont fait figner,
long-temps après, par des gens qui n'y étaient pas,
feraient repris de juftice fi on les traduifait devant
nos tribunaux. Les fraudes qu'on appelait jadis
pieufes, ne font plus aujourd'hui que des fraudes.

Celui qu'on fait parler s'en tient à la déclaration
de foi qu'il fit étant en danger de mort, quand il fut
adminiftré, malgré vous, felon les lois du royaume ;
déclaration véritable, fignée de lui pardevant notaire ;
déclaration juridique, par laquelle il vous pardonne,
& qui démontre qu'il eft meilleur chrétien que vous.
Voilà fa profeffion de foi.

Vous avez été vicaire de paroiffe à Paris : votre
efprit turbulent s'y eft fignalé par des billets de

confeſſion & des refus de facrement ; foyez à l'avenir plus circonfpect & plus fage. Vous êtes entre deux fouverains également amis de la bienféance & de la paix : une petite partie de votre diocèfe eft fituée en France ; refpectez fes lois ; refpectez furtout celles de l'humanité. Imitez les fages archevêques d'Albi, de Befançon, de Lyon, de Touloufe, de Narbonne, & tant d'autres pafteurs également pieux & prudens, qui favent entretenir la paix.

Si vous faites la moindre de ces démarches que vous fefiez à Paris, & qui furent réprimées, fachez qu'on prendra la défenfe d'un moribond dont vous voulez avancer le dernier moment. Je me charge d'implorer la juftice du parlement de Bourgogne contre vous.

J'ai renoncé depuis très-long-temps au métier de la guerre ; mais je n'ai pas renoncé (il s'en faut beaucoup) aux devoirs qu'impofent la parenté , l'amitié, la reconnaiffance, à un gentilhomme qui a un cœur, & qui connaît l'honneur, très-inconnu aux brouillons.

Quand vous ferez rentré dans les voies de la cha- rité, de l'honnêteté & de la bienféance dont vous vous êtes tant écarté ; je ferai alors, avec toutes les formules que votre amour-propre défire, & qui ont fait, à votre honte, le fujet de vos querelles .

M O N S I E U R ,

Votre très-humble & très-obéiffant ferviteur, * * *

P 4

A M. D U M***,

MEMBRE DE PLUSIEURS ACADEMIES,

Sur plusieurs anecdotes.

PUISQUE vous n'avez pu, mon ami, obtenir une chaire de professeur d'arabe, demandez-en une d'*antiche coïonnerie*. Il y en a plusieurs d'établies, sinon sous ce titre, au moins dans ce goût. Il serait fort amusant de nous faire voir s'il est vrai que nous avons pris des anciens tout ce que nous croyons avoir inventé, comme *Réaumur* a inventé l'art de faire éclore des poulets sans poules, cinq ou six mille ans après que cette méthode commença en Egypte. Il y a des gens qui ont vu tout le système de *Copernic* chez les anciens Chaldéens ; mais ce qui serait bien plus plaisant, ce serait de voir tous nos bons contes modernes pillés de la plus haute antiquité orientale.

La Matrone d'Ephèse, par exemple, a été mise en vers par *la Fontaine* en France, & auparavant en Italie. On la retrouve dans *Pétrone*, & *Pétrone* l'avait prise des Grecs. Mais où les Grecs l'avaient-ils prise ? des contes arabes. Et de qui les conteurs arabes la tenaient-ils ? de la Chine. Vous la verrez dans des contes chinois, traduits par le père *Dentrecoles*, & recueillis par le père *du Halde ;* & ce qui mérite bien vos réflexions, c'est que cette histoire est bien plus morale chez les Chinois que chez nos traducteurs.

J'ai rapporté, dans un de mes inutiles ouvrages, la fable dont *Molière* a compofé fon Amphitrion, imité de *Plaute*, qui l'avait imité des Grecs : l'original eft indien. Le voici à-peu-près tel qu'il a été traduit par le colonel *Dow*, très-inftruit dans la langue facrée qu'on parlait il y a douze à quinze mille ans fur le bord du Gange, vers la ville de Bénarès, à vingt lieues de Calcuta, chef-lieu de la compagnie anglaife.

Le favant colonel *Dow* s'exprime donc à-peu-près ainfi : (*) Un indou d'une force extraordinaire avait une très-belle femme ; il en fut jaloux, la battit, & s'en alla. Un égrillard de dieu, non pas un *Brama*, ou un *Vishnou*, ou un *Sib*, mais un dieu du bas étage, & cependant fort puiffant, fait paffer fon ame dans un corps entièrement femblable à celui du mari fugitif, & fe préfente fous cette figure à la dame délaiffée. La doctrine de la métempfycofe rendait cette fupercherie vraifemblable. Le dieu amoureux demande pardon à fa prétendue femme de fes emportemens, obtient fa grâce, couche avec elle, lui fait un enfant, & refte le maître de la maifon. Le mari repentant, & toujours amoureux de fa femme, revient fe jeter à fes pieds : il trouve un autre lui-même établi chez lui. Il eft traité par cet autre d'impofteur & de forcier. Cela forme un procès tout femblable à celui de notre *Martin Guerre*. L'affaire fe plaide devant le parlement de Bénarès. Le premier préfident était un brachmane qui devina tout-d'un-coup que l'un des deux maîtres de la maifon était une dupe, & que l'autre était un dieu. Voici comme il s'y prit pour faire connaître le

(*) Annales II, pag. 273.

véritable mari. Votre époux, Madame, dit-il, eft le plus robufte de l'Inde ; couchez avec les deux parties l'une après l'autre , en préfence de notre parlement indien ; celui des deux qui aura fait éclater les plus nombreufes marques de valeur, fera fans doute votre mari. Le mari en donna douze, le fripon en donna cinquante. Tout le parlement brame décida que l'homme aux cinquante était le vrai poffeffeur de la dame. Vous vous trompez tous, répondit le premier préfident : l'homme aux douze eft un héros, mais il n'a pas paffé les forces de la nature humaine ; l'homme aux cinquante ne peut être qu'un dieu qui s'eft moqué de nous. Le dieu avoua tout, & s'en retourna au ciel en riant.

Vous m'avouerez que l'Amphitrion indou eft encore plus comique & plus ingénieux que l'Amphitrion grec, quoiqu'il ne puiffe pas être décemment joué fur le théâtre.

Vous étonnerez peut-être encore plus votre monde, quand vous raconterez l'origine de la fameufe querelle d'*Aaron* avec *Datan*, *Coré*, & *Abiron*, écrite par un juif qui était apparemment le louftic de fa tribu. C'eft peut-être le feul juif qui ait fu railler. Son livre n'eft pas de l'antiquité des premiers brachmanes ; mais enfin il eft ancien, & peut-être plus ancien qu'*Homère*. Les Juifs d'Italie le firent imprimer dans Venife au quinzième fiècle, & le célébre *Gaumin*, confeiller d'Etat, l'enrichit de notes en latin. *Fabricius* les a inférées dans fa traduction latine de la vie & de la mort de *Moïfe*, autre ancien ouvrage plus que rabbinique, écrit, à ce qu'on a prétendu, vers le temps d'*Efdras*. Je vais faire copier le paffage qui fe trouve au livre II, page 165, nombre 297, édition de Hambourg.

,, Ce fut une pauvre veuve qui fut la caufe de la
,, querelle. Cette femme n'avait pour tout bien
,, qu'une brebis, elle la tondit; *Aaron* vint & lui dit:
,, Il eft écrit que les prémices appartiendront au
,, Seigneur; & il prit la laine. La veuve en pleurs
,, alla fe plaindre à *Coré*, qui fit des remontrances
,, au prêtre *Aaron*. Elles furent inutiles. *Coré* donna
,, quatre pièces d'argent à la pauvre femme, & fe
,, retira très-irrité. Peu de temps après, la brebis
,, mit bas fon premier agneau. *Aaron* revient : Ma
,, bonne, il eft écrit que les premiers-nés font au
,, Seigneur. Il emporte l'agneau, & le mange. Nou-
,, velles remontrances de *Coré* auffi mal reçues que
,, les premières. La veuve défefpérée tue fa brebis.
,, Voilà auffitôt *Aaron* chez elle. Il prend la mâchoire,
,, l'épaule & le ventre de la brebis. *Coré* fe fâche
,, contre lui. *Aaron* répond que cela eft écrit, & qu'il
,, veut manger cette épaule & le ventre. La veuve
,, outrée jura, & dit : Au diable ma brebis. *Aaron*
,, qui l'entendit revint encore, difant : Il eft écrit
,, que tout anathème eft au Seigneur ; & foupa des
,, reftes de la pauvre bête. Telle eft la caufe de la
,, difpute entre *Aaron* d'une part, & *Coré*, *Datan*, &
,, *Abiron* de l'autre. ,,

Cette mauvaife plaifanterie a été imitée chez plus
d'une nation. Il n'y a pas une feule bonne fable de
la Fontaine qui ne vienne du fond de l'Afie. Vous en
retrouvez même parmi les Tartares. Je me fouviens
d'avoir lu autrefois dans le recueil des voyages de
Plancarpin, de *Rubruquis*, & de *Marc Paolo*, qu'un chef

des Tartares étant près de mourir récita à fes enfans
la fable du vieillard qui donne à fes fils un faifceau
de flèchès à rompre. (a)

Avons-nous dans notre Occident quelque conte
plus philofophique que celui qui eft rapporté dans
Oléarius au fujet d'*Alexandre*? J'en ai parlé dans une
de ces brochures que je ne vous ai pas envoyées, parce
qu'elles ne valent pas le port. La fcène eft au fond
de la Bactriane, dans un temps où tous les princes
de l'Afie cherchaient l'eau de l'immortalité, comme
depuis chez nos romanciers la plupart des chevaliers
errans cherchèrent la fontaine de Jouvence. *Alexandre*
rencontre un ange dans la caverne où dès mages
l'affuraient qu'on puifait l'eau de l'immortalité. L'ange
lui donne un caillou. Rapporte-m'en un autre, lui
dit-il, qui foit de même forme & de même poids, &
alors je te ferai boire de cette eau que tu demandes.
Alexandre chercha, & fit chercher par-tout. Après
bien des peines inutiles, il prit le parti de choifir un
caillou à-peu-près femblable, & d'y ajouter un peu
de terre pour égaler les poids & les formes. L'ange
Gabriel s'aperçut de la fupercherie, & lui dit : *Mon*
ami, fouviens-toi que tu es terre ; détrompe-toi de ton breu-
vage de l'immortalité, & ne prétends plus en impofer à
Gabriel. (b)

Cet apologue nous apprend encore qu'on ne
trouve point dans la nature deux chofes abfolument
femblables, & que les idées de *Leibnitz* fur les

(a) Voyages de *Plancarpin*, *Rubruquis*, *Marc Paul*, & *Haiton*, chap. 17
d'*Haiton*, pag. 31.

{ b) *Oléarius*, pag. 169.

indifcernables étaient connues long-temps avant *Leibnitz* au milieu de la Tartarie. (*c*)

Pour la plupart des contes dont on a farci nos ana, & toutes ces réponfes plaifantes qu'on attribue à *Charles-Quint*, à *Henri IV*, à cent princes modernes, vous les retrouvez dans *Athénée* & dans nos vieux auteurs. C'eft en ce fens feulement qu'on peut dire, *nihil fub fole novum &c.*

A M. * * *

DEPUIS le prince de *la Mirandole*, Monfieur, on n'a jamais foutenu de thèfes fi univerfelles. Je vous fuis auffi obligé de la bonté de m'en faire part, que je fuis étonné de votre immenfe favoir. Vous qui enfeignez tout, & votre jeune homme qui apprend tout, vous êtes des prodiges ; de tels progrès font non-feulement le fruit du génie, mais celui des méthodes qui fe font multipliées dans ces derniers temps. Plus il y a de carrières à parcourir, plus on a eu de fecours. On n'en avait aucun du temps de *Pic de la Mirandole ;* auffi fes thèfes ne contenaient aucune vérité. L'immenfité de fon favoir confiflait dans des mots, au lieu que le vôtre eft dans les chofes.

Ce qui me furprend autant que votre entreprife, c'eft que vous m'apprenez qu'il y a encore des péripatéticiens, & qu'il fubfifte des reftes de barbarie dans la feconde ville de France. Je croyais qu'à peine il

---

(*c*) On a fait ufage de cette hiftoire, dans un petit livre intitulé : *Lettres chinoifes, indiennes, & tartares.* Tome I des *Mélanges littéraires.*

reſtait des cartéſiens. Quiconque eſt d'une ſecte ſemblé afficher l'erreur. On dit un platonicien, un épicurien, un péripatéticien, un cartéſien, pour caractériſer des aveugles qui marchent ſous la bannière d'un borgne. On ne dit pas un euclydien, un archimédien, parce que la vérité n'eſt pas une ſecte. Auſſi en Angleterre, & parmi les philoſophes comme vous, on n'appelle point newtonien un homme qui ſe ſert du calcul intégral, ou qui répète les expériences ſur la lumière.

Ainſi je ſuis perſuadé que quand vous parlez, page 11, de l'explication des phénomènes de l'arc-en-ciel & de l'aimant, vous ne prétendez pas ſans doute mettre de niveau les démonſtrations de *Newton* ſur les réfractions & la réfrangibilité des rayons dans les gouttes d'eau, avec les ſyſtèmes haſardés ſur l'aimant. Et ſurement quand vous vous propoſez de défendre en détail le traité d'optique de *Newton*, vous ne vous propoſez que d'expliquer les vérités ſenſibles qu'il a démontrées aux yeux.

Votre dernière queſtion eſt certainement auſſi embarraſſante que curieuſe. Nous ne pouvons avoir autant de connaiſſances ſur l'acouſtique que ſur l'optique. Les ſons ne donnent pas autant de priſe à la géométrie qu'en donne la lumière; cependant il me paraît qu'il y a ſur la lumière la même difficulté que vous faites ſur le ſon. Vous demandez comment notre oreille entend à la fois diſtinctement quatre parties, & moi je demande comment notre œil voit à la fois les points dont les rayons ſe croiſent néceſſairement avant de frapper la rétine? Je ne ſais pas comment les rayons ſonores portent à cent mille oreilles la baſſe & le deſſus en même temps; je ne ſais pas davantage comment les rayons visuels font voir à cent mille yeux un point rouge & un point bleu qui doivent s'intercepter avant d'arriver à chaque prunelle.

Dès qu'il s'agit d'expliquer nos sensations, les mathématiques deviennent impuissantes ; & c'est-là que nous demeurons dans notre première ignorance, après avoir mesuré les cieux, & découvert la gravitation de tous les globes.

Si quelqu'un, Monsieur, peut servir à nous éclairer dans cette nuit profonde, c'est vous. J'ai l'honneur d'être avec les sentimens que je vous dois.

SUR Mlle DE LENCLOS.

A M.***

1771.

JE suis bien aise, Monsieur, qu'un ministre du saint évangile veuille savoir des nouvelles d'une prêtresse de *Vénus*. Je n'ai pas l'honneur d'être de votre religion, & je ne suis plus de l'autre ; mais j'ai voulu laisser passer le saint temps de Pâque avant de répondre à vos questions, jugeant bien que vous n'auriez pas voulu lire ma lettre pendant la semaine sainte.

Je vous dirai d'abord, en historiographe exact, que le cardinal de *Richelieu* eut les premières faveurs de *Ninon*, qui probablement eut les dernières de ce grand ministre. C'est, je crois, la seule fois que cette fille célébre se donna sans consulter son goût. Elle avait alors feize à dix-fept ans. Son père était un joueur de luth, nommé *Lenclos*. Son inftrument ne lui fit pas une grande fortune, mais fa fille y fuppléa par le fien. Le cardinal de *Richelieu* lui donna deux mille livres de rentes viagères, qui étaient quelque chofe dans ce temps-là. Elle fe livra depuis à une vie un peu libertine, mais ne fut jamais courtifane publique. Jamais l'intérêt ne lui fit faire la moindre démarche. Les plus grands feigneurs du royaume furent amoureux d'elle, mais ils ne furent pas tous heureux, & ce fut toujours fon cœur qui la détermina. Il fallait beaucoup d'art, & être fort aimé d'elle, pour lui faire accepter des préfens.

Dans le commencement de la régence d'*Anne d'Autriche*, elle fit un peu trop parler d'elle. On fait l'aventure du *beau billet qu'à la Châtre*; les *Laïs* & les *Thaïs* n'ont affurément rien fait ni rien dit de plus plaifant.

Une querelle entre deux de fes amans fut caufe qu'on propofa à la reine de la faire mettre dans un couvent. *Ninon*, à qui on le dit, répondit qu'elle le voulait bien, pourvu que ce fût dans un couvent de cordeliers. On lui dit qu'on pourrait bien la mettre aux filles repenties; elle répondit que cela n'était pas jufte, parce qu'elle n'était ni fille ni repentie. Elle avait trop d'amis, & était de trop bonne compagnie, pour qu'on lui fît cet affront; & enfin la reine qui était très-indulgente la laiffa vivre à fa fantaifie. Elle donnait fouvent chez elle des concerts. On y venait admirer fon luth, fon clavecin, & fa beauté. *Huyghens*, ce philofophe hollandais qui découvrit en France

une

une lune de *Saturne*, s'attacha auſſi à obſerver mademoiſelle *Ninon Lenclos*. Elle métamorphoſa un moment le mathématicien en galant & en poëte. Il fit pour elle ces vers qui ſont un peu géométriques :

> Elle a cinq inſtrumens dont je ſuis amoureux,
> Les deux premiers ſes mains, les deux autres ſes yeux.
> Pour le plus beau de tous, le cinquième qui reſte,
> Il faut être fringuant & leſte.

Les plus beaux eſprits du royaume, & la meilleure compagnie, ſe rendaient chez elle. On y ſoupait ; & comme elle n'était pas riche, elle permettait que chacun y portât ſon plat. *St Evremont* eut quelque temps ſes bonnes grâces. On la quittait rarement, mais elle quittait fort vîte, & reſtait toujours l'amie de ſes anciens amans. Elle penſa bientôt en philoſophe, & on lui donna le nom de la moderne *Leontium*.

Sa philoſophie était véritable, ferme, invariable, au-deſſus des préjugés & des vaines recherches. Elle eut à l'âge de vingt-deux ans une maladie qui la mit au bord du tombeau. Ses amis déploraient ſa deſtinée qui l'enlevait à la fleur de ſon âge. *Ah !* dit-elle, *je ne laiſſe au monde que des mourans.* Il me ſemble que ce mot eſt bien philoſophique. Elle mérita les quatre vers que *St Evremont* mit au bas de ſon portrait, & qui ſont plus connus que tous les autres vers de cet auteur.

> L'indulgente & ſage nature
> A formé l'ame de Ninon,
> De la volupté d'Epicure,
> Et de la vertu de Caton.

Mélanges littér. **Tome III.**   **Q**

En effet, elle était digne de cet éloge. Elle difait qu'elle n'avait jamais fait à D I E U qu'une prière : „ Mon Dieu, faites de moi un honnête homme, & „ n'en faites jamais une honnête femme. „

Les grâces de fon efprit, & la fermeté de fes fentimens lui firent une telle réputation, que lorfque la reine *Chriftine* vint en France, en 1654, cette princeffe lui fit l'honneur de l'aller voir dans une petite maifon de campagne où elle était alors.

Lorfque mademoifelle d'*Aubigné*, (depuis madame de *Maintenon*) qui n'avait alors aucune fortune, eut cru faire une bonne affaire en époufant *Scarron*, *Ninon* devint fa meilleure amie. Elles couchèrent enfemble quelques mois de fuite : c'était alors une mode dans l'amitié. Ce qui eft moins à la mode, c'eft qu'elles eurent le même amant, & ne fe brouillèrent pas. M. de *Villarceaux* quitta madame de *Maintenon* pour *Ninon*. Elle eut deux enfans de lui. L'aventure de l'aîné eft une des plus funeftes qui foit jamais arrivée. Il avait été élevé loin de fa mère, qui lui avait été toujours inconnue. Il lui fut préfenté à l'âge de dix-neuf ans, comme un jeune homme qu'on voulait mettre dans le monde. Malheureufement il en devint éperdument amoureux. Il y avait auprès de la porte St Antoine un affez joli cabaret, où dans ma jeuneffe les honnêtes gens allaient encore quelquefois fouper. Mademoifelle de *Lenclos*, car on ne l'appelait plus alors *Ninon*, y foupait un jour avec la maréchale de *la Ferté*, l'abbé de *Châteauneuf*, & d'autres perfonnes. Ce jeune homme lui fit dans le jardin une déclaration fi vive & fi preffante, que mademoifelle de *Lenclos* fut obligée de lui avouer qu'elle était fa mère. Auffitôt ce jeune homme, qui était venu au jardin à cheval, alla prendre un de fes piftolets à l'arçon de la felle , & fe tua tout roide. Il n'était pas fi philofophe que fa mère.

Son autre fils nommé *la Boiffière* eft mort tout doucement de fa belle mort, en 1723, à la Rochelle, où il était commiffaire de marine. La mort tragique de fon fils aîné rendit mademoifelle de *Lenclos* un peu plus férieufe , mais ne l'empêcha pas d'avoir des amans. Elle regardait l'amour comme un plaifir qui n'engageait à aucuns devoirs, & l'amitié comme une chofe facrée. Elle aima quelques années de très-bonne foi le marquis de *Sévigné*, le fils de cette célébre madame de *Sévigné* dont nous avons des lettres charmantes. Elle le préféra au maréchal de *Choifcul*. Ce maréchal lui ayant fait un jour une longue énumération de toutes fes bonnes qualités , comme fi par-là on fe fefait aimer , elle lui répondit par ce vers de *Corneille* :

O ciel, que de vertus vous me faites haïr !

Cependant elle était elle-même la perfonne qui avait le plus de vertu, à prendre ce mot dans le vrai fens; & cette vertu lui mérita le nom de *la belle gardeufe de caffette.*

Lorfque M. de *Gourville*, qui fut nommé vingt-quatre heures pour fuccéder à M. *Colbert*, & que nous avons vu mourir l'un des hommes de France le plus confidéré; lors, dis-je, que ce M. de *Gourville* craignant d'être pendu en perfonne, comme il le fut en effigie, s'enfuit de France, en 1661, il laiffa deux caffettes pleines d'argent, l'une à mademoifelle de *Lenclos*, l'autre à un dévot. A fon retour, il trouva

Q 2

chez *Ninon* fa caffette en fort bon état ; il y avait même plus d'argent qu'il n'en avait laiffé , parce que les efpèces avaient augmenté depuis ce temps-là. Il prétendit qu'au moins le furplus appartenait de droit à la dépofitaire ; elle ne lui répondit qu'en le menaçant de faire jeter la caffette par les fenêtres. Le dévot s'y prit d'une autre façon. Il dit qu'il avait employé fon dépôt en œuvres pies , & qu'il avait préféré le falut de l'ame de *Gourville* à un argent qui furement l'aurait damné.

Le refte de la vie de mademoifelle de *Lenclos* n'a pas de grands événemens ; quelques amans, beaucoup d'amis , une vie fédentaire, de la lecture, des foupers agréables ; voilà tout ce qui compofe la fin de fon hiftoire.

Je ne dois pas oublier que madame de *Maintenon*, étant devenue toute-puiffante , fe reffouvint d'elle, & lui fit dire que fi elle voulait être dévote , elle aurait foin de fa fortune. Mademoifelle de *Lenclos* répondit qu'elle n'avait befoin ni de fortune ni de mafque. Elle refta chez elle paifible avec fes amis, jouiffant de fept à huit mille livres de rente , qui en valent quatorze d'aujourd'hui ; & n'aurait pas voulu de la place de madame de *Maintenon* avec la gêne où cette place l'aurait condamnée. Plus heureufe que fon ancienne amie , elle ne fe plaignit jamais de fon état , & madame de *Maintenon* fe plaignit quelquefois du fien.

Elle ne pouvait pas fouffrir les ivrognes, qui étaient encore un peu à la mode de fon temps. *Chapelle* qui l'était , & qu'elle ne put corriger , fut exclus de fa maifon , & devint fon ennemi. Il jura que pendant un mois entier il ne fe coucherait jamais fans être ivre,

& fans avoir fait une chanfon contr'elle. Il tint parole.
Voici une de ces chanfons dont je me fouviens.

> Il ne faut pas qu'on s'étonne
> Si toujours elle raifonne
> De la fublime vertu
> Dont Platon fut revêtu;
> Car à bien compter fon âge,
> Elle doit avoir.....
> Avec ce grand perfonnage.

Elle répondit à cela qu'elle aurait beaucoup mieux
aimé coucher avec *Platon* qu'avec *Chapelle*.

Sa maifon était fur la fin une efpèce de petit hôtel
de Rambouillet, où l'on parlait plus naturellement,
& où il y avait un peu plus de philofophie que dans
l'autre. Les mères envoyaient foigneufement à fon
école les jeunes gens qui voulaient entrer avec agrément dans le monde. Elle fe plaifait à les former.
Rémond, que nous avons vu introducteur des ambaf-
fadeurs, & qui prétendait être un grand platonicien,
fe vantait fouvent de devoir à mademoifelle de *Lenclos*
tout le mérite qu'il avait. En effet, il avait un mérite
affez fingulier. C'eft fur lui que *Périgni* avait fait cette
chanfon.

> De monfieur Rémond voici le portrait,
> Il a tout-à-fait l'air d'un hareng foret.
> > Il rime, il cabale,
> > Eft homme de cour,
> > Se croit un Candale, (a)
> > Se dit un Saucour. (b)

(a) Le duc de *Candale*, fils du duc d'*Epernon*, le plus bel homme de
fon temps.

(b) Le marquis de *Saucour* paffait pour l'homme le plus vigoureux,
& fon nom eft paffé en proverbe.

Q 3

Il paſſe en ſcience
Socrate & Platon,
Cependant il danſe
Tout comme Balon. (c)
De monſieur Rémond voici le portrait,
Il a tout-à-fait l'air d'un hareng ſoret.

Quand on dit à mademoiſelle de *Lenclos* que *Rémond* ſe vantait par-tout d'avoir été formé par elle, elle répondit qu'elle feſait comme Dieu, qui s'était repenti d'avoir fait l'homme.

Je ſuis hareng ſoret comme M. *Rémond ;* mais n'ayant pas été formé par mademoiſelle de *Lenclos,* ce n'eſt pas elle qui s'eſt repentie de m'avoir fait.

L'abbé de *Châteauneuf* me mena chez elle dans ma plus tendre jeuneſſe. J'étais âgé d'environ treize ans. J'avais fait quelques vers qui ne valaient rien, mais qui paraiſſaient fort bons pour mon âge. Mademoiſelle de *Lenclos* avait autrefois connu ma mère, qui était fort amie de l'abbé de *Châteauneuf.* Enfin on trouva plaiſant de me mener chez elle. L'abbé était le maître de la maiſon : c'était lui qui avait fini l'hiſtoire amou-reuſe de cette perſonne ſingulière ; c'était un de ces hommes qui n'ont pas beſoin de l'attrait de la jeuneſſe pour avoir des déſirs ; & les charmes de la ſociété de mademoiſelle de *Lenclos* avaient fait ſur lui l'effet de la beauté. Elle le fit languir deux ou trois jours ; & enfin l'abbé lui ayant demandé pourquoi elle lui avait tenu rigueur ſi long-temps, elle lui répondit qu'elle avait voulu attendre le jour de ſa naiſſance pour ce beau gala, & ce jour-là elle avait juſte ſoixante &

(c) Fameux danſeur de l'opéra.

dix ans. Elle ne pouffa guère plus loin cette plaifanterie, & l'abbé de *Châteauneuf* refta fon ami intime.
Pour moi je lui fus préfenté un peu plus tard, elle
avait quatre-vingt-cinq ans. Il lui plut de me mettre
fur fon teftament; elle me légua deux mille francs
pour acheter des livres. Sa mort fuivit de près ma
vifite & fon teftament.

L'abbé *Têtu*, qu'on appelait *Têtu tai-toi*, (pour le
diftinguer d'un autre, devenu un dévot à la mode)
homme connu par beaucoup de bouquets à *Iris*,
d'impromptus, de jouiffances, & de pfeaumes para-
phrafés, après avoir voulu être long-temps un agréable
débauché, eut l'ambition de convertir mademoifelle
de *Lenclos* à fa mort. Il croit, dit-elle, que cela lui
fera honneur, & que le roi lui donnera un abbaye;
mais s'il ne fait fortune que par mon ame, il court
rifque de mourir fans bénéfice.

On a peu de lettres d'elle. Il y en a deux ou trois
d'imprimées dans le recueil de *St Evremont*. L'abbé
de *Châteauneuf* en avait beaucoup; mais en mourant
il a brûlé tous fes papiers.

Quelqu'un a imprimé, il y a deux ans, des lettres
fous le nom de mademoifelle de *Lenclos*, à-peu-près
comme dans ce pays-ci on vend du vin d'Orléans
pour du Bourgogne. Si elle avait eu le malheur d'écrire
ces lettres, vous ne m'en auriez pas demandé une fur
ce qui la regarde.

Au refte, j'apprends que l'on vient d'imprimer
deux nouveaux mémoires fur la vie de cette philofophe.
Si cette mode continue, il y aura bientôt autant d'hiftoires de *Ninon* que de *Louis XIV*. Je fouhaite que

ces mémoires foient plus inftruétifs & plus édifians que ceux que je viens de vous donner.

Dites, avec moi, un petit *De profundis* pour elle. J'ai l'honneur d'être &c.

FRAGMENT

D'UNE LETTRE

SUR LES DICTIONNAIRES SATIRIQUES.

1771.

UN de ces plus étranges diétionnaires de parti, un de ces plus impudens recueils d'erreurs & d'injures par A & par B, eft celui d'un nommé *Paulian*, ex-jéfuite, imprimé à Nîmes, chez *Gaude*, en 1770; il eft intitulé : *Diétionnaire philofopho-théologique*, & il n'eft affurément ni d'un philofophe, ni d'un vrai théologien; fuppofé qu'il y ait de vrais théologiens chez les jéfuites.

A l'article *Religion* il dit, que *quiconque admet la religion naturelle, avoue fans peine qu'un Etre infiniment parfait a tiré du néant ce vafte univers.*

Remarquez cependant qu'il n'y a jamais eu aucun philofophe, aucun patriarche, aucun homme d'une religion naturelle ou furnaturelle, qui ait enfeigné la création du néant. Il faudrait être d'une ignorance bien obftinée pour nier que la Genèfe n'a aucun mot qui fignifie créer de rien. On fait affez que l'hébreu & le grec fe fervent du mot *faire*, & non du mot *créer*. Ce n'eft pas même une queftion chez les favans.

Au mot *Meffie*, *Paulian* ayant ouï dire que cet article eft favamment traité dans la grande Encyclopédie, s'eft imaginé que l'auteur était un laïque, & par confé-quent que ce morceau était d'un athée; il ne favait pas que cet excellent morceau eft de M. *Polier de Bottens*, théologien beaucoup plus éclairé que lui, & beaucoup plus honnête; il fe jette avec fureur fur les laïques, comme fur des efclaves échappés des chaînes des jéfuites. On eft indigné des outrages que ce fanatique de collége leur prodigue. A l'article *Mahométifme*, voici comme il parle : ,, Les dogmes & la morale de cette religion forment l'Alcoran, livre dont la lecture n'eft permife qu'à un petit nombre de mahométans ; on enfeigne dans ce livre que DIEU a un corps, que l'ame eft matière, que la circoncifion eft néceffaire, que JESUS-CHRIST eft le Meffie, que la béatitude confiftera dans les plus fales voluptés. ,,

Examinons ce feul article; autant de mots, autant de fauffetés, & toutes très-palpables. Il eft très-faux que la lecture du Koran ne foit permife qu'à un petit nombre. Il faut apprendre à cet ex-jéfuite que fur le dos de chaque exemplaire du Koran, ces lignes du Sura 56 (*) font toujours écrites : *perfonne ne doit toucher ce livre qu'avec des mains pures ;* c'eft pourquoi tout mufulman fe lave les mains avant de le lire. Ce jéfuite s'imagine qu'il en eft par toute la terre comme à Rome, où l'on a défendu de lire la

(*) Les fura font les chapitres.

Bible fans une permiffion expreffe ; il penfe qu'on admet dans le refte du monde cette contradiction : voilà la vérité , & vous ne la lirez pas ; voilà votre règle , & vous n'en faurez rien.

DIEU *a un corps.* Rien n'eft plus faux encore, c'eft une calomnie impertinente. Si *Paulian* avait lu une bonne traduction de l'Alcoran , il aurait vu au Sura 17 ces propres paroles : *L'efprit a été créé par* DIEU *même.* Pour prouver que DIEU eft un être pur , *Mahomet* dit au Sura 37 , *que* DIEU *n'a ni fils ni fille ;* & dans le Sura 112 , DIEU *eft le feul* DIEU, *l'éternel* DIEU; *il n'engendre ni n'eft engendré , & rien ne lui reffemble dans l'étendue des êtres.*

Il eft bien vrai que dans l'Alcoran on fe fert quelquefois des mots de trône, de tribunal, pour exprimer imparfaitement la grandeur de l'Etre fuprême ; mais jamais on ne fait defcendre DIEU fur la terre ; jamais on ne le rabaiffe aux fonctions humaines. Il faut que ce *Paulian* n'ait jamais lu ce livre dont il parle fi affirmativement; il ne connaît pas plus fon Alcoran que fon Evangile.

L'ame eft matière. Il n'y a pas un mot dans tout l'Alcoran qui puiffe le moins du monde excufer cette impofture.

La circoncifion eft néceffaire. Il n'eft pas dit un feul mot de la circoncifion dans tout l'Alcoran. *Mahomet* laiffa fubfifter cette pratique ridicule , qu'il trouva établie chez les Arabes de temps immémorial; c'était une fuperftition ancienne , (comme elles le font toutes) de préfenter aux Dieux ce qu'on avait de plus cher & de plus noble.

JESUS *eſt le Meſſie*. Cette citation de l'Alcoran eſt encore très-fauſſe. JESUS eſt appelé CHRIST dans pluſieurs endroits du Koran ; c'eſt un nom propre, comme chez *Tacite*, qui dit : *impellente Chriſto quodam*.

Au reſte, il faut bien obſerver qu'il y avait du temps de *Mahomet* vers l'Arabie, quelques exemplaires des évangiles que nous ne recevions pas ; comme celui de *Barnabé*, qui exiſte encore ; celui des baſilidiens & des ébionites ; c'eſt dans celui des baſilidiens qu'on liſait que J E S U S n'avait pas été crucifié, & que DIEU l'avait ſouſtrait à la fureur de ſes ennemis. C'eſt évidemment cet évangile que *Mahomet* ſuivit, ſans reconnaître jamais notre Sauveur pour fils de DIEU ; car il dit expreſſément dans pluſieurs endroits que DIEU n'a ni fils ni fille.

La béatitude dans les plus ſales voluptés. Il faut apprendre à ce *Paulian* que la jouiſſance de la vue de DIEU eſt la première récompenſe promiſe dans l'Alcoran ; il eſt vrai qu'au Sura 55 il dit que le paradis, c'eſt-à-dire le jardin, ſera compoſé de trois grands boſquets, dans l'un deſquels ſera un large baſſin d'eau céleſte, entouré de palmiers & de grenadiers. On trouvera, dit-il, dans ce lieu de délices de belles vierges aux grands yeux noirs, des Ouris dont perſonne n'a jamais approché, & qui repoſent ſous de riches pavillons, couchées ſur des tapis magnifiques.

Remarquons qu'il n'y a pas dans ce chapitre un ſeul mot qui puiſſe alarmer la pudeur. On y dit que ces nymphes ne ſeront connues que par ceux qui leur ſeront deſtinés pour époux ; ce n'eſt pas-là aſſurément une fale volupté. Toutes les religions anciennes, qui admîrent tôt ou tard la réfurrection, enfeignèrent qu'on reffufciterait avec tous fes fens ; il n'était pas déraifonnable de penfer que puifqu'on avait des fens, on aurait auffi des fenfations : c'était le fentiment des pharifiens chez le petit peuple juif ; & s'il eft permis de comparer nos livres facrés & myftérieux aux imaginations des autres peuples, qui font tous évidemment plongés dans l'erreur ; n'avons-nous pas dans l'Apocalypfe un exemple frappant de ce que je dis ? n'y voit-on pas la belle époufe qui fe marie avec l'agneau ? n'y voit-on pas la Jérufalem célefte toute bâtie d'or & de pierres précieufes ? cette ville quarrée n'a-t-elle pas foixante lieues en tout fens ? les maifons n'y font-elles pas de foixante lieues de haut ? n'y a-t-il pas des canaux d'eau vive, bordés d'arbres qui portent des fruits délicieux ? On trouve des allégories à-peu-près femblables, quoique moins fublimes, dans la plus haute antiquité.

Non-feulement ce *Paulian*, dans fon dictionnaire, calomnie les mufulmans, mais il calomnie toutes les communions chrétiennes, & les fectes, & les particuliers : c'eft affez le propre des jéfuites ; ces malheureux ont pris cette mauvaife habitude dans les écoles où ils ont régenté. Le pédantifme & l'infolence ont formé le caractère de ceux qui ont difputé, ils n'ont pu s'en défaire après leur difperfion ; ils font comme les Juifs qui ont confervé leurs anciennes fuperftitions, n'ayant plus de Jérufalem. Nous laiffons encore les Juifs prêter fur gages ; & nous laiffons aboyer les *Paulians* & les *Nonottes*.

Mais ces chiens devraient s'apercevoir qu'ils n'aboient plus que dans la rue , qu'ils font chaffés de toutes les maifons où ils mordaient autrefois.

Ce roquet de *Paulian* (qui le croirait ?) parle encore de la grâce fuffifante. Il eft vraiment bien queftion aujourd'hui de la grâce fuffifante qui ne fuffit pas ! Ces fottifes fefaient grand bruit fous *Louis XIV*, quand le miférable normand *le Tellier*, natif de Vire, ofait perfécuter le cardinal de *Noailles*. Les querelles ridicules des janféniftes & des moliniftes font oubliées aujourd'hui, comme mille autres fe&tes qui ont troublé la paix publique dans des temps d'ignorance & de bel efprit.

Je vous enverrai par la première pofte un relevé des calomnies de *Paulian* contre les bons chrétiens. (*)

SUR UN ECRIT ANONYME.

A Ferney, 20 avril 1772.

Dans ce faint temps nous favons comme
On doit expier fes délits ,
Et bien dépouiller le vieil homme ,
Pour rajeunir en paradis.

UNE bonne ame voulant feconder mes intentions, m'a envoyé par la pofte la veille de pâque, la deux-centième brochure qu'on a brochée contre moi depuis quelques années. On m'y fait fouvenir d'un de mes péchés que j'avais malheureufement oublié ; tänt

(*) Nous n'avons pas trouvé ce relevé, ce fera pour un autre fois : *Oportet cognofci malos.*

à mon âge on a la mémoire débile. Ce péché eſt la jaloufie, l'envie. Je la regarde vraiment comme le huitième péché mortel. On me fait apercevoir que j'en ſuis très-coupable. Je n'ai plus qu'à faire pénitence & à m'amender.

1°. L'on m'apprend que je ſuis indignement jaloux de *Bernard Paliſſy* , qui vivait ſur la fin du feizième fiècle. Il avança que le falun de Touraine n'eſt qu'un amas de coquilles dont les lits s'amoncelèrent les uns ſur les autres pendant cinquante mille fiècles plus ou moins, lorſque la place où eſt la ville de Tours était le rivage de la mer. Ma jaloufe fureur ayant fait venir une caiſſe de ce falun , dans lequel je n'ai trouvé qu'une coquille de colimaçon , j'ai pris infolemment ce falun pour une eſpèce de pierre calcaire friable , pulvériſée par le temps. J'ai cru y reconnaître évidemment mille parcelles d'un talc informe ; & j'ai conclu , avec un orgueil puniſſable , que c'eſt une mine qui occupe environ deux lieues & demie. J'ai haſardé cette idée criminelle avec une audace d'autant plus lâche, que ce falun ne ſe trouve dans aucun autre pays , ni à quarante lieues de la mer , ni à vingt , ni à dix ; & que fi c'était un monceau de coquilles dépoſé par la mer dans une prodigieufe fuite de fiècles , il y en aurait certainement ſur d'autres côtes.

C'eſt avec cette eſpèce de marne qu'on fume les champs voifins ; & j'ai eu l'impudence de dire , moi qui ſuis laboureur , que des coquilles de cinquante mille fiècles ne me donneraient jamais du blé. Mais j'avoue que je ne l'ai dit que par jaloufie contre les Tourangeaux.

2°. Cette déteſtable jalouſie que j'ai toujours eue des ſuccès du conſul *Maillet*, m'a porté juſqu'à douter qu'il y ait des amas de coquilles ſur les hautes Alpes. J'avoue que j'en ai fait chercher pendant quatre ans, & qu'on n'y en a pas trouvé une ſeule. On n'en trouve pas plus, dit-on, ſur les montagnes de l'Amérique; mais ce n'eſt pas ma faute.

3°. Je confeſſe que les pierres lenticulaires, les étoilées, les gloſſopètres, les cornes d'Ammon dont mon voiſinage eſt plein, ne m'ont jamais paru des poiſſons; mais il ne m'était pas permis de le dire.

4°. Cette même jalouſie m'a fait douter auſſi que l'Océan eût produit le mont Atlas, & que la Méditerranée eût fait naître le mont Caucaſe. J'ai même oſé ſoupçonner que les hommes n'ont pas été originairement des marſouins, dont la queue fourchue s'eſt changée viſiblement en cuiſſes & en jambes, comme *Maillet* le prétend avec beaucoup de vraiſemblance.

5°. C'eſt avec une malice d'enfer qu'ayant examiné la chaux dont je me ſers depuis vingt ans pour bâtir, je n'y ai trouvé ni coquilles ni ourſins de mer.

6°. J'avoue que la même envie diabolique m'a empêché de convenir juſqu'à préſent que ce globe ſoit de verre. Je crois que les gens qui l'habitent ſont très-fragiles, & ſurtout moi. Mais pour peu qu'on veuille abſolument que la terre ſoit de verre comme l'était autrefois le firmament, j'y conſens du meilleur de mon cœur pour le bien de la paix.

7°. Cette rage qui m'a toujours dominé, m'a égaré juſqu'au point de douter que la terre fût un ſoleil encroûté, ou qu'elle fût originairement une comète. J'ai pouſſé ſurtout ma jalouſie contre l'apothicaire

Arnoud, jufqu'à dire que fes fachets n'ont pas toujours prévenu l'apoplexie. Mais auffi, comme il ne faut pas fe faire plus méchant qu'on ne l'eft, je n'ai point porté la perverfité jufqu'à prétendre qu'il y eût la moindre charlatanerie dans les fciences & dans les arts. J'ai toujours reconnu, grâces au ciel, qu'il n'y a de charlatan en aucun genre.

8°. Il eft vrai que j'ai été fi horriblement jaloux de l'*Efprit des lois* dans mon métier de jurifconfulte, que j'ai ofé avoir quelques opinions différentes de celles qu'on trouve dans ce livre ; en avouant pourtant qu'il eft plein d'efprit & de grandes vues, *qu'il refpire l'amour des lois & de l'humanité*. J'ai même parlé très-durement de fes détracteurs. Ce procédé eft d'un malhonnête-homme, il faut en convenir.

J'ai fait plus, car dans un livre auquel plufieurs gens de lettres ont travaillé avec un grand fuccès, l'article *Gouvernement anglais* eft de moi ; & je finis cet article par dire, *après avoir relu celui de Montefquieu, j'ai voulu jeter au feu le mien*. C'eft-là le langage de l'envie la plus déteftable.

9°. Je m'accufe d'avoir ofé m'élever avec une colère peu chrétienne, contre certains perfécuteurs d'*Helvétius*, & de plufieurs gens de lettres ; d'avoir pris le parti des opprimés contre les oppreffeurs ; d'avoir feul bravé leur orgueil, leurs cabales & leur malice ; mais d'avoir en même temps par un efprit de jaloufie, manifefté une très-petite partie des opinions dans lefquelles je diffère abfolument de lui, de l'avoir dit à lui-même, parce que je l'aimais & l'eftimais : c'eft une infamie qui ne peut s'excufer.

10°.

10°. Je me fouviens auffi que cette même jaloufie qui me ronge, m'a forcé autrefois de prouver que les tourbillons de *Defcartes* étaient mathématiquement impoffibles ; que fa matière fubtile , globuleufe , cannelée, rameufe, était une chimère; qu'il eft faux que la lumière vienne du foleil à nous dans un inftant ; qu'il eft faux qu'il y ait également toujours égale quantité de mouvement dans la nature ; qu'il eft faux que les planètes foient des foleils; qu'il eft faux que les mines de fel & les fontaines viennent de la mer. Qu'il eft faux que le chyle devienne fang dans le foie , &c. &c. &c. &c. &c. &c.

Mon indigne envie contre *Defcartes* m'emporta jufqu'à cette baffeffe. Mais je confeffe que je fus entraîné dans ce crime par *Ariftote*, qui me fit donner une penfion fur la caffette d'*Alexandre* , feule penfion dont j'aie été réguliérement payé.

11°. Je dois confeffer encore que *Scudéri, Claveret, d'Aubignac , Boifrobert , Colletet* , & autres , me firent donner beaucoup d'argent par le tréforier du cardinal de *Richelieu* pour écrire contre *Corneille* , dont j'ai perfécuté la famille. Je me fuis oublié jufqu'à dire que *fi ce grand-homme n'était pas égal à lui-même dans Attila & dans Agéfilas, on ne jugeait des génies tels que lui que par leurs extrêmes beautés , & non par leurs défauts.*

12°. Enfin, ma plus grande faute a été de ne pouvoir fupporter l'éclat de la gloire dont notre ami *Fréron* a ébloui l'univers. Mais ce n'eft que par degrés que je me fuis livré à l'envie que ce grand-homme a excitée en moi. D'abord ce fut une émulation louable , fi j'ofe le dire ; mais enfin les ferpens de l'envie me piquèrent. J'ai rendu mon maître ridicule. J'ai goûté le plaifir infernal de rire quand fon nom s'eft trouvé trop fouvent au bout de ma plume.

Etant ainfi convenu avec mon charitable directeur de confcience, que je fuis d'un naturel *jaloux*, *bas*, *rampant*, *avide*, *ennemi des arts*, *ennemi de la tolérance*, *flatteur des gens en place*, *&c.* & les péchés avoués étant à demi pardonnés, je me flatte que cet honnête-homme, que je connais très-bien, fera content de ma confeffion fincère.

> Je ne fuis plus jaloux, mon crime eft expié.
> J'éprouve un fentiment plus doux, plus légitime;
> L'auteur d'une lettre anonyme
> Me fait une grande pitié.

Mais en même temps j'avertis que voilà la première & la dernière fois que je répondrai aux lettres anony-mes des poliffons & des fous, & même aux lettres des perfonnes que je n'ai pas l'honneur de connaître; car bien que je fois très-jeune, & que je n'aie que foixante & dix-huit ans, cependant le temps eft cher; & il faut tâcher de ne le pas perdre quand on veut apprendre quelque chofe.

J'ajoute encore un mot, & affez férieufement. Quoique j'aie paffé à deux reprifes quarante ans loin de Paris, dans une profonde retraite, je connais les cabales de la littérature & du théâtre, & même les autres cabales. Je fais combien on fe paffionne pour un fyftème chimérique, pour un mauvais ouvrage prôné & oublié, pour une opinion du temps, qui s'évanouit, enfin pour les formes fubftantielles, les idées innées, & l'harmonie préétablie. Trois ou quatre énergu-mènes s'uniffent pour décrier, pour injurier, pour perdre même, s'ils le peuvent, quiconque n'eft pas de leur avis. J'ai vu les emportemens & les artifices employés contre ceux qui n'admettaient pour mefure de la force des corps en mouvement, que la maffe multipliée par la vîteffe. J'ai été témoin des inimitiés les plus vives & les plus cruelles entre ceux qui croyaient parvenir à une mefure exacte & uniforme de tous les méridiens, & ceux qui la croyaient impoffible & inutile pour la navigation.

Doutiez-vous des miracles de St *Pâris* & des convulfionnaires, vous étiez un lâche flatteur de la cour, un traître, un impie, un ennemi de St *Auguflin*. Aviez-vous quelques fcrupules fur les miracles du bienheureux *Régis* jéfuite ; ofiez-vous examiner fi un cancre avait en effet rapporté à St *Xavier* fon crucifix tombé au fond de la mer, on vous appelait *athée* dans vingt libelles.

Il a été un temps, fort court à la vérité, mais il a été, ce temps honteux & ridicule, où quelques gens de lettres ne pouvaient pas fupporter un homme qui penfait que la fubordination eft néceffaire dans la fociété, qu'un garçon charcutier n'eft pas égal en tout à un duc & pair, à un miniftre d'état, à un prince ; & qu'enfin le mariage de l'héritier d'une couronne avec la fille du bourreau ne ferait pas tout-à-fait fortable.

Lorfqu'on fit paraître le *Syflème de la nature*, livre diffus, incorrect, ennuyeux, fondé fur un feul argument, & encore argument équivoque, livre ftérile en bons raifonnemens, & pernicieux par les conféquences, mais éblouiffant dans un petit nombre de pages par la peinture, quoiqu'ufée, de nos mifères. Lors, dis-je, qu'on prôna ce livre, on ne voulait

R 2

pas permettre à un philofophe d'être de l'avis de
Cicéron & de *Platon*, & on difait qu'un homme qui
reconnaît un DIEU trahit la caufe du genre-humain.
Je ne doute pas que l'auteur & trois fauteurs de ce
livre ne deviennent mes implacables ennemis pour
avoir dit ma penfée : & je leur déclare que je la dirai
tant que je refpirerai, fans craindre ni les énergumènes
athées, ni les énergumènes fuperftitieux.

Encore une fois, je connais l'infenfé méchant qui
dans fa Lettre anonyme m'ofe accufer *de careffer les*
gens en place, & d'abandonner ceux qui n'y font plus.
Je lui répondrai fans détour qu'il en a menti. Il ne
s'agit pas ici des petits vers qui ont formé les coraux,
& de la mer qui a formé les montagnes, & de toutes
ces pauvretés. Non, infame calomniateur, non, je
n'ai point oublié un homme hors de place qui m'a
comblé de bienfaits. J'ai témoigné publiquement la
refpectueufe eftime, la tendre reconnaiffance dont je
ferai pénétré pour lui jufqu'au dernier moment de ma
vie. Périffe le monftre qui ferait ingrat envers fon
bienfaiteur. Il n'y a ni miniftre ni roi qui ne doive
approuver ces fentimens. Vous ne favez pas, miférable,
jufqu'où j'ai pouffé la fermeté de mon caractère iné-
branlable dans fes attachemens, comme dans fon
mépris pour des lâches tels que vous. Non, je n'ai
point careffé les gens en place, mais j'ai admiré
l'aboliffement de la vénalité; abus infame, contre
lequel je m'étais élevé tant de fois; abus qui ne fub-
fiftait qu'en France, & qui la déshonorait.

J'ai fenti le bonheur des provinces qui m'entourent,
& dont les citoyens ne font plus obligés d'aller à cent
cinquante lieues payer un procureur à trois mots par

ligne , & consumer le reste de leur patrimoine à la porte d'un citoyen orgueilleux qui avait acheté dix mille écus le droit d'achever leur ruine. Je bénis le roi qui nous a délivrés du joug le plus insupportable. J'avais proposé cette réforme il y a vingt ans , je remercie la main qui l'a faite. Je suis citoyen , & vous ne parviendrez à faire regarder comme des flatteurs , ni moi , ni mes parens qui servent l'Etat dans une place qu'ils n'ont point achetée , mais qu'ils ont méritée ; qui joignent la fermeté à la modestie , l'équité à la sensibilité , & qui méprisent vos cabales absurdes autant que vos lettres anonymes.

A UN ACADEMICIEN

DE SES AMIS.

1 7 7 2.

. . . .

. . . .

SI on ne veut point croire dans Paris que le jeune comte de *Schovalo* , chambellan de l'impératrice de Russie , & président d'un bureau de la législation , soit l'auteur de *l'épître à Ninon*, c'est apparemment par modestie : car cette épître est peut-être ce qui fait le plus d'honneur à notre nation. C'est une chose bien surprenante que n'ayant été, je crois, que trois mois à Paris, il ait pris si bien ce que vous appelez *le ton de la bonne compagnie ;* qu'il l'ait perfectionné, qu'il y ait ajouté l'élégance & la correction, fi inconnues à quelques feigneurs français qui n'ont pas daigné apprendre l'orthographe.

Monfieur de *Schovalo* fefait déjà de très-jolis vers français quand il était chez moi il y a quelques années ; & nous avons eu depuis, dans des recueils, quelques pièces fugitives de lui, très-bien travaillées.

Il fe trompe en difant que *Chapelle*

A côté de Ninon frédonnait un refrain.

Chapelle, qu'on a beaucoup trop loué, était bien loin de frédonner des chanfons à côté de *Ninon*. Cet ivrogne, qui eut quelques faillies agréables, était fon mortel ennemi, & fit contre elle des chanfons affez groffières. En voici une :

Il ne faut pas qu'on s'étonne
Si par fois elle raifonne
De la fublime vertu
Dont Platon fut revêtu ;
Car, à bien compter fon âge,
Elle doit avoir.... *vécu*
Avec ce grand perfonnage.

Ce n'eft pas-là le ftyle de M. le comte de *Schovalo*. J'écris fon nom comme nous le prononçons : car je ne faurais me faire aux doubles *W*, pour lefquels j'ai toujours eu la plus grande averfion, ainfi que pour le mot *françois*.

J'admire les gens qui m'attribuent cette *épître :* ils m'imputent de m'être donné des louanges qui font pardonnables à l'amitié de M. de *Schovalo* , mais qui feraient affurément très-ridicules dans ma bouche.

J'ai lu par hafard des nouvelles à la main , n°. 25, dont l'auteur prétend que je me fuis caché fous le nom de M. de *Schovalo* ; il pourrait dire auffi que je me cache tous les jours fous le nom du roi de Pruffe qui fait des chofes non moins étonnantes en notre langue , & fous celui de l'impératrice de Ruffie , qui écrit en profe comme fon chambellan en vers. Les fadaifes infipides dont tant de petits welches nous inondent, croyant être de vrais français , font bien loin d'égaler les chefs-d'œuvre étrangers dont je vous parle ; c'eft que ces petits welches n'ont que des mots dans la tête, & que ces génies du Nord penfent folidement.

J'emploie le double *W* pour les Welches : il faut être barbare avec eux.

Les minces écrivains de nouvelles & d'inutilités m'imputent *une lettre d'un eccléfiaftique fur les jéfuites* , & je ne fais quel *taureau blanc*. Je vous affure que je ne me mêle point des jéfuites ; je fuis comme le pape, je les ai pour jamais abandonnés , excepté père *Adam* que j'ai toujours chez moi. A l'égard des taureaux , blancs ou noirs, je m'en tiens à ceux que j'élève dans mes étables , & avec lefquels je laboure. Il y a foixante ans que je fuis un peu vexé , & je m'en confole dans ma chaumière , pratiquant *quid faciat lætas fegetes*. J'ai furtout *lætum animum* , malgré la cabale qui croit m'affliger , & dont je me moquerai tant que j'aurai un fouffle de vie, &c.

FRAGMENT

D'UNE LETTRE

SOUS LE NOM DE M. DE MORZA, A M, ***

1 7 7 2.

VOTRE *Paulian*, Monfieur, eft auffi ignoré dans Paris, que les tragédies & les comédies de l'année paffée, les oraifons funèbres faites dans ce fiècle, les almanachs des mufes, & la foule innombrable des autres fadaifes dont la preffe eft furchargée. Ce n'eft pas feulement la rage d'un fanatifme imbécille qui met la plume à la main de ces gens-là, c'eft une autre efpèce de rage, qui eft le réfultat de la mifère, de la faim, de la répugnance pour un métier honnête, & de cet orgueil fecret qui fe mêle aux fentimens les plus bas. Nous en avons un bel exemple dans cet homme nommé *Sabotier*, natif de Caftres. Il ne tenait qu'à lui d'être un bon perruquier, comme fon père; il s'eft fait abbé, & vous favez ce qu'il eft devenu. Après avoir été chaffé de Touloufe & mis au cachot à Strasbourg, il fe procura, je ne fais comment, une entrée dans la maifon de M. *Helvétius*; & la première chofe qu'il fit, après la mort de fon bienfaiteur & de fon maître, fut de le déchirer, non pas à belles dents, mais à très-vilaines dents, dans un de ces dictionnaires de calomnies,

intitulé *les trois fiècles* , ouvrage de la haine & de l'envie
de quelques prétendus gens de lettres décrédités , qui
eurent la baffeffe de s'affocier avec lui ; & favez-vous
Monfieur , quel prétexte ils inventèrent pour juftifier
cette œuvre d'iniquité? celui de défendre la religion
chrétienne. C'eft fous ce mafque facré que cette
petite troupe de démons voulut paraître en anges
de lumière.

Il eft bon , Monfieur, de favoir quels font ces
apôtres , le public un jour les connaîtra tous : en
attendant je vous dirai que dans un de mes voyages
j'ai vu entre les mains de M. de *V* . . . . . un extrait & un
commentaire de Spinofa , écrit tout entier de la main
de ce malheureux *Sabotier*. C'eft un *in-*4° de 57
pages , intitulé *Analyfe de Spinofa , où l'on expofe les
caufes & les motifs de l'incrédulité de ce philofophe.* Le
manufcrit commence par ces mots , *Spinofa était fils
d'un juif marchand* , & finit par ceux-ci , *adieu baptifabit.*
Il eft accompagné d'un recueil de petites pièces de
vers de M. l'abbé , dignes des étrennes de la St Jean
& des lieux honnêtes où ce faint homme les a faits.
Tout cela eft écrit de la main de M. l'abbé *Sabotier* ,
& figné de lui. Des perfonnes que ce confeffeur avait
infultées dans fon dictionnaire des trois fiècles ,
envoyèrent ce manufcrit à M. de *V* . . . . . , efpérant
qu'il le dénoncerait au miniftre qui veille fur la
littérature , & qu'il obtiendrait qu'on fît de ce confeffeur un martyr ; mais M. de *V* . . . . . n'était pas
homme à defcendre à une telle vengeance ; & celui
qui avait tiré l'abbé *Desfontaines* de bicêtre , ne pouvait s'avilir jufqu'à perfécuter le petit abbé commentateur.

Vous connaiſſez, Monſieur, la fameuſe réponſe de *Desfontaines* à M. le comte d'*Argenſon* : *Monſeigneur, il faut que je vive.* Il faut que l'abbé *Sabotier* vive auſſi : mais je conſeillerais à tous les malheureux qui croient vivre de brochures, ſoit contre les beaux arts, ſoit contre le gouvernement, de lire avec attention ces vers du Pauvre diable.

> Prête l'oreille à mes avis fidelles.
> Jadis l'Egypte eut moins de ſauterelles,
> Que l'on ne voit aujourd'hui dans Paris
> De malotrus ſoi-diſant beaux eſprits,
> Qui, diſſertant ſur les pièces nouvelles,
> En font encor de plus ſifflables qu'elles ;
> Tous l'un de l'autre ennemis obſtinés ;
> Mordus, mordans ; chanſonneurs, chanſonnés ;
> Nourris de vent au temple de mémoire ;
> Peuple croté qui diſpenſe la gloire.
> J'eſtime plus ces honnêtes enfans,
> Qui de Savoie arrivent tous les ans,
> Et dont la main légèrement eſſuie
> Ces longs canaux engorgés par la ſuie :
> J'eſtime plus celle qui dans un coin
> Tricote en paix les bas dont j'ai beſoin ;
> Le cordonnier qui vient de ma chauſſure
> Prendre à genoux la forme & la figure,
> Que le métier de tes obſcurs Frérons &c.

A M. DE LA HARPE.

A Ferney, le 19 avril 1772.

Vous prêtez de belles ailes à ce mercure qui n'était pas même galant du temps de *Vifé*, & qui devient, grâce à vos foins, un monument de goût, de raifon, & de génie.

Votre differtation fur l'ode me paraît un des meilleurs ouvrages que nous ayons. Vous donnez le précepte & l'exemple. C'eft ce que j'avais confeillé il y a long-temps aux journaliftes ; mais peut - on confeiller d'avoir du talent ? Vos traductions d'*Horace* & de *Pindare* prouvent bien qu'il faut être poëte pour les traduire. M. de *Chabanon* était très-capable de nous donner *Pindare* en vers français ; & s'il ne l'a pas fait, c'eft qu'il travaillait pour une fociété littéraire, plus occupée de la connaiffance de la langue grecque & des anciens ufages, que de notre poëfie.

Je penfe qu'on ne chanta les odes de *Pindare* qu'une fois, & encore en cérémonie, le jour qu'on célébrait les chevaux d'*Hiéron*, ou quelque héros qui avait vaincu à coups de poing. Mais j'ai lieu de croire qu'on répétait fouvent à table les chanfons d'*Anacréon* & quelques-unes d'*Horace :* une ode, après tout, eft une chanfon ; c'eft un des attributs de la joie. Nous avons dans notre langue des couplets fans nombre qui valent bien ceux des Grecs, & qu'*Anacréon* aurait chantés lui-même, comme on l'a déjà dit très-juftement.

Toute la France, du temps de notre adorable *Henri IV*, chantait, *Charmante Gabrielle*; & je doute que dans toutes les odes grecques on trouve un meilleur couplet que le fecond de cette chanfon fameufe :

> Recevez ma couronne,
> Le prix de ma valeur;
> Je la tiens de Bellone,
> Tenez-la de mon cœur.

A l'égard de l'air nous ne pouvons avoir les pièces de comparaifon ; mais j'ai de fortes raifons pour croire que la mufique grecque était auffi fimple que la nôtre l'a été, & qu'elle reffemblait un peu à nos noëls & à quelques airs de notre chant grégorien : ce qui me le fait croire, c'eft que le pape *Grégoire*, quoique né à Rome, était originaire d'une famille grecque, & qu'il fubftitua la mufique de fa patrie au hurlement des occidentaux.

A l'égard des chanfons pindariques, j'ai vu avec plaifir dans un effai de fupplément à l'entreprife immortelle de l'Encyclopédie, qu'on y cite des morceaux fublimes de *Quinault*, qui ont toute la force de *Pindare*, en confervant toujours cet heureux naturel qui caractérife le phénix de la poëfie chantante, comme l'appelle *la Bruyère*.

> Chantons dans ces aimables lieux
> Les douceurs d'une paix charmante;
> Les fuperbes géants, armés contre les dieux,
> Ne nous donnent plus d'épouvante.

Ils font enfevelis fous la maffe pefante
Des monts qu'ils entaffaient pour attaquer les cieux.
Nous avons vu tomber leur chef audacieux
    Sous une montagne brûlante ;
Jupiter l'a contraint de vomir à nos yeux
Les reftes enflammés de fa rage expirante ;
    Jupiter eft victorieux,
Et tout cède à l'effort de fa main foudroyante.
    Chantons dans ces aimables lieux
    Les douceurs d'une paix charmante.

Le beau chant de la déclamation qu'on appelle
récitatif, donnait un nouveau prix à ces vers héroïques
pleins d'images & d'harmonie. Je ne fais s'il eft poffible
de pouffer plus loin cet art de la déclamation que
dans la dernière fcène d'Armide; & je penfe qu'on ne
trouvera dans aucun poëte grec, rien d'auffi attachant,
d'auffi animé, d'auffi pittorefque, que ce dernier morceau d'Armide, & que le quatrième acte de Roland.

Non-feulement la lecture d'une ode me paraît un
peu infipide à côté de ces chefs-d'œuvre qui parlent
à tous les fens; mais je donnerais pour ce quatrième
acte de *Quinault* toutes les fatires de *Boileau*, injufte
ennemi de cet homme unique en fon genre, qui
contribua comme *Boileau* à la gloire du grand fiècle,
& qui favait apprécier les fombres beautés de fon
ennemi, tandis que *Boileau* ne favait pas rendre juftice
aux fiennes.

Je reviens à nos odes : elles font des ftances, & rien
de plus ; elles peuvent amufer un lecteur quand il
y a de l'efprit & des vérités : par exemple, je vous
prie d'apprécier cette ftance de *la Motte*.

Les champs de Pharfale & d'Arbelle
Ont vu triompher deux vainqueurs,
L'un & l'autre digne modèle
Que fe propofent les grands cœurs;
Mais le fuccès a fait leur gloire;
Et fi le fceau de la victoire
N'eût confacré ces demi-dieux,
Alexandre, aux yeux du vulgaire,
N'aurait été qu'un téméraire,
Et Céfar qu'un féditieux.

Dites-moi fi vous connaiffez rien de plus vrai, de plus digne d'être fenti par un roi & par un philofophe? *Pindare* ne parlait pas ainfi à cet *Hiéron* qui lui donna pour fes louanges cinq talent, évalués du temps du grand *Colbert* à mille écus le talent, lequel en vaut aujourd'hui deux mille.

La grande ode ou plutôt la grande hymne d'*Horace* pour les jeux féculaires, eft belle dans un goût tout différent. Le poëte y chante *Jupiter*, le foleil, la lune, la déeffe des accouchemens, Troye, *Achille*, *Enée*, &c. Cependant il n'y a point de galimatias; vous n'y voyez point cet entaffement d'images gigantefques, jetées au hafard, incohérentes, fauffes, puériles par leur enflure même, & qui font cent fois répétées fans choix & fans raifon; ce n'eft pas à *Pindare* que j'adreffe ce petit reproche.

Après avoir très-bien jugé, & même très-bien imité *Horace* & *Pindare*; & après avoir rendu au très-eftimable M. de *Chabanon* la juftice que mérite fa profe noble & harmonieufe, qui paraît fi facile malgré le travail le plus pénible; vous avez rendu une autre efpèce de juftice. Vous avez examiné avec autant de goût & de fineffe que de fageffe & d'honnêteté, je ne fais quelle fatire un peu groffière, intitulée *Epître de Boileau*. Je ne la connais que par le peu de vers que vous en rapportez, & dont vous faites une critique très-judicieufe. Je vois que plufieurs perfonnes d'un rare mérite font attaquées dans cette fatire, meffieurs de *Saint-Lambert*, de *Lille*, *Saurin*, *Marmontel*, *Thomas*, *du Belloi*; & vous-même, Monfieur, vous paraiffez avoir votre part aux petites injures qu'un jeune écolier s'avife de dire à tous ceux qui foutiennent aujourd'hui l'honneur de la littérature françaife.

Comment ferait reçu un écolier qui viendrait fe préfenter dans une académie le jour de la diftribution des prix, & qui dirait à la porte : Meffieurs, je viens vous prouver que vous êtes les plus méprifables des gens de lettres ? Il faudrait commencer par être très-eftimable pour ofer tenir un tel difcours, & alors on ne le tiendrait pas.

Lorfque la raifon, les talens, les mœurs, de ce jeune homme auront acquis un peu de maturité, il fentira l'extrême obligation qu'il vous aura de l'avoir corrigé. Il verra qu'un fatirique qui ne couvre pas par des talens éminens ce vice né de l'orgueil & de la baffeffe, croupit toute fa vie dans l'opprobre; qu'on le hait fans le craindre, qu'on le méprife fans qu'il faffe pitié ; que toutes les portes de la fortune & de la confidération lui font fermées ; que ceux qui l'ont encouragé dans ce métier infame font les premiers à l'abandonner ; & que les hommes méchans qui inftruifent un chien à mordre ne fe chargent jamais de le nourrir.

Si l'on peut fe permettre un peu de fatire, ce n'eft, ce me femble, que quand on eft attaqué. *Corneille* vilipendé par *Scudéri*, daigna faire un mauvais rondeau contre le gouverneur de Notre-Dame de la Garde. *Fontenelle* honni par *Racine* & par *Boileau*, leur décocha quelques épigrammes médiocres. Il faut bien quel-quefois faire la guerre défenfive ; il y a eu des rois qui ne s'en font pas tenus à cette guerre de néceffité.

Pour vous, Monfieur, il me femble que vous foutenez la vôtre bien noblement. Vous éclairez vos ennemis en triomphant d'eux ; vous reffemblez à ces braves généraux qui traitent leurs prifonniers avec politeffe, & qui leur font faire grande chère.

Il faut avouer que la plupart des querelles littéraires font l'opprobre d'une nation.

C'eft une chofe plaifante à confidérer que tous ces bas fatiriques qui ofent avoir de l'orgueil : en voici un qui reproche cent erreurs hiftoriques à un homme qui a étudié l'hiftoire toute fa vie. Il n'eft pas vrai, lui dit-il, que les rois de la première race aient eu plufieurs femmes à la fois ; il n'eft pas vrai que *Conftantin* ait fait mourir fon beau-père, fon beau-frère, fon neveu, fa femme, & fon fils ; il eft vrai que l'empereur *Julien*, qui n'était point philofophe, immola une femme & plufieurs enfans à la lune dans le temple de Carrès ; car *Théodoret* l'a dit, & c'était un fecret fûr pour battre les Perfes, que de pendre une femme par les cheveux, & de lui arracher le cœur. Il n'eft pas vrai que jamais un laïque ait conffé un laïque ; témoin le fire de *Joinville* qui dit avoir conffé & abfout le connétable de Chypre, felon qu'il en avait

le

le droit , & témoin *St Thomas* qui dit expreſſément : La confeſſion à un laïque n'eſt pas facrement ; mais elle eſt comme facrement. *Confeſſio, ex defeĉu facerdotis laïco , eſt facramentalis quodammodo.* (Tome II , page 255.) Il eſt faux que les abbeſſes aient confeſſé jamais leurs religieuſes ; car *Fleuri* dans ſon Hiſtoire eccléfiaſtique , dit qu'au treizième ſiècle les abbeſſes en Eſpagne confeſſaient les religieuſes & prêchaient, (Tome XVI, page 246 ;) car ce droit fut établi par la règle de *St Baſile* , (Tome II , page 453 ;) car il fut long-temps en uſage dans l'Egliſe latine, (*Martenne* , tome II , page 39.) Il n'eſt pas vrai que la Saint-Barthelemi fut préméditée ; car tous les hiſtoriens , à commencer par le reſpeĉable de *Thou* , conviennent qu'elle le fut. Il eſt vrai que la pucelle d'Orléans fut inſpirée ; car *Monſtrelet* , contemporain , dit expreſſément le contraire : donc vous êtes un ennemi de D I E U & de l'Etat.

Quand on a daigné répondre à cet homme , car il faut répondre ſur les faits & jamais ſur le goût , il fait encore un gros livre pour ſauver ſon amour-propre , & pour dire que s'il s'eſt trompé ſur quelques bagatelles , c'était à bonne intention.

Vous avez grande raiſon , Monſieur , de ne pas baiſſer les yeux vers de tels objets ; mais ne vous laſſez pas de combattre en faveur du bon goût : avancez hardiment dans cette épineuſe carrière des lettres , où vous avez remporté plus d'une viĉoire en plus d'un genre. Vous ſavez que les ſerpens ſont ſur la route, mais qu'au bout eſt le temple de la gloire. Ce n'eſt point l'amitié qui m'a diĉé cette lettre ; c'eſt la vérité : mais j'avoue que mon amitié pour vous a beaucoup augmenté avec votre mérite , & avec les malheureux efforts qu'on a faits pour étouffer ce mérite qu'on devait encourager.

AU MEME,

Juillet *ou* augufte 1772.

VOUS n'êtes pas , Monfieur, le feul à qui l'on ait attribué les vers d'autrui. Il y a eu de tous temps des pères putatifs d'enfans qu'ils n'avaient pas faits.

M. d'*Hannetaire*, homme de lettres & de mérite, retiré depuis long-temps à Bruxelles, fe plaint à moi par fa lettre du 6 juin, qu'on ait imprimé fous mon nom une épître en vers qu'il revendique. Elle commence ainfi :

> En vain en quittant ton féjour,
> Cher ami, j'abjurai la rime :
> La même ardeur encor m'anime
> Et femble augmenter chaque jour.

Il eft jufte que je lui rende fon bien dont il doit être jaloux. Je ne puis choifir de dépôt plus convenable que celui du Mercure, pour y configner ma déclaration authentique, que je n'ai nulle part à cette pièce ingénieufe; qu'on m'a fait trop d'honneur; & que je n'ai jamais vu ni cet ouvrage, ni M. de *M*... auquel il eft adreffé , ni le recueil où il eft imprimé. Je ne veux point être plagiaire , comme on le dit dans l'Année littéraire. C'eſt ainſi que je reſtituai fidellement dans les journaux des vers d'un tendre amant pour une belle actrice de Marſeille. Je proteſtai avec candeur que je n'avais jamais eu les faveurs de cette héroïne. Voilà comme à la longue la vérité triomphe de tout. Il y a cinquante ans que les libraires ceignent tous les jours ma tête de lauriers qui ne m'appartiennent point. Je les reſtitue à leurs propriétaires, dès que j'en ſuis informé.

Il eſt vrai que ces grands honneurs que les libraires & les curieux nous font quelquefois à vous & à moi, ont leurs petits inconvéniens. Il n'y a pas long-temps qu'un homme qui prend le titre d'avocat, & qui divertit le bareau, eut la bonté de faire mon teſtament & de l'imprimer. Pluſieurs perſonnes dans nos provinces, & dans les pays étrangers, crurent en effet que cette belle pièce était de moi; mais comme je me ſuis toujours déclaré contre les teſtamens attribués aux cardinaux de *Richelieu*, de *Mazarin*, & d'*Alberoni*, contre ceux qui ont couru ſous les noms des miniſtres d'Etat *Louvois* & *Colbert*, & du maréchal de *Belliſle*, il eſt bien juſte que je m'élève auſſi contre le mien, quoique je ſois fort loin d'être miniſtre. Je reſtitue donc à M. *Marchand* avocat en parlement, mes dernières volontés qui ne ſont qu'à lui; & je le ſupplie au moins de vouloir bien regarder cette déclaration comme mon codicille.

En attendant que je le faſſe mon exécuteur-teſtamentaire, je dois, pendant que je ſuis encore en vie, certifier que des volumes entiers de lettres imprimées ſous mon nom, où il n'y a pas le ſens commun, ne ſont pourtant pas de moi.

Je faifis cette occafion pour apprendre à cinq où fix lecteurs qui ne s'en foucient guère , que l'article. *Meffie* imprimé dans le grand dictionnaire encyclopédique, & dans plufieurs autres recueils , n'eft pas mon ouvrage ; mais celui de M. *Polier de Bottens* , qui jouit d'une dignité eccléfiaftique dans une ville célébre, & dont la piété , la fcience , & l'éloquence , font affez connues. On m'a envoyé depuis peu fon manufcrit qui eft tout entier de fa main.

Il eft bon d'obferver que lorfqu'on croyait cet ouvrage d'un laïque , plufieurs confrères de l'auteur le condamnèrent avec emportement : mais quand ils furent qu'il était d'un homme de leur robe , ils l'admirèrent. C'eft ainfi qu'on juge affez fouvent, & on ne fe corrigera pas.

Comme les vieillards aiment à conter , & même à répéter , je vous ramentevrai qu'un jour les beaux efprits du royaume, & c'étaientle prince de *Vendôme*, le chevalier de *Bouillon*, l'abbé de *Chaulieu*, l'abbé de *Buffi*, qui avait plus d'efprit que fon père, & plufieurs élèves de *Bachaumont*, de *Chapelle*, & de la célébre *Ninon* , difaient à fouper tout le mal poffible de *la Motte-Houdart*. Les fables de *la Motte* venaient de paraître : on les traitait avec le plus grand mépris ; on affurait qu'il lui était impoffible d'approcher des plus médiocres fables de *la Fontaine*. Je leur parlai d'une nouvelle édition de ce même *la Fontaine* , & de plufieurs fables de cet auteur qu'on avait retrouvées. Je leur en récitai une; ils furent en extafe; ils fe récriaient. Jamais *la Motte* n'aura ce ftyle , difaient-ils : quelle fineffe & quelle grâce ! on reconnaît *la Fontaine* à chaque mot. La fable était de *la Motte*.

Paffe encore, lorfqu'on ne fe trompe que fur de telles fables. Mais lorfque le préjugé, l'envie, la cabale, imputent à des citoyens des ouvrages dangereux ; lorfque la calomnie vole de bouche en bouche aux oreilles des puiffans du fiècle ; lorfque la perfécution eft le fruit de cette calomnie : alors que faut-il faire? cultiver fon jardin comme *Candide*.

L E T T R E

SUR LA PRETENDUE COMETE.

A Grenoble, ce 17 mai 1773.

QUELQUES Parifiens qui ne font pas philofophes, & qui, fi on les en croit, n'auront pas le temps de le devenir, m'ont mandé que la fin du monde approchait, & que ce ferait infailliblement pour le 20 du mois de mai où nous fommes.

Ils attendent ce jour-là une comète qui doit prendre notre petit globe à revers, & le réduire en poudre impalpable, felon une certaine prédiction de l'académie des fciences qui n'a point été faite.

Rien n'eft plus probable que cet événement. Car *Jacques Bernouilli*, dans fon traité de la comète, prédit expreffément que la fameufe comète de 1680 reviendrait avec un terrible fracas le 17 mars 1719 ; il nous affura qu'à la vérité fa perruque ne fignifierait rien de mauvais, mais que fa queue ferait un figne

S 3

infaillible de la colère du ciel. Si *Jacques Bernouilli* se trompa, ce n'eſt peut être que de cinquante-quatre ans & trois jours.

Or une erreur auſſi peu conſidérable étant regardée comme nulle dans l'immenſité des ſiècles par tous les géomètres, il eſt clair que rien n'eſt plus raiſonnable que d'eſpérer la fin du monde pour le 20 du préſent mois de mai 1773, ou dans quelque autre année. Si la choſe n'arrive pas, ce qui eſt différé n'eſt pas perdu.

Il n'y a certainement nulle raiſon de ſe moquer de M. *Triſſotin*, tout *Triſſotin* qu'il eſt, lorſqu'il vient dire à madame *Philaminte* :

> Nous l'avons cette nuit, Madame, échappé belle.
> Un monde auprès de nous en paſſant tout du long,
> Eſt chu tout au travers de notre tourbillon :
> Et s'il eût en paſſant rencontré notre terre,
> Elle eût été briſée en morceaux comme verre.

Une comète peut à toute force rencontrer notre globe dans la parabole qu'elle peut parcourir. Mais alors qu'arrivera-t-il ? ou cette comète aura une force égale à celle de la terre, ou plus grande, ou plus petite. Si égale, nous lui ferons autant de mal qu'elle nous en fera, la réaction étant égale à l'action ; ſi plus grande, elle nous entraînera avec elle ; ſi plus petite, nous l'entraînerons.

Ce grand événement peut s'arranger de mille manières, & perſonne ne peut affirmer que la terre & les autres planètes n'aient pas éprouvé plus d'une révolution, par l'embarras d'une comète rencontrée dans leur chemin.

Le grand *Newton* nous a donné de plus fortes alarmes que M. *Triſſotin* ; car il a prétendu que la comète de 1680 , s'étant approchée du ſoleil à la diſtance d'un demi-diamètre de cet aſtre, dut acquérir une chaleur deux mille fois plus forte que celle du fer embraſé ; M. *le Monnier* dit trois mille. Mais ſuppoſons que cette comète eût été de fer, pourquoi aurait-elle acquis à cent cinquante mille lieues du ſoleil une chaleur deux ou trois mille fois plus forte que le fer ne peut en acquérir dans nos forges ? Les ſolides comme les fluides ont chacun leur dernier degré de chaleur qui ne peut augmenter. L'eau bouillante ne peut jamais s'échauffer davantage ; l'huile de même , les métaux de même. Le fer , le cuivre, qui coulent dans nos forges en fleuves de feu , ne s'embraſent jamais plus que leur nature ne comporte. Le feu d'une forge eſt le même que celui du ſoleil. Cet aſtre étant plus grand embraſera les corps plus vîte ; mais il ne les embraſera pas avec une plus grande intenſité que celle qu'ils peuvent ſouffrir.

Newton dans ſon calcul a ſuppoſé que l'embraſement du fer pourrait augmenter, & a calculé ſuivant cette hypothèſe. Mais comment un corps , quel qu'il ſoit , paſſant rapidement à cent cinquante mille lieues du ſoleil, peut-il s'embraſer deux mille fois plus que le fer qui eſt pénétré de feu dans une fournaiſe ardente , & qui eſt parvenu à ſon dernier degré de chaleur ? Il ſemble que *Newton* pouvait réſerver cette aventure de l'inflammation pour ſon commentaire de l'Apocalypſe.

Quant au retour des mêmes comètes , c'eſt une opinion très-raiſonnable, mais elle n'eſt pas démontrée.

S 4

Elle eft fi peu démontrée, qu'excepté M. *Clairaut*, tous ceux qui ont prédit leur apparition ont été pris pour dupes.

Il eft beau, fans doute, d'en favoir affez pour fe tromper ainfi; mais attendons encore quelques milliers de fiècles pour avoir la démonftration.

Nous fommes parvenus lentement à connaître quelque chofe de la nature ; la poftérité achevera le refte lentement.

On prétend que les anciens favaient comme nous que les comètes font des planètes qui ont un cours régulier autour du foleil ; & on cite en preuve des *Pythagores*, des *Philolaüs*, des *Sénèques*, des *Plutarques*, &c. &c.

Oui, ils le favaient d'une fcience confufe, incertaine, qui n'était point une fcience; ils connaiffaient la circulation des comètes, comme *Hippocrate* connaiffait la circulation du fang, fans l'avoir définie, fans l'avoir prouvée, fans l'avoir enfeignée.

Jamais il n'y eut aucune école qui enfeignât méthodiquement la courfe de la terre, des autres planètes, & des comètes, autour du foleil dans leurs orbites ; c'était un foupçon jeté au hafard, une idée philofophique tombée dans quelques têtes, & non développée. C'eft à-peu-près ainfi que *Bacon* avait annoncé une gravitation, une attraction univerfelle ; les vrais inventeurs font ceux qui prouvent.

M. *le Monnier*, dans fes *Inftitutions aftronomiques*, a raifon de citer *Sénèque* le philofophe, qui dit: *non exiftimo cometem fubitaneum effe ignem, fed inter opera æterna naturæ*. Je ne crois pas les comètes des feux fubitement allumés, mais des ouvrages éternels de la nature.

Il faut louer, honorer *Sénèque* d'avoir deviné que le temps viendrait où la postérité serait étonnée que son siècle eût ignoré des choses si simples. *Veniet tempus quo posteri tam aperta nos nescisse mirabuntur.* Mais cela même prouve que de son temps on n'en savait rien.

C'était le fort des *Sénèques* de prédire l'avenir par de simples conjectures, d'une manière toute contraire à celle des autres prophètes. *Sénèque le tragique* prédit ainsi dans un chœur de son Thieste la découverte d'un nouveau monde. Mais si on voulait en inférer que *Sénèque* doit partager avec le Génois *Colombo* la gloire de la découverte, on ferait non-seulement injuste, on ferait ridicule.

Nous ne trouverons point dans *Plutarque* de témoignage plus fort en faveur de l'antiquité que dans *Sénèque*. *Quelques* (a) *pythagoriciens*, dit-il, *pensent qu'une comète est un astre qui ne se montre qu'après un certain temps. D'autres assurent qu'une comète n'est qu'un effet de la vision, comme les apparences de ce qu'on voit dans un miroir. Anaxagore & Démocrite disent que c'est un concours d'étoiles mêlant leur lumière ensemble. Aristote prétend que c'est une exhalaison du sec enflammé, &c.*

Or je demande si l'exhalaison du sec, les apparences du miroir, & le concours des deux lumières, donnent une idée bien nette de la théorie des comètes?

L'opinion du peuple de Paris qu'une comète qui apparaîtrait le 20 ou le 21 de mai 1773, nous amènerait la fin du monde, a quelque chose de plus positif

(a) Des opinions des philosophes, liv. XIII.

que le difcours de *Plutarque* : mais cette idée n'eft pas neuve. Il y a long-temps que les gens qui favaient comment le monde a été fait, favaient auffi comment il devait finir. *Jupiter* lui-même dit, dès le premier livre des *Métamorphofes*, que le monde doit périr par le feu.

Effe quoque in fatis reminifcitur adfore tempus
Quo mare, quo tellus, corruptaque regia cæli,
Ardeat, & mundi moles operofa laboret.

Mais *Jupiter* ne dit point que ce fera l'effet d'une comète. Cette idée de la fin du monde dura depuis *Jupiter* jufqu'à notre treizième fiècle. Nos moines en profitèrent. On fait que plus d'un acte de donation à ces pauvres gens commençait par ces mots : *la fin du monde étant proche, & moi* N.... *ne voulant pas être rangé parmi les boucs, je donne pour le remède de mon ame, &c. &c.* mais les comètes n'eurent aucune part à ces dévotions.

Le *Jacq Pudding* qui prédit à Londres en 1756 un tremblement de terre, & la deftruction de la ville, ne mit aucune comète de moitié avec lui dans le parti, & cependant le peuple épouvanté fortit de la ville au jour marqué par ce mage.

Les Parifiens ne déferteront pas leur ville le 20 mai ; ils feront des chanfons, & on jouera la comète & la fin du monde à l'opéra comique, &c. &c.

A M. * * *

SUR LES ANECDOTES.

1 7 7 4.

C'est un petit mal, il eſt vrai, Monſieur, qu'on ait attribué au pape *Ganganelli* & à la reine *Chriſtine* des lettres que ni l'un ni l'autre n'ont pu écrire. Il y a long-temps que des charlatans trompent le monde pour de l'argent. On doit y être accoutumé depuis que le grave hiſtorien *Flavien Joſephe* nous a certifié qu'on voyait encore de ſon temps un bel écrit du fils de *Seth*, c'eſt-à-dire d'un propre petit-fils d'*Adam*, ſur l'aſtrologie; qu'une partie de ce livre était gravée ſur une colonne de pierre, pour réſiſter à l'eau quand le genre-humain périrait par le déluge; & l'autre partie ſur une colonne de brique, pour réſiſter au feu quand l'incendie univerſel détruirait le monde. On ne peut dater de plus haut les menſonges par écrit. Je crois que c'eſt l'abbé de *Tilladet* qui diſait : *Dès qu'une choſe eſt imprimée, pariez ſans l'avoir lue qu'elle n'eſt pas vraie ; je ferai toujours de moitié avec vous, & ma fortune eſt faite.* Que voulez-vous en effet qu'on penſe de tous ces libelles ſans nombre, de ces ana, de ces ſatires de la cour, qui amuſent & fatiguent la France depuis le temps de la ligue juſqu'à la fronde, & depuis la fronde juſqu'à nos jours ?

C'eſt encore pis chez nos voiſins ; il y a cent ans que la moitié de l'Angleterre écrit contre l'autre.

Un *Mathuſalem* qui paſſerait toute ſa vie à lire, n'aurait pas le temps de parcourir la centième partie de ces ſottiſes. Elles tombent toutes dans le mépris, mais non pas dans l'oubli. Vous trouvez des curieux qui raſſemblent ces vieux fatras, & qui croient avoir des monumens de l'hiſtoire ; comme on voit des gens qui ont des cabinets de papillons & de chenilles, & qui ſe croient des *Plines*.

De quels faits peut-on être un peu inſtruit dans l'hiſtoire de ce monde ? des grands événemens publics que perſonne n'a jamais conteſtés. *Céſar* a été vainqueur à Pharſale, & aſſaſſiné dans le ſénat. *Mahomet II* a pris Conſtantinople. Une partie des citoyens de Paris a maſſacré l'autre dans la nuit de la Sᵗ Barthelemi. On ne peut en douter ; mais qui peut pénétrer les détails ? On aperçoit de loin la couleur dominante ; les nuances échappent néceſſairement.

Voulez-vous croire tout ce que vous dit *Tacite*, parce que ſon ſtyle vous plaît & vous ſubjugue ? Mais de ce qu'on ſait plaire, il ne s'enſuit pas qu'on ait dit toujours la vérité. Vous êtes un peu malin, & vous aimez un auteur plus malin que vous. *Tacite* a beau nous dire au commencement de ſon hiſtoire, qu'il faut éviter l'adulation & la ſatire, qu'il n'aime ni ne hait les empereurs dont il parle ; je lui répondrais : Vous les haïſſez, parce que vous êtes né romain, & qu'ils ont été ſouverains ; vous vouliez les faire haïr du genre-humain dans leurs actions les plus indifférentes. Je ne veux juſtifier *Domitien* envers vous ni envers perſonne ; mais pourquoi ſemblez-vous faire un crime à cet empereur d'avoir envoyé de fréquens courriers s'informer de la santé d'*Agricola* votre beau-père dans sa dernière maladie ? Pourquoi cette marque d'amitié, ou du moins d'attention, ne vous semble-t-elle qu'un désir secret de se réjouir plutôt de la mort d'*Agricola* ? Je pourrais opposer au portrait affreux que vous faites de *Tibère*, & aux horreurs mémorables que vous en rapportez, les éloges que lui donne le juif *Philon*, plus ennemi encore que vous des empereurs romains. Je pourrais même, en abhorrant *Néron* autant que vous le détestez, vous embarrasser sur le projet long-temps suivi de tuer sa mère *Agrippine*, & sur la trirème inventée pour la noyer. Je vous exposerais mes doutes sur l'inceste dans lequel cette *Agrippine* voulait engager son fils, dans le temps même que *Néron* se disposait à l'assassiner : mais je ne suis pas assez hardi pour ôter un crime à *Néron*, & pour disputer contre *Tacite*.

Il me suffit, Monsieur, de vous dire que si on peut former tant de doutes sur l'histoire des premiers empereurs romains, si bien écrite par tant de contemporains illustres, on doit à plus forte raison se défier de tout ce que des barbares sans lettres ont écrit pour des peuples encore plus barbares & plus ignorans qu'eux.

Dites-moi comment le galimatias asiatique sur l'astrologie, l'alchimie, la médecine du corps & de l'ame, a fait le tour du monde, & l'a gouverné.

A M. ROSSET,

MAITRE DES COMPTES,

Auteur d'un Poëme fur l'agriculture, dédié au roi.

A Ferney, le 22 avril 1774.

MONSIEUR,

Vous pardonnerez fans doute à mon grand âge &
à mes maladies continuelles, fi je ne vous ai pas
remercié plutôt du beau préfent dont vous m'avez
honoré.

J'ai lu avec beaucoup d'attention votre poëme fur
l'agriculture. J'y ai trouvé l'utile & l'agréable, la
variété néceffaire, & la difficulté prefque toujours
heureufement furmontée.

On dit que vous n'avez jamais cultivé l'art que
vous enfeignez. Je l'exerce depuis plus de vingt ans,
& certainement je ne l'enfeignerai pas après vous.

J'ai été étonné que dans votre premier chant vous
adoptiez la méthode de M. *Tull*, anglais, de femer
par planches. Plufieurs de nos français (que vous
appelez toujours françois, & que par conféquent
vous n'avez jamais ofé mettre au bout d'un vers) ont
voulu mettre en crédit cette innovation. Je puis vous
affurer qu'elle eft déteftable, du moins dans le climat

que j'habite. Un homme qui a été long-temps loué dans les journaux, & qui était cultivateur par titres, fe ruinait à femer par planches, & était obligé d'emprunter de l'argent, tandis que fon nom brillait dans le Mercure.

J'ai défriché les terrains les plus ingrats, qui n'avaient jamais pu feulement produire un peu d'herbe groffière : mais je ne confeillerai à perfonne de m'imiter, excepté à des moines, parce qu'eux feuls font affez riches pour fuffire à ces frais immenfes, & pour attendre vingt ans le fruit de leurs travaux.

Voilà pourquoi l'illuftre & refpeċtable M. de *Saint-Lambert*, que vous avouez être diftingué par fes talens, a dit très-juftement qu'il a fait des *Géorgiques pour les hommes chargés de protéger les campagnes, & non pour ceux qui les cultivent ; que les Géorgiques de Virgile ne peuvent être d'aucun ufage aux payfans ; que donner à cet ordre d'hommes des leçons en vers fur leur métier, eft un ouvrage inutile ; mais qu'il fera utile à jamais d'infpirer à ceux que les lois élèvent au-deffus des cultivateurs, la bienveillance & les égards qu'ils doivent à des citoyens eftimables.*

Rien n'eft plus vrai, Monfieur ; foyez fûr que, fi je lifais aux payfans de mes villages les œuvres & les jours d'*Héfiode*, les Géorgiques de *Virgile*, & les vôtres, ils n'y comprendraient rien. Je me croirais même en confcience obligé de leur faire reftitution, fi je les invitais à cultiver la terre en Suiffe, comme on la cultivait auprès de Mantoue.

Les Géorgiques de *Virgile* feront toujours les délices des gens de lettres ; non pas à caufe de fes préceptes, qui font pour la plupart les vaines répétitions des préjugés les plus groffiers ; non pas à caufe des impertinentes louanges & de l'infame idolatrie qu'il prodigue au triumvir *Octave* ; mais à caufe de fes admirables épifodes , de fa belle defcription de l'Italie , de ce morceau fi charmant de poëfie & de philofophie , qui commence par ces vers :

O fortunatos nimiùm &c.

à caufe de fa terrible & touchante defcription de la pefte ; enfin à caufe de l'épifode d'*Orphée*.

Voilà pourquoi M. de *Saint-Lambert* donne aux Géorgiques l'épithète de charmantes , que vous femblez condamner.

J'aurais mauvaife grâce , Monfieur , de me plaindre que vous avez été plus févère envers moi qu'envers M. de *Saint-Lambert*. Vous me reprochez d'avoir dit dans mon difcours à l'académie , qu'on ne pouvait faire des *géorgiques* en français. J'ai dit qu'on ne l'ofait pas , & je n'ai jamais dit qu'on ne le pouvait pas. Je me fuis plaint de la timidité des auteurs , & non pas de leur impuiffance. J'ai dit en propres mots qu'on avait refferré les agrémens de la langue dans des bornes trop étroites. Je vous ai annoncé à la nation ; & il me paraît que vous traitez un peu mal votre précurfeur.

Il me femble que vous en voulez auffi à la poëfie dramatique , quand vous dites *que la profe a eu au moins autant de part à la formation de notre langue que la poëfie de notre théâtre ; & que quand Corneille mit au jour fes chefs-d'œuvre , Balzac & Péliffon avaient écrit, & Pafcal écrivait.*

Premièrement

Premièrement on ne peut compter *Balzac*, cet écrivain de phrafes ampoulées, qui changea le naturel du ftyle épiftolaire en fades déclamations recherchées.

A l'égard de *Péliffon*, il n'avait rien fait avant le Cid & Cinna.

Les Lettres provinciales de *Pafcal* ne parurent qu'en 1654; & la tragédie de *Cinna*, faite en 1642, fut jouée en 1643. Ainfi il eft évident, Monfieur, que c'eft *Corneille* qui, le premier, a fait de véritablement beaux ouvrages en notre langue.

Permettez-moi de vous dire que ce n'eft pas à vous de rabaiffer la poëfie. J'aimerais autant que M. d'*Alembert* & M. le marquis de *Condorcet* rabaiffaffent les mathématiques : que chacun jouiffe de fa gloire. Celle de M. de *Saint-Lambert* eft d'avoir enfeigné aux poffeffeurs des terres à être humains envers leurs vaffaux ; aux miniftres, à adoucir le fardeau des impôts, autant que l'intérêt de l'Etat peut le permettre. Il a orné fon poëme d'épifodes très-agréables. Il a écrit avec fenfibilité & avec imagination.

Vous avez joint, Monfieur, l'exactitude aux ornemens ; vous avez lutté à tout moment contre les difficultés de la langue, & vous les avez vaincues. M. de *Saint-Lambert* a chanté la Nature qu'il aime, & vous avez écrit pour le roi. *La Fontaine* a dit :

> On ne peut trop louer trois fortes de perfonnes ;
>   Les Dieux, fa maîtreffe, & fon roi.
> Efope le difait ; j'y foufcris quant à moi.

Efope n'a jamais rien dit de cela ; mais qu'importe ?

A MM. LES EDITEURS

DE LA BIBLIOTHEQUE UNIVERSELLE DES ROMANS,

Ouvrage périodique.

15 augufte 1775.

VOUS rendez un vrai fervice, Meffieurs, à la littérature, en fefant connaître les romans ; & on a une vraie obligation à M. le marquis de *Paulmy* de vouloir bien ouvrir fa bibliothèque à ceux qui veulent nous inftruire dans un genre qui a précédé celui de l'hiftoire. Tout eft roman dans nos premiers livres; *Hérodote*, *Diodore* de Sicile, commencent tous leurs récits par des romans. L'Iliade eft-elle autre chofe qu'un beau roman en vers hexamètres ? & les amours d'*Enée* & de *Didon*, dans *Virgile*, ne font-ils pas un roman admirable ?

Si vous vous en tenez aux contes qui nous ont été donnés pour ce qu'ils font, pour de fimples ouvrages d'imagination, vous aurez une affez belle carrière à parcourir. On voit dans prefque tous les anciens ouvrages de cette efpèce un tableau fidelle des mœurs du temps. Les faits font faux, mais la peinture eft vraie; & c'eft par-là que les anciens romans font précieux. Il y a furtout des ufages qu'on ne retrouve que dans ces anciens monumens.

Les premiers volumes que vous avez donnés au public m'ont paru très-intéreffans. Vous avez bien fait de mettre *Pétrone* à la tête des plus finguliers romans de l'antiquité ; c'eft-là qu'on voit en effet les mœurs des Romains du temps des premiers céfars, furtout celles de la bourgeoifie qui forme par-tout le plus grand nombre. Le *Turcaret* de notre *le Sage* n'approche pas de *Trimalcion* : ce font l'un & l'autre deux financiers ridicules ; mais l'un eft un impertinent de la capitale du monde, & l'autre n'eft qu'un impertinent de Paris.

Vous ne paraiffez pas perfuadés que cette fatire bourgeoife foit l'ouvrage que le conful *Caïus Petronius* envoya à l'empereur *Néron*, avant de mourir par ordre de ce tyran. Vous favez que l'auteur de la fatire que nous avons s'intitule *Titus Petronius* ; mais ce qui eft bien plus différent encore, c'eft la baffeffe & la groffièreté des perfonnages, qui ne peuvent avoir aucun rapport avec la cour d'un empereur : il y a plus loin de *Trimalcion* à *Néron*, que de *Gilles* à *Louis XIV*.

Si on veut lire l'article *Pétrone* dans le *Dictionnaire philofophique*, on y verra des preuves évidentes de la méprife où font tombés tous les commentateurs qui ont pris l'imbécille *Trimalcion* pour l'empereur *Néron*, fa dégoûtante femme pour l'impératrice *Poppea*, & des difcours infupportables de valets ivres pour de fines plaifanteries de la cour. Il eft auffi ridicule d'attribuer ce roman à un conful, que d'imputer au cardinal de *Richelieu* un prétendu teftament politique, dans lequel la vérité & la raifon font infultées prefqu'à chaque ligne.

T 2

L'Ane d'or d'*Apulée* eſt encore plus curieux que la ſatire de *Pétrone*. Il fait voir que la terre entière retentiſſait, dans ces temps-là, de ſortiléges, de métamorphoſes, & de myſtères ſacrés.

Les romans de notre moyen âge, écrits dans nos jargons barbares, ne peuvent entrer en comparaiſon ni avec *Apulée* & *Pétrone*, ni avec les anciens romans grecs, tels que la Cyropédie de *Xénophon;* mais on peut toujours tirer quelques connaiſſances des mœurs & des uſages de notre onzième ſiècle juſqu'au quinzième, par la lecture de ces romans mêmes.

On a judicieuſement remarqué que *la Fontaine* à tiré la plupart de ſes contes des romanciers du quinzième & du ſeizième ſiècle; & parmi ces contes mêmes, il y en a pluſieurs qui ſe perdent dans la plus haute antiquité, & dont on retrouve des traces dans *Aulugelle* & dans *Athénée.* Il ne faut pas croire que *la Fontaine* ait embelli tout ce qu'il a imité. Il a pris l'anneau d'*Hans-Carvel* dans *Rabelais; Rabelais* l'avait pris dans l'*Arioſte;* & l'*Arioſte* avoue que c'était un conte très-ancien : mais ni *la Fontaine* ni *Rabelais* n'ont rendu ce conte auſſi vraiſemblable ni auſſi plaiſant qu'il l'eſt dans l'*Arioſte.*

> Fu già un pittor, non mi ricordo il nome,
> Che di pinger il diavol' ſolea
> Con bel viſo, begli occhi, e belle chiome.
> Nè piè d'augel nè corna gli facea,
> Nè facea ſi legiadro nè ſi adorno
> L'angel da Dio mandato in Galilea.
> Il diavolo reputandoſi a gran ſcorno
> S'ei foſſe in corteſia da coſtui vinto,

Gli apparve in fogno un poco inanzi il giorno,
E gli diffe in parlar breve e fuccinto,
Chi egli era, e che venia per render merto
Dell'averlo fi bel fempre dipinto.

C'eft ainfi que la fable des compagnons d'*Ulyffe*, changés en bêtes par *Circé*, & qui ne veulent point redevenir hommes, eft entièrement imitée de l'Ane d'or de *Machiavel*, & ne lui eft pas fupérieure, quoiqu'elle ait le mérite d'être plus courte.

Je ne fais pas pourquoi il eft dit, dans le fecond volume de la Bibliothèque des romans, page 103, que le *pâté d'anguilles* eft dans *la Fontaine* un modèle de l'*art de conter*. On en donne pour preuve ces vers-ci :

Hé quoi! toujours pâtés au bec!
Pas une anguille de rôtie!
Pâtés tous les jours de ma vie!
J'aimerais mieux du pain tout fec.
Laiffez-moi prendre un peu du vôtre;
Pain de par Dieu ou de par l'autre.
Au diable ces pâtés maudits!
Ils me fuivront en paradis
Et par-deçà, Dieu me pardonne.

Je crois fentir comme un autre toutes les grâces naïves de *la Fontaine*, mais je vous avoue que je ne les aperçois pas dans les vers que je viens de vous citer.

Ma lettre deviendrait un volume fi je recherchais les plus anciennes origines des romans, des contes, & des fables; je les retrouverais peut-être chez les premiers Brachmanes, & chez les premiers Perfans.

T 3

Je ne vous parle pas de la plus ancienne de toutes les fables connues parmi nous, qui eſt celle des arbres qui veulent ſe choiſir un roi. Sans me perdre dans toutes ces recherches, je finis par vous remercier de vos deux premiers volumes ; je vous attends au charmant roman du Télémaque.

J'ai l'honneur d'être, avec tous les ſentimens que je vous dois, Meſſieurs, votre &c.

A M. LE COMTE DE TRESSAN,

LIEUTENANT-GENERAL DES ARMÉES DU ROI.

22 mars 1775.

JE viens de recevoir, Monfieur, l'épître de votre prétendu chevalier de *Morton*, qui eft auffi inconnu de moi & de Genève que fes vers, quoique le titre porte, imprimé à Genève. Je vois bien que cette brochure eft de quelqu'un qui me fait l'honneur de vouloir imiter mon ftyle, & qui fe cache fous ma chétive bannière. C'eft un homme cependant qui a beaucoup d'efprit, & même de talent.

Mais, comment avez-vous pu imaginer un moment que cette épître fût de moi? Comment aurais-je pu vous parler des foupers de l'*Epicure Staniflas* qui ne foupait jamais, & qui laiffa long-temps fa petite cour fans fouper? Perfonne, vous le favez, ne reffemblait moins à *Epicure*. M. le chevalier vous dit que ces foupers *pullulaient* dans les cours de l'Europe; car *ils pullulaient*, ne peut fe rapporter qu'aux foupers prétendus; à moins que ce mot ne fe rapporte à vos vers dont l'auteur parle plus haut. Si jamais vous rencontrez le chevalier de *Morton*, dites-lui qu'il faut écrire avec netteté, & bien favoir le français avant de faire des vers dans notre langue. Avertiffez-le que, ni fes vers, ni fes foupers, ne pullulent. Perfuadez-le bien que *des feux follets d'un inflinct perverti dont on eft fier*, forment le galimatias le plus abfurde.

T 4

Que veut dire , *déchirer l'enveloppe des infiniment petits* ? Comment *diffeque*-t-on un amas de fourmis ? qu'eft-ce qu'un *critique à la toife* ? qu'eft-ce qu'un homme qui *monte* un microfcope , & qui le vers fuivant *monte* fur des tréteaux ? Pouvez-vous fupporter ces vers ?

> En vain au capitole un pontife ennemi
> Sonnerait le tocfin de Saint-Barthelemi.
> Louis voulut régner : il ne fe trompa guères ;
> Un prince avec les arts mène un peuple en lifières.

N'avez-vous pas fenti l'incorrection qui défigure continuellement cet ouvrage ? Ce n'eft qu'un tiffu d'idées incohérentes & mal dirigées, exprimées fouvent en folécifmes, ou en termes obfcurs pires que des folécifmes.

Il y a de beaux vers détachés. On ne peut qu'applaudir à ceux-ci :

> Le philofophe eft feul, & l'impofteur fait fecte.
> Il prouva, quoi qu'en dît la forbonne offenfée,
> Que le burin des fens grave en nous la penfée.

Je vois là de l'efprit, de la raifon, de l'imagination dans l'expreffion , & de la clarté fans laquelle on ne peut jamais bien écrire. Mais , Monfieur, quelques vers bien frappés ne fuffifent pas. Si *Boileau* n'avait que de ces beautés ifolées, il ne ferait pas le premier de nos auteurs claffiques. Il faut que le fil d'une logique fecrète conduife l'auteur à chaque pas ; que toutes les idées foient liées naturellement, & naiffent les unes des autres ; qu'il n'y ait pas une feule phrafe obfcure ; que le mot propre foit toujours employé ; que la rime ne coûte jamais rien au fens, ni le fens à la rime. Et quand on a obfervé toutes ces règles indifpenfables, on n'a encore rien fait, fi le poëme n'a pas cette facilité & cet agrément qui ne fe définiffent point, & qui frappent le lecteur le plus ignorant, fans qu'il fache pourquoi.

J'ai dit fouvent que la meilleure manière de juger des vers, c'eft de les tourner en profe en les débarraffant feulement de la rime. Alors on les voit dans toute leur turpitude.

Les hommes, cher Treffan, font des machines étranges,
Lorfque fiers des feux follets d'un inftinct perverti,
Ils vont perféc̨utant l'écrivain fans partifans,
Et qui veut réparer les ruines de leur raifon.
Sans doute tu les connais, & leurs travers
Ont fouvent égayé tes vers du fel d'Ariftophane.

Vous découvrez d'un coup d'œil toutes les impropriétés de ces expreffions, & l'incohérence des idées; la rime ne vous fait plus illufion.

Sapere eft, & principium & fons.

Examinez, je vous en prie, avec attention ces vers-ci :

Le philofophe eft feul, & l'impofteur fait fecte.
Aifément à ce trait chacun peut diftinguer
Le vrai roi, du tyran qui veut nous fubjuguer.
Non, ne diftinguons rien, nous dira la Sorbonne,
Nous fommes dans l'Etat le feul corps qui raifonne.

Quel rapport, s'il vous plaît, ces vers peuvent-ils avoir les uns aux autres? quel fens peuvent-ils renfermer? eſt-ce le philofophe qui eſt roi, parce qu'il eſt feul? eſt-ce l'impoſteur qui eſt tyran? Pourquoi la Sorbonne dit-elle, ne diſtinguons rien? cela eſt-il clair? cela eſt-il net? Tout vers, toute phraſe qui a befoin d'explication, ne mérite pas qu'on l'explique. Un auteur eſt plein de ſa penſée; il la rime comme il peut; il s'entend, & il croit fe faire entendre. Il ne fonge pas qu'un mot hors de ſa place, ou un mot impropre, peut rendre fon difcours impertinent, quel-qu'ingénieux qu'il puiſſe être.

Je réuſſirais peut-être plus mal que l'auteur, ſi je vous écrivais une épître en vers; mais du moins je ne fouffrirai pas qu'on m'attribue celle-ci. Et je vous prierai très-inſtamment de publier mon fentiment toutes les fois qu'on vous parlera de cette pièce, fup-pofé qu'on vous en parle jamais.

Enfin, voudriez-vous qu'ayant fait cette fatire d'écolier, où tant de gens font infultés, & où l'*Alexandre*, le *Solon* de Berlin eſt mis à côté de *Vanini*, j'euſſe été aſſez bête pour la faire imprimer fous le titre de Genève? c'eût été la figner, & m'expofer de gaieté de cœur à mon âge de quatre-vingts & un ans. L'auteur m'expofe en effet; & ſa manœuvre eſt bien imprudente, ou bien cruelle.

Paſſe encore que l'avocat *Marchand* fe foit aviſé de faire imprimer mon teſtament. Je pardonne même aux imbécilles qui ont publié ma profeſſion de foi, & qui m'ont fait dire élégamment, que je crois *en Père, Fils, & St Efprit*. Mais je ne puis pardonner à votre

Morton qui nous compromet tous deux fi mal à propos.

Je pourrais infifter fur l'indécence d'imprimer fans votre confentement, un ouvrage qui vous eft adreffé. C'eft manquer aux premiers devoirs de la fociété : & permettez-moi de vous dire que vous vous êtes manqué à vous-même en répondant à une telle lettre.

L'amitié dont vous voulez m'honorer depuis fi long-temps, me met en droit de vous dire toutes ces vérités. Mais celle dont je fuis le plus certain, c'eft que je vous ferai attaché pour le refte de ma languiffante & trop longue vie avec la tendreffe la plus refpectueufe.

A M. * * *

SUR LES PRETENDUES LETTRES DU PAPE GANGANELLI
CLEMENT XIV.

Le 2 mai 1776.

J'AI été si excédé, mon cher ami, de mes *lettres ingénieuses & galantes*, que je n'ai jamais écrites, & de tant d'autres fadaises à moi imputées, qu'il faut me pardonner si je prends le parti de tout cardinal, ou de tout pape, à qui on joue de pareils tours.

Il y a long-temps que je fus indigné de ce testament politique si frauduleusement produit sous le nom du cardinal de *Richelieu*. Pouvait-on supposer des conseils politiques d'un premier ministre qui ne parlait à son roi, ni de la reine qui était dans une situation si équivoque, ni de son frère qui avait si souvent conspiré contre lui, ni du dauphin son fils dont l'éducation était si importante, ni de ses ennemis contre lesquels il y avait tant de mesures à prendre, ni des protestans du royaume à qui ce même roi avait tant fait la guerre, ni de ses armées, ni de ses négociations, ni d'aucun de ses généraux, ni d'aucun de ses ambassadeurs? Il y avait de la démence & de l'imbécillité à croire cette rapsodie écrite par un ministre d'Etat.

Chaque page décelait la fraude la plus mal ourdie ; cependant le nom du cardinal de *Richelieu* en imposa pendant quelques temps ; & quelques beaux efprits mêmes prônèrent, comme des oracles, les énormes bévues dont le livre fourmille. C'eft ainfi que toute erreur fe perpétuerait d'un bout du monde à l'autre, s'il ne fe trouvait quelque bonne ame qui eût affez de hardieffe pour l'arrêter en chemin.

Nous avons eu depuis les teftamens du duc de *Lorraine*, de *Colbert*, de *Louvois*, d'*Alberoni*, du maréchal de *Bélifle*, de *Mandrin*. Parmi tant de héros je n'ofe me placer; mais vous favez que l'avocat *Marchand* a fait mon teftament, dans lequel il a eu la difcrétion de ne pas même inférer un legs pour lui.

Vous avez vu les lettres de la reine *Chrifline*, de *Ninon*, de madame de *Pompadour*, de mademoifelle *Tron* à fon amant le révérend père de *la Chaife*, confeffeur de *Louis XIV*. Voici donc aujourd'hui les lettres du pape *Ganganelli*. Elles font en français quoiqu'il n'ait jamais écrit en cette langue. Il faut que *Ganganelli* ait eu incognito le don des langues dans le cours de fa vie. Ces lettres font entièrement dans le goût français. Les expreffions, les tours, les penfées, les mots à la mode, tout eft français. Elles ont été imprimées en France; l'éditeur eft un français né auprès de Tours, qui a pris un nom en *I*, & qui a déjà publié des ouvrages français fous des noms fuppofés.

Si cet éditeur avait traduit de véritables lettres du pape *Clément XIV* en français, il aurait dépofé les originaux dans quelque bibliothèque publique. On eft en droit de lui dire ce qu'on dit autrefois à l'abbé *Nodot* : „ Montrez-nous votre manufcrit de *Pétrone* „ trouvé à Belgrade, ou confentez à n'être cru de „ perfonne. Il eft auffi faux que vous ayez entre les

,, mains la véritable fatire de *Pétrone* , qu'il eft faux
,, que cette ancienne fatire fût l'ouvrage d'un conful,
,, & le tableau de la conduite de *Néron*. Ceffez de
,, vouloir tromper les favans ; on ne trompe que le
,, peuple. ,,

Quand on donna la comédie de l'Ecoffaife fous le
nom de *Guillaume Vadé* & de *Jérôme Carré* , le public
fentit tout d'un coup la plaifanterie , & n'exigea pas
des preuves juridiques. Mais quand on compromet
le nom d'un pape dont la cendre eft encore chaude,
il faut fe mettre au-deffus de tout foupçon ; il faut
montrer à tout le facré collége des lettres fignées
Ganganelli; il faut les dépofer dans la bibliothèque
du Vatican , avec les atteftations de tous ceux qui
auront reconnu l'écriture ; fans quoi on eft reconnu
par toute l'Europe pour un homme qui a ofé prendre
le nom d'un pape, afin de vendre un livre : *reus eft
quia filium Dei fe fecit.*

Pour moi, j'avoue que quand on me montrerait ces
mêmes lettres munies d'atteftations, je ne les croîrais
pas plus de *Ganganelli*, que je ne crois les *lettres de
Pilate à Tibère* écrites en effet par *Pilate*.

Et pourquoi fuis-je fi incrédule fur ces lettres ?
c'eft que je les ai lues ; c'eft que j'ai reconnu la fuppofition à chaque page. J'ai été affez intimement lié
avec le vénitien *Algarotti*, pour favoir qu'il n'eut
jamais la moindre correfpondance , ni avec le cordelier *Ganganelli*, ni avec le confulteur *Ganganelli*, ni
avec le cardinal *Ganganelli* , ni avec le pape *Ganganelli*. Les petits confeils donnés amicalement à cet
Algarotti & à moi, n'ont jamais été donnés par ce bon
moine devenu bon pape.

Il est impossible que *Ganganelli* ait écrit à M. *Stuart* écossais : *Mon cher monsieur, je suis sincèrement attaché à la nation anglaise. J'ai une passion décidée pour vos grands poëtes.*

Que dites-vous d'un italien qui avoue à un homme d'Ecosse, *qu'il a une passion décidée pour les vers anglais*, & qui ne sait pas un mot d'anglais ?

L'éditeur va plus loin ; il fait dire à son savant *Ganganelli : Je fais quelquefois des visites nocturnes à Newton, dans ce temps où toute la nature est endormie ; je veille pour le lire & pour l'admirer. Personne ne réunit comme lui la science & la simplicité ; c'est le caractère du génie qui ne connaît ni la bouffissure, ni l'ostentation.*

Vous voyez comment l'éditeur se met à la place de son pape, & quelle étrange louange il donne à *Newton*. Il feint de l'avoir lu, & il en parle comme d'un savant bénédictin profond dans l'histoire, & qui cependant est modeste. Voilà un plaisant éloge du plus grand mathématicien qui ait jamais été, & de celui qui a disséqué la lumière.

Dans cette même lettre il prend *Berkeley*, évêque de Cloine, pour un de ceux qui ont écrit contre la religion chrétienne ; il le met dans le rang de *Spinosa* & de *Bayle*. Il ne sait pas que *Berkeley* a été un des plus profonds écrivains qui aient défendu le christianisme. Il ne sait pas que *Spinosa* n'en a jamais parlé, & que *Bayle* n'a fait aucun ouvrage nommément sur un sujet si respectable.

L'éditeur dans une lettre à un abbé *Lami*, fait dire à son prête-nom *Ganganelli, que l'ame est la plus grande merveille de l'univers, selon les paroles du Dante.* Un pape ou un cordelier pourrait à toute force citer le *Dante*, afin de paraître homme de lettres ; mais il n'y a pas un vers de cet étrange poëte le *Dante* qui dife ce qu'on lui attribue ici.

Dans une autre lettre à une dame vénitienne, *Ganganelli* s'amufe à réfuter *Locke*, c'eft-à-dire, que monfieur l'éditeur, très-fupérieur à *Locke*, fe donne le plaifir de le cenfurer fous le nom d'un pape.

Dans une lettre au cardinal *Quirini*, monfieur l'éditeur s'exprime ainfi : *Votre éminence qui aime beaucoup les Français, leur aura furement pardonné leurs gentilleffes, quoique ce foit au détriment de la dignité. Il n'y a pas de mal que dans tous les fiècles pris colleȼivement il y ait des étincelles, des flammes, des lis, des bluets, des pluies, des rofées, des fleuves, des ruiffeaux. Cela peint parfaitement la nature. Et pour bien juger de l'univers & des temps, il faut réunir les différens points de vue, & n'en faire qu'un feul optique.*

De bonne foi, croyez-vous que le pape ait écrit ce fatras en français contre les Français ?

N'eft-il pas plaifant que dans la lettre cent onzième *Ganganelli*, devenu récemment cardinal, dife : *Nous ne fommes pas cardinaux pour en impofer par notre fafte, mais pour être colonnes du faint fiége. Tout jufqu'à notre habit rouge nous rappele que jufqu'à l'effufion de notre fang nous devons tout employer pour venir au fecours de la religion. Quand je vois le cardinal de Tournon voler aux extrémités du monde pour y faire prêcher la vérité fans aucune altération, ce magnifique exemple m'enflamme, & je fuis prêt à tout entreprendre.*

Ne femble-t-il point par ce paffage qu'un cardinal de *Tournon* quitta les délices de Rome en 1706 pour aller prêcher l'empereur de la Chine, & pour être martyrifé ?

martyrifé ? Le fait eft qu'un prêtre favoyard nommé *Maillard*, élevé à Rome dans le collége de la Propagande, fut envoyé à la Chine en 1706 par le pape *Clément XI*, pour rendre compte à la congrégation de cette Propagande, de la difpute des jacobins & des jéfuites fur deux mots de la langue chinoife. *Maillard* prit le nom de *Tournon*. Il eut bientôt des lettres de vicaire apoftolique en Chine. Dès qu'il fut vicaire apôtre, il crut favoir mieux le chinois que l'empereur *Cam-hi*. Il manda au pape *Clément XI*, que l'empereur & les jéfuites étaient des hérétiques. L'empereur fe contenta de le faire conduire en prifon à Macao. On a écrit que les jéfuites l'empoifonnèrent. Mais avant que le poifon eût opéré, il eut, dit-on, le crédit d'obtenir une barette du pape. Les Chinois ne favent guère ce que c'eft qu'une barette. *Maillard* mourut dès que fa barette fut arrivée. Voilà l'hiftoire fidelle de cette facétie. L'éditeur fuppofe que *Ganganelli* était affez ignorant pour n'en rien favoir.

Enfin, celui qui emprunte le nom du pape *Ganganelli*, pouffe fon zèle jufqu'à dire dans fa lettre cinquante-huitième à un bailli de la république de Saint-Marin : „ Je ne vous enverrai plus le livre que „ vous vouliez avoir. C'eft une production tout-à- „ fait informe, mal traduite du français, & qui „ pullule d'erreurs contre la morale & contre le „ dogme. On n'y parle que d'humanité ; car c'eft „ aujourd'hui le beau mot qu'on a finement fubfti- „ tué à celui de charité, parce que l'humanité n'eft „ qu'une vertu païenne. La philofophie moderne „ ne veut plus de ce qui tient à la religion chré- „ tienne. „

Vous remarquerez foigneufement que fi notre pape craint le mot d'humanité , le roi très-chrétien s'en fert hardiment dans fon édit du 12 avril 1776. par lequel il fait diftribuer gratis des remèdes à tous les malades de fon royaume ; l'édit commence ainfi : *Sa majefté voulant déformais , pour le befoin de l'humanité* , &c.

M. l'éditeur peut être inhumain fur le papier tant qu'il voudra ; mais il permettra que nos rois & nos miniftres foient humains. Il éft clair qu'il s'eft étrangement mépris ; & c'eft ce qui arrive à tous ces meffieurs qui donnent ainfi leurs productions fous des noms refpectables. C'eft l'écueil où ont échoué tous les fefeurs de teftamens. C'eft furtout à quoi on reconnut *Boisguilbert* qui ofa imprimer fa *Dixme royale* fous le nom du maréchal de *Vauban.* Tels furent les auteurs des mémoires de *Verdac* , de *Montbrun* , de *Pontis* , & de tant d'autres.

Je crois le faux *Ganganelli* démafqué. Il s'eft fait pape ; je l'ai dépofé. S'il veut m'excommunier, il eft bien le maître.

LETTRE

DE

M. DE VOLTAIRE,

A L'ACADEMIE FRANÇAISE;

LUE DANS CETTE ACADEMIE, A LA SOLEMNITÉ
DE LA SAINT LOUIS,

Le 25 auguſte 1776.

A MESSIEURS

DE L'ACADEMIE FRANÇAISE.

PREMIERE PARTIE.

MESSIEURS,

LE cardinal de *Richelieu*, le grand *Corneille*, & *George Scudéri*, qui osait se croire son rival, soumirent le Cid tiré du théâtre espagnol à votre jugement. Aujourd'hui nous avons recours à cette même décision impartiale, à l'occasion de quelques tragédies étrangères dédiées au roi notre protecteur ; nous réclamons son jugement & le vôtre,

Une partie de la nation anglaise a érigé depuis peu un temple au fameux comédien poëte *Shakespeare*, & a fondé un jubilé en son honneur. Quelques français ont tâché d'avoir le même enthousiasme. Ils transportent chez nous une image de la divinité de *Shakespeare*, comme quelques autres imitateurs ont érigé depuis peu à Paris un Vaux-hall; & comme d'autres se font signalés en appelant les alloyaux des rost-beef, & en se piquant d'avoir à leur table du rost-beef de mouton. Ils se promenaient en frac les matins, oubliant que le mot de frac vient du français, comme viennent presque tous les mots de la langue anglaife. La cour de *Louis XIV* avait autrefois poli celle de *Charles fecond ;* aujourd'hui Londres nous tire de la barbarie.

Enfin donc , Meffieurs , on nous annonce une traduction de *Shakefpeare ,* & on nous inftruit qu'il fut le *Dieu créateur de l'art fublime du théâtre , qui reçut de fes mains l'exiftence & la perfection.* (*)

Le traducteur ajoute que *Shakefpeare* eft *vraiment inconnu en France ou plutôt défiguré.* Les chofes font donc bien changées en France de ce qu'elles étaient il y a environ cinquante années, lorfqu'un homme de lettres, qui a l'honneur d'être votre confrère, fut le premier parmi vous qui apprit la langue anglaife ; le premier qui fit connaître *Shakefpeare ,* qui en traduifit librement quelques morceaux en vers , (ainfi qu'il faut traduire les poëtes) qui fit connaître *Pope , Dryden , Milton ;* le premier même qui ofa expliquer les élémens de la philofophie du grand *Newton ,* & qui ofa rendre juftice à la fageffe profonde de *Locke ,* le feul métaphyficien raifonnable qui eût peut-être paru jufqu'alors fur la terre.

Non-feulement il y a encore de lui quelques morceaux de vers imités de *Milton ;* mais il engagea M. *Dupré* de Saint-Maur à apprendre l'anglais , & à traduire *Milton ,* du moins en profe.

Quelques-uns de vous favent quel fut le prix de toutes ces peines qu'il prit d'enrichir notre littérature de la littérature anglaife ; avec quel acharnement il fut perfécuté pour avoir ofé propofer aux Français d'augmenter leurs lumières par les lumières d'une nation

(*) Page 3 du programme.

qu'ils ne connaiſſaient guère alors que par le nom du
duc de *Marlborough* , & dont la religion était en
pluſieurs points différente de la nôtre. On regarda cette
entrepriſe comme un crime de haute trahiſon , &
comme une impiété. Ce déchaînement ne diſcontinua
point; & l'objet de tant de haines ne prit enfin d'autre
parti que celui d'en rire.

Malgré cet acharnement contre la littérature & la
philoſophie anglaiſe , elles s'accréditèrent inſenſi-
blement en France. On traduiſit bientôt tous les
livres imprimés à Londres. On paſſa d'une extrémité
à l'autre. On ne goûtait plus que ce qui venait de ce
pays , ou qui paſſait pour en venir. Les libraires , qui
ſont des marchands de modes, vendaient des romans
anglais comme on vend des rubans & des dentelles
de point ſous le nom d'Angleterre.

Le même homme qui avait été la cauſe de cette
révolution dans les eſprits , fut obligé en 1760, par
des raiſons aſſez connues , de commenter les tragédies
du grand *Corneille* , & vous conſulta aſſidument ſur
cet ouvrage. Il joignit à la célèbre pièce de Cinna
une traduction du Jules-Céſar de *Shakeſpeare* , pour
ſervir à comparer la manière dont le génie anglais
avait traité la conſpiration de *Brutus* & de *Caſſius*
contre *Céſar* , avec la manière dont *Corneille* a traité
aſſez différemment la conſpiration de *Cinna* & d'*Emilie*
contre *Auguſte*.

Jamais traduction ne fut ſi fidelle. L'original anglais
eſt tantôt en vers, tantôt en proſe; tantôt en vers blancs,
tantôt en vers rimés. Quelquefois le ſtyle eſt d'une élé-
vation incroyable ; c'eſt *Céſar* qui dit qu'il reſſemble à
l'étoile polaire & à l'Olympe. Dans un autre endroit il

V 4

s'écrie: *Le danger fait bien que je fuis plus dangereux que lui. Nous naquîmes tous deux d'une même portée le même jour , mais je fuis l'aîné & le plus terrible.* Quelquefois le ftyle eft de la plus grande naïveté ; c'eft la lie du peuple qui parle fon langage ; c'eft un favetier qui propofe à un fénateur de le *reffemeler.* Le commentateur de *Corneille* tâcha de fe prêter à cette grande variété ; non-feulement il traduifit les vers blancs en vers blancs , les vers rimés en vers rimés , la profe en profe ; mais il rendit figure pour figure. Il oppofa l'ampoulé à l'enflure, la naïveté & même la baffeffe , à tout ce qui eft naïf & bas dans l'original. C'était la feule manière de faire connaître *Shakefpeare.* Il s'agiffait d'une queftion de littérature & non d'un marché de typographie ; il ne fallait pas tromper le public.

Quand le traducteur reproche à la France de n'avoir aucune traduction exacte de *Shakefpeare* , il devait donc traduire exactement. Il ne devait pas dès la première-fcène de Jules-Céfar mutiler lui-même fon *Dieu de la tragédie.* Il copie fidellement fon modèle , je l'avoue , en introduifant fur le théâtre des char-pentiers , des bouchers, des cordonniers, des favetiers, avec des fénateurs romains ; mais il fupprime tous les quolibets de ce favetier qui parle aux fénateurs. Il ne traduit pas la charmante équivoque fur le mot qui fignifie ame, & fur le mot qui veut dire *femelle* de fouliers. Une telle réticence n'eft-elle pas un facrilége envers fon Dieu ?

Quel a été fon deffein quand dans la tragédie d'*Othello,* tirée du roman de Cintio, & de l'ancien théâtre de Milan , il ne fait rien dire au bas &

dégoûtant *Jago*, & à fon compagnon *Roderigo* de ce
que *Shakespeare* leur fait dire ?

*Morbleu, vous êtes volé, cela est honteux, vous dis-je;
mettez votre robe, on crève votre cœur, vous avez perdu la
moitié de votre ame. Dans ce moment, oui, dans ce moment,
un vieux bélier noir faillit votre brebis blanche.... Morbleu,
vous êtes un de ceux qui ne serviraient pas Dieu si le diable
vous le commandait. Parce que nous venons vous rendre
service vous nous traitez de ruffiens. (a) Vous avez une fille
couverte en ce moment par un cheval de Barbarie; vous
entendrez hennir vos petits-fils; vous aurez des chevaux de
course pour coufins-germains, & des chevaux de manége
pour beaux-frères.*

Qui es-tu, misérable profane?

*Je suis, Monsieur, un homme, qui vient vous dire que
le more & votre fille font maintenant la bête à deux dos. (b)*

Dans la tragédie de Macbeth, après que le héros
s'est enfin déterminé à affassiner fon roi dans fon lit,
lorfqu'il vient de déployer toute l'horreur de son crime
& de fes remords qu'il furmonte, arrive le portier de
la maifon, qui débite des plaifanteries de polichinelle;
il est relevé par deux chambellans du roi, dont l'un
demande à l'autre quelles font les trois chofes que
l'ivrognerie provoque? C'est, lui répond son camarade,
d'avoir le nez rouge, de dormir, & de piffer. (c) Il y
ajoute tout ce que le réveil peut produire dans un

(a) Terme lombard qui ne fut adopté que depuis en Angleterre.

(b) Ancien proverbe italien.

(c) Nous demandons pardons aux lecteurs honnêtes, & furtout aux
dames, de traduire fidellement : mais nous fommes obligés d'étaler l'infamie
dont des welches ont voulu couvrir la France depuis quelques années.

jeune débauché, & il emploie les termes de l'art avec les expreffions les plus cyniques.

Si de telles idées & de telles expreffions font en effet cette belle nature qu'il faut adorer dans *Shakefpeare*, fon traducteur ne doit pas les dérober à notre culte. Si ce ne font que les petites négligences d'un vrai génie, la fidélité exige qu'on les faffe connaître, ne fût-ce que pour confoler la France, en lui montrant qu'ailleurs il y a peut-être auffi des défauts.

Vous pourrez connaître, Meffieurs, comment *Shakefpeare* développe les tendres & refpectueux fentimens du roi *Henri V* pour *Catherine* fille du malheureux roi de France *Charles VI.* Voici la déclaration de ce héros dans la tragédie de fon nom, au cinquième acte.

Si tu veux, ma Catau, que je faffe des vers pour toi, ou que je danfe, tu me perds; car je n'ai ni parole, ni mefure pour verfifier, & je n'ai point de force en mefure pour danfer. J'ai pourtant une mefure raifonnable en force. S'il fallait gagner une dame au jeu de faute grenouille, fans me vanter, je pourrais bientôt la fauter en époufée, &c.

C'eft ainfi, Meffieurs, que le dieu de la tragédie fait parler le plus grand roi de l'Angleterre & fa femme, pendant trois fcènes entières. Je ne répéterai pas les mots propres que les crocheteurs prononcent parmi nous, & qu'on fait prononcer à la reine dans cette pièce. Si le fecrétaire de la librairie françaife traduit la tragédie de Henri V fidellement comme il l'a promis, ce fera une école de bienféance & de délicateffe qu'il ouvrira pour notre cour.

Quelques-uns de vous, Meffieurs, favent qu'il exifte une tragédie de *Shakefpeare* intitulée *Hamlet*,

dans laquelle un esprit apparaît d'abord à deux
sentinelles & à un officier sans leur rien dire ; après
quoi il s'enfuit au chant du coq. L'un des regardans
dit que les esprits ont l'habitude de disparaître quand
le coq chante vers la fin de décembre, à cause de la
naissance de notre Sauveur.

Ce spectre est le père d'*Hamlet*, en son vivant roi
de Danemarck. Sa veuve *Gertrude*, mère d'*Hamlet*, a
épousé le frère du défunt peu de temps après la mort
de son mari. Cet *Hamlet* dans un monologue s'écrie :
*Ah ! fragilité est le nom de la femme ! quoi ! n'attendre pas
un petit mois ! quoi avant d'avoir usé les souliers avec
lesquels elle avait suivi le convoi de mon père ! Oh ciel ! les
bêtes qui n'ont point de raison auraient fait un plus long
deuil.*

Ce n'est pas la peine d'observer qu'on tire le canon
aux réjouissances de la reine *Gertrude* & de son nouveau mari, & à un combat d'escrime au cinquième
acte ; quoique l'action se passe dans le neuvième siècle
où le canon n'était pas inventé. Cette petite inad-
vertance n'est pas plus remarquable que celle de faire
jurer *Hamlet* par *St Patrice*, & d'appeler *Jésu* notre
Sauveur dans le temps où le Danemarck ne connaissait
pas plus le christianisme que la poudre à canon.

Ce qui est important, c'est que le spectre apprend
à son fils dans un assez long tête-à-tête que sa femme
& son frère l'ont empoisonné par l'oreille. *Hamlet* se
dispose à venger son père, & pour ne pas donner
d'ombrage à *Gertrude*, il contrefait le fou pendant
toute la pièce.

Dans un des accès de sa prétendue folie, il a un
entretien avec sa mère *Gertrude*. Le grand-chambellan

du roi fe cache derrière une tapifferie. Le héros crie
qu'il entend un rat, il court au rat , & tue le grand-
chambellan. La fille de cet officier de la couronne ,
qui avait du tendre pour *Hamlet* , devient réellement
folle , elle fe jette dans la mer , & fe noie.

Alors le théâtre au cinquième acte repréfente une
églife & un cimetière , quoique les Danois idolâtres
au premier acte ne fuffent pas devenus chrétiens au
cinquième. Des foffoyeurs creufent la foffe de cette
pauvre fille ; ils fe demandent fi une fille qui s'eft
noyée doit être enterrée en terre fainte. Ils chantent
des vaudevilles dignes de leur profeffion & de leurs
mœurs ; ils déterrent , ils montrent au public des
têtes de morts. *Hamlet* & le frère de fa maîtreffe tombent
dans une foffe , & s'y battent à coups de poing.

Un de vos confrères , Meffieurs , avait ofé remarquer que ces plaifanteries , qui peut-être étaient
convenables du temps de *Shakefpeare* , n'étaient pas
d'un tragique affez noble du temps des lords *Carteret* ,
Chefterfield , *Littleton* , &c. Enfin , on les avait retran-
chées fur le théâtre de Londres le plus accrédité ; &
M. *Marmontel* dans un de fes ouvrages en a félicité
la nation anglaife. *On abrège tous les jours Shakefpeare ,*
dit-il, *on le châtie ; le célèbre Garrik vient tout nouvellement*
de retrancher fur fon théâtre la fcène des foffoyeurs , &
prefque tout le cinquième acte. La pièce & l'auteur n'en ont
été que plus applaudis.

Le traducteur ne convient pas de cette vérité ; il
prend le parti des foffoyeurs. Il veut qu'on les conferve
comme le monument refpectable d'un génie unique.
Il eft vrai qu'il y a cent endroits dans cet ouvrage ,
& dans tous ceux de *Shakefpeare* auffi nobles , auffi

décens, auffi fublimes, amenés avec autant d'art ;
mais le traducteur donne la préférence aux fofloyeurs ;
il fe fonde fur ce qu'on a confervé cette abominable
fcène fur un autre théâtre de Londres ; il femble
exiger que nous imitions ce beau fpectacle.

Il en eft de même de cette heureufe liberté avec
laquelle tous les acteurs paffent en un moment d'un
vaiffeau en pleine mer, à cinq cents milles fur le continent, d'une cabane dans un palais, d'Europe en
Afie. Le comble de l'art, felon lui, ou plutôt la beauté
de la nature, eft de repréfenter une action, ou plufieurs
actions à la fois, qui durent un demi-fiècle. En vain
le fage *Defpréaux*, légiflateur du bon goût dans
l'Europe entière, a dit dans fon Art poétique :

> Un rimeur, fans péril, de-là les Pyrénées
> Sur la fcène en un jour renferme des années :
> Là fouvent le héros d'un fpectacle groffier,
> Enfant au premier acte eft barbon au dernier.

En vain on lui citerait l'exemple des Grecs qui
trouvèrent les trois unités dans la nature. En vain
on lui parlerait des Italiens qui long-temps avant
Shakefpeare ranimèrent les beaux arts au commencement du feizième fiècle, & qui furent fidelles à ces
trois grandes lois du bon fens ; unité de lieu, unité
de temps, unité d'action. En vain on lui ferait voir
la Sophonisbe de l'archevêque *Triffino*, la Rofemonde
& l'Orefte du *Ruccellaï*, la Didon du *Dolce*, & tant
d'autres pièces compofées en Italie près de cent ans
avant que *Shakefpeare* écrivît dans Londres, toutes
affervies à ces règles judicieufes établies par les Grecs ;

en vain lui remontrerait-on que l'Aminte du *Taſſe* &
le Paſtor-fido de *Guarini*, ne s'écartent point de ces
mêmes règles, & que cette difficulté furmontée eſt un
charme qui enchante tous les gens de goût.

En vain s'appuierait-on de l'exemple de tous les
peintres, parmi lefquels il s'en trouve à peine un ſeul
qui ait peint deux actions différentes ſur la même toile.
On décide aujourd'hui, Meſſieurs, que les trois unités
font une loi chimérique, parce que *Shakeſpeare* ne les
a jamais obſervées ; & parce qu'on veut nous avilir,
juſqu'à faire croire que nous n'avons que ce mérite.

Il ne s'agit pas de ſavoir ſi *Shakeſpeare* fut le créateur
du théâtre en Angleterre. Nous accorderons aiſément
qu'il l'emportait ſur tous ſes contemporains ; mais
certainement l'Italie avait quelques théâtres réguliers
dès le quinzième ſiècle. On avait commencé long-
temps auparavant par jouer la paſſion en Calabre
dans les égliſes, & on l'y joue même encore : mais,
avec le temps, quelques génies heureux avaient commencé à effacer la rouille dont ce beau pays était
couvert depuis les inondations de tant de barbares. On
repréſenta de vraies comédies du temps même du
Dante ; & c'eſt pourquoi le *Dante* intitula comédie
ſon Enfer, ſon Purgatoire, & ſon Paradis. *Riccoboni*
nous apprend que la Floriana fut alors repréſentée à
Florence.

Les Eſpagnols & les Français ont toujours imité
l'Italie ; ils commencèrent malheureuſement par jouer
en plein air la paſſion, les myſtères de l'ancien & du
nouveau teſtament. Ces facéties infames ont duré en
Eſpagne juſqu'à nos jours. Nous avons trop de

preuves qu'on les jouait à l'air chez nous aux quatorzième & quinzième siècles ; voici ce que rapporte la
chronique de Metz , composée par le curé de Saint-
Euchaire. ,, L'an 1437 fut fait le jeu de la passion de
,, Notre-Seigneur en la plaine de Veximel , & fut Dieu
,, un sire appelé seigneur *Nicole dom Neufchâtel* , curé
,, de Saint-Victour de Metz , lequel fut presque mort
,, en croix , s'il ne fût été secouru , & convint qu'un
,, autre prêtre fut mis en la croix pour parfaire le
,, personnage du crucifiement pour ce jour ; & le lende-
,, main ledit curé de Saint-Victour parfit la résurrec-
,, tion , & fit très-hautement son personnage , & dura
,, ledit jeu jusqu'à nuit ; & autre prêtre qui s'appelait
,, maître *Jean de Nicey* , qui était chapelain de
,, Métrange , fut *Judas* , lequel fut presque mort en
,, pendant , car le cœur lui faillit , & fut bien hâti-
,, vement dépendu & porté en voie : & était la gueule
,, d'enfer très-bien faite avec deux gros culs d'acier ;
,, & elle ouvrait & clouait quand les diables y vou-
,, laient entrer & sortir. ,,

Dans le même temps , des troupes ambulantes
jouaient les mêmes farces en Provence ; mais les
confrères de la passion s'établissaient à Paris dans des
lieux fermés. On sait assez que ces confrères achetèrent
l'hôtel des ducs de Bourgogne , & y jouèrent leurs
pieuses extravagances.

Les Anglais copièrent ces divertissemens grossiers &
barbares. Les ténèbres de l'ignorance couvraient
l'Europe ; tout le monde cherchait le plaisir , & on ne
pouvait en trouver d'honnêtes. On voit dans une édition de *Shakespeare* à la suite de *Richard III* , qu'ils
jouaient des miracles en plein champ sur des théâtres

de gazon de cinquante pieds de diamètre. Le diable y paraiſſait tondant les ſoies de ſes cochons ; & de-là vint le proverbe anglais, *grand cri & peu de laine.*

Dès le temps de *Henri VII* il y eut un théâtre permanent établi à Londres, qui ſubſiſte encore. Il était très en vogue dans la jeuneſſe de *Shakeſpeare*, puiſque dans ſon éloge on le loue d'avoir gardé les chevaux des curieux à la porte ; il n'a donc point inventé l'art théâtral, il l'a cultivé avec de très-grands ſuccès. C'eſt à vous, Meſſieurs, qui connaiſſez Polyeucte & Athalie, à voir ſi c'eſt lui qui l'a perfectionné.

Le traducteur s'efforce d'immoler la France à l'Angleterre, dans un ouvrage qu'il dédie au roi de France, & pour lequel il a obtenu des ſoufcriptions de notre reine & de nos princeſſes. Aucun de nos compatriotes dont les pièces ſont traduites & repréſentées chez toutes les nations de l'Europe, & chez les Anglais mêmes, n'eſt cité dans ſa préface de cent trente pages. Le nom du grand *Corneille* ne s'y trouve pas une ſeule fois.

Si le traducteur eſt ſecrétaire de la librairie de Paris, pourquoi n'écrit-il que pour une librairie étrangère ? pourquoi veut-il humilier ſa patrie ? pourquoi dit-il que *de légers Ariſtarques de Paris ont peſé dans leur étroite balance le mérite de Shakeſpeare, qu'il n'a jamais été ni traduit ni connu en France ; qu'ils ſavent cependant la ſomme exacte de ſes beautés & de ſes défauts ; que les oracles de ces petits juges effrontés des nations & des arts ſont reçus ſans examen, & parviennent à force d'échos à former une opinion.* (d)

_____

(d) Page 130 du Diſcours ſur les préfaces.

Nous

A L'ACADEMIE FRANÇAISE. 321

Nous ne méritons pas, ce me femble, ce mépris que
monfieur le traducteur nous prodigue. S'il s'obftine
à décourager ainfi les talens naiffans des jeunes gens
qui voudraient travailler pour le théâtre français,
c'eft à vous, Meffieurs, de les foutenir dans cette
pénible carrière. C'eft furtout à ceux qui parmi vous
ont fait l'étude la plus approfondie de cet art, à vouloir bien leur montrer la route qu'ils doiv nt fuivre,
& les écueils qu'ils doivent éviter.

Quel fera, par exemple, le meilleur modèle d'expofition dans une tragédie ? fera-ce celle de *Bajazet* dont
je rappelle ici quelques vers qui font dans la bouche
de tous les gens de lettres, & dont le maréchal d; *Villars*
cita les derniers avec tant d'énergie, quand il alla
commander les armées en Italie, à l'âge de quatre-
vingts ans ?

> Que fefaient cependant nos braves janiffaires ?
> Rendent-ils au fultan des hommages fincères ?
> Dans le fecret des cœurs, Ofmin, n'as-tu rien lu ?
> Amurat jouit-il d'un pouvoir abfolu ?

OSMIN.

> Amurat eft content, fi nous le voulons croire,
> Et femble fe promettre une heureufe victoire ;
> Mais en vain par ce calme il croit nous éblouir ;
> Il affecte un repos dont il ne peut jouir.
> C'eft en vain que forçant fes foupçons ordinaires,
> Il fe rend acceffible à tous les janiffaires :
> . . . .
> Ils regrettent le temps à leur grand cœur fi doux,
> Lorfqu'affurés de vaincre ils combattaient fous vous.

Mélanges littér. Tome III.   X

A C O M A T.

Quoi, tu crois, cher Ofmin, que ma gloire paffée,
Flatte encor leur valeur, & vit dans leur penfée !
Crois-tu qu'ils me fuivraient encore avec plaifir,
Et qu'ils reconnaîtraient la voix de leur vifir? &c.

Cette expofition paffe pour un chef-d'œuvre de
l'efprit humain. Tout y eft fimple fans baffeffe, &
grand fans enflure; point de déclamation, rien d'inutile. *Acomat* développe tout fon caractère en deux mots,
fans vouloir fe peindre. Le lecteur s'aperçoit à peine
que les vers font rimés, tant la diction eft pure &
facile : il voit d'un coup d'œil la fituation du férail &
de l'empire; il entrevoit fans confufion les plus grands
intérêts.

Aimeriez-vous mieux la première fcène de Romeo
& de Juliette, l'un des chefs-d'œuvre de *Shakefpeare*
qui nous tombe en ce moment fous la main? La fcène
eft dans une rue de Vérone, entre *Grégoire* & *Samfon*,
deux domeftiques de *Capulet*.

S A M S O N.

Grégoire, fur ma parole nous ne porterons pas de
charbon.

G R E G O I R E.

Non, car nous ferions charbonniers. (*e*)

S A M S O N.

J'entends que quand nous ferons en colère nous
dégaînerons.

(*e*) Ce font de nobles métaphores de la canaille.

GREGOIRE.

Hé oui, pendant que tu es en vie dégaîne ton cou du colier.

SAMSON.

Je frappe vîte quand je suis pouffé.

GREGOIRE.

Oui, mais tu n'es pas souvent pouffé à frapper.

SAMSON.

Un chien de la maifon de *Montaigu*, l'ennemie de la maifon de *Capulet* notre maître, fuffit pour m'émouvoir.

GREGOIRE.

Se mouvoir c'eft remuer, & être vaillant c'eft être droit. (Il y a ici une équivoque d'une obfcénité groffière.) Ainfi, fi tu es ému tu t'enfuiras.

SAMSON.

Un chien de cette maifon me fera tenir tout droit. Je prendrai le haut du pavé fur tous les hommes de la maifon *Montaigu*, & fur toutes les filles.

GREGOIRE.

Cela prouve que tu es un poltron de laquais; car le poltron, le faible fe retire toujours à la muraille.

SAMSON.

Cela eft vrai; c'eft pourquoi les filles étant les plus faibles, font toujours pouffées à la muraille. Ainfi je poufferai les gens de *Montaigu* hors de la muraille, & les filles de *Montaigu* à la muraille.

X 2

G R E G O I R E.

La querelle eft entre nos maîtres les *Capulet* & les *Montaigu*, & entre nous & leurs gens.

S A M S O N.

Oui, nous & nos maîtres c'eft la même chofe. Je me montrerai tyran comme eux. Je ferai cruel avec les filles, je leur couperai la tête.

G R E G O I R E.

La tête des filles? (*f*)

S A M S O N.

Eh oui! les têtes des filles ou les pucelages. Tu prendras la chofe dans le fens que tu voudras &c.

Le refpeĉt & l'honnêteté ne me permettent pas d'aller plus loin. C'eft-là, Meffieurs, le commencement d'une tragédie, où deux amans meurent de la mort la plus funefte. Il y a plus d'une pièce de *Shakefpeare* où l'on trouve plufieurs fcènes dans ce goût. C'eft à vous à décider quelle méthode nous devons fuivre, ou celle de *Shakefpeare, le dieu de la tragédie*, ou celle de *Racine*.

Je vous demande encore à vous, Meffieurs, & à l'académie de la Crufca, & à toutes les fociétés littéraires de l'Europe, à quelle expofition de tragédie il faudra donner la préférence, ou du Pompée du grand *Corneille*, quoiqu'on lui ait reproché un peu d'enflure, ou au roi *Lear* de *Shakefpeare*, qui eft fi naïf?

(*f*) Il faut favoir que *head* fignifie tête, & *maid* pucelle. *Maiden head*, tête de fille, fignifie pucelage.

Vous lifez dans *Corneille* :

Le deftin fe déclare, & nous venons d'entendre
Ce qu'il a décidé du beau-père & du gendre;
Quand les dieux étonnés femblaient fe partager,
Pharfale a décidé ce qu'ils n'ofaient juger.
. . . .
Tel eft le titre affreux dont le droit de l'épée,
Juftifiant Céfar, a condamné Pompée ;
Ce déplorable chef du parti le meilleur,
Que fa fortune laffe abandonne au malheur,
Devient un grand exemple, & laiffe à la mémoire,
Des changemens du fort une éclatante hiftoire.

Vous lifez dans l'expofition du roi *Lear* :

LE COMTE DE KENT.

N'eft-ce pas là votre fils, milord?

LE COMTE DE GLOCESTER.

Son éducation a été à ma charge. J'ai fouvent rougi de le reconnaître; mais à préfent je fuis plus hardi.

LE COMTE DE KENT.

Je ne puis vous concevoir.

LE COMTE DE GLOCESTER.

Oh! la mère de ce jeune drôle pouvait concevoir très-bien; elle eut bientôt un ventre fort arrondi, (*g*) & elle eut un enfant dans un berceau avant d'avoir un mari dans fon lit.

(*g*) Il y a dans l'original un mot plus cynique que celui de ventre.

X 3

Trouvez-vous quelque faute à cela?... Quoique ce coquin foit venu impudemment dans le monde avant qu'on l'envoyât chercher, fa mère n'en était pas moins jolie; & il y a eu du plaifir à le faire. Enfin, ce fils de p.... doit être reconnu &c.

Jugez maintenant, cours de l'Europe, académiciens de tous les pays, hommes bien élevés, hommes de goût dans tous les états.

Je fais plus, j'ofe demander juftice à la reine de France, à nos princeffes, aux filles de tant de héros, qui favent comment les héros doivent parler.

Un grand juge d'Ecoffe, qui a fait imprimer des Elémens de critique anglaife, en trois volumes, dans lefquels on trouve des réflexions judicieufes & fines, a pourtant eu le malheur de comparer la première fcène du monftre nommé Hamlet, à la première fcène du chef-d'œuvre de notre Iphigénie; il affirme que ces vers d'*Arcas*,

Avez-vous dans les airs entendu quelque bruit?
Les vents nous auraient-ils exaucés cette nuit?
Mais tout dort, & l'armée, & les vents, & Neptune,

ne valent pas cette réponfe vraie & convenable du fentinelle dans Hamlet : *Je n'ai pas entendu une fouris trotter.*

Oui, Monfieur, un foldat peut répondre ainfi dans un corps-de-garde; mais non pas fur le théâtre, devant les premières perfonnes d'une nation, qui s'expriment noblement, & devant qui il faut s'exprimer de même.

Si vous demandez pourquoi ce vers, *Mais tout dort, & l'armée, & les vents, & Neptune*, eſt d'une beauté admirable, & pourquoi les vers ſuivans ſont plus beaux encore; je vous dirai que c'eſt parce qu'ils expriment avec harmonie de grandes vérités, qui ſont le fondement de la pièce. Je vous dirai qu'il n'y a ni harmonie ni vérité intéreſſante dans ce quolibet d'un ſoldat : *Je n'ai pas entendu une ſouris trotter.* Que ce ſoldat ait vu ou n'ait pas vu paſſer de ſouris, cet événement eſt très-inutile à la tragédie d'Hamlet; ce n'eſt qu'un diſcours de gilles, un proverbe bas qui ne peut faire aucun effet. Il y a toujours une raiſon pour laquelle toute beauté eſt beauté, & toute ſottiſe eſt ſottiſe.

Les mêmes réflexions que je fais ici devant vous, Meſſieurs, ont été faites en Angleterre par pluſieurs gens de lettres. *Rymer* même, le ſavant *Rymer*, dans un livre dédié au fameux comte *Dorſet*, en 1593, ſur l'excellence & la corruption de la tragédie, pouſſe la ſévérité de ſa critique, juſqu'à dire *qu'il n'y a point de ſinge en Afrique*, (*) *point de babouin qui n'ait plus de goût que Shakeſpeare*. Permettez-moi, Meſſieurs, de prendre un milieu entre *Rymer* & le traducteur de *Shakeſpeare;* & de ne regarder ce *Shakeſpeare* ni comme un dieu, ni comme un ſinge.

(*) Page 124,

SECONDE PARTIE.

MESSIEURS,

J'AI expofé fidellement à votre tribunal le fujet de
la querelle entre la France & l'Angleterre. Perfonne
affurément ne refpecte plus que moi les grands-
hommes que cette île a produits ; & j'en ai donné
affez de preuves. La vérité qu'on ne peut déguifer
devant vous m'ordonne de vous avouer que ce
Shakefpeare fi fauvage, fi bas, fi effréné, & fi abfurde,
avait des étincelles de génie. Oui, Meffieurs, dans
ce chaos obfcur compofé de meurtres & de bouffon-
neries, d'héroïfme & de turpitude, de difcours des
halles & de grands intérêts, il y a des traits naturels
& frappans. C'était ainfi à-peu-près que la tragédie
était traitée en Efpagne fous *Philippe II*, du vivant
de *Shakefpeare*. Vous favez qu'alors l'efprit de l'Efpagne
dominait en Europe & jufque dans l'Italie. *Lopez de
Véga* en eft un grand exemple.

Il était précifément ce que fut *Shakefpeare* en Angleterre, un compofé de grandeur & d'extravagance.
Quelquefois digne modèle de *Corneille*, quelquefois
travaillant pour les petites-maifons, & s'abandonnant
à la folie la plus brutale, le fachant très-bien, &
l'avouant publiquement dans des vers qu'il nous a
laiffés, & qui font peut-être parvenus jufqu'à vous.
Ses contemporains, & encore plus fes prédéceffeurs,
firent de la fcène efpagnole un monftre qui plaifait
à la populace. Ce monftre fut promené fur les théâtres

de Milan & de Naples. Il était impoſſible que cette contagion n'infeɛât pas l'Angleterre ; elle corrompit le génie de tous ceux qui travaillèrent pour le théâtre long-temps avant *Shakeſpeare*. Le lord *Buckhurſt*, l'un des ancêtres du lord *Dorſet*, avait compoſé la tragédie de *Gorboduc*. C'était un bon roi, mari d'une bonne reine ; ils partageaient dès le premier aɛe leur royaume entre deux enfans qui ſe querellèrent pour ce partage : le cadet donnait à l'aîné un ſoufflet au ſecond aɛe ; l'aîné au troiſième aɛe tuait le cadet ; la mère au quatrième tuait l'aîné ; le roi au cinquième tuait la reine *Gorboduc ;* & le peuple ſoulevé tuait le roi *Gorboduc :* de ſorte qu'à la fin il ne reſtait plus perſonne.

Ces eſſais ſauvages ne purent parvenir en France ; ce royaume alors n'était pas même aſſez heureux pour être en état d'imiter les vices & les folies des autres nations. Quarante ans de guerres civiles écartaient les arts & les plaiſirs. Le fanatiſme marchait dans toute la France le poignard dans une main, & le crucifix dans l'autre. Les campagnes étaient en friche, les villes en cendres. La cour de *Philippe II* n'y était connue que par le ſoin qu'elle prenait d'attiſer le feu qui nous dévorait. Ce n'était pas le temps d'avoir des théâtres. Il a fallu attendre les jours du cardinal de *Richelieu* pour former un *Corneille* , & ceux de *Louis XIV* pour nous honorer d'un *Racine*.

Il n'en était pas ainſi à Londres quand *Shakeſpeare* établit ſon théâtre. C'était le temps le plus floriſſant de l'Angleterre ; mais ce ne pouvait être encore celui du bon goût. Les hommes ſont réduits dans tous les genres à commencer par des *Theſpis* avant d'arriver à des *Sophocles*. Cependant, tel fut le génie de *Shakespeare* que ce *Thespis* fut *Sophocle* quelquefois. On entrevit sur sa charrette, parmi la canaille de ses ivrognes barbouillés de lie, des héros dont le front avait des traits de majesté.

Je dois dire que parmi ces bizarres pièces, il en est plusieurs où l'on trouve de beaux traits pris dans la nature, & qui tiennent au sublime de l'art, quoiqu'il n'y ait aucun art chez lui.

C'est ainsi qu'en Espagne *Diamante*, & *Guillain de Castro* femèrent dans leurs deux tragédies monstrueuses du *Cid*, des beautés dignes d'être exactement traduites par *Pierre Corneille*. Ainsi, quoique *Calderon* eût étalé dans son Héraclius l'ignorance la plus grossière, & un tissu de folies les plus absurdes, cependant il mérita que *Corneille* daignât encore prendre de lui la situation la plus intéressante de son Héraclius français, & surtout ces vers admirables qui ont tant contribué aux succès de cette pièce.

> O malheureux Phocas! ô trop heureux Maurice!
> Tu retrouves deux fils pour mourir après toi,
> Je n'en puis trouver un pour régner après moi.

Vous voyez, Messieurs, que dans les pays & dans les temps où les beaux arts ont été le moins en honneur, il s'est pourtant trouvé des génies qui ont brillé au milieu des ténèbres de leur siècle. Ils tenaient de ce siècle où ils vécurent toute la fange dont ils étaient couverts; ils ne devaient qu'à eux-mêmes l'éclat qu'ils répandirent sur cette fange. Après leur mort ils furent regardés comme des dieux par leurs

contemporains qui n'avaient rien vu de femblable.
Ceux qui entrèrent dans la même carrière furent à
peine regardés. Mais enfin quand le goût des premiers
hommes d'une nation s'eft perfectionné, quand l'art
eft plus connu, le difcernement du peuple fe forme
infenfiblement. On n'admire plus en Efpagne ce qu'on
admirait autrefois. On n'y voit plus un foldat fervir
la meffe fur le théâtre, & combattre en même temps
dans une bataille ; on n'y voit plus JESUS-CHRIST fe
battre à coups de poing avec le diable, & danfer avec
lui une farabande.

. En France, *Corneille* commença par fuivre les pas
de *Rotrou* ; *Boileau* commença par imiter *Régnier* ;
Racine encore jeune fe modela fur les défauts de
Corneille : mais peu-à-peu on faifit les vraies beautés ;
on finit furtout par écrire avec fageffe & avec pureté.
Sapere eft principium & fons ; & il n'y a plus de vraie
gloire parmi nous que pour ce qui eft bien penfé &
bien exprimé.

Quand des nations voifines ont à-peu-près les mêmes
mœurs, les mêmes principes, & ont cultivé quelque
temps les mêmes arts, il paraît qu'elles devraient
avoir le même goût. Auffi l'Andromaque & la Phèdre
de *Racine*, heureufement traduites en anglais par de
bons auteurs, réuffirent beaucoup à Londres. Je les
ai vues jouer autrefois ; on y applaudiffait comme à
Paris. Nous avons encore quelques-unes de nos tragédies modernes très-bien accueillies chez cette nation
judicieufe & éclairée. Heureufement il n'eft donc pas
vrai que *Shakefpeare* ait fait exclure tout autre goût
que le fien, & qu'il foit un Dieu auffi jaloux que le
prétend fon pontife qui veut nous le faire adorer.

Tous nos gens de lettres demandent comment en Angleterre les premiers de l'Etat, les membres de la fociété royale, tant d'hommes fi inftruits, fi fages, peuvent encore fupporter tant d'irrégularités & de bizarreries, fi contraires au goût que l'Italie & la France ont introduit chez les nations policées, tandis que les Efpagnols ont enfin renoncé à leurs *autos facramentales*. Me trompé-je en remarquant que par-tout, & principalement dans les pays libres, le peuple gouverne les efprits fupérieurs? Par-tout les fpectacles chargés d'événemens incroyables plaifent au peuple; il aime à voir des changemens de fcènes, des couronnemens de rois, des proceffions, des combats, des meurtres, des forciers, des cérémonies, des mariages, des enterremens : il y court en foule, il y entraîne long-temps la bonne compagnie qui pardonne à ces énormes défauts, pour peu qu'ils foient ornés de quelques beautés, & même quand ils n'en ont aucune. Songeons que la fcène romaine fut plongée dans la même barbarie du temps d'*Augufte*. *Horace* s'en plaint à cet empereur dans fa belle épître *quum tot fuftineas*, & c'eft pourquoi *Quintilien* prononça depuis que les Romains n'avaient point de tragédie, *in tragœdiâ maximè claudicamus*.

Les Anglais n'en ont pas plus que les Romains. Leurs avantages font affez grands d'ailleurs.

Il eft vrai que l'Angleterre a l'Europe contre elle en ce feul point; la preuve en eft qu'on n'a jamais repréfenté fur aucun théâtre étranger aucune des pièces de *Shakefpeare*. Lifez ces pièces, Meffieurs, & la raifon pour laquelle on ne peut les jouer ailleurs,

fe découvrira bientôt à votre difcernement : il en eft
de cette efpèce de tragédie comme il en était il n'y a
pas long-temps de notre mufique inftrumentale ; elle
ne plaifait qu'à nous.

J'avoue qu'on ne doit pas condamner un artifte
qui a faifi le goût de fa nation ; mais on peut le plaindre
de n'avoir contenté qu'elle. *Appelle* & *Phydias* forcèrent
tous les différens états de la Grèce & tout l'empire
romain à les admirer. Nous voyons aujourd'hui le
Tranfilvain , le Hongrois , le Courlandois fe réunir
avec l'Efpagnol, le Français, l'Allemand , l'Italien,
pour fentir également les beautés de *Virgile* & d'*Horace;*
quoique chacun de ces peuples prononce différemment
la langue d'*Horace* & de *Virgile*. Vous ne trouvez
perfonne en Europe qui penfe que les grands auteurs
du fiècle d'*Augufte* foient *au-deffous des finges & des
babouins.* Sans doute *Pantolabus* & *Crifpinus* écrivirent
contre *Horace* de fon vivant , & *Virgile* effuya les
critiques de *Bavius;* mais après leur mort ces grands
hommes ont réuni les voix de toutes les nations.
D'où vient ce concert éternel ? Il y a donc un bon &
un mauvais goût.

On fouhaite avec juftice que ceux de meffieurs
les académiciens qui ont fait une étude férieufe du
théâtre, veuillent bien nous inftruire fur les queftions
que nous avons propofées. Qu'ils jugent fi la nation
qui a produit Iphigénie & Athalie doit les abandonner
pour voir fur le théâtre des hommes & des femmes
qu'on étrangle , des crocheteurs , des forciers , des
bouffons, & des prêtres ivres ; fi notre cour fi long-
temps renommée pour fa politeffe & pour fon goût
doit être changée en un cabaret de bierre & de

brandevin ; (*h*) & fi le palais d'une vertueufe fouve-
raine doit être un lieu de proftitution.

Figurez-vous, Meffieurs, *Louis XIV* dans fa
galerie de Verfailles entouré de fa cour brillante ;
un gille couvert de lambeaux perce la foule des héros,
des grands-hommes & des beautés qui compofent
cette cour ; il leur propofe de quitter *Corneille* , *Racine* ,
& *Molière* , pour un faltimbanque qui a des faillies
heureufes , & qui fait des contorfions. Comment
croyez-vous que cette offre ferait reçue ?

Je fuis avec un profond refpeƈt ,

MESSIEURS,

Votre très-humble & très-
obéïffant ferviteur ,

VOLTAIRE.

(*h*) Il eft peu de pièces de *Shakefpeare* où l'on ne trouve de telles
fcènes ; j'ai vu mettre de la bierre & de l'eau-de-vie fur la table dans
la tragédie d'Hamlet , & j'ai vu les aƈteurs en boire. *Céfar* , en allant au
capitole , propofe aux fénateurs de *boire un coup avec lui*. Dans la tragédie
de Cléopâtre , on voit arriver fur le rivage de Mifène la galère du jeune
Pompée : on voit *Augufte* , *Antoine* , *Lépide* , *Pompée* , *Agrippa* , *Mécène* ,
boire enfemble. *Lépide* , qui eft ivre , demande à *Antoine* , qui eft ivre
auffi , comment eft fait un crocodile. Il eft fait comme lui-même ,
répond *Antoine ;* il eft auffi large qu'il a de largeur , & auffi haut qu'il
a de hauteur. Il fe remue avec fes organes , il vit de ce qui le nourrit &c.
Tous les convives font échauffés de vin ; ils chantent en chorus une
chanfon à boire , & *Augufte* dit en balbutiant qu'*il aimerait mieux jeûner
quatre jours , que de trop boire en un feul.*

L E T T R E

ECRITE SOUS LE NOM DE M. DE LA VISCLEDE,

à M. le secrétaire perpétuel de l'académie de Pau.

1 7 7 6.

Monsieur & cher confrère, je vous envoie mes filles de Minée ; & je vous répète en profe ce que j'ai dit en vers, que je ne devais pas traiter ce fujet après *Ovide* & *la Fontaine.* Ce n'eft pas dans le monde comme dans l'évangile, celui qui vient fe préfenter à la dernière heure n'eft jamais fi bien reçu que ceux qui ont travaillé le matin. Voyez ce qui eft arrivé à *la Motte ;* il a voulu faire une petite Iliade ; on s'eft moqué de lui. Il a fait des fables philofophiques dédiées au régent du royaume, qui lui a donné deux mille écus ; tout le monde a dit, nous aimons mieux le naïf *la Fontaine* à qui *Louis XIV* ne donna rien.

Vous connaiffez cet enfant de la nature, ce *la Fontaine*, & fes trois filles de Minée que l'abbé d'*Olivet* a fait imprimer dans un recueil en cinq volumes ; mais vous ne connaiffez pas les amours de Mars & de Vénus, qui ne fe trouvent que dans l'édition de 1750. Les voici.

Vous devez avoir lu qu'autrefois le dieu Mars,
Bleſſé par Cupidon d'une flèche dorée,
Après avoir dompté les plus fermes remparts,
    Mit le camp devant Cythérée.
Le ſiége ne fut pas de fort longue durée :
    A peine Mars ſe préſenta,
    Que la belle parlementa.

Dans les formes pourtant il entreprit l'affaire,
    Par tous moyens tâcha de plaire,
De ſon ajuſtement prit d'abord un grand ſoin.
    Conſidérez-le en ce coin,
    Qui quitte ſa mine fière.
Il ſe fait attacher ſon plus riche harnois.
    Quand ce ſerait pour des jours de tournois,
    On ne le verrait pas vétu d'autre manière.
L'éclat de ſes habits fait honte à l'œil du jour.
Sans cela, fît-on mordre aux géans la pouſſière,
Il eſt bien mal-aiſé de rien faire en amour.

    En peu de temps Mars emporta la dame.
Il la gagna peut-être, en lui contant ſa flamme :
Peut-être conta-t-il ſes ſiéges, ſes combats;
Parla de contreſcarpe, & cent autres merveilles,
    Que les femmes n'entendent pas,
Et dont pourtant les mots ſont doux à leurs oreilles.
Voyez combien Vénus en ces lieux écartés
Aux yeux de ce guerrier étale de beautés :
    Quels longs baiſers ! La gloire a bien des charmes;
Mais Mars en la ſervant ignore ſes douceurs.
Son harnois eſt ſur l'herbe : Amour pour toutes armes
    Veut des ſoupirs & des larmes,
    C'eſt ce qui triomphe des cœurs.

                         Phœbus

Phœbus pour la déeffe avait même deffein ;
Et charmé de l'efpoir d'une telle conquête,
  Couvait plus de feux dans fon fein,
  Qu'on n'en voyait à l'entour de fa tête.
C'était un dieu pourvu de cent charmes divers.
  Il était beau ; mais il fefait des vers ;
   Avait un peu trop de doctrine ;
  Et qui pis eft, favait la médecine.
    Or foyez fûr qu'en amours,
Entre l'homme d'épée & l'homme de fcience,
Les dames au premier inclineront toujours ;
Et toujours le plumet aura la préférence.
Ce fut donc le guerrier qu'on aima mieux choifir.
   Phœbus outré de déplaifir
  Apprit à Vulcan ce myftère ;
Et dans le fond d'un bois voifin de fon féjour,
Lui fit voir avec Mars la reine de Cythère,
Qui n'avaient en ces lieux pour témoins que l'amour.

La peine de Vulcan fe voit repréfentée ;
Et l'on ne dirait pas que les traits en font feints.
Il demeure immobile , & fon ame agitée
Roule mille penfers qu'en fes yeux on voit peints.
  Son marteau lui tombe des mains.
Il a martel en tête, & ne fait que réfoudre,
  Frappé comme d'un coup de foudre.
  Le voici dans cet autre endroit
  Qui querelle & qui bat fa femme.

Voyez-vous ce galant qui les montre du doigt ?
Au palais de Vénus il s'en allait tout droit,
Efpérant y trouver le fujet qui l'enflamme.

 Mélanges littér. Tome III.   Y

La dame d'un logis, quand elle a fait l'amour,
Met le tapis chez elle à toutes les coquettes.
Dieu fait fi les galans lui font auffi la cour.
  Ce ne font que jeux & fleurettes,
  Plaifans devis & chanfonnettes ;
  Mille bons mots, fans conter les bons tours,
Font que fans s'ennuyer chacun paffe les jours.
Celle que vous voyez apportait une lyre,
  Ne fongeant qu'à fe réjouir.
Mais Vénus pour le coup ne la faurait ouïr :
Elle eft trop empêchée, & chacun fe retire.
  Le vacarme que fait Vulcan,
  A mis l'alarme au camp.

Mais avec tout ce bruit que gagne le pauvre homme ?
Quand les cœurs ont goûté des délices d'amour,
  Ils iraient plutôt jufqu'à Rome,
  Que de s'en paffer un feul jour.
Sur un lit de repos voyez Mars & fa dame.
Quand l'hymen les joindrait de fon nœud le plus fort,
Que l'un fût le mari, que l'autre fût la femme,
On ne pourrait entr'eux voir un plus bel accord.
Confidérez plus bas les trois Grâces pleurantes :
La maîtreffe a failli, l'on punit les fuivantes.
Vulcan veut tout chaffer. Mais quels dragons veillans
  Pourraient contre tant d'affaillans,
  Garder une toifon fi chère ?
Il accufe furtout l'enfant qui fait aimer ;
Et fe prenant au fils des péchés de la mère,
Menace Cupidon de le faire enfermer.
  Ce n'eft pas tout : plein d'un dépit extrême
Le voilà qui fe plaint au monarque des Dieux ;

Et de ce qu'il devrait fe cacher à foi-même,
Importune fans ceffe & la terre & les cieux.
L'adultère Jupin, d'un ris malicieux,
Lui dit que ce malheur eft pure fantaifie,
Et que de s'en troubler les efprits font bien fous.
Plaife au ciel que jamais je n'entre en jaloufie :
Car c'eft le plus grand mal, & le moins plaint de tous.

Que fait Vulcan ? car pour fe voir vengé,
Encor faut-il qu'il faffe quelque chofe :
Un rets d'acier par fes mains eft forgé :
Ce fut Momus, qui, je penfe, en fut caufe.
Avec ce rets le galant lui propofe
D'envelopper nos amans bien & beau.
L'enclume fonne ; & maint coup de marteau,
Dont maint chaînon l'un à l'autre s'affemble,
Prépare aux Dieux un fpectacle nouveau
De deux amans qui repofent enfemble.

Les noires Sœurs apprêtèrent le lit :
Et nos amans trouvant l'heure opportune,
Sous le réfeau pris en flagrant délit,
De s'échapper n'eurent puiffance aucune.
Vulcan fait lors éclater fa rancune :
Tout en clopant le vieillard éclopé
Semond les Dieux, jufqu'au plus occupé,
Grands & petits, & toute la fequelle.
Demandez-moi qui fut bien attrapé :
Ce fut, je crois, le galant & la belle.

Peut-être direz-vous que ces amours de Mars & de
Vénus ne valent pas fa fable des deux pigeons. Je vous

Y 2

croirai fans peine, comme je crois avec vous que fon
ode au roi pour l'infortuné *Fouquet* n'approche pas
de fon élégie aux nymphes de Vaux pour ce même
Fouquet.

Pleurez, nymphes de Vaux, dans vos grottes profondes.

. . . .

La cabale eft contente, Oronte eft malheureux &c.

Il changea ce mot de *cabale* quand on l'eut fait
apercevoir que le grand *Colbert* fervait le roi & l'Etat
avec une équité févère, & n'était point cabaleur ; mais
la Fontaine l'avait entendu dire, & il avait cru bonne-
ment que c'était-là le mot propre.

Vous me dites que *Jean* eut grand tort de faire
imprimer fes opéra , & la comédie intitulée *Je vous
prends fans verd*, & la comédie de Climène &c. ; mais
l'abbé d'*Olivet* eut plus de tort encore de faire une
collection de tout ce qui pouvait diminuer la gloire
de *la Fontaine*. La manie des éditeurs reffemble à celle
des facriftains ; tous raffemblent des guenilles qu'ils
veulent faire révérer : mais de même qu'on ne juge les
vrais faints que par leurs bonnes actions , l'on ne juge
les hommes à talens que par leurs bons ouvrages.

Vingt pièces de théâtre très-indignes de l'auteur de
Cinna ne lui ont point ôté le nom de grand. Tout
ce qu'on reproche à *Quinault* n'empêche pas qu'il ne
foit un homme unique, & jufqu'à préfent inimitable
dans un genre très-difficile. Une foixantaine d'anciennes fables rajeunies par *la Fontaine*, & contées
avec un agrément qui n'avait jamais été connu que
de *Pétrone*, & bien faifi que par notre fabulifte ; une

vingtaine de contes écrits avec cette facilité charmante, & cette négligence heureuse que nous admirons
en lui, le mettent infiniment au-dessus de *Bocace*, &
quelquefois même, si j'ose le dire, à côté de l'*Ariosle*,
pour la manière de narrer.

Il avait ce grand don de la nature, le talent. L'esprit
le plus supérieur n'y saurait atteindre. C'est par les
talens que le siècle de *Louis XIV* sera distingué à
jamais de tous les siècles, dans notre France si long-
temps grossière. Il y aura toujours de l'esprit ; les
connaissances des hommes augmenteront, on verra
des ouvrages utiles ; mais des talens ! je doute qu'il en
naisse beaucoup. Je doute qu'on retrouve l'auteur de
Cinna, celui d'Iphigénie, d'Athalie, de Phèdre,
celui de l'Art poëtique, celui de Roland & d'Armide,
celui qui força en chaire, jusqu'à des ministres, de
pleurer & d'admirer la fille de *Henri IV*, veuve de
Charles I, & sa fille *Henriette*, Madame.

Voyez comme les oraisons funèbres d'aujourd'hui
font ensevelies avec ceux qu'elles célèbrent. Voyez
comme Séthos, malgré quelques beaux passages, &
les Voyages de Cyrus, font tombés dans l'oubli, tandis
que le Télémaque est toujours l'instruction & le
charme de tous les jeunes gens bien nés. Comment
s'est-il pu faire que, dans la foule de nos prédicateurs,
il n'y en ait pas un seul qui ait approché de l'auteur
du petit carême ? Vous voyez à regret que personne
n'a osé seulement tenter d'imiter le créateur du Tartuffe
& du Misanthrope. Nous avons quelques comédies
très-agréables ; mais un *Molière* ! je vous prédis hardiment que nous n'en aurons jamais. Quelle gloire

Y 3

pour *la Fontaine* d'être mis prefqu'à côté de tous ces grands-hommes!

L'abbé de *Chaulieu* ferma ce fiècle par trois ou quatre pièces de poëfie qui partent du cœur, ou qui femblent en partir. Elles refpirent la volupté & la philofophie, & demandent grâce pour toutes les bagatelles infipides dont on a farci fon recueil.

Je m'étonne que *la Fontaine* n'ait parlé de *Chaulieu* qu'à propos de l'argent qu'il comptait recevoir par fes mains de la part du duc de *Vendôme*.

> Le paillard m'a dit aujourd'hui
> Qu'il faut que je compte avec lui.
> Aimez-vous cette parenthèfe ?
> Le refte ira, ne vous déplaife,
> En bas relief & cætera.
> Ce mot-ci s'interprétera
> Des Jeannetons; car les Climènes
> Aux vieillards font inhumaines.
> Je ne vous réponds pas qu'encor
> Je n'emploie un peu de votre or
> A payer la brune & la blonde.

Comment l'abbé d'*Olivet* a-t-il pu imprimer trois pièces de *la Fontaine*, écrites de ce miférable ftyle, par lefquelles il demande l'aumône pour avoir des filles? On ne reconnaît pas dans ces vers celui qui a dit:

> J'ai quelquefois aimé; je n'aurais point alors
> Contre le louvre & fes tréfors,
> Contre le firmament & la voûte célefte,

Changé les bois, changé les lieux
Honorés par les pas, éclairés par les yeux
De l'aimable & jeune bergère,
Par qui, fous le fils de Cythère,
Je fervis engagé par mes premiers fermens.
Hélas ! quand reviendront de femblables momens ?
Faut-il que tant d'objets *fi doux & fi charmans*
Me laiffent vivre au gré de mon ame inquiète ?
Ne fentirai-je plus de charme qui *m'arrête* ?
Ai-je paffé le temps d'aimer ?

On croirait ces deux derniers vers d'un feigneur du
bel air, d'un homme à grandes paffions, d'un duc de
Candale, d'un duc de *Bellegarde*. Cela ne s'accorde pas
avec les *Jeannetons* de *Jean la Fontaine* qui demande
quelques piftoles au duc de *Vendôme* & au *paillard
Chaulieu*, pour attendrir en fa faveur fes héroïnes du
pont-neuf.

Tout cela, Monfieur, n'empêche pas qu'un nombre
confidérable de fables pleines de fentiment, d'ingé-
nuité, de fineffe, & d'élégance, ne foient le charme
de quiconque fait lire.

Quand je dis qu'il eft prefque égal dans fes bonnes
fables aux grands-hommes de fon mémorable fiècle,
je ne dis rien de trop fort. Je ferais un exagérateur
ridicule fi j'ofais comparer *Maître corbeau fur un arbre
perché, tenant en fon bec un fromage*, & *la cigale ayant
chanté tout l'été*, à ces vers de *Cornélie* qui tient l'urne
de fon époux :

Eternel entretien de haine & de pitié,
Reftes du grand Pompée, écoutez fa moitié.

Y 4

& à ceux de *César* :

> Reftes d'un demi-dieu dont à peine je puis
> Egaler le grand nom, tout vainqueur que j'en fuis !

Le favetier & le financier, *les animaux malades de la pefte*, *le meûnier*, *l'âne & fon fils* &c. &c. tout excellens qu'ils font dans leur genre, ne feront jamais mis par moi au même rang que la fcène d'*Horace* & de *Curiace*, ou que les pièces inimitables de *Racine*, ou que le parfait Art poëtique de *Boileau*, ou que le Mifanthrope & le Tartuffe de *Molière*. Le mérite extrême de la difficulté furmontée, un grand plan conçu avec génie, exécuté avec un goût qui ne fe dément jamais dans *Racine*, la perfeétion enfin dans un grand art, tout cela eft bien fupérieur à l'art de conter. Je ne veux point égaler le vol de la fauvette à celui de l'aigle. Je me borne à vous foutenir que *la Fontaine* a fouvent réuffi dans fon petit genre autant que *Corneille* dans le fien. J'aurais feulement défiré, pour la gloire de la nation, qu'on n'eût point imprimé les dernières fables de l'un, & les dernières tragédies de l'autre, depuis *Pertharite* ; mais ces maudits éditeurs veulent imprimer tout. Ce font des corbeaux qui s'acharnent fur les morts, comme l'envie fur les vivans. Encore s'ils ne fatiguaient le public que par les mauvais ouvrages des bons auteurs, on pourrait pardonner à leur avidité ; ce qu'il y a de pis, c'eft qu'ils y ajoutent trop fouvent leurs propres fottifes qu'ils font paffer fous le nom des écrivains un peu connus. J'ai pâti moi-même, moi inconnu, de cette rage d'imprimer. Combien de pauvretés n'a-t-on pas publiées fous le nom de *la*

Visclède, dans des recueils immenses! Vers de *Bonneval* sur la mort de mademoiselle *le Couvreur*; Vers à mon cher *B*. sur *Newton*; Vers impertinens à madame du *Châtelet*; Lettre de Varsovie; Épître de *Formont* à l'abbé de *Rotelin*; Ode sur le vrai Dieu; Lettres de M. de *la Visclède* à ses amis du Parnasse, &c. &c.

Ceux qui se forment des bibliothèques sont toujours trompés par ce manége qui ne sert qu'à étouffer le bon grain sous un tas énorme d'ivraie. On est parvenu à nous dégoûter de la lecture à force de multiplier les livres & les livrets. S'il est vrai que les *Ptolomées* eurent autrefois une bibliothèque de quatre cents mille volumes, on ne fit pas mal de la brûler; & quand on brûlera toutes les brochures qui nous inondent, je commencerai par la mienne.

Nous sommes importunés dans notre siècle d'une foule de petits artistes qui disséquent le siècle passé. On créait alors, & aujourd'hui on épluche, on critique la création. Je tombe dans ce défaut en vous écrivant, mais j'ouvre mon cœur à mon ami, & je serais très-fâché que ma lettre devînt publique.

Permettez-moi de remarquer qu'on ne fut point sévère pour *la Fontaine*, parce qu'il semblait ne prétendre à rien. Moins il exigeait, plus on lui accordait. On lui passait ses mauvaises fables en faveur des excellentes. Il n'en était pas ainsi de *Racine* & de *Boileau* qui prétendaient à la perfection. On les chicanait sur un mot. C'est ainsi qu'on pardonnait tout à *Montagne*, & qu'on tomba rudement sur *Balzac* qui voulait être toujours correct, & toujours éloquent.

Depuis que *la Bruyère*, dans ses Caractères, eut jugé *Corneille* & *Racine*, combien d'écrivains se mirent à juger aussi ! Et enfin on a fait plus de cent volumes sur ce siècle de *Louis XIV*. Chacun dans ses jugemens, soit en vers, soit en profe, a plus cherché à montrer de l'esprit qu'à trouver la vérité, & à faire des anti-thèses plutôt que des raifonnemens.

L'inondation des journalistes & des folliculaires est venue, laquelle a noyé le bon avec le mauvais, & a détruit toute érudition, en préfentant des extraits à l'ignorance. Les lecteurs ont décidé comme les magif-trats qui jugent fur le rapport de leur fecrétaire.

Il est arrivé pis, on s'est divifé en factions; les jan-fénistes ont voulu que les jéfuites n'euffent jamais fait un bon ouvrage, & que le père *Bouhours* ne fût pas fa langue. Les jéfuites ont dénigré *Boileau* parce qu'il était ami d'*Arnaud*. Les folliculaires fe font dit des injures. C'est la bataille des rats & des grenouilles après l'Iliade.

Pour vous prouver, Monfieur, avec quelle préci-pitation l'on juge, & comme un bon mot tient lieu de raifon; je ne veux que vous citer cette décifion de *la Bruyère*, qui a été la fource de tant d'énormes differ-tations : *Racine a peint les hommes tels qu'ils font, & Corneille tels qu'ils devraient être*. Cela est éblouiffant, mais cela est très-faux. *Céfar* n'a jamais dû être affez fat pour dire à *Cléopâtre* qu'il n'a vaincu à Pharfale que pour lui plaire, lui qui n'avait point vu encore cet enfant de quinze ans. L'autre *Cléopâtre* n'a point dû empoifonner l'un de fes enfans, & affaffiner l'autre au bout d'une allée dans un jardin. *Théodore* n'a point dû s'obstiner à fe proftituer dans un mauvais lieu, au lieu d'accepter le fecours d'un honnête-homme. *Polyeucte* n'a point dû brifer tout dans un temple, & hafarder de caffer toutes les têtes par dévotion. *Léontine* n'a point dû fe vanter de tout faire , pour ne rien faire du tout. *Pompée* devait-il répudier fa femme qu'il aimait, pour époufer la nièce d'un tyran ? *Pertharite* devait-il céder la fienne ? *Théfée* dans Oedipe devait-il parler d'amour au milieu de la pefte , & dire :

Quelque ravage affreux qu'étale ici la pefte,
L'abfence aux vrais amans eft encor plus funefte ?

Si le judicieux & énergique *la Bruyère* s'eft fi évidemment trompé, que feront donc nos petits écoliers qui tranchent avec tant de hardieffe , & qui , plus ignorans & plus impudens qu'un *Fréron* , ofent décider au premier coup d'œil fur des chofes qu'un *Quintilien* aurait long-temps examinées avant de donner fon opinion avec modeftie ?

Vous me faites , Monfieur, une queftion plus importante. Vous me demandez pourquoi *Louis XIV* ne fit pas tomber fes bienfaits fur *la Fontaine* , comme fur les autres gens de lettres qui firent honneur au grand fiècle ? Je vous répondrai d'abord qu'il ne goûtait pas affez le genre dans lequel ce conteur charmant excella. Il traitait les fables de *la Fontaine* comme les tableaux de *Teniers* , dont il ne voulait voir aucun dans fes appartemens. Il n'aimait le petit en aucun genre, quoiqu'il eût dans l'efprit autant de délicateffe que de grandeur. Il ne goûta les petits vers de *Benferade* que parce qu'ils avaient rapport aux fêtes magnifiques qu'il donnait.

De plus , *la Fontaine* était d'un caractère à ne fe pas préfenter à la cour de ce monarque. Ses diftractions continuelles, fon extrême fimplicité, réjouiffaient ſes amis, & n'auraient pu plaire à un homme tel que *Louis XIV.*

La Bruyère s'eſt ſervi de couleurs un peu fortes pour peindre notre fabuliſte, mais il y a du vrai dans ce portrait. *Un homme paraît groſſier, lourd, ſtupide ; il ne ſait ni parler ni raconter ce qu'il vient de voir. S'il ſe met à écrire, c'eſt le modèle des bons contes &c.*

La Bruyère, qui peignit tous ſes contemporains, en dit autant de *Corneille*, non que *Corneille* fût un bon conteur. C'était autre choſe, il était ſouvent très-ſublime dans ſes bonnes pièces. *Boileau* ne feſait peut-être pas aſſez de cas de *la Fontaine* & de *Corneille ;* il n'était ſenſible qu'à un ſtyle toujours pur, il ne pou-vait aimer que la perfection.

Soyez ſûr, Monſieur, qu'il eſt très-faux que *la Fontaine* déplut au roi, comme on l'a dit, pour avoir fait des vers en faveur du ſurintendant *Fouquet.* *Péliſſon*, défenſeur très-hardi de ce miniſtre, & même ayant été ſa victime, devint un des favoris de *Louis XIV*, & fit une grande fortune. Son éloquence touchante, ſon érudition utile, la connaiſſance des affaires, & la ſoupleſſe de ſon eſprit, en firent un homme d'Etat. *La Fontaine* n'avait rien de tout cela. Uniquement borné à ſon talent, & incapable même de le faire valoir, il n'eſt pas étonnant qu'il ne fût pas aſſez remarqué par *Louis XIV.*

Lulli lui nuiſit beaucoup. Vous ſavez que tout eſt cabale parmi les gens de lettres, comme parmi les prêtres. La cabale contre *Quinault*, l'un des grands ornemens de ce mémorable ſiècle, ayant forcé *Lulli* à recourir à d'autres pour ſes opéra, il choiſit *la Fontaine.* Avouons que le fabuliſte feſant parler ſes héros du ſtyle de *Janot Lapin* & de dame *Belette*, ne pouvait réuſſir après Atis & Théſée. *Lulli* était plein d'eſprit & de goût; plus il en avait, plus il lui était impoſſible de mettre en muſique de telles paroles. Il n'était pas de ces gens qui diſent qu'il eſt égal de chanter la gazette ou *Armide*, & qu'il n'y a rien au monde de ſi néceſſaire que des doubles croches. Le pauvre *la Fontaine* croyant ſérieuſement qu'on lui feſait une énorme injuſtice, fit la ſatire du Florentin contre *Lulli*. Elle n'eſt pas dans le goût de celles de *Boileau* ou d'*Horace*.

Le b.... avait juré de m'amuſer ſix mois.
Il ſe trompa de deux. Mes amis, de leur grâce,
Me les ont épargnés, l'envoyant où je croi
  Qu'il va bien ſans eux & ſans moi.
Voilà l'hiſtoire en gros. Le détail a des ſuites
  Qui valent bien d'être déduites,
  Et j'en aurais pour tout un an.

Non, ſans doute, ce ſot détail & ces ſuites ne valaient pas d'être déduites, & ſurtout en ſi mauvais vers. Le pis eſt qu'il s'excuſe ſur cette ridicule ſatire à madame de *Thiange*, ſœur de madame de *Monteſpan*, en vers non moins ridicules. Il croit que *Lulli* lui a ôté ſa fortune & ſa gloire, en ne feſant point de muſique pour ſes paroles. Voici comme il s'explique :

Le ciel m'a fait auteur, je m'excuſe par-là.
  Auteur qui pour tout fruit moiſſonne
  Un peu de gloire. On le lui ravira;
  Et vous croyez qu'il s'en taira !
Il n'eſt donc plus auteur. La conſéquence eſt bonne.

Je fais bien que le cocher de *Vertamont* aurait fait de tels vers tout auffi-bien que *la Fontaine*. Je fais que ces mifères profaïques en rimes ne font que des fottifes aifées ; mais enfin le même homme eft le meilleur metteur en œuvre des anciennes fables d'*Efope* & de *Pilpay* , & celui qui dans ce genre a le mieux enchâffé l'efprit des autres. Encore une fois, ce talent unique fait tout pardonner. *Lulli* même lui pardonna, & très-plaifamment , en difant qu'il aimerait mieux mettre en mufique la fatire de *la Fontaine* que fes opéra.

Il me femble que la voix publique donne la préférence à fes fables fur fes contes. Ceux-ci paraiffent pour la plupart aux bons critiques un peu trop alongés. Ils n'aiment point dans le Joconde pris de l'*Ariofte*,

Prenons, dit le romain, la fille de notre hôte;
        Je la tiens pucelle fans faute,
        Et fi pucelle qu'il n'eft rien
        De fi puceau que cette fille.

Ils réprouvent ce ton de la rue Saint-Denis, ce ton bourgeois auquel l'*Ariofte* ne s'affervit jamais. Le Greco & la Fiametta de l'*Ariofte* font bien au-deffus du puceau de *la Fontaine*.

Ils n'aiment point que notre fabulifte dife dans le Cocu battu & content , tiré de *Bocace* :

Tant fe la mit le drôle en fa cervelle,
Que dans fa peau peu ni point ne durait.

Bocace n'a point de ces expreffions baffes & incorrectes.

Ils ne peuvent fouffrir que dans la Servante juftifiée, conte de la reine de Navarre , l'imitateur s'exprime ainfi :

> Bocace n'eft le feul qui me fournit,
> Je vais par fois en une autre boutique.
> Il eft bien vrai que ce divin efprit,
> Plus que pas un *me donne* de pratique :
> Mais comme il faut manger de plus d'un pain,
> Je puife encore en un vieux magafin.

Ils trouvent ces expreffions , *aller dans une autre boutique* , *donner de pratique* , *manger de plus d'un pain* , plus faites pour le peuple que pour les honnêtes gens ; & c'eft-là le grand défaut de *la Fontaine*.

L'Anneau d'*Hans-Carvel* qu'il a copié dans *Rabelais* , eft bien fupérieur dans l'*Ariofte*. Il y a du moins une bonne raifon dans l'*Ariofte* pourquoi le diable apparaît au bon homme.

> *Fu già un piitor , non mi ricordo il nome* ,
> *Che di pinger il diavol' folea*
> *Con bel vifo , begli occhi , e belle chiome , &c.*

La prodigieufe fupériorité de l'*Ariofte* fur fon imitateur paraît dans ce petit conte autant que dans l'invention de fon *Orlando* , dans fon imagination inépuifable , dans fon fublime , & dans fa naïve élégance.

Les Cordeliers de Catalogne , Richard Minutolo , la Gageure des trois commères , n'ont jamais plu aux efprits délicats. Vous ne trouverez chez *la Fontaine* aucun conte qui parle au cœur , excepté le Faucon ;

aucun dont on puiſſe tirer une morale utile ; aucun
où il y ait de ſa part la moindre invention. Ce ne
ſont preſque jamais que de vieux contes réchauffés.
Ce ſont des femmes qui *attrapent* leurs maris, ou des
garçons qui *enjolent* des filles. Enfin, on trouve rarement chez lui un conte écrit avec une élégance
continue.

Ses contes ont charmé la jeuneſſe encore plus par
la gaieté des ſujets que par les grâces & la correction
du ſtyle. J'ai vu beaucoup de gens d'eſprit & de
goût qui ne pouvaient ſouffrir que *la Fontaine* eût
gâté la Coupe enchantée de l'*Arioſte* par des vers tels
que ceux-ci :

> L'argent ſut donc fléchir ce cœur inexorable,
> Le rocher diſparut, un mouton ſuccéda,
>   Un mouton qui s'accommoda
> A tout ce qu'on voulut, mouton doux & traitable,
> Mouton qui ſur le point de ne rien refuſer
>   Donna pour arrhes un baiſer.

Il faudrait en effet avoir peu de goût pour approuver un rocher qui devient mouton, qui s'accommode
& qui donne des arrhes. Les contes & les deux derniers livres des fables ſont trop pleins de ces figures
ſi incohérentes & ſi fauſſes, qui ſemblent plutôt le
fruit d'une recherche pénible que de cette négligence
agréable qu'on a tant louée dans l'auteur.

J'ai vu auſſi bien des lecteurs révoltés du ſtyle qu'on
appelle marotique. Ils diſaient qu'il fallait parler la
langue de *Louis XIV*, & non celle de *Louis XII* & de
François I ; que ſi on nous donnait la comédie de
l'Avocat

l'Avocat Patelin telle qu'on la joua fur les tréteaux de la cour de *Charles VII*, perfonne ne pourrait la fouffrir. Heureufement *la Fontaine* eft peu tombé dans ce défaut que d'autres après lui ont voulu mettre à la mode.

Mais ce qui eft à mon avis très-digne de remarque, c'eft que de toutes ces anciennes hiftoriettes que *la Fontaine* a mifes en vers négligés, il n'y en a pas une feule qui infpire des défirs impudiques. Les peintures y font plus gaies que dangereufes. Elles ne font jamais cette impreffion voluptueufe & funefte que produifent tant de livres italiens, & furtout notre *Aloïfia Toletana.* Cela eft fi vrai, que l'on a mis tous ces vieux contes fur le théâtre avec l'approbation des magiftrats, fans aucun danger, fans qu'aucune mère de famille ait réclamé contre cet ufage, fans aucun inconvénient. On vit bien que le févère *Boileau* avait raifon quand il difait :

L'amour le moins honnête, exprimé chaftement,
N'excite point en nous de honteux mouvement.

C'eft pourquoi, Monfieur, j'ai toujours été étonné de l'atrocité fanatique avec laquelle le jeune *Poujet* oratorien ofa parler au vieux *la Fontaine*, & de la vanité d'écolier avec laquelle il publia fon prétendu triomphe fur l'innocence de ce vieil enfant. Il était bien ridicule qu'un petit prêtre de vingt-cinq ans allât mettre fur la fellette un académicien de foixante & douze ans. Mais pourquoi faire trophée aux yeux du public de cette victoire fi aifée ? C'était l'orgueil qui fe vantait d'avoir foulé à fes pieds l'innocence & la fimplicité. Et de quoi s'eft avifé l'abbé d'*Olivet*, tout

Mélanges littér. Tome III.   Z

philofophe qu'il était , de réimprimer cette lettre de *Poujet* ? Cette lettre eft précifément la révélation folemnelle de la confeffion du bon *la Fontaine*. Car n'eft-ce pas trahir le fecret inviolable de la confeffion que d'en apprendre au public toutes les circonftances , tous les entours , & les demandes , & les réponfes ?

Ce qui me révolte le plus dans l'infolence de *Poujet* , c'eft l'affectation de répéter vingt fois à *la Fontaine :* Votre livre infâme , Monfieur ; le fcandale de votre infâme livre, Monfieur; les péchés , Monfieur , dont votre infâme livre a été la caufe; la réparation publique que vous devez , Monfieur, pour votre livre infâme.

Aurait-il ofé parler ainfi à la reine de Navarre fœur de *François I*, de qui plufieurs de ces contes plaifans & non infâmes font tirés ? il lui aurait demandé un bénéfice. Aurait-il même ofé donner le nom d'infâme à *Bocace* le créateur de la langue italienne , & à l'*Ariofte* qui n'a d'autre titre dans fa patrie que celui de divin ?

L'aventure de *Poujet* avec le bon-homme *la Fontaine*, eft au fond celle de l'âne dans la fable admirable des animaux malades de la pefte.

> L'âne vint à fon tour, & dit : J'ai fouvenance,
> 　　Qu'en un pré de moines paffant ,
> La faim, l'occafion, l'herbe tendre, & , je penfe,
> 　　Quelque diable auffi me pouffant,
> Je tondis de ce pré la largeur de ma langue.
> Je n'en avais nul droit, puifqu'il faut parler net.
> A ces mots on cria, haro fur le baudet.
> Poujet, quelque peu clerc, prouva par fa harangue,
> Qu'il fallait dévouer ce maudit animal, &c.

Et ce qu'il y a de plus rare, c'eft que *la Fontaine*
qui avait la bonhommie de l'âne, fut affez fot, avec
tout fon génie, pour croire le fuffifant *Poujet*, qui
fe fefait tant honneur de l'intimider, & qui parlait
au traducteur de l'*Ariofte* & de la reine de Navarre,
comme s'il eût parlé à un fcélérat.

J'aurais confeillé à *la Fontaine* de faire un conte fur
Poujet, plus plaifant que fon Florentin fur *Lulli*.

Après l'impertinence de *Poujet*, je ne fais rien de
plus outrecuidant (pour me fervir des termes du bon
la Fontaine) que l'infolente préface de l'édition des
contes en 1743, fous le nom de Londres. L'éditeur
qui fe donne auffi pour janfénifte, (je ne fais pas
pourquoi) s'avife de dire que *la Fontaine* eut tort
de faire autre chofe que des fables & des contes én
vers; & il cite fur cela madame de *Sévigné*.

Oui, éditeur, il eut tort de faire d'autres ouvrages,
puifque la plupart ne valent rien. Mais pourquoi
dis-tu, éditeur, qu'un poëte qui a fait des tragédies
ne doit jamais écrire fur l'hiftoire & fur la phyfique?
Dis-moi, éditeur, où as-tu pris cet arrêt? Si tu ne
fais ni l'hiftoire, ni la phyfique, n'en parle pas; à la
bonne heure; nous avons affez de mauvais livres fur
ces deux objets. Mais permets aux hommes inftruits
d'en parler. Apprends qu'un bon tragédien eft très-
propre à être un très-bon hiftorien, parce qu'il faut
dans toute hiftoire une expofition, un nœud, un
dénouement, & de l'intérêt. Apprends que celui qui
peint la nature humaine dans une pièce de théâtre,
la peint encore mieux dans l'hiftoire. Editeur des
contes de *la Fontaine*, apprends que la phyfique n'eft
pas à négliger. Apprends que *Molière* traduifit *Lucrèce*.

Z 2

Apprends qu'il ferait indigne d'un homme qui penfe, de ne faire que des contes,

Pardon, Monfieur, de cette petite fortie contre ce maudit éditeur; & pardon furtout de vous avoir envoyé mes filles de Minée.

L E T T R E

DU REVEREND PERE POLYCARPE, PRIEUR
DES BERNARDINS DE CHEZERY,

A M. l'avocat-général Séguier.

1 7 7 6.

J'AI lu, Monfieur, avec admiration votre éloquent plaidoyer contre cette abominable & déteftable brochure *des Inconvéniens des droits féodaux;* je tremblais pour le plus facré de nos droits feigneuriaux, le plus convenable à des religieux, celui d'avoir des efclaves. Hélas! nous avons failli à le perdre. Notre couvent & les terres qui en dépendent étaient ci-devant enclavés dans les Etats du roi de Sardaigne; ce n'eft que par le dernier traité de délimitation de 1760, qu'ils ont été unis au royaume de France. Cette union eft arrivée bien à propos. Si elle eût été différée de quelques années, cinq ou fix mille ferfs que nous poffédons dans nos terres, feraient libres aujourd'hui, en vertu de l'édit du feu roi de Sardaigne de 1762, & nous aurions été dépouillés de nos autres droits féodaux, en vertu d'un autre édit du même prince, du mois de décembre 1771. Il eſt vrai que nous aurions été indemniſés de la perte de ces droits; mais cette indemnité n'aurait conſiſté qu'à nous faire payer en argent un capital, dont l'intérêt nous aurait produit, ſans procès, le même revenu que nous tirons de nos vaſſaux avec le ſecours des procureurs & des huiſſiers; & nous n'aurions point été dédommagés du plaiſir de commander en maîtres à ſix mille eſclaves; nous ne jouirions pas de la conſolation de ruiner toutes les années une vingtaine de familles pour apprendre aux autres à nous obéir & à nous reſpecter.

J'avais lu dans votre hiſtorien *Mézerai*, ces paroles qui vous feront frémir : ,, La liberté de cette noble ,, monarchie eſt ſi grande, que même ſon air la ,, communique à ceux qui le reſpirent; & la majeſté ,, de nos rois eſt ſi auguſte, qu'ils refuſent de com- ,, mander à des hommes s'ils ne ſont libres. ,,

J'avais lu ces autres paroles, non moins condam- nables, prononcées dans l'aſſemblée des états de Tours par le chancelier de *Rochefort* : ,, Vous ne ,, doutez pas qu'il ne ſoit plus glorieux à nos ,, monarques d'être rois des Francs que des ſerfs. (*a*) ,,

J'avais lu avec douleur dans votre nouvelle Hiſtoire de France, ,, que St *Louis* s'occupa plus qu'aucun de ,, ſes prédéceſſeurs du ſoin d'étendre la liberté renaiſ- ,, ſante. Ce ſage monarque, ami de DIEU & des ,, hommes, ne connut, pendant tout le cours de ſon ,, règne, d'autre ſatisfaction que celle de faire ſervir ,, ſon pouvoir à jeter les fondemens de la félicité

_____
(*a*) Hiſtoire de France par *Garnier*, tome XIX, pag. 290.

,, publique. La mifère, compagne inféparable de
,, l'efclavage, difparut ainfi que l'oppreffion. (*b*) ,,

: L'acte d'autorité par lequel la reine *Blanche* affranchit
pendant fa régence les habitans de Chatenay, malgré
les chanoines de Notre-Dame de Paris, (*c*) ne me
fefait pas moins de peine.

J'étais effrayé d'un arrêt rendu au quinzième fiècle
par le parlement de Languedoc, portant que tout ferf
qui entrerait dans le royaume, en criant *France*, ferait
dès ce moment affranchi. (*d*)

J'avais craint jufqu'à ce jour que ces maximes &
ces exemples n'autorifaffent nos efclaves à réclamer
comme nouveaux français une liberté dont ils joui-
raient, s'ils étaient reftés quelques années de plus
favoyards.

Mais vous me raffurez, Monfieur; vous avez très-
bien prouvé que *les droits féodaux font une portion inté-*
grante de la propriété des feigneurs ; que nos rois ont déclaré
eux-mêmes qu'ils font dans l'heureufe impuiffance d'y donner
atteinte. Cette admirable fentence nous raffure pleinement contre les fauffes & pernicieufes maximes du
chancelier de *Rochefort* & de vos hiftoriens, contre les
arrêts furannés du parlement de Touloufe.

Nous lifions, Monfieur, avec des larmes d'atten-
driffement, ces paroles fi confolantes de votre plaidoyer:
,, Les coutumes rédigées fous les yeux des magiftrats
,, & en vertu de l'autorité du roi, ne font que l'effet
,, de la convention & du concert des trois ordres
,, raffemblés qui y ont donné leur confentement, & s'y

(*b*) Hiftoire de France, tome XIV, pag. 191.
(*c*) *Ibid.* Tome V, page 104.
(*d*) *Ibid.* Tome XV, pag. 348.

,, font librement & volontairement foumis ; ,, lorfqu'un
curé qui avait été autrefois avocat, & qui jufque-là
avait entendu tranquillement notre lecture, nous
interrompit brufquement, & nous dit que la plupart
des coutumes n'étaient que des monumens d'imbécillité & de barbarie ; qu'elles avaient toutes été
rédigées, ou dans les états des provinces, ou dans
les affemblées des commiffaires, à la pluralité des
voix, & que par conféquent les ignorans avaient toujours prévalu fur le petit nombre des fages. Il nous
dit que tous les jurifconfultes qui ont de la célébrité,
atteftent que c'eft ainfi que les coutumes ont été rédigées.
Il nous cita le fameux *Charles Dumoulin* qui dit *que les*
coutumes ont été rédigées contre l'intention des rois, en ce que
la plupart font obfcures, contradictoires, iniques. (*e*) Il nous
cita d'*Argentré*, l'un des commiffaires qui avaient
affifté à la rédaction de la coutume de Bretagne,
lequel dans la préface de fon Commentaire fur cette
coutume, avoue que l'avis des ignorans prévalut
prefque toujours fur celui des jurifconfultes humains
& inftruits. Il nous cita auffi le tit. XIV du liv. IV
du Traité des fiefs de *Cujas*, où l'on trouve ces paroles :
Multa funt in moribus Galliæ diffentanea, multa fine ratione.
Il ajouta que les habitans des campagnes, fur lefquels
tombe tout le poids des droits féodaux, n'avaient
jamais été appelés à la rédaction des coutumes ; &
qu'il n'eft pas vrai, par conféquent, qu'ils s'y foient
volontairement foumis.

Après nous avoir étalé toutes ces autorités & beaucoup d'autres encore, ce curé nous dit qu'il fuffifait
d'ouvrir les coutumes pour fe convaincre de la vérité

(*e*) Tome II, pag. 399, édition de 1681.

Z 4

qu'il foutenait. Je lui répondis que ces auteurs avaient
été foupçonnés d'héréfie, & que l'avis d'un avocat-
général était d'une autorité bien fupérieure aux
témoignages des *Cujas*, des *Dumoulin*, des d'*Argentré*,
&c. &c. &c. &c.

Vous ne fauriez croire, Monfieur, combien de
perfonnes dans les provinces penfent comme ce curé.
Une efpèce de frénéfie, pour me fervir de vos propres
termes, „ femble agiter ces efprits turbulens que
„ l'amour de la liberté porte aux plus grands excès,
„ & qui leur fait envifager le bonheur dans la fub-
„ verfion de toutes les règles & de tous les principes. „

Les infenfés qui penfent rendre heureux les habitans des campagnes, en propofant à l'adminiftration
de les affranchir de l'efclavage de la glêbe, de leur
permettre de racheter des droits qui font une fource
de procès continuels, lefquels caufent fouvent la ruine
des feigneurs & des vaffaux!

Il était temps de févir contre ces auteurs audacieux :
„ femblables à des volcans qui, après s'être annoncés
„ par des bruits fouterrains & des tremblemens fuc-
„ ceffifs, finiffent par une éruption fubite, & couvrent
„ tout ce qui les environne d'un torrent enflammé
„ de ruines, de cendres, & de laves, qui s'élancent du
„ foyer renfermé dans les entrailles de la terre. „

Que ce morceau eft fublime! je n'ai jamais rien
lu d'approchant dans les plaidoyers du chancelier
d'*Agueffeau*.

Nous vous devons, Monfieur, une reconnaiffance
éternelle, pour avoir déféré à la vengeance des lois
un écrit auffi pernicieux que celui contre lequel vous
vous êtes élevé. Il était bien jufte, affurément, de

faire brûler par le bourreau, au pied du grand efcalier, cette brochure capable d'échauffer le peuple & de le porter à la révolte; cet écrit qui renverfe les principes fondamentaux de la monarchie, puifqu'il détourne les vaffaux de plaider avec leurs feigneurs; qu'il confeille aux uns & aux autres de fe concilier & de convenir, de gré à gré, du prix de l'affranchiffement des droits féodaux, qui font une fource intariffable de procès. Tout le monde fait que ces procès font les plus difficiles, les plus compliqués, les plus obfcurs de tous; mais ce font ceux auffi qui procurent aux juges les plus fortes épices. La bonne moitié des procès roule fur des droits féodaux. Supprimez ces droits, vous fupprimez net la moitié des procès; vous paraîtriez foulager les juges, mais vous les dépouilleriez d'une partie de leur confidération, & de leurs meilleurs revenus. Vous ruineriez les procureurs, les greffiers, les commiffaires à terrier, tous gens fort néceffaires à l'Etat. Ils fervent les tribunaux, les tribunaux doivent donc les protéger.

Propofer la fuppreffion des droits féodaux, c'eft encore attaquer particulièrement les propriétés de meffieurs du parlement, dont la plupart poffèdent des fiefs. Ces meffieurs font donc perfonnellement inté-reffés à protéger, à défendre, à faire refpecter, les droits féodaux : c'eft ici la caufe de l'Eglife, de la nobleffe, & de la robe. Ces trois ordres, trop fouvent oppofés l'un à l'autre, doivent fe réunir contre l'ennemi commun. L'Eglife excommuniera les auteurs qui prendront la défenfe du peuple; le parlement, père du peuple, fera brûler & auteurs & écrits, & par ce moyen ces écrits feront victorieufement réfutés.

Si quelqu'infolent ofait publier que tous meffieurs du parlement qui poffèdent des fiefs, doivent s'abftenir de juger les écrits & les procès concernant les droits féodaux, parce que c'eft leur propre caufe, & qu'on ne peut être à la fois partie & juge ; on lui répondrait que meffieurs du parlement font en poffeffion de juger les caufes féodales, que c'eft-là un des priviléges de leurs offices, une loi fondamentale à laquelle le roi même eft *dans l'heureufe impuiffance de donner atteinte.* Si l'infolent ne fe rendait pas à l'évidence de ces raifons, on pourrait faire brûler fon mémoire, & en tant que de befoin décréter fa perfonne de prife de corps.

On nous dit que dans la patrie de *Cicéron*, où le pouvoir de juger n'était attaché, ni à un certain état, ni à une certaine profeffion, il était permis à tout plaideur de récufer le juge qu'il croyait fufpect, fans être même obligé de prouver la fufpicion. *Sors & urna dant judices, licet exclamare : hunc nolo.* Cette liberté de récufer fes juges fubfifta encore fous les empereurs, comme je l'ai remarqué dans une loi du Code, rapportée dans un ancien *factum* qui m'eft tombé par hafard fous la main. (*f*)

Mais les lois des Welches font bien plus raifonnables que celles des Romains. Le juge révocable d'une juftice de village, peut, en France, juger en première inftance les caufes féodales de fon feigneur. (*g*) Un

---

(*f*) *Licet enim imperiali numine judex delegatus eft, tamen quia fine fufpicione omnes lites procedere nobis cordi eft : Liceat ei qui fufpectum judicem putat, eum recufare.* Loi XVI, au cod. tit. *De judiciis.*

(*g*) Ordonnance de 1667, tit. XXIV, art. XI.

conseiller au parlement, possesseur de fief, peut donc aussi juger en dernier ressort la cause féodale d'un autre seigneur.

Il est vrai qu'une ordonnance de *Louis XIV* statue (*h*) que le juge est récusable, s'il a, en son nom, un procès sur une question semblable à celle dont il s'agit entre les parties qui plaident devant lui ; parce que si le juge, possesseur de fief, n'a pas actuellement un procès au sujet des droits de son fief avec ses vassaux, il peut l'avoir dans la suite. Il est vrai qu'étant intéressé à donner gain de cause aux autres seigneurs qui plaident dans son tribunal, il établit une jurisprudence qui, en confirmant leurs droits, confirme les siens propres, & détourne ses vassaux de les contester.

Mais ce raisonnement n'est que captieux. L'usage est le plus sûr interprète des lois ; & l'usage de messieurs du parlement les autorise à être juges & parties dans les causes féodales, comme vous le prouverez, Monsieur, avec votre éloquence ordinaire, dans votre premier réquisitoire.

Je suis, avec la plus profonde vénération, &c.

(*h*) *Ibid.* art. V.

AUTRE LETTRE

D'UN BENEDICTIN DE FRANCHE-COMTÉ,
AU MEME MAGISTRAT.

MONSIEUR,

C'EST un ufage ancien & facré dans notre province, que l'étranger libre ou le français d'une autre province, qui vient habiter dans nos terres pendant une année & un jour, devienne notre efclave au bout de cette année, & que toute fa poftérité demeure *entachée* du même opprobre.

Qu'une fille ferve n'hérite point de fon père, fi elle n'a pas rempli le devoir conjugal, la première nuit de fes noces, dans la hutte paternelle.

Que l'artifan ne puiffe tranfmettre à fes enfans la cabane qu'il a bâtie, & où ils font nés, le champ qu'il a acquis & payé du produit de fon travail, le lit même où ces enfans recueilleront fes derniers foupirs, s'ils n'ont pas toujours vécu avec lui fous le même toît, au même feu, & à la même table.

Que ces biens nous foient dévolus fans que nous foyons obligés de payer les dettes dont ils font affectés, le prix même que l'acquéreur auquel nous fuccédons pourrait en devoir au vendeur, &c. &c. &c.

Ce font-là, Monfieur, des propriétés bien facrées, puifqu'elles nous appartiennent; ce font les priviléges des feigneurs féodaux de notre province, qui pour cela a été nommée *franche*, comme les Grecs avaient donné aux furies le nom d'*Euménides*, qui veut dire bon cœur.

Mais quel a été mon étonnement de voir que dans un édit du roi, du mois de février de la présente année 17.7 6, portant fuppreſſion des jurandes, l'on ait érigé en loi cette fauſſe maxime de la philoſophie moderne : *Le droit de travailler eſt le droit de tout homme ; cette propriété eſt la première, la plus ſacrée, & la plus impreſcriptible, de toutes.*

De mauvais raiſonneurs concluent de-là, que le fruit du travail d'un laboureur, ou d'un artiſan, doit appartenir, après ſa mort, à ſes parens, & non à des moines.

Vous avez mérité, Monſieur, le titre de père de la patrie, en plaidant contre les édits qui ſupprimaient les corvées, & rendaient la liberté à l'induſtrie. Vous mériterez encore le titre de père des moines, en dénonçant à votre compagnie les détracteurs de la ſervitude.

C'eſt à vous ſeul qu'il eſt donné de démontrer que les payſans français ne ſont pas faits pour avoir des propriétés.

Que chaque peuple a ſes mœurs, ſes lois, ſes uſages ; que ces inſtitutions politiques forment l'ordre public.

Les étrangers qui abordaient autrefois dans la Tauride, étaient égorgés par des prêtres aux pieds de la ſtatue de *Diane*. En France, dans les terres de main-morte, les hommes libres qui y paſſent une année, doivent être eſclaves d'autres prêtres.

Que les laboureurs ſuédois, anglais, ſuiſſes, & ſavoyards, ſoient libres, à la bonne heure ; mais les habitans des campagnes en France font faits pour être ferfs.

Dans le douzième fiècle cette fervitude était répandue dans tout le royaume, elle couvrait les villes comme les campagnes. Depuis long-temps elle ne fubfifte plus que dans quelques provinces; qu'eft-il réfulté de-là ? Les moines font riches dans les provinces où on leur a permis de conferver des ferfs. Dans les autres endroits où la fervitude a été abolie, des cités fe font élevées ; le commerce & les arts fe font étendus; l'Etat eft devenu plus floriffant; nos rois plus riches, & plus puiffans. Mais les feigneurs châtelains & les gens d'églife font devenus plus pauvres; & le peuple devait-il être compté pour quelque chofe?

J'ai l'honneur d'être, &c.

A M. * * *

Auteur du livre intitulé : Des vrais principes du gouvernement français.

Ferney, 20 juin 1777.

EN paffant tout d'un coup par-deffus les complimens & les remercîmens que je vous dois, Monfieur, je commence par vous avouer que *defpotique* & *monarchique* font tout jufte la même chofe dans le cœur de tous les hommes & de tous les êtres fenfibles. *Defpote, herus*, fignifie *maître*, & *monarque* fignifie *feul maître*, ce qui eft bien plus fort. Une mouche eft monarque des animalcules imperceptibles qu'elle dévore; l'araignée eft monarque des mouches, puifqu'elle les emprifonne & les mange; l'hirondelle domine fur les araignées; les pigrièches mangent les hirondelles: cela ne finit point. Vous ne difconviendrez pas que les fermiers-généraux ne nous mangent : vous favez que le monde eft ainfi fait depuis qu'il exifte. Cela n'empêche pas que vous n'ayez très-lumineufement raifon contre l'abbé *Mably*, & je vous en rends, Monfieur, mille actions de grâces. Vous prouvez très-bien que le gouvernement monarchique eft le meilleur de tous ; mais c'eft pourvu que *Marc-Aurèle* foit le monarque : car, d'ailleurs, qu'importe à un pauvre homme d'être dévoré par un lion, ou par cent rats ? Vous paraiffez, Monfieur, être de l'avis de l'*Efprit des lois*, en accordant que le principe des monarchies eft *l'honneur*, & le principe des républiques *la vertu*; fi vous n'étiez pas de cette opinion, je ferais de celle de M. le duc d'*Orléans* régent, qui difait d'un de nos grands feigneurs : *c'eft l'homme le plus parfait de la cour, il n'a ni humeur ni honneur*; & je dirais au préfident de *Montefquieu*, que s'il veut prouver fa thèfe en difant que dans un royaume on recherche les honneurs, on les recherche encore plus dans les républiques. On courait après les honneurs de l'ovation, du triomphe, & de toutes les dignités. On veut même être doge à Venife, quoique ce foit *vanitas vanitatum*. Au refte, Monfieur, vous êtes beaucoup plus méthodique que cet *Efprit des lois*, & vous ne citez jamais à faux, comme lui ; ce qui eft un point bien important : car fi vous voulez vérifier les citations de *Montesquieu*, vous n'en trouverez pas quatre de justes ; je m'en suis donné autrefois le plaisir. Je suis édifié, Monsieur, de la circonspection avec laquelle vous vous arrêtez dans le texte au règne de *Henri IV ;* tout ce que vous dites m'instruit, & je prends la liberté de deviner ce que vous ne dites pas. Je vous remercie surtout de la manière dont vous pensez, & dont vous vous exprimez sur ce gouvernement tartare qu'on appelle féodal ; il est perfectionné, dit-on, à la diète de Ratisbonne ; il est abhorré à une demi-lieue de chez moi, à droite & à gauche : mais par une de nos contradictions françaises, il subsiste dans toute son horreur derrière mon potager, dans les vallées du mont Jura ; & douze mille esclaves des chanoines de Saint-Claude, qui ont eu l'insolence de ne vouloir être que sujets du roi, & non serfs & bêtes de somme appartenans à des moines, viennent de perdre leur procès au parlement de Besançon, attendu que plusieurs conseillers de grand'chambre ont des terres où la main-morte est en vigueur, malgré les édits de nos rois ; tant la jurisprudence est uniforme chez nous. Enfin votre livre m'instruit & me console, j'en chéris la méthode & le style. Vous n'écrivez point pour montrer de l'esprit, comme fait l'auteur de l'*Esprit des lois* & des *Lettres persanes ;* mais vous vous servez de votre esprit pour chercher la vérité. Jugez donc, Monsieur, si je vous ai obligation de l'honneur que vous m'avez fait de m'envoyer votre ouvrage ; jugez si je le lis avec délices, & si je n'emploie qu'une formule vaine en vous assurant que j'ai l'honneur d'être avec la plus respectueuse estime & la plus sensible reconnaissance, &c.

AUX

AUX AUTEURS

DE LA BIBLIOTHEQUE FRANÇAISE. (*)

A Cirey, ce 20 septembre 1736.

MESSIEURS,

UN homme de bien, nommé *Rousseau*, a fait imprimer dans votre journal une longue lettre fur mon compte, où par bonheur pour moi il n'y a que des calomnies, & par malheur pour lui il n'y a point du tout d'efprit. Ce qui fait que cet ouvrage eſt ſi mauvais, c'eſt, Meſſieurs, qu'il eſt entièrement de lui; *Marot*, ni *Rabelais*, ni d'*Ouville*, ne lui ont rien fourni; c'eſt la feconde fois de fa vie qu'il a eu de l'imagination. Il ne réuſſit pas quand il invente. Son procès avec M. *Saurin* aurait dû le rendre plus attentif. Mais on a déjà dit de lui, que quoiqu'il travaille beaucoup fes ouvrages, cependant ce n'eſt pas encore un auteur aſſez *châtié*.

Il a été retranché de la fociété depuis long-temps, & il travaille tous les jours à fe retrancher du nombre des poëtes par fes nouveaux vers. A l'égard des faits qu'il avance contre moi, on fait bien que fon témoignage n'eſt plus recevable nulle part; à l'égard de fes vers, je fouhaite aux honnêtes gens qu'il attaque, qu'il continue à écrire de ce ſtyle. Il vous a fait,

(*) Extrait du tome XXIV, pag. 152 & fuiv.

Mélanges littér. Tome III.   A a

Meffieurs, un fort infipide roman de la manière dont il dit m'avoir connu. Pour moi, je vais vous en faire une petite hiftoire très-vraie.

Il commence par dire que des dames de fa connaiffance le menèrent un jour au collége des jéfuites où j'étais penfionnaire, & qu'il fut curieux de m'y voir, parce que j'y avais remporté quelques prix. Mais il aurait dû ajouter qu'il me fit cette vifite, parce que fon père avait chauffé le mien pendant vingt ans, & que mon père avait pris foin de le placer chez un procureur, où il eût été à fouhaiter pour lui qu'il eût demeuré, mais dont il fut chaffé pour avoir défavoué fa naiffance. Il pouvait ajouter encore que mon père, tous mes parens, & ceux fous qui j'étudiais, me défendirent alors de le voir; & que telle était fa réputation, que quand un écolier fefait une faute d'un certain genre, on lui difait, vous ferez un vrai *Rouffeau*.

Je ne fais pas pourquoi il dit que ma phyfionomie lui déplut; c'eft apparemment parce que j'ai des cheveux bruns, & que je n'ai pas la bouche de travers.

Il parle enfuite d'une ode que je fis à l'âge de dix-huit ans, pour le prix de l'académie françaife. Il eft vrai que ce fut M. l'abbé du *Jarry* qui remporta le prix; je ne crois pas que mon ode fût trop bonne, mais le public ne foufcrivit pas au jugement de l'académie. Je me fouviens qu'entr'autres fautes affez fingulières dont le petit poëme couronné était plein, il y avait ce vers,

Et des pôles brûlans, jufqu'aux pôles glacés.

Feu M. de *la Motte*, très-aimable homme & de beaucoup d'esprit, mais qui ne se piquait pas de science, avait par son crédit fait donner ce prix à l'abbé du *Jarry*; & quand on lui reprochait ce jugement (*) & surtout le vers du *pôle glacé* & du *pôle brûlant*, il répondait que c'était une affaire de physique, qui était du ressort de l'académie des sciences & non de l'académie française; que d'ailleurs il n'était pas bien sûr qu'il n'y eût point de pôles brûlans, & qu'enfin l'abbé du *Jarry* était son ami. Je demande pardon de cette petite anecdote littéraire où la jalousie de *Rousseau* m'a conduit, & je continue ma réponse.

Il est vrai que j'accompagnai vers l'an 1720 une dame de la cour de France, qui allait en Hollande. *Rousseau* peut dire tant qu'il lui plaira que j'allai à la suite de cette dame: un domestique emploie volontiers les termes de son état; chacun parle son langage. Nous passâmes par Bruxelles; *Rousseau* prétend que j'y entendis la messe très-indévotement, & qu'il apprit avec horreur cette indécence, de la bouche de M. le comte de *Lanoy*; car il a cité toujours de grands noms sur des choses importantes. Je pourrais en effet avoir été un peu indévot à la messe. M. le comte de *Lanoy* dit cependant que *Rousseau est un menteur, qui*

(*) La Motte présidant aux prix
     Qu'on distribue aux beaux esprits,
     Ceignit de couronnes civiques
     Les vainqueurs des jeux olympiques.
     Il fit un vrai pas d'écolier,
     Et prit, aveugle Agonothète,
     Un chêne pour un olivier,
     Et du Jarry pour un poëte.

Cette note est ajoutée.

A a 2

fe fert de fon nom très-mal à propos pour dire une imper-
tinence. Je ne parlerai pas ainfi. Il fe peut, encore
une fois, que j'aie eu des diftractions à la meffe ; j'en
fuis très-fâché, Meffieurs. Mais de bonne-foi eft-ce à
Rouffeau à me le reprocher ? Trouvez-vous qu'il foit
bien convenable à l'auteur de tant d'épigrammes licen-
cieufes, à l'auteur des couplets infames contre fes
bienfaiteurs & fes amis, à l'auteur de la Moïfade, &c.
de m'accufer d'avoir caufé dans une églife il y a feize
ans ? Le pauvre homme ! fuivons, je vous en prie, la
petite hiftoire.

Premièrement, il dit qu'il me préfenta chez M. le
gouverneur des Pays-Bas. La vanité eft un peu forte.
Il eft plus vraifemblable que j'y ai été avec la dame
que j'avais l'honneur d'accompagner. Que voulez-
vous ? les hommes remplacent en vanité ce qui leur
manque en éducation.

Enfin donc je le vis à Bruxelles. Il affure que je
débutai par lui faire lire le poëme de la Henriade ;
& il me reproche beaucoup, je ne fais fur quel fondement, d'avoir pris dans ce poëme le parti du meilleur
des rois & du plus grand-homme de l'Europe, contre
des prêtres qui le calomnièrent, & qui le perfécutaient.
J'en demeure d'accord ; *Rouffeau* fera pour ces derniers,
& moi pour *Henri IV.*

Il a été fort furpris, dit-il, que j'aie fubftitué l'amiral
de *Coligni* à *Rofni.* Notre critique, Meffieurs, n'eft
pas favant dans l'hiftoire : ces petites balourdifes
arrivent fouvent à ceux qui n'ont cultivé que le talent
puéril d'arranger des mots. L'amiral de *Coligni* était
le chef d'un parti puiffant fous *Charles IX.* Il fut tué
lorfque *Rofni* n'avait que treize ans. *Rofni* fut depuis

miniftre & favori d'*Henri IV*. Comment donc fe pourrait-il faire que j'aie retranché de la Henriade ce *Rofni* pour y fubftituer l'amiral de *Coligni*? Le fait eft que j'ai mis *Dupleffis-Mornay* à la place de *Rofni*. *Rouffeau* ne fait peut-être pas que ce *Dupleffis-Mornay* était un homme de guerre, un favant, un philofophe rigide, tel en un mot qu'il le fallait pour le caractère que j'avais à peindre; mais il faut paffer à un fimple rimeur d'être un peu ignorant. Venons à des chofes plus effentielles.

Vous allez voir, Meffieurs, qu'on entend quelquefois bien mal le métier qu'on a fait toute fa vie; & vous ferez furpris que *Rouffeau* ne fache pas même calomnier. L'origine de fa haine contre moi vient, dit-il, en partie de ce que j'ai parlé de lui *de la manière la plus indigne*, (ce font fes termes,) à M. le duc d'*Aremberg*. Je ne fais pas ce qu'il entend par *une manière indigne*. Si j'avais dit qu'il avait été banni de France par arrêt du parlement, & qu'il fefait de mauvais vers à Bruxelles, j'aurais, je crois, parlé d'une manière très-digne. Mais je n'en parlai point du tout; & pour le confondre fur cette fottife comme fur le refte, voici la lettre que je reçois dans le moment de M. le duc d'*Aremberg*.

Anguien, ce 8 feptembre 1736.

„ Je fuis très-indigné, Monfieur, d'apprendre que „ mon nom eft cité dans la Bibliothèque fur un article „ qui vous regarde. On me fait parler très-mal à „ propos & très-fauffement, &c. Je fuis, Monfieur, „ votre très-humble & très-obéiffant ferviteur

LE DUC D'AREMBERG.

Aa 3

Voyons s'il fera plus heureux dans fes autres accufations. Je lui récitai, dit-il, une épître contre la
religion chrétienne. Si c'eft la Moïfade dont il veut
parler, il fait bien que ce n'eft pas moi qui l'ai faite.
Il affure qu'à la police de Paris j'ai été appelé en
jugement pour cette épître prétendue. Il n'y a qu'à
confulter les regiftres; fon nom s'y trouve plufieurs
fois, mais le mien n'y a jamais été. *Rouffeau* voudrait
bien que j'euffe fait quelqu'ouvrage contre la religion,
mais je ne peux me réfoudre à l'imiter en rien.

Il a ouï dire qu'il fallait être hypocrite pour venir
à bout de fes ennemis, & je conviens qu'il a cherché
cette dernière reffource.

> Rouffeau fujet au camouflet
> Fut autrefois chaffé, dit-on,
> Du théâtre à coups de fifflet,
> De Paris à coups de bâton;
> Chez les Germains chacun fait comme
> Il s'eft garanti du fagot;
> Il a fait enfin le dévot,
> Ne pouvant faire l'honnête-homme.

Ce n'eft pas affez de faire le dévot pour nuire; il
y faut un peu plus d'adreffe : je remercie DIEU que
Rouffeau foit auffi mal adroit qu'hypocrite. Sans ce
contrepoids, il eût été trop dangereux.

Les prétendus fujets de la prétendue rupture de
ce galant-homme avec moi, font donc : que j'ai eu des
diftractions à la meffe; que je lui ai récité des vers dans
le goût de la Moïfade; & que j'ai parlé de lui, en
termes peu refpectueux, à M. le duc d'*Aremberg*. Hé

bien, Meffieurs, je vais vous dire les véritables fujets de fa haine ; & je confens, ce qui eft bien fort, d'être auffi déshonoré que lui, fi j'avance un feul mot dont on puiffe me démentir.

Il récita à cette dame que j'avais l'honneur d'accompagner, & à moi, je ne fais quelle allégorie contre le parlement de Paris, fous le nom de *Jugement de Pluton* ; pièce bien ennuyeufe, dans laquelle il vomit des invectives contre le procureur-général & contre fes juges, & qui finit par ces vers, autant qu'il m'en fouvient :

> Et que leur peau fur ces bancs étendue,
> Serve de fiége à tous leurs fucceffeurs.

Ces derniers vers font copiés d'après l'épigramme de M. *Boindin* contre *Rouffeau*, laquelle eft connue de tout le monde ; la différence qui fe trouve entre l'épigramme & les vers de *Rouffeau*, c'eft que l'épigramme eft bonne.

Il récita enfuite un ouvrage, dont le titre n'eft pas la preuve d'un bon efprit ni d'un bon cœur. Ce titre eft *la Palinodie*. Il faut favoir qu'autrefois il avait fait une petite épître à M. le duc de *Noailles* alors comte d'*Ayen*. Dans cet ouvrage il difait :

> Oh qu'il chanfonne bien !
> Serait-ce point Apollon Delphien ?
> Venez, voyez, tant a beau le vifage,
> . . . .
> C'eft il fans faute.

Cette pièce écrite toute de ce goût, fut fifflée comme vous le croyez bien ; cependant M. le duc de *Noailles*

le protégea en le méprifant, & daigna lui donner un
emploi. Savez-vous ce qu'il fit dans le même temps? Il
écrivit une lettre fanglante contre fon bienfaiteur. Cette
lettre parvint jufqu'à M. de ***. Je ne dis rien que ce
feigneur ne puiffe attefter ; & j'ajoute qu'il pouffa la grandeur d'ame jufqu'à oublier l'ingratitude de ce poëte.

Rouffeau hors de France, fit fon ode de la Palinodie.
Il avait raifon, affurément, de défavouer des vérs
ennuyeux : mais du moins il eût fallu que la Palinodie
eût été meilleure. Malheureufement pour lui, toute
la Palinodie confiftait à dire du mal de fon bienfaiteur. M. le maréchal de Villars, ami de ce feigneur
offenfé, averti d'ailleurs de l'infolence de Rouffeau,
en écrivit à M. le prince Eugène, & lui manda en
propres mots : J'efpère que vous ferez juflice d'un ***
qui n'a pas été affez puni en France. Cette lettre, jointe
aux ingratitudes dont Rouffeau payait les bienfaits de
M. le prince Eugène, lui attira une difgrace totale,
auprès de ce prince. Voilà, Meffieurs, l'origine de
tout ce que Rouffeau a fait depuis contre moi. Il a cru
que c'était moi qui avait fait frapper ce coup ; que
c'était moi qui avait averti meffieurs les maréchaux
de Villars & de ***. Cependant il eft très-vrai que
je ne leur en ai jamais parlé. Il eft aifé de le favoir
des perfonnes que le fang & l'amitié attachaient à
M. le maréchal de Villars. La lettre avait été écrite à
M. le prince Eugène, avant même que Rouffeau m'eût
lu cette mauvaife ode de la Palinodie ; & quand il me
la lut, je me contentai de lui dire que je voyais bien
que fon but n'était pas d'avoir des amis.

J'avoue que je lui dis encore, avec une franchife
que j'ai eue toute ma vie, que fes nouveaux ouvrages

ne me plaifaient pas, & qu'il pafferait feulement pour avoir perdu fon talent & confervé fon venin. Le public a juftifié ma prédiction ; & *Rouffeau* me hait d'autant plus, que je lui ai dit une vérité qui fe confirme tous les jours.

C'était affez qu'il m'eût flatté quelques jours, pour qu'il fît des vers contre moi ; il en fit donc & même de très-plats. Il eft vrai qu'enfin dans une épître contre la calomnie, compofée il y a trois ans, je n'ai pu m'empêcher, après avoir montré toute l'énormité de ce crime, de parler de celui qui en eft fi coupable. Vous avez vu ce que j'en ai dit,

Ce vieux rimeur, couvert d'ignominie, &c.

Je n'ai été certainement dans ces vers que l'interprète du public. Je n'ai fait que fuivre l'exemple de M. de *la Motte*, le plus modefte de tous les hommes, qui avait dit de *Rouffeau* :

Connais-tu ce flatteur perfide,
Cette ame jaloufe où préfide
La calomnie au ris malin ;
Ce cœur dont la timide audace,
En fecret fur ceux qu'il embraffe

Cherche à diftiller fon venin ;
Lui dont les larcins fatiriques
Craints des lecteurs les plus ciniques,
Ont mis tant d'horreur fous nos yeux ?
Cet infame, ce fourbe infigne,
Pour moi n'eft qu'un efclave indigne,
Fût-il forti du fang des Dieux.

Qui croirait, Meffieurs, que *Rouffeau* ofe fe plaindre
aujourd'hui, que ce foit lui qui foit le calomnié? Permettez-moi de vous faire fouvenir ici d'un trait de
l'ancienne comédie italienne. *Arlequin* ayant volé une
maifon, & ne trouvant pas enfuite tout le compte des
effets qu'il avait pris, criait au voleur de toute fa
force. *Rouffeau* fuppofe premièrement que mon épître
fur la calomnie eft adreffée à la refpeâable fille de
M. le baron de *Breteuil*, un de fes premiers maîtres.
Mais qui lui a dit qu'elle ne l'eft pas à une des filles
de M. le duc de *Noailles*, ou de M. *Rouillé*, ou de
M. le maréchal de *Tallard*? Car a-t-il eu un maître
qu'il n'ait payé d'ingratitude, & qu'il n'ait forcé à le
chaffer? Je veux que cette épître foit adreffée à la fille
de M. le baron de *Breteuil*, mariée à un homme de
la plus grande naiffance de l'Europe, & illuftre par
l'honneur que les beaux-arts reçoivent de fon génie
& de fon favoir, qu'elle veut en vain cacher; cela
ne fervira qu'à faire voir combien *Rouffeau* eft hardi
dans le crime, & impudent dans le menfonge. Il
crie qu'on le calomnie, qu'il n'a jamais fait des
vers contre feu M. de *Breteuil*. Voulez-vous favoir,
Meffieurs, de qui je tiens la vérité qu'il combat fi
impudemment? de la propre perfonne à qui il a eu
la folie de l'avouer, & de cette refpeâable dame, la
fille même de M. de *Breteuil*, qui le fait comme moi,
& fous les yeux de laquelle j'ai l'honneur d'écrire une
vérité d'ailleurs fi connue. Il a beau dire qu'il a encore
des lettres de M. le baron de *Breteuil*; il a beau avoir
adreffé à ce feigneur une très-mauvaife épître en
vers; qu'eft-ce que cela prouve? que M. le baron de
Breteuil était indulgent, & que fon domeftique pouffe

l'impudence au comble. Eſt-ce donc la ſeule fois qu'il a écrit pour & contre ſes bienfaiteurs? N'a-t-il pas appelé M. de *Francine* un *homme divin*, après avoir fait contre lui l'indigne ſatire de la Francinade? Il avait fait cette ſatire, parce que tous ſes opéra ſifflés avaient été mis au rebut par M. de *Francine*; & il l'appela depuis homme divin, parce que dans une quête que madame de *Bouzoles* eut la bonté de faire pour *Rouſſeau* lorſqu'il était en Suiſſe, M. de *Francine* eut la généroſité de donner vingt louis. Je devrais donc avoir quelque petite part à cette épithète de *divin*, un cinquième de compte-fait; car j'avais donné quatre louis pour mon aumône à *Rouſſeau*.

En vérité il a grand tort de me vouloir du mal; car outre la liaiſon qui était entre mon père & le ſien, j'ai actuellement un valet de chambre qui eſt ſon proche parent & qui eſt très-honnête homme. Ce pauvre garçon me demande tous les jours pardon des mauvais vers que fait ſon parent.

Eſt-ce ma faute, après tout, ſi *Rouſſeau* a eu autrefois des coups de bâton du ſieur *Pécourt*, dans la rue Caſſette, pour avoir fait & avoué ces couplets qui ſont mentionnés dans ſon procès criminel?

> Que le bourreau par ſon valet
> Faſſe un jour ferrer le fifflet,
> De Bertin & de ſa ſéquelle;
> Que Pécourt qui fait le ballet
> Ait le fouet aux pieds de l'échelle, &c.

Eſt-ce ma faute, s'il ſe plaignit d'avoir reçu cent coups de canne de M. de *la Faye*; s'il s'accommoda avec lui , par l'entremife de M. de *la Contade*, pour cinquante louis qu'il n'eut point ; s'il calomnia M. *Saurin*; s'il fut banni par arrêt à perpétuité ; s'il eft en horreur à tout le monde ; fi enfin (ce qui le fâche le plus) il a rimé longuement des fadaifes ennuyeufes ; s'il a fait les Aïeux chimériques, le Café, la Ceinture magique &c. ? Je ne fuis pas refponfable de tout cela.

Il s'eft affocié , pour rendre fa caufe meilleure, avec l'abbé *Desfontaines*, auteur d'un ouvrage périodique qui vous eft connu ; & cet abbé envoie de temps en temps en Hollande de petits libelles contre moi.

Il eft bon que vous fachiez, Meffieurs, que cet abbé eft un homme que j'ai , en 1724 , tiré de bicêtre, où il était renfermé pour le refte de fes jours. C'eft un fait public. J'ai encore fes lettres, par lefquelles il avoue qu'il me doit l'honneur & la vie. Il fut depuis mon traducteur. J'avais écrit en Anglais un Effai fur l'épopée, il le mit en français. Sa traduction a été imprimée à Paris. Il eft vrai qu'il y avait autant de contre-fens que de lignes. Il y difait que les Portugais avaient découvert l'Amérique. Il traduit les *gâteaux mangés par les Troyens*, par ces mots, *faim dévorante de Cacus*. Le mot anglais *cake*, qui fignifie *gâteau*, fut pris par lui pour *Cacus*, & les Troyens pour des vaches. Je corrigeai fes fautes, & je fis imprimer fa traduction à la fuite de la Henriade, en attendant que j'euffe le loifir de faire mon Effai fur l'épopée en français ; car j'avais écrit dans le goût de la langue anglaife , qui eft très - différent du nôtre. Enfin , quand j'eus achevé mon ouvrage, je le mis à la fuite de ma

Henriade en France. L'abbé *Desfontaines* ne me pardonna point d'avoir ufé de mon bien. Il s'avifa depuis ce temps-là de vouloir décrier la Henriade & moi. Je ne lui répondrai pas, & je ne décrierai certainement pas fes vers. Il en a fait un gros volume; mais perfonne n'en fait rien, j'en ignore moi-même le titre. Pour fa perfonne, elle eft un peu plus connue.

Enfin, Meffieurs, voilà les honnêtes gens que j'ai pour ennemis : ainfi quand vous verrez quelques mauvais vers contre moi, dites hardiment qu'ils font de *Rouffeau*; quand vous verrez de mauvaifes critiques en profe, ce fera de l'abbé *Desfontaines*.

J'ai l'honneur d'être, &c.

LE TOMBEAU

DE LA SORBONNE.

1 7 5 3.

LORSQUE la forbonne était occupée à cenfurer des livres de phyfique, de philofophie, & de jurifprudence, & qu'on croyait que fes difparates étaient au comble; un nouvel orage porta fon vaiffeau fans gouvernail d'un autre côté, & le fit donner dans un écueil qui l'a fracaffé fans reffource.

Pour être reçu docteur en la faculté de théologie de Paris, il faut foutenir une thefe pendant dix heures de fuite. Un jeune bachelier de beaucoup d'efprit,

fort inftruit, & qui fait grand ufage des bons auteurs,
fe propofa de foutenir cette thèfe à fon tour; c'était
l'abbé de *Prades* , homme de condition , neveu de
M. de *la Valette* maréchal de camp , affez connu par
les fervices qu'il a rendus dans la dernière guerre.

Ce jeune homme qui n'avait d'autre intention que
de percer dans le monde, & de faire fon chemin dans
l'Eglife comme les autres, porta d'abord felon l'ufage
fa thèfe manufcrite à examiner au profeffeur *Hock*,
qui devait être fon préfident, au fyndic *Dugard* chanoine de Notre-Dame, au chanoine de Saint-Benoit
l'Anglé , grand-maître des études , qui l'examinèrent
fcrupuleufement , l'approuvèrent , la munirent de
leur feing felon les formalités d'ufage , après quoi
elle fut imprimée, & le candidat en diftribua quatre
cents cinquante exemplaires aux autres docteurs,
plufieurs jours avant l'action. Outre les examinateurs
il y a encore des cenfeurs au nombre de douze, le
bachelier leur porta fa thèfe imprimée; aucun d'eux
n'y trouva le moindre objet de cenfure; il la foutint
enfin le 18 novembre 1751 , avec l'approbation
univerfelle ; les cenfeurs fignèrent avec éloge ; les
docteurs reçurent l'argent que les répondans donnent
en pareil cas. M. l'abbé de *Prades* allait être reçu
licencié , & même obtenir le premier lieu, comme
celui de toute la licence qui s'était le plus diftingué.
Il n'avait qu'un feul reproche à fe faire, c'était de
s'être laiffé emporter au zèle aveugle de la forbonne
contre quelques opinions de meffieurs de *Buffon* &
de *Montefquieu* , qu'il qualifia trop durement : il s'expo-
fait par-là à déplaire aux plus honnêtes gens du
royaume ; mais il ne s'attendait pas que la forbonne

dût le punir d'avoir pris fa défenfe avec trop de vigueur , ni qu'elle eût jamais l'audace & la baffeffe de profcrire une thèfe qu'elle avait adoptée avec folemnité , dont elle feule devait répondre , & qui était devenue fon propre ouvrage felon fes ftatuts.

Pour connaître le principe de cette étonnante contrariété , il eft néceffaire d'expliquer ce qui fe paffait alors.

Une fociété de vrais favans entreprit il y a quelques années le dictionnaire de l'Encyclopédie. Tout le public, & en particulier les libraires, étaient imbus de l'idée que cet ouvrage devait faire tomber le dictionnaire de Trévoux, qu'on achetait, faute d'autres, quoiqu'on en connût l'infuffifance & les fautes groffières.

Malheureufement ce font les pères jéfuites qui font en grande partie les auteurs de ce dictionnaire de Trévoux, qui ne laiffe pas de leur rapporter quelque émolument : dès qu'ils entendirent parler de l'Encyclopédie ils la décrièrent ; mais fitôt qu'ils virent le crédit qu'elle prenait , ils voulurent y travailler : ils fe propofèrent pour la théologie & pour la morale ; on ne voulut ni d'une théologie, ni d'une morale de jéfuites. Les libraires fentirent très-bien que cela feul décréditerait leur livre, qui les conftitue en des frais immenfes. Quel eft le libraire qui voudra facrifier cent mille écus aux jéfuites ? Ceux-ci étant éconduits font jouer tous leurs refforts pour fupprimer l'Encyclopédie, & pour ruiner par-là les libraires qui en ont entrepris l'impreffion. Ils foulevèrent les puiffances, en fe fervant de leur cri de guerre, *à l'impiété* ! Ce cri n'aurait fait qu'attirer contre eux

celui du public , fi on avait eu affaire à des fupérieurs
inftruits ; mais on avait affaire à l'ancien évêque de
Mirepoix : on eft obligé d'avouer ici avec toute la
France combien il eft trifte & honteux que cet homme
fi borné ait fuccédé aux *Fénelons* & aux *Boffuets ;* il a
la feuille des bénéfices : c'eft un miniftre. Le clergé
de France eft à fes ordres , il l'a avili & bouleverfé ;
c'eft lui qui eft l'auteur de cette entreprife des *billets
de confeffion,* qui a tant fait rire l'Europe ; lui feul a
empêché le bien que le roi voulait faire au royaume,
en rendant l'ordre de Saint-Louis fufceptible de bénéfices. Le roi ne pouvait faire un plus grand bien , ni
l'évêque de Mirepoix un plus grand mal; il eft continuellement entouré de délateurs.

Un prêtre de cette efpèce , nommé *Millet* , connu
pour tel dans Paris , homme qui nourrit la duplicité
& l'infamie de l'efpionnage fous les apparences
de la douceur & de la dévotion , fut l'organe dont
on fe fervit pour perfuader à l'ancien évêque de
Mirepoix que l'Encyclopédie était un livre contre la
religion chrétienne. Le fanatifme fut pouffé au point
qu'on obtint un arrêt du confeil pour fupprimer
l'ouvrage. Enfin , grâces aux foins des plus dignes
miniftres & des plus éclairés magiftrats, la France ne
fut point privée de l'ouvrage utile qui lui fait déjà
tant d'honneur dans toute l'Europe ; il n'en coûta
que quelques changemens de peu de conféquence.
Le livre continue à s'imprimer avec fuccès, malgré
toutes les chicanes qu'on n'a ceffé de lui faire. Les
jéfuites furent confondus, & n'en furent, comme on
le croira aifément, que plus implacables. Il s'agiffait
de leur intérêt , & de ce qu'ils imaginaient être leur
                                                    gloire,

gloire, quoiqu'il n'y ait en effet que de la honte à être les auteurs du dictionnaire de Trévoux.

Il faut favoir que parmi les principaux affociés qui travaillaient à l'Encyclopédie, il y en a très-peu qui foient théologiens : ils avaient prié l'abbé de *Prades* de leur fournir quelques articles qui regardent cette étude : il en donna en effet plufieurs, tels que celui de *certitude*, dans lequel la philofophie la plus fage fert de bafe à la théologie la plus exacte. Que font alors les jéfuites ? la thèfe de cet abbé tombe entre leurs mains : il eft aifé de trouver par-tout des héréfies; on en trouverait dans l'*oraifon dominicale;* & fi quelqu'un difait aujourd'hui pour la première fois, *ne nous induifez point en tentation*, il fuffirait d'une cabale pour faire condamner au feu cette prière. Les jéfuites répandent le bruit par leurs fidelles émiffaires, que la thèfe de l'abbé de *Prades* eft impie, que c'eft l'ouvrage de tous les auteurs de l'Encyclopédie, que c'eft un complot pour ruiner la religion chrétienne.

Les pères, exclus de la faculté, y entretiennent toujours des intelligences, comme on fait dans une ville ennemie qu'on veut furprendre : ils s'adreffent à un vieux docteur nommé *le Rouge*, ancien fyndic & approbateur de leur journal de Trévoux, & leur créature. Le père *Dupré* lui dit : Il faut dénoncer à la Sorbonne la thèfe qu'on y a foutenue. *Le Rouge* repréfente au père *Dupré* & aux autres, quelle honte ce ferait pour lui, & quel affront à la forbonne d'accufer d'impiété une thèfe devenue celle de tout le corps par fes ftatuts. Les jéfuites infiftent, ils tronquent & tordent des propofitions ; ils donnent par écrit à *le Rouge*, ce qui regarde les guérifons opérées par JESUS-CHRIST :

Mélanges littér. Tome III.   Bb

Vous voyez , difent-ils , qu'on les compare à celles
d'*Efculape*. Hélas! mes pères, répond l'abbé *le Rouge*,
on ne dit là que ce que j'ai dit moi-même dans mon
traité dogmatique fur les miracles, & ce qu'a foutenu
le docteur dom *la Tafle* bénédictin évêque de Bethléem,
& cent autres docteurs : ils prétendent que tout ce qui
diftingue les guérifons opérées par JESUS-CHRIST,
c'eft qu'elles ont été prédites ; que c'eft ce qui difcerne
feul les opérations de DIEU d'avec celles qu'on impute
à d'autres puiffances ; que toute l'antiquité & la Bible
même atteftent les miracles des enchanteurs & des
démons ; qu'on a cru aux miracles d'*Efculape* , de
Vefpafien, d'*Apollonius* de Thiane, ainfi qu'aux oracles.
Il n'y a donc point d'autre moyen d'affurer la miffion
de JESUS-CHRIST, & de diftinguer fes miracles ,
que de recourir aux prophéties ; c'eft la feule manière
même dont la forbonne & vous, avez réfuté les miracles
de Saint-Médard.

Les jéfuites ne fe rendirent point à ces argumens
ad hominem. Le père *Dupré* dit à *le Rouge* : Vous devez
favoir qu'on peut aifément condamner dans un homme
ce qu'on a approuvé dans un autre. Ne fongeons
qu'aux mots & point aux chofes ; voilà les mots
d'*Efculape* & de JESUS-CHRIST. La thèfe dans un
autre endroit fait des difficultés fur la chronologie
des Hébreux ; vous m'allez encore dire que tous les
favans de l'Europe font ces difficultés : il n'importe.
Il eft dit dans la thèfe que la loi de *Moïfe* n'admet que
des récompenfes & des peines temporelles ; on fait
que rien n'eft plus vrai , mais on peut en inférer que
Moïfe ne connaiffait pas l'immortalité de l'ame. Mais,
mon père, remarquez qu'il dit un peu plus bas , dans

fa thèfe, que *Moïfe* connaiffait l'immortalité de l'ame, & même les plus idiots d'entre les Hébreux. Cela eft embarraffant, répondit le père *Dupré:* mais vous ne mettrez pas cela dans l'extrait.

Il eft dit furtout, continue le jéfuite, que le droit d'inégalité eft un droit barbare qui n'eft que le droit du plus fort; voilà qui intéreffe les puiffances féculières: l'abbé de *Prades* doit être condamné en parlement comme en forbonne, & paffer fa vie entre quatre murailles! Ah! c'eft trop, mes Pères; vous portez trop loin l'emportement & la vengeance. Comment peut-on prendre pour le fyftème de l'auteur ce qu'il ne cite que pour le réfuter? quoi, vous n'avez pas lu la thèfe? ne la lira-t-on pas? Le licencié ne dit-il pas en termes exprès que c'eft le fyftème damnable & horrible de *Hobbes?* ne le réduit-il pas en poudre? N'importe, encore une fois, dirent les jéfuites, perfonne ne lit une thèfe, & tout le monde lira les propofitions qui feront condamnées; & on mettra l'abbé de *Prades* dans un lieu d'où il ne pourra nous répondre. L'abbé *le Rouge* frémit d'horreur. Il voulut répliquer; mais on lui ferma la bouche, en lui difant: Monfeigneur l'ancien évêque de Mirepoix le veut: obéiffez. *Le Rouge* s'en alla, incertain encore de ce qu'il devait faire; mais en peu de temps les jéfuites furent le déterminer.

Cependant les jéfuites dans leur collége font foutenir une thèfe dans laquelle ils traitent l'abbé de *Prades*, docteur de forbonne, d'impie & de perturbateur du repos public. Ils fe répandent dans tout Paris, ils minent fous terre, & font une guerre offenfive publiquement. Ils parviennent enfin à leur grand but, qui eft que la forbonne fe divife. Quelques janféniftes

Bb 2

intéreſſés à ſoutenir les miracles de M. *Pâris*, ſachant
bien que ces miracles n'ont pas été prédits, ſe joignent
aux jéſuites mêmes. On parle aux magiſtrats , aux
évêques , à l'archevêque de Paris ; & tout cela parce
que le dictionnaire de l'Encyclopédie vaut mieux que
le dictionnaire de Trévoux. Le délateur *Millet* aſſure
l'évêque de Mirepoix que l'abbé de *Prades* n'eſt que
l'organe des auteurs de ce dictionnaire ; c'eſt ainſi
qu'une indigne jalouſie d'auteurs détruit ſans reſſource
la fortune d'un homme de qualité , & le couvre de
flétriſſures. L'évêque de Mirepoix fait dire à la ſorbonne , qu'il faut abſolument qu'elle condamne la
thèſe.

Depuis le 2 décembre 1751 juſqu'au 15 , on s'aſſemble en ſorbonne. Les émiſſaires des jéſuites, *le Rouge*
en chancelant encore , *Gaillande* en homme furieux,
demandent vengeance : de quoi ? d'une thèſe que la
ſorbonne doit avouer pour ſienne. Ils demandent que
ce corps ſe déshonore à jamais. Il faut que cette ſorbonne déclare qu'elle n'a pas entendu un ſeul mot
de la thèſe, laquelle elle a examinée pendant quatre
jours , laquelle elle a fait ſoutenir , laquelle elle a
approuvée, & qui eſt ſon propre ouvrage ; ou qu'elle
avoue qu'elle-même en corps a ſoutenu un ſyſtème
complet contre la religion chrétienne. Il n'y a pas de
milieu , c'eſt dans ce cul-de-ſac que la cabale des
jéſuites & un théatin ont pouſſé la ſorbonne qui s'en
aperçoit bien aujourd'hui, & qui en gémit, mais trop
tard.

Un docteur des plus vertueux & des plus éclairés,
l'abbé *le Gros*, chanoine de la ſainte-chapelle , excellent théologien, alla pendant ce temps repréſenter à

l'ancien évêque de Mirepoix l'énormité & le fcandale de cette conduite, qu'on allait couvrir la forbonne d'un opprobre éternel, qu'on perdait un jeune homme innocent, que fa thèfe était très-raifonnable, & qu'il fe croyait, lui, obligé en confcience & en honneur, de prendre le parti de l'abbé de *Prades*; que c'était en effet fecourir la forbonne qui s'allait perdre en fe condamnant elle-même. L'évêque de Mirepoix lui défend d'aller en forbonne, & le menace, s'il y va, d'une lettre de cachet. Voilà fur quel ton il parle, & comment il ufe de fon crédit. M. *le Gros* eut pourtant le courage d'aller à ces affemblées tumultueufes; il y parla avec fageffe, & fut fecondé d'environ quarante docteurs qui favent le latin, qui avaient lu la thèfe, & qui l'approuvèrent toujours. *Voilà la troupe des déiftes*, s'écria l'incenfé *Gaillande*. On l'obligea à demander pardon en pleine affemblée, de ces paroles qui auraient dû le faire exclure. Mais on avait eu foin de faire venir plus de cent moines qui n'avaient jamais lu la thèfe, & qui opinaient contre elle de toutes leurs forces.

Pendant ces rumeurs, l'abbé de *Prades* demandait d'être admis & entendu. Cinquante docteurs furent d'avis de l'entendre en fes défenfes, attendu que cela eft de droit commun. Mais la foule des moines envoyés par l'évêque de Mirepoix & par les jéfuites, fit paffer l'avis contraire, ce qui n'eft pas fans exemple. Il court alors chez l'évêque de Mirepoix: il lui offre de fe rétracter s'il s'eft fervi d'expreffions qui puiffent fouf-frir un fens odieux. C'eft affurément la démarche de l'innocence. L'évêque de Mirepoix lui promet fa grâce, en cas qu'il dife que ce font les auteurs de l'Encyclo-pédie qui ont fait fa thèfe.

L'abbé de *Prades* répondit à l'évêque de Mirepoix:
,, Comment voulez-vous que je me rende coupable
,, d'une imposture si lâche ? Il y a huit ans que j'étudie
,, la théologie. Ma thèse, vous le savez, n'est que le
,, précis d'un ouvrage que j'ai fait en faveur de la
,, religion chrétienne : les auteurs de l'Encyclopédie
,, ne savent point la théologie ; ils n'ont vu ni mon
,, ouvrage ni ma thèse: pouvez-vous vous livrer à la
,, fureur de leurs ennemis au point de me proposer,
,, sans rougir , la manœuvre indigne que vous
,, exigez ? ,, Que répond Mirepoix à ces paroles ? Il
répond par la menace d'une lettre de cachet. Il envoie
ensuite des émissaires chez l'abbé de *Prades* pour lui
conseiller de s'enfuir. Enfin il ose demander au roi
une lettre de cachet contre lui : mais comment s'y
prend-il pour l'obtenir ? par une calomnie horrible.
Il fait entendre au roi que l'abbé de *Prades* a soutenu
en forbonne une autre thèse que celle qui avait été
approuvée. Les lettres que l'abbé de *Prades* avait écrites
à l'ancien évêque de Mirepoix & à l'archevêque de
Paris , firent ouvrir les yeux à toute la cour ; on fut
surpris , en les lifant , d'apprendre que la thèse qui
fefait tant de bruit , était la même que celle qui avait
été approuvée en forbonne , & soutenue dix heures de
suite en sa présence. On fut indigné en même temps,
qu'on eût osé porter la calomnie jusqu'à vouloir perfuader au roi que l'abbé de *Prades* avait substitué une
mauvaise thèse à celle qui avait été approuvée. Le
roi instruit de la vérité , fit perdre à l'ancien évêque
de Mirepoix le pouvoir d'immoler ce jeune homme
en abusant de son autorité. Ainsi par cet odieux artifice , si ces lettres n'avaient point été envoyées à la

cour, un théatin calomniateur réduifait un roi aimé de fon peuple à être le perfécuteur d'un innocent.

Enfin la forbonne s'affemble pour la quatorzième fois : un nommé *Grageon*, vicaire de Saint-Roch, doĉteur de Navarre, s'entretenant avec le doĉteur *Foucher* dans la falle avant l'affemblée, *Foucher* dit à *Grageon* ces propres mots : „ Je vous avoue que je „ fuis bien embarraffé ; cette thèfe eft d'un latin extraor- „ dinaire que je n'entends pas ; elle roule fur des points „ hiftoriques que je n'ai jamais étudiés. Comment „ puis-je la condamner ? Je ne l'entends pas plus que „ vous, lui dit *Grageon* ; je ne l'ai lue, ni ne la lirai ; „ il faut bien que je la condamne : je vous confeille „ d'en faire autant. „

Enfin la falle fe garnit ; on opine : le doĉteur *Tamponnet* éleve fa voix, & commence par décider que la thèfe eft impie d'un bout à l'autre, & que la religion chrétienne eft renverfée.

M. *Digotrets*, le plus favant homme de la faculté, & le meilleur logicien, dit : Meffieurs, pérmettez-moi de vous dire que pour bien entendre cette thèfe, il faut un peu de connaiffances & de réflexion ; c'eft le fyftème de religion depuis la création du monde jufqu'à nos jours ; fyftème où les raifonnemens font par-tout enchaînés aux faits. J'ai lu cinq fois cette favante thèfe, & il s'en faut bien que j'y aie rien trouvé de répréhenfible. Il faut revenir aux voix & motiver fon avis, fans quoi nous allons nous déshonorer. *Grageon* prit alors la parole & dit : Vous avez lu cinq fois la thèfe, & vous n'y avez point trouvé d'erreur ? Moi je ne l'ai lue qu'une fois & j'y ai trouvé cent impiétés.

Foucher, qui une heure auparavant avait entendu l'aveu contraire de *Grageon*, ne put s'empêcher de dire avec indignation : Monfieur, comment pouvez-vous affirmer devant la forbonne que vous avez lu la thèfe, vous qui m'avez dit il n'y a qu'une heure, que vous ne l'avez jamais lue ? Eh ! comment pouvez-vous, répliqua *Grageon* à *Foucher*, abufer publiquement de la confidence que je vous ai faite en particulier ? vous êtes un traître. Vous êtes un menteur, dit *Foucher*. *Grageon* fend la preffe, & prend *Foucher* par le collet ; ils fe donnent plufieurs coups de poing en pleine forbonne ; on fe met entre deux. Le docteur *Gervaife*, grand-maître de la maifon de Navarre, les fépare avec peine ; cette fcène ne peut fe paffer fans un grand bruit. Les clameurs de tant de gens qui couraient çà & là dans la falle, firent venir les voifins ; le concours de ceux-ci alarma le peuple ; ils difent qu'on s'égorge ; les autres que le feu a pris dans la forbonne : plus de deux mille hommes affiégent la porte en moins d'un quart-d'heure.

Les docteurs, honteux de cette fcène, reprennent à la fin leurs efprits. On fait faire filence, on procède avec plus de règles ; on va aux voix. Le curé de Saint-Germain-l'Auxerrois arrive alors à travers la preffe du peuple ; il fe fait ouvrir. Meffieurs, dit-il, j'ai affaire ; je viens feulement donner ma voix : je fuis de l'avis de *Tamponnet*. Ayant dit ces mots, il fe retire. L'affemblée auparavant prête à en venir aux coups, éclata de rire.

A peine le curé de Saint-Germain-l'Auxerrois a-t-il fait rire la forbonne, qu'un autre docteur vient diverfifier la fcène par une abfurdité que les favans de

l'Europe ne croiront pas. Mais s'il eft permis d'attefter
DIEU dans une affaire auffi contemptible, on prend
ici DIEU à témoin, que dans toute cette relation, on
n'avance pas un fait qui ne foit dans la plus exacte
vérité.

Duport d'Auville, fupérieur de la communauté des
philofophes de Saint-Sulpice, arrive avec une traduction de *Locke* dans fa poche ; il montre ce livre :
,, Voilà l'athée, dit-il, dans lequel l'abbé de *Prades*
,, a pris fa thèfe impie. Le précis du chapitre de
,, *Locke* fur les idées innées eft dans la thèfe ; & on
,, fait affez que s'il n'y a point d'idées innées, il n'y a
,, point de religion chrétienne. ,,

Qu'eft-ce que les idées innées, fe difaient plufieurs
docteurs les uns aux autres? Les plus inftruits expli-
quèrent la chofe. Ils firent fouvenir que les idées
innées étaient du fyftème de *Defcartes;* que ces idées
innées avaient été condamnées par la forbonne entière, dès que ce fyftème avait paru, & qu'alors elles
paffèrent en forbonne, comme tendantes à détruire
la religion chrétienne, dont on veut aujourd'hui
qu'elles foient devenues la pierre angulaire. Ils ajou-
tèrent que *Locke* a démontré l'abfurdité de ce fyftème
des idées innées par les meilleures raifons ; &
qu'enfin *Locke* n'était point un athée. Malgré les
raifonnemens invincibles que firent ces docteurs, il
fut décidé à la pluralité des voix qu'il était impie (ce
qu'on avait autrefois déclaré orthodoxe) de dire que
nos idées nous viennent des fens.

Au milieu de tous ces orages, l'abbé de *Prades* eft
confeillé de s'adreffer à des membres du parlement,
& d'implorer leur juftice. Il demanda audience au

procureur-général. Ce magiftrat lui propofa de le faire entendre dans le parquet de la grand'chambre. M. *le Fevre d'Ormeffon*, avocat-général, l'interrogeait, & rendait fes réponfes à la grand'chambre On ne peut concevoir comment dès ce moment l'abbé de *Prades* eut un nouvel ennemi dans cet avocat-général. Il faillit à tomber de fon haut, quand ce magiftrat lui foutint dans le parquet, que c'eft une impiété de combattre les idées innées. Il était auparavant fon ami ; mais cette fois-là il lui parla durement & en maître, foit qu'il fût prévenu par le bruit public que les jéfuites avaient excité, foit par quelqu'autre raifon qu'on ne peut pas pénétrer. Il fit long-temps le théologien avec l'abbé de *Prades*, & l'accufa toujours d'avoir fait un complot contre la religion chrétienne. Mais il ne put empêcher que la grand'chambre, convaincue que la thèfe approuvée par la forbonne eft devenue l'affaire de ce corps, ne renvoyât l'abbé de *Prades* abfous.

Ce jugement de la grand'chambre attira à l'abbé de *Prades* l'inimitié du fieur d'*Ormeffon*. Celui-ci attendait pour l'accabler que la forbonne eût achevé l'ouvrage que les jéfuites & l'ancien évêque de Mirepoix lui avaient prefcrit.

La forbonne, le 15 décembre, confomma fa honte. Elle profcrivit fa thèfe, fon propre ouvrage, malgré l'avis de plus de quarante docteurs. Elle condamna dix propofitions qu'il fallut tronquer, & par conféquent falfifier. Elle attribua à l'auteur ce qu'il avait expreffément réfuté. Le décret fut dreffé comme on put.

Le docteur *Tamponnet* fit la préface de la cenfure; & comme elle était en latin, il y fit quelques folécifmes. Il eut d'ailleurs la prudence d'appeler ouvrage

de ténèbres la thèfe qui avait été foutenue en pleine
forbonne , en préfence de près de mille perfonnes.
Une chofe embarraffa *Tamponnet* & fes confrères : ce
fut de fe difculper d'avoir approuvé auparavant avec
unanimité une thèfe qu'il fallait condamner. Pour
cet effet, *Millet* imagina de dire que la thèfe avait été
imprimée en trop petits caractères , & que les docteurs
n'avaient pu la lire. Cette belle évafion fut applaudie.
On oubliait que la thèfe avait été examinée en manufcrit par les députés. Mais lorfqu'il fut queftion d'exprimer en latin que ladite thèfe avait été imprimée trop
menu , la faculté ne put fe tirer de ce pas : ils dirent
tous qu'ils ne pouvaient exprimer en latin une thèfe
imprimée menu ; & ils députèrent vers le fieur *le
Beau* , profeffeur de rhétorique , pour lui demander
comment cette phrafe pouvait être rendue en latin.
Celui-ci envoya par écrit : *Thefim fufilium litterarum
tenuitate digeftam.* Alors il n'y eut plus d'empêchement.

On exigea bientôt que l'archevêque de Paris donnât un mandement conforme au décret de la forbonne.
Ses théologiens dreffèrent le mandement , & ils y furent
fi embarraffés , ils fentirent fi bien la difficulté , qu'ils
réformèrent onze fois les planches imprimées.

Ce mandement fut lu au prône par tous les curés.
L'abbé de *Prades* fut traité d'impie dans toutes les
chaires. On prêcha publiquement que la thèfe était
un complot tramé contre la religion par tous les
auteurs de l'Encyclopédie. On le dit tant , que tout
Paris le crut , quoiqu'il fût très-certain qu'aucun de ces
auteurs n'avait vu la thèfe. Alors l'avocat-général
d'*Ormeffon* eut la cruauté de demander à la tournelle
ce qu'il n'avait pu obtenir de la grand'chambre ; il

obtint un décret de prife de corps contre l'abbé de *Prades* : décret rendu fans aucune formalité , contre un homme déjà convaincu par la forbonne.

Cet abbé entièrement innocent , dont la thèfe était celle de la forbonne ; qui ne pouvait être coupable , puifqu'il avait offert cent fois de fe rétracter s'il était befoin ; lui qui eft d'une famille qui a fi bien fervi l'Etat ; lui que la grand'chambre n'avait pu condam- ner , & contre qui le roi équitable n'avait point voulu févir ; fut obligé de s'enfuir avec un de fes amis que les jéfuites voulaient perdre auffi. Ils étaient tous deux tombés malades , & fe trouvaient fans aucun fecours ; ils ont fouffert toutes les calamités attachées à une fuite précipitée.

Tout lecteur impartial fera affurément touché de commifération , en lifant cette fuite de procédés affreux.

Il n'eft pas étonnant qu'un vrai philofophe tel que le roi de Pruffe , inftruit de tous les maux qu'ont fait au monde les querelles théologiques , & convaincu de l'innocence d'un gentilhomme fi indignement perfé- cuté par les cabales des jéfuites , l'ait pris fous fa protection. L'univers fait combien ce grand-homme eft le protecteur de la raifon & de l'innocence oppri- mée. Le public commence déjà à penfer comme lui fur cette affaire ; tôt ou tard les tyrans particuliers trouvent dans le public un écueil contre lequel ils fe brifent.

Nous en avons vu plus d'un exemple. En vain le docteur *l'Ange* avait fait perfécuter le refpectable doc- teur *Wolf* , en qualité d'athée ; ce même roi de Pruffe

écoutant le public & sa propre raison, l'a fait chancelier de l'univerfité de Hall, avec une penfion de trois
mille écus. En vain un tyran de Strasbourg avait fait
condamner un innocent ; le public a parlé, & après
plufieurs années ce tyran même a été puni.

En vain dans nos provinces libres, a-t-on voulu
ôter à M. *Kœnig* la liberté de fe défendre dans une
affaire purement littéraire, contre un defpote littéraire auffi orgueilleux que mauvais écrivain ; nous
avons vu M. *Kœnig* accabler fon adverfaire par le
poids de fes raifons. C'eft une mauvaife voie que
celle de l'autorité quand il s'agit de fcience, & la
vérité triomphe toujours avec le temps. (1)

A M. DUPONT,

AUTEUR DES EPHEMERIDES DU CITOYEN.

Sur le poëme des Saifons.

A Ferney, ce 7 juin 1769.

Vous donnez à M. de *Saint-Lambert* les éloges qu'il
a droit d'attendre d'un vrai citoyen, & d'un écrivain
tel que vous.

Vous ne reffemblez pas à celui qui fournit des
nouvelles de Paris à quelques gazettes étrangères, &

_____

(1) M. de *Voltaire* a défavoué conftamment le *Tombeau de la Sorbonne*
qu'on lui a conftamment attribué. On n'y reconnaît ni fa manière ni fon
ftyle : s'il y a eu quelque part c'eft d'avoir corrigé l'ouvrage, & tout au
plus d'y avoir ajouté quelques traits.

qui, en dernier lieu , parmi une foule d'erreurs inju-
rieuſes au gouvernement, à la réputation des particuliers , & à l'honneur des lettres , a mandé que le
poëme français *des ſaiſons* eſt inférieur au poëme anglais
de *Thompſon*. S'il m'appartenait de décider, je donnerais ſans difficulté la préférence à M. de *Saint-Lambert*.
Il me paraît non-ſeulement plus agréable , mais plus
utile. L'Anglais décrit les faiſons , & le Français dit
ce qu'il faut faire dans chacune d'elles. Ses tableaux
m'ont paru plus touchans & plus rians : je compte
encore pour beaucoup la difficulté des rimes ſurmontée.
Les vers blancs ſont ſi aiſés à faire qu'à peine ce genre
a-t-il du mérite ; l'auteur alors pour ſe ſauver de la
médiocrité & de la langueur proſaïque , eſt obligé
d'employer ſouvent des idées & des expreſſions gigan-
teſques par leſquelles il croit ſuppléer à l'harmonie
qui lui manque.

Deſpréaux recommandait dans le grand ſiècle des
arts , qu'on polît un écrit.

Qui dit, ſans s'avilir , les plus petites choſes,

Fit des plus ſecs chardons des œillets & des roſes,

Et fut même aux diſcours de la ruſticité

Donner de l'élégance & de la dignité.

Je penſe que M. de *Saint-Lambert* a pleinement
exécuté ce précepte : peut-on exprimer avec plus de
juſteſſe & de nobleſſe à la fois l'action du laboureur?

Et le ſoc enfoncé dans un terrain docile

Sous ſes robuſtes mains ouvre un ſillon fertile.

Voyez comme il peint auprès de ſes brebis & de
ſon chien ,

La naïve bergère aſſiſe au coin d'un bois,

Et roulant le fuſeau qui tourne ſous ſes doigts.

Comme toutes ces peintures fi vraies & fi riantes font encore relevées par la comparaifon des travaux champêtres avec le luxe & l'oifiveté des villes !

Tandis que fous un dais la molleffe affoupie,
Traîne les longs momens d'une inutile vie.

Thompfon, que d'ailleurs j'eftime beaucoup, a-t-il rien de comparable ?

Je ne fais même s'il eft poffible qu'un habitant du nord puiffe jamais chanter les faifons auffi-bien qu'un homme né dans des climats plus heureux. Le fujet manque à un écoffais tel que *Thompfon*; il n'a pas la même nature à peindre. La vendange chantée par *Théocrite*, par *Virgile*, origine joyeufe des premières fêtes & des premiers fpectacles, eft inconnue aux habitans du cinquante-quatrième degré. Ils cueillent triftement de miférables pommes fans goût & fans faveur; tandis que nous voyons fous nos fenêtres cent filles & cent garçons danfer autour des chars qu'ils ont chargés de raifins délicieux : auffi *Thompfon* n'a pas ofé toucher à ce fujet, dont M. de *Saint-Lambert* a fait de fi agréables peintures.

Un grand avantage de notre poëte philofophe, c'eft d'avoir moins parlé aux fimples cultivateurs qu'aux feigneurs des terres qui vivent dans leurs domaines, qui peuvent enrichir leurs vaffaux, encourager leurs mariages, & être heureux du bonheur d'autrui loin de l'infolente rapacité des oppreffeurs; il s'élève contre ces oppreffeurs avec une liberté & un courage refpectables.

Je fais bien qu'il y a des ames auffi baffes que jaloufes, qui pourront me reprocher de rendre à

M. de *Saint-Lambert* éloges pour éloges, & de faire avec
lui trafic d'amour-propre. Je leur déclare que je ne
faurais l'en eftimer moins quoiqu'il m'ait loué : je
crois me connaître en vers mieux qu'eux ; je fuis fûr
d'être plus jufte qu'eux. Je raye les louanges qu'il a
daigné me donner , & je n'en vois que mieux fon
mérite.

Je regarde fon ouvrage comme une réparation
d'honneur que le fiècle préfent fait au grand fiècle
paffé pour la vogue donnée pendant quelque temps
à tant d'écrits barbares , à tant de paradoxes abfurdes ,
à tant de fyftèmes impertinens , à ces romans politiques , à ces prétendus romans moraux dont la groffiéreté , l'infolence , & le ridicule , étaient la feule
morale , & qui feront bientôt oubliés pour jamais.

Permettez-moi, Monfieur, de vous parler à préfent
de la réflexion que vous faites fur les chaumières des
laboureurs , fur ces *cabanes* , fur ces afiles du pauvre ;
vous condamnez ces expreffions dans le poëme des
faifons que vous eftimez d'ailleurs autant que moi.

Vous dites avec très-grande raifon qu'une cabane
ne peut pas être le logement d'un agriculteur confidérable ; qu'il lui faut des écuries commodes , des
étables faites avec foin , des granges vaftes & folides ,
des laiteries voûtées & fraîches &c.

Oui fans doute , Monfieur , & perfonne n'eft entré
mieux que vous dans le détail de l'exploitation
rurale : perfonne n'a mieux fait fentir combien un
laboureur doit être cher à l'Etat. J'ai l'honneur d'être
laboureur , & je vous remercie du bien que vous dites
de nous; mais puifqu'il s'agit ici de fermiers, comparez, je vous prie, les hôtels des fermiers-généraux du
bail

bail de 1725 avec les logemens de nos fermiers de campagne, & vous verrez que les termes de chaumière, de cabane ne font que trop convenables ; les logemens des plus gros laboureurs en Picardie & dans d'autres provinces, ont des toits de chaume.

Rien n'eft plus beau, à mon gré, qu'une vafte maifon ruftique, dans laquelle entrent & fortent par quatre grandes portes cochères des chariots chargés de toutes les dépouilles de la campagne ; les colonnes de chêne qui foutiennent toute la charpente font placées à des diftances égales fur des focles de roche ; de longues écuries règnent à droite & à gauche. Cinquante vaches proprement tenues occupent un côté avec leurs geniffes ; les chevaux & les bœufs font de l'autre ; leur pâture tombe dans leurs crèches du haut de greniers immenfes ; les granges où l'on bat les grains font au milieu ; & vous favez que tous les animaux logés chacun à leur place dans ce grand édifice, fentent très-bien que le fourrage, l'avoine, qu'ils renferment, leur appartiennent de droit.

Au midi de ces beaux monumens d'agriculture font les baffes-cours & les bergeries ; au nord font les preffoirs, les celliers, la fruiterie ; au levant les logemens du régiffeur & de trente domeftiques ; au couchant s'étendent les grandes prairies pâturées & engraiffées par tous ces animaux, compagnons du travail de l'homme.

Les arbres du verger, chargés de fruits à noyaux & à pepins, font encore une autre richeffe. Quatre ou cinq cents ruches font établies auprès d'un petit ruiffeau qui arrofe ce verger ; les abeilles donnent au poffeffeur une récolte confidérable de miel & de cire,

Mélanges littér. Tome III.   C c fans qu'il s'embarraffe de toutes les fables qu'on a débitées fur ce peuple induftrieux , fans rechercher très-vainement fi cette nation vit fous les lois d'une prétendue reine, qui fe fait faire foixante à quatre-vingts mille enfans par fes fujets.

Il y a des allées de mûriers à perte de vue ; les feuilles nourriffent ces vers précieux qui ne font pas moins utiles que les abeilles.

Une partie de cette vafte enceinte eft fermée par un rempart impénétrable d'aubépine , proprement taillée , qui réjouit l'odorat & la vue.

La cour & les baffe-cours ont d'affez hautes murailles.

Telle doit être une bonne métairie ; il en eft quelques-unes dans ce goût vers les frontières que j'habite ; & je vous avouerai même fans vanité que la mienne reffemble en quelque chofe à celle que je viens de vous dépeindre ; mais de bonne foi, y en a-t-il beaucoup de pareilles en France ?

Vous favez bien que le nombre des pauvres laboureurs & des métayers qui ne connaiffent que la petite culture , furpaffe des deux tiers au moins le nombre des laboureurs riches que la grande culture occupe.

J'ai dans mon voifinage des camarades qui fatiguent un terrain ingrat avec quatre bœufs , & qui n'ont que deux vaches : il y en a dans toutes les provinces, qui ne font pas plus riches. Soyez très-fûr que leurs maifons & leurs granges font de véritables chaumières où habite la pauvreté : il eft impoffible qu'au bout de l'année ils aient de quoi réparer leurs miférables afiles ; car après avoir payé tous les impôts , il faut qu'ils donnent encore à leurs curés la dixme du produit clair & net de leurs champs ; & ce qui eft

appelé dixme très-împroprement, eft réellement le
quart de ce que la culture a coûté à ces infortunés.

Cependant quand un payfan trouve un feigneur
qui le met en état d'avoir quatre bœufs & deux vaches,
il croit avoir fait une grande fortune : en effet il a de
quoi vivre & rien au-delà ; c'eft beaucoup pour lui &
pour fa famille ; & cette famille connaît encore la joie,
elle chante dans les beaux jours & dans les temps de
récolte.

Ne fachons donc pas mauvais gré, Monfieur, à
l'aimable auteur des *faifons* d'avoir parlé des chaumières de mes camarades les laboureurs. Il eft certain
qu'ils feraient tous plus à leur aife fi les feigneurs
habitaient leurs terres neuf mois de l'année comme
en Angleterre : non-feulement alors les poffeffeurs
des grands domaines feraient quelquefois du bien par
générofité à ceux qui fouffrent, mais ils en feraient
toujours par néceffité à ceux qu'ils feraient travailler.
Quiconque emploie utilement les bras des hommes,
rend fervice à la patrie.

Je fais bien qu'il y a plus de deux cents mille ames
à Paris qui s'embarraffent fort peu de nos travaux
champêtres. De jeunes dames foupant avec leurs amans
au fortir de l'opéra comique, ne s'informent guère fi
la culture de la terre eft en honneur ; & beaucoup de
bourgeois qui fe croient de bonnes têtes dans leur
quartier, penfent que tout va bien dans l'univers,
pourvu que les rentes fur l'hôtel-de-ville foient payées ;
ils ne fongent pas que c'eft nous qui les payons, & que
c'eft nous qui les fefons vivre.

Le gouvernement nous doit toute fa protection ;
c'eft un crime de lèfe-humanité de gêner nos travaux ;

c'en eſt un de nous condamner encore dans certains
temps de l'année à une honteuſe & funeſte oiſiveté,
deux ou trois jours de ſuite : on nous oblige de refuſer
après midi à la terre les foins qu'elle nous demande,
après que nous avons rendu le matin nos hommages
au ciel ; on encourage nos manœuvres à perdre leur
raiſon & leur ſanté dans un cabaret, au lieu de mériter
leur ſubſiſtance par un travail utile. Cet horrible abus
a été réformé en partie, mais il ne l'a pas été aſſez :
hé, qui peut réformer tout !

Eſt quadam prodire tenus ſi non datur ultra.

Je n'en dirai pas davantage, Monſieur, ſur des ſujets
que vous & vos aſſociés avez ſi bien approfondis pour
l'avantage du genre-humain.

Fin du troiſième & dernier Volume.

TABLE
DES PIECES
CONTENUES DANS CE VOLUME.

Fin de la Table du troisième Volume.

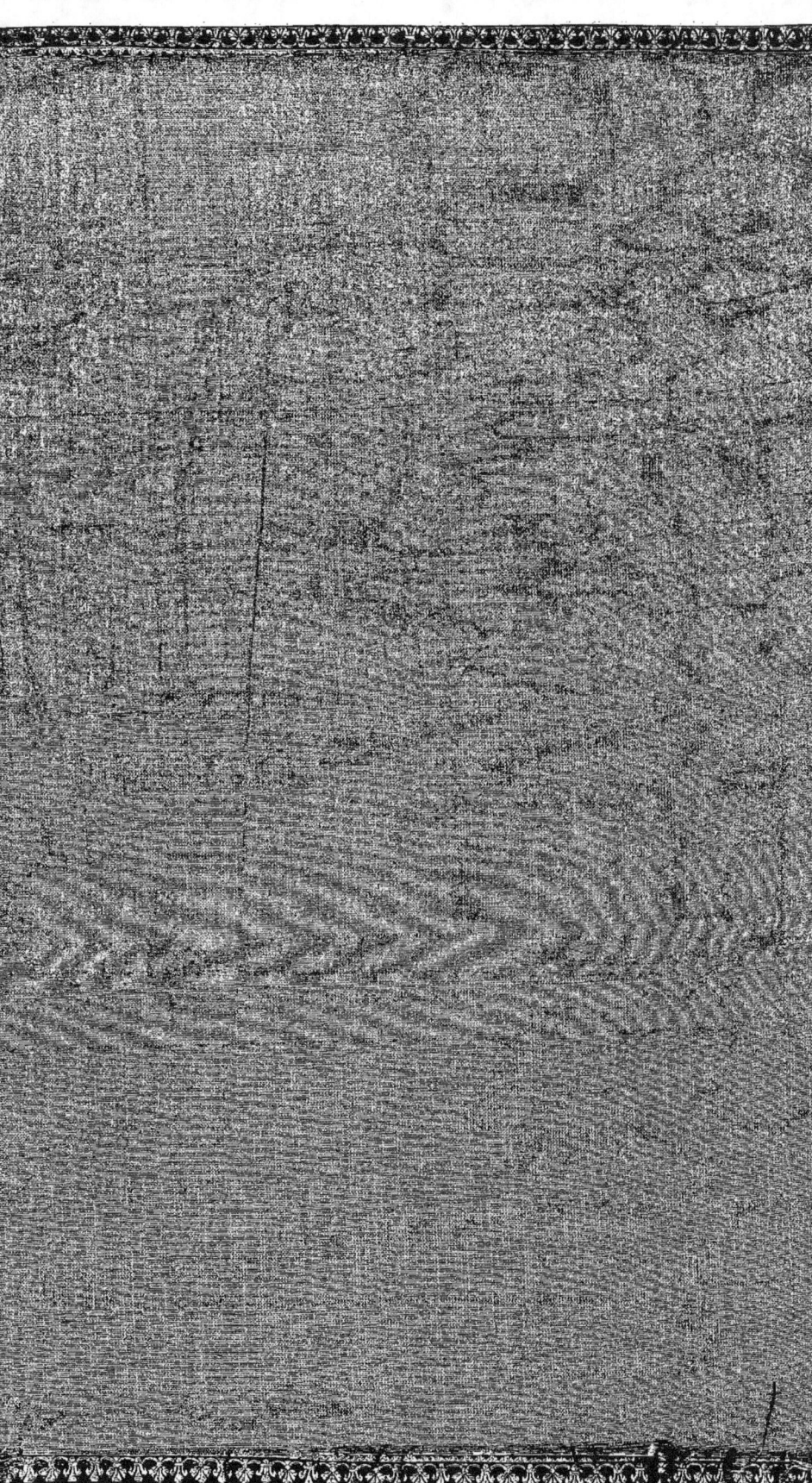

VOLTAI

49

MELANGES
LITTERAIR

TOM VI